袖里乾坤

——赵匡胤及其时代

任崇岳　著

河南人民出版社

图书在版编目（CIP）数据

袖里乾坤 ：赵匡胤及其时代 ／ 任崇岳著． — 郑州 ：
河南人民出版社，2022. 1
ISBN 978 - 7 - 215 - 11812 - 6

Ⅰ． ①袖… Ⅱ． ①任… Ⅲ． ①长篇历史小说 - 中国 -
当代 Ⅳ． ①I247.5

中国版本图书馆 CIP 数据核字（2021）第 122701 号

河南人民出版社 出版发行

（地址：郑州市郑东新区祥盛街 27 号　邮政编码：450016　电话：65788065）
新华书店经销　　　　河南金之汇信息技术有限公司印刷
开本　890毫米×1240毫米　　　1/32　　　印张　11.5
字数　280 千字
2022 年 1 月第 1 版　　　　　　2022 年 1 月第 1 次印刷

定价：49.00 元

目　录

江山代有才人出

你方唱罢我登场：五代十国乱象

千间仓分万丝箱，黄巢过后犹残半。自从洛下屯师旅，日夜巡兵入村坞。匣中秋水拔青蛇，旗上高风吹白虎。入门下马若旋风，罄室倾囊如卷土。家财既尽骨肉离，今日垂年一身苦。一身苦兮何足嗟，山中更有千万家，朝饥山上寻蓬子，夜宿霜中卧荻花。

——韦庄《秦妇吟》

后唐明宗天成二年（927）二月二十六日（阳历为 3 月 21日），洛阳夹马营一位赵姓官员的府第中，传出一阵清脆的婴儿啼哭声，打破了午夜的沉寂。刚刚呱呱坠地的婴儿不是别人，乃是宋朝的开国皇帝——宋太祖赵匡胤。

那是一个干戈不绝，民不聊生的动乱年代。

从开平元年（907）朱温称帝至显德七年（960）赵匡胤黄袍加身，短短 53 年时间里，群雄并起，逐鹿中原，先后有后梁、后唐、后晋、后汉、后周在开封或洛阳建都。他们都是短命王朝，风烛瓦霜，国祚不永，最长的要数后唐，只有 16 年，最短的后汉只有 4年，真个是"流水淘沙不暂停，前波未灭后波生"。除中原的王朝

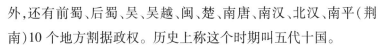

外,还有前蜀、后蜀、吴、吴越、闽、楚、南唐、南汉、北汉、南平(荆南)10个地方割据政权。历史上称这个时期叫五代十国。

"自从兵戈动,遂觉天地窄。"五代时期,兵连祸结,战乱不已,军阀们为争夺江山,几乎是无月不战,无日不战,争城以战,杀人盈城,争地以战,杀人盈野,直弄得"白骨露于野,千里无鸡鸣"。到处是颓垣断壁,枯茎朽骨,"千村万落如寒食,不见人烟空见花"。中原大地一片萧条景象!

为何会形成这种动荡局面?这要从唐朝说起。

唐朝末年,政治窳败,赋役繁重,终于爆发了轰轰烈烈的农民大起义。黄巢登高一呼,万人景从,起义军以摧枯拉朽之势直捣长安,"内库烧为锦绣灰,天街踏尽公卿骨"。唐朝统治者借用方镇之兵,费尽九牛二虎之力,才将起义军镇压下去,方镇从此坐大,尾大不掉,飞扬跋扈,成为割据一方的军阀。当时控制中央朝政的是宦官田令孜,为争夺河中两池盐利,他与河中节度使王重荣兵戎相见,大打出手。王重荣勾结河东节度使李克用进军京师长安,田令孜则依邠宁节度使朱玫为奥援,双方大战于沙苑(今陕西大荔县南洛、渭二河之间),双方直杀得天昏地暗,风云变色。尔后邠宁、凤翔两节度使之兵,又在长安鏖战,长安的宫室坊市,在兵燹中焚毁殆尽,成为一片瓦砾。

昭宗李晔继僖宗即位后,宰相崔胤与宦官韩全诲交恶,韩全诲与凤翔节度使李茂贞私交甚笃,而崔胤则与宣武节度使朱全忠是莫逆之交。朱全忠欲迁都洛阳,李茂贞欲迎驾凤翔,都想当挟天子以令诸侯的曹操。韩全诲先下手为强,迁昭宗于凤翔,往依节度使李茂贞,崔胤则引朱全忠之兵迤逦西上,攻打凤翔。李茂贞大败输亏,怂恿昭宗杀韩全诲,然后与朱全忠和解。昭宗无奈,杀了韩全诲等宦官20余人,传首朱全忠,朱全忠怒犹未息,派兵

2

袖里乾坤——赵匡胤及其时代

驱赶宦官第五可范等数百人于内侍省,悉数诛杀。可怜昭宗既落入朱全忠掌握之中,便成了他刀俎上的鱼肉,被挟持到洛阳后,只不过是傀儡而已。

那朱全忠本名朱温,宋州砀山(今安徽砀山县东)人,弟兄3人,父亲早亡,其母携带朱温寄养于萧县(今属安徽)人刘崇之家。及长成人,游手好闲,是当地的地痞无赖。黄巢起义爆发,朱温与其兄朱存俱加入巢军,积战功升为黄巢部下大将。后来黄巢兵败,势穷力蹙,朱温反水降唐。时僖宗在蜀,大喜过望,授他为河中行营副招讨使,不久晋封为宣武节度使,赐名全忠,但朱温没有一日忠于唐朝,而昭宗却倚他为干城,梦想通过他中兴唐朝。

一朝权在手,便把令来行。朱温与李克用联袂镇压了黄巢起义,然后纵横捭阖,四面出击,先后吞并了蔡州(今河南汝南)的秦宗权,山东的朱瑾、朱琮、王师范等方镇,成为关东势力最大的军阀。朱温本非良善之辈,如今又大权在握,气焰薰灼,便萌生了觊觎帝位的念头。天祐元年(904)八月,朱温驻军河中(今山西永济市蒲州镇),讨伐李茂贞,暗中派判官李振至洛阳,与枢密使蒋玄晖、朱友恭、氏叔琮等人定计弑唐昭宗。蒋玄晖派龙武牙官史太等百余人夜叩宫门,言军前有急奏,须面见天子。宫人裴贞一开门,见士兵林立,质问道急奏何以派兵,史太无言以对,挥刀杀之。昭仪李渐荣临轩大呼:"宁杀我曹,勿伤大家(天子)!"时昭宗醉酒,闻声遂起,绕柱而走,史太追而弑之。李渐荣以身遮蔽昭宗,也被史太杀死。又欲杀何皇后,何皇后苦苦哀求蒋玄晖,才捡回一条性命。蒋玄晖矫诏立辉王李祚为太子,更名柷。又矫皇后之命,令太子于柩前即位,是为哀帝,时年13岁。天子是个少不更事的孩子,朝政大权皆操在朱温手中。天祐四年(907)四月,朱温一不做,二不休,索性废了哀帝,化家为国,建立后梁,升汴州为开封府,定为都城。唐朝将近三百年的基业,在一夜之间都化为乌有了。历史从此进入了五代时期。

朱温心地险恶,凶狠奸诈,翻手为云,覆手为雨是他的惯用伎俩。天祐元年夏天,他自凤翔迫昭宗车驾还洛阳,遇见了昭宗之子德王李裕。李裕眉目疏秀,仪表堂堂,且年齿已壮,朱温甚为猜忌,认为是自己篡国夺权的障碍,私下里对宰相崔胤说,德王曾篡过大位,岂可复留于朝?你何不言于天子?原来光化三年(900)冬天,宦官刘季述等人曾挟持昭宗禅位于李裕,后来刘季述伏诛,李裕又返回东宫,这本非李裕之过,朱温不过是借题发挥而已。宰相崔胤把朱温的话转告给昭宗,隔了一天,昭宗问朱温何以有此话?朱温却说,陛下与德王是父子,臣安敢窃议!此言乃崔胤危言耸听,以售其奸,请陛下定夺!明明是他说李裕的坏话,转眼间便推脱得一干二净,真不脱流氓本色!

朱温刚刚指使蒋玄晖、朱友恭、氏叔琮弑掉昭宗,却又在哀帝面前伏地不起,痛哭流涕,请求讨贼。适逢护驾军士有掠米于市者,朱温乘机上奏说,侵扰市肆者乃朱友恭、氏叔琮部下士兵,于是朱友恭被贬为崖州(今海南琼山)司户,氏叔琮被贬为白州(今广西博白)司户,不久皆赐自尽。朱温如此杀人灭口,无怪乎朱友恭在临刑时大呼,出卖我们以塞天下之谤,不怕鬼神报应吗?"行事如此,望有后乎?"蒋玄晖也未得善终,大臣孔循与玄晖有隙,在朱温面前挑拨说,蒋玄晖之所以放过何皇后,是看上了她的花容月貌,想和她有肌肤之亲,因此设法保全唐朝,拖延大王您登基的日期。朱温勃然大怒,马上杀了蒋玄晖。

李振是朱温的心腹,他才疏学浅,屡考不第,为发泄怨气,便怂恿朱温大批屠戮朝中大臣。他恶狠狠地说:"此辈常自谓清流,宜投之黄河,使为浊流。"朱温正想打击昔日的高门望族,便欣然同意。天祐二年（905）朱温把贬谪滑州白马驿（今河南滑县境内）的宰相裴枢、吏部尚书陆扆、工部尚书王溥等30余人悉数诛杀，投尸黄河。可怜这些人还没弄清是怎么回事，便一下子成了水中冤魂！

朱温有一次与僚佐、游客多人憩息于一株大柳树之下，指着柳树说，此树宜作车毂，众人不应，有游客数人附和说，大王眼力不错，这棵柳树宜作车毂。所谓车毂是车轮的中心部分，有圆孔，可插车轴，须选用木质坚硬耐磨、纹理细致的树木，柳树木质松软，纹理较粗，不适宜作车毂，那几个读书人并非不知道这一点，只因慑于朱温的淫威，不敢持有异议。朱温听后勃然变色说，书生辈喜好奉承人，做车毂须用榆木，柳木岂可为之？凡说柳木可作车毂的悉数扑杀！

朱温还是个好色之徒，凡是有点姿色的女子，他都不放过。天祐元年他攻克邠州（今陕西彬县）后移驻河中，被击败的邠州节度使杨崇本只得把妻子送往河中作人质。崇本之妻绮年玉貌，风姿绰约，朱温强迫她伴寝，崇本之妻不敢违拗，只得含泪委身。朱温称帝后，有一年到洛阳避暑，宿于大臣张全义家，淫其妻女殆遍。全义之子不胜愤怒，欲杀死朱温，被全义制止。朱温有子八人，长子友裕早亡。次子友文系养子，本名康勤，曾任东京留守，整日饮酒，怠于政事。三子友珪，小字遥喜，其母乃亳州营妓，友珪生于亳州，后归汴州。当时干戈扰攘，朱温诸子多领兵在外，温妻张氏早卒，昭仪陈氏、昭容李氏不受宠幸，便召儿媳入宫侍奉。说是侍奉，其实是侍寝。其中友文之妻王氏纤腰琐骨，风流玉立，朱温宠幸尤甚，虽未明确立友文为太子，但言谈话语之间，暗示将传位于他。友珪之妻张氏亦朝夕侍奉朱温身旁，将立嗣之事密告友珪。其时友珪正因调任莱州刺史而惶恐不安，得知消息后，不禁怒从心上起,恶向胆边生,索性率士兵500人于夜间潜入宫禁,杀死了生身父亲,又矫诏命弟弟友贞杀死友文,然后在血泊中即了帝位。友贞弄清真相后,派人至洛阳与大将袁象先、赵岩商议,袁、赵领兵数千人团团围住了友珪的宫殿,友珪惶急中自刎毙命。友贞即位,改名朱瑱,是为末帝。

一蟹不如一蟹。末帝在军事上才能不及乃父,而政治上却腐败更甚。他最信任的大臣是赵岩和张汉杰、张汉伦兄弟。赵岩娶朱温女长乐公主为妻,是天子的乘龙快婿,张氏兄弟则是末帝妃子张氏的胞弟。赵岩任租庸使、守户部尚书,他以勋戚自负,"货赂公行,天下之贿,半入其门"。他生活奢侈,日食万钱,犹以为未足。他的门徒倚仗权势,气焰熏灼,公然在市廛向商户索钱,百姓怨声载道。张氏兄弟则手握用人大权,藩镇除拜多出其门,致使庸才窃弄兵柄,而有才能者屏而不用。大将王彦章骁勇善战,文韬武略样样皆精,只因刚正不阿,被摘除兵权,换上不娴兵略的佞臣段凝,老臣敬翔、李振也被斥逐,朝廷成了奸徒宵小的天下。

末帝横征暴敛,竭泽而渔,特别是陈州刺史朱友能恃戚藩之宠,暴戾恣睢,终于爆发了以毋乙、董乙为首的农民起义。贞明六年(920)七月,毋乙等揭竿反梁,势力扩大到陈、颍、蔡3州,屡败官军。末帝调动禁军及数郡之兵合力围剿,于这年十月才把起义镇压下去,毋乙、董乙等80余人被俘牺牲,而梁朝江山也处于风雨飘摇之中了。同光元年(923)后梁被后唐李存勖所灭。

李存勖即后唐的庄宗,沙陀人,唐河东节度使李克用之子,沙陀是突厥的一支。李克用之父李国昌,原名朱邪赤心,世代为沙陀部酋长。唐太宗剿平薛延陀之叛,将同罗、仆固族部分百姓设沙陀都督府,因该地有一片沙石积成的浅滩名叫沙陀,故称这一部分人为沙陀。后来吐蕃势力强大,沙陀部被迫迁居灵州(今宁夏灵武西南)，再迁代北神武川(今山西山阴县东北一带)。朱邪赤心因在唐懿宗时帮助镇压庞勋起义有功，赐名李国昌，封为代北行营节度使。李克用是李国昌的第三子，年轻时便骁勇善战，摧锋陷阵，谋略在诸将之上，军中号为"飞虎子"。他因助唐镇压黄巢起义，被封为河东节度使，治于太原，晋爵晋王。他一目微眇，时人称为"独眼龙"。李克用与农民起义军转战于河南、山东，回师汴州时，朱温认为李克用是自己称霸中原的最大障碍，便佯装在上源驿置酒洗尘，却在夜间伏兵相攻，企图杀死李克用。多亏李克用溃围而出，两家从此结下仇怨，互相攻伐不已。

李克用盘踞河东，声名大振。他性格残暴，喜欢杀人，部下小有过失，必置于死地。淮南的杨行密想知道李克用的面貌，便派画工诈称商贾，去河东画克用的像。谁知画工一到河东，便被人识破，一条绳子缚了，来见李克用。李克用按剑厉声说，你既是画工，今天可为我写真，如果不能惟妙惟肖，阶下便是你葬身之地。画工寻思，李克用眇一目，如照实画来必遭不测之祸，不画，也逃脱不了惩罚。其时正值盛暑，李克用手里执着一柄芭蕉扇，那画工便画了一个扇角遮住了克用的面孔。克用看完掷于地上说，你这是在奉承我，重画！那画工又应声下笔，画克用捻箭搭弓之状，那只瞎眼伏在弓上微微合上，以观箭之曲直。这一恰到好处的奉承，使李克用高兴不已，赏赐了画工很多金钱，让他返回淮南。景福二年(893)李克用与镇州(今河北正定)军阀王镕大战于天长镇(今河北井陉西南)时，因军中乏食，竟将战死的士兵腌成肉干食用，这次竟然放画工回家，真让人惊讶不已。他临死前拿出三支箭交付给儿子李存勖说，一支箭讨伐幽州的刘仁恭，一支箭讨伐契丹，还有一支箭剿灭朱温，"汝能成吾志，死无憾矣"。他梦寐以求的就是一统天下，让自己的子孙当皇帝。

　　李存勖是李克用长子,幼小时便洞晓音律,克用常让他歌舞,13岁时便读《春秋》,这在胡人中是很难得的。李克用部下士兵多恃势不法,凌侮官吏,豪夺士民,白昼抢劫,闹得人心不安,存勖进谏,李克用不肯采纳。朱温即位的次年,李克用一病不起,24岁的李存勖在晋阳(今山西太原)嗣位。这年五月,朱温乘李克用新丧,派兵攻打潞州(今山西长治),李存勖率军来援,双方激战于三垂冈(今山西屯留东南),梁军大败输亏。朱温叹息说:"生子当如是,李氏不亡矣,吾家诸子乃豚犬耳。"李存勖统一河东后,攻占了幽州(今北京城西南),杀刘仁恭、刘守光父子,接着兵不血刃攻下镇州。不久,后梁末帝听从赵岩的建议,要把魏博六镇分作两镇,把魏州的人马府库分一半到相州(今河南安阳),以此来削弱节度使的权力,免得他们不听号令,据地称雄。魏博节度使贺德伦怒而叛降李存勖,存勖势力大增,黄河以北的土地尽入掌握之中,从此与后梁连年鏖兵于黄河两岸。同光元年(923),李存勖称帝于魏州(今河北大名东北),因朱邪赤心曾被唐朝赐姓李,因此国号也称唐,借以收买人心。就在这一年灭后梁,建都洛阳,史称后唐。李存勖就是后唐庄宗。

　　李存勖与后梁苦战20年始得称帝,他自称"吾于十指上得天下",因此志得意满,骄奢淫逸,宠信伶人、宦官,大修宫室,弄得民不聊生,怨声载道。他身边的宦官几达千人,用他们作诸道监军,凡节度使出征或留守阙下,皆由监军定夺,甚至军府之政,宦官也要插手干预,弄得藩镇皆愤怒不已。宦官又怂恿庄宗分天下财赋为内外府,凡州县上供者悉入外府充国家经费,凡方镇贡献者悉入内府充作宴游之费及赏赐左右之用。于是外府常虚竭无余,而内府却财帛山积,引起朝野不满。庄宗任用掌管财政的租庸使孔谦贪婪成性,以聚敛为业,庄宗已发赦文蠲免的赋税,孔谦照旧征收。从此以后，凡有诏令，百姓都不再相信。他贷钱给百姓，却让百姓以低于市场的价格用丝偿还，百姓叫苦不迭。伶人周匝被朱温士兵掠走，后来逃归汴梁，庄宗甚为高兴。周匝说自己之所以能安然归来，是梁朝教坊使陈俊、内园栽接使储德源帮助的结果，请陛下封以刺史官爵。结果毫无从政经验的陈俊被封为景州（今河北东光）刺史，储德源为宪州（今山西静乐）刺史。大臣郭崇韬进谏说："陛下所与取天下者皆英豪忠勇之士，今大功始就封赏未及一人，而先以伶人为刺史，恐失天下心。"但庄宗不予理会。庄宗善摔跤，大将李存贤也善此技，庄宗说，汝能胜我，当授藩镇。存贤把庄宗摔倒在地，庄宗便封他为独当一面的节度使，并对他说，咱们有约在先，我没有食言。他简直把国家大事当作儿戏。庄宗皇后刘氏生于寒微之家，富贵之后有敛财之癖，她在魏州（今河北大名东北）时贩鬻木材、蔬菜、瓜果之类以饱私囊。及为皇后，四方贡献皆一分为二，一半贡献给天子，另一半贡献给皇后，刘皇后宫中常是宝货山积，她用来写佛经、布施僧尼。她父亲穷困潦倒，落魄江湖，来宫中寻她，刘皇后怕人讥笑她出身微贱，谎称其父已死，此人是假冒官亲，一顿乱棒打了出去。

　　庄宗喜欢畋猎，一次在中牟（今属河南）打猎，践踏坏了许多庄稼，中牟县令叩马而谏，庄宗大怒，欲将县令斩首。伶人敬新磨故意斥责县令说，你身为县令，难道不晓得天子喜欢打猎吗？为什么纵容百姓种庄稼，妨碍天子的马匹驰骋？你罪该万死，请陛下行刑。庄宗尴尬地笑笑，这才下令放人。还有一次，庄宗在洛阳狩猎，毁坏许多庄稼，洛阳令冒死进谏，庄宗才悻悻离去。同光三年（925）冬天，庄宗带领大批随从到白沙（今河南洛阳东）狩猎，当时大雪纷飞，寒冷彻骨，随从吏士有冻踣于路者，而伊（今河南伊川）、汝（今河南汝州）之民，饥饿尤甚，士兵所至，责其供饷，百姓无法满足，士兵便烧毁房舍，砸碎家具，吏民惊恐，逃匿于山谷间。其时两河（河北道、河南道，约今冀、鲁、豫及江苏、安徽淮河以北地区）大水，户口流亡者十之四五，洛阳城内供馈不足，广大士兵无粮可食，卖妻鬻子者比比皆是，老弱因采野菜而倒毙于道路者随处可见。庄宗急调州郡粮食解京师燃眉之急，运粮车辆络绎于途。但道路泥泞，辇运艰难，愁叹之声，盈于道路。魏州士兵推大将赵在礼为首发动兵变，庄宗派兵戡乱，反为乱兵所败。庄宗不得已，派李克用养子李嗣源前往。谁知李嗣源到了魏州，反而与魏州兵合势南下，庄宗李存勖被乱兵杀死于洛阳宫中，李嗣源入洛阳称帝，是为明宗。《旧五代史·庄宗本纪》中说他："外则伶人乱政，内则牝鸡司晨，靳吝货财，激六师之愤怨；征搜乘舆，竭万姓之脂膏。大臣无罪以获诛，众口吞声而避祸。夫有一于此，未或不亡，矧咸有之，不亡何待！"在上述弊政中，有一条便可导致亡身，而庄宗每条都有，怎会不亡！《旧五代史》作者薛居正的评骘可谓入木三分！

后唐明宗李嗣源原名邈佶烈，即位时已是花甲之年，鉴于庄宗失国的教训，他尽量轻徭薄赋，处死人人皆曰可杀的租庸使孔谦，政治还算清明。他在位8年，可称得上是五代的小康时期。《五代史阙文》说明宗出自边地，老于战阵，即位之岁，年已六旬，纯厚仁慈，出于天性。他每天晚上都在宫中焚香祷告：我是一名蕃人，遇到世界纷乱才被众人推戴，实在是不得已。愿上天早生圣人，与百姓为主。因此他在位期间"比岁丰登，中原无事，言于五代，粗为小康"。这一段话还是比较切合实际的。

明宗死后，争夺帝位之战愈演愈烈，庄宗第三子李从厚刚刚即位4个月，便被庄宗养子王从珂夺去帝位。明宗之婿石敬瑭也觊觎帝位，请来契丹兵作奥援，在太原起兵，天福元年（936）攻入洛阳,王从珂(后唐末帝)举族与皇太后曹氏自焚于玄武楼,后唐灭亡,共历4帝,历时13年。

石敬瑭原是一员战将,积功升任大镇节帅,明宗李嗣源把女儿嫁给他为妻。他看到明宗任命的剑南节度使孟知祥据蜀地称帝,而明宗的养子王从珂也攘夺了明帝李从厚的帝位,不由心痒难捺,便想利用太原的险固地理环境起事,又担心自己势单力薄,便勾结契丹之兵作为奥援,交换条件是割让卢龙一道和雁门关以北的土地给契丹,岁输帛30万匹,又称辽太祖耶律德光为父皇帝,自称儿皇帝。当时石敬瑭45岁,耶律德光34岁,老子竟比儿子小了11岁。他割让的土地是:幽(今北京)、蓟(今天津蓟县)、瀛(今河北河间)、莫(今河北任丘)、涿(今河北涿县)、檀(今北京密云)、顺(今北京顺义)、新(今河北涿州市)、妫(今河北怀来)、儒(今北京延庆)、武(今河北宣化)、蔚(今河北蔚县)、云(今山西大同)、应(山西应县)、寰(今山西朔县东北)、朔(今山西朔县)16州。耶律德光大喜过望,决定援助石敬瑭。

后唐末帝李从珂(因系明宗养子,改王姓为李姓)得知石敬瑭叛变,不禁大惊失色,忙派大将张敬达团团围住了晋阳(今山西太原),只因他不娴于韬略,被耶律德光率援军打败。李从珂再派幽州的大将赵德钧往援河东,他却乘机向耶律德光提出立己为帝,推翻后唐政权,将河东地盘留给石敬瑭。石敬瑭慌了手脚,连忙派桑维翰跪在耶律德光帐前痛哭。赵、石两家为争夺帝位出尽了丑态。耶律德光看桑维翰哭得可怜,不禁动了恻隐之心,指着帐前的石头对赵德钧的使者说:我已许石郎,只有石头烂掉,才能改变。就这样石敬瑭在契丹人的卵翼下,当上了人人唾骂的儿皇帝。他就是后晋的高祖。

后晋政权暴虐无道,不恤百姓,大将安重荣常对人说:"天子,兵强马壮者当为之,宁有种耶?"赵在礼在宋州(今河南商丘)横征暴敛,万民嗟怨,不久调往他处,百姓喜而相谓说:"眼中拔钉,岂不乐哉";但令人意料不到的是,百姓刚刚欢庆赵在礼离去,一纸调令又把他调了回来。赵在礼知道百姓反对他复任,便下令管辖区内每人出钱一千,称之为"拔钉钱"。石敬瑭还纵容官吏非刑杀人。有一个酷吏在处置犯人时用长钉钉入人的手脚之中,还有个官员用钝刀一片一片地割囚徒之肉,让他在极端痛苦中死去。类似酷吏甚多。

石敬瑭死后由侄儿石重贵继位。他对契丹的骚扰十分反感,在一些抵抗派的劝说下,只向契丹称孙而不称臣,大将景延广对契丹使者说:"晋朝有十万口横磨剑,翁(指辽太宗耶律德光)若要战则早来,他日不禁孙子,则取笑天下,当成后悔矣。"但景延广也不是忧国忧民之人,他在河南府征收20万缗军用钱时,借机想征收37万缗以饱私囊。青州节度使杨光远把晋朝虚实告知契丹,出帝石重贵派大将杜重威抵御契丹,而他为了当皇帝竟然投降契丹,引契丹兵南下。开运三年(946)底,耶律德光率契丹军攻入开封。契丹统治者"纵胡骑四出,以牧马为名,分番剽掠,谓之'打草谷'。丁壮毙于锋刃,老弱委于沟壑,自东西两畿及郑、滑、曹、濮数百里间,财畜殆尽"。契丹军的残暴引起了百姓的强烈反抗,耶律德光只得带着后晋君臣及掳掠来的财物匆匆北退。后晋只存在了11年,便在史乘上消失了。

当契丹兵攻入开封时,曾是石敬瑭部将时任太原节度使的沙陀人刘知远,趁机在太原称帝,建国号为汉,他就是后汉高祖。此人也不是良善之辈,也曾勾结契丹,契丹主称他为儿,赐以木拐。契丹人北撤后,他进入开封,成了中原的天子。他死后由第二子承祐继位,是为隐帝。隐帝性格褊狭,喜听谗言,太子太保李崧及两个弟弟李屿、李曦被人诬告,隐帝不察究竟,将李崧弟兄诛杀。侍卫都指挥使史弘肇、枢密使杨邠、三司使王章,因不满隐帝昵近小人及太后亲族干预朝政,3 人同日被杀。隐帝又打算杀大将郭威,郭威、王殷等举兵攻入开封,隐帝被杀,年仅 20 岁,后汉灭亡,共传 2 帝,历时 4 年。郭威在血泊里称帝,是为后周太祖,仍然定都开封。这一年赵匡胤 25 岁。

走马灯似的政权更迭,骄横跋扈的藩镇势力,无日或已的攻伐战争,朘剥无度的贪婪官吏,哀哀无告的莘莘百姓,绘成了五代时期一幅血泪斑斑的图画!老百姓在翘首企盼:江山何时能重归一统?刀剑何时能铸为犁锄?腐败政治何时能变得清明?自己何时能有含饴弄孙的安逸生活?

然而这一切都还是个未知数。

赵匡胤就是在这样动荡的环境中度过了童年和青年时代。

干戈丛中立功名：赵匡胤的青年时期

太平燕赵许闲游，三十从知壮士羞。

敢话诗书为上将，犹怜仁义对诸侯。

子房帷幄方无事，李牧耕桑合有秋。

民得夸襦兵得帅，御戎何必问严尤。

——范仲淹《河朔吟》

赵匡胤祖籍涿郡（今河北涿州市），是一个世代簪缨之家。高祖赵朓仕于唐朝，历任永清（今属河北）、文安（今属河北）、幽都（今北京西南）令；曾祖赵珽，累官至御史中丞；祖父赵敬，历任营（今河北昌黎）、蓟（今天津市蓟县）、涿3州刺史；父亲弘殷壮年时骁勇能战，善于骑射，很早便投入赵王王镕麾下。梁、晋交恶，弘殷奉王镕之命，率500骑援庄宗于河上，冲锋陷阵，斩馘无算。庄宗爱其勇，留典禁军，此为他发迹变泰之始。后汉乾祐年间，弘殷奉命讨伐叛将王景于凤翔，适逢蜀兵来援王景，双方激战于陈仓（今陕西宝鸡东）。鏖战方酣之际，有几支乱箭射中了他的左目，顿时血流如注，弘殷毫不退缩，奋勇厮杀，蜀军败走，弘殷从此威名大震，以功迁护圣都指挥使。后周广顺年间，弘殷在郭威麾下任铁骑第一军都指挥使，转右厢都指挥，领岳州（今湖南岳阳）防御使。率领周兵征淮南，淮南之兵甚为骁勇，周师前锋败退，吴国杨行密又派兵援助淮南，弘殷奋不顾身邀击，吴兵大败，弘殷奉命夺取扬州，与世宗柴荣会师于寿春（今安徽寿县）。寿春有一卖烧饼之家，所卖之炊饼既薄又小，柴荣甚为恼怒，执卖饼者家十余人准备斩首，赖弘殷进谏，才保住了卖饼人的性命。那些人对他感戴不已。

据说弘殷年轻时路过杜家庄，忽然彤云密布，大雪飞扬，弘殷只得在家门口躲避风雪。庄丁见弘殷相貌英俊，便禀明庄主，迎至家中，给予饮食。谁知那场大雪纷纷扬扬，一连下了数日，直下得万径人迹灭，千山鸟飞绝，弘殷没奈何，只得在杜家庄闲住，顺便帮主人干点杂活。庄主见他勤谨有礼，便将第四女儿许他为妻，她就是赵匡胤的母亲后来的杜太后。

关于赵匡胤的诞生，史书上极尽吹捧之能事，《宋史》说："赤光绕室，异香经宿不散，体有金色，三日不变。"《杨文公谈苑》则说："生之夕，光照一室，胞衣如菡萏，营前三日香，至今人呼应天禅院为香孩儿营。"显然这些都是无根之说，不可凭信，无非是说真龙天子不同凡响，芸芸众生不可能望其项背而已。《旧五代史》说朱温诞生之夕，"所居庐舍上有赤气上腾，里人望之，皆惊奔而来，曰：'朱家火发矣。'及至，则庐舍俨然"。记载后唐庄宗李存勖时说，其母怀孕时，"尝梦神人，黑衣拥扇，夹侍左右。载诞之辰，紫气出于窗户"。同样是荒诞不经，一派胡言。

赵匡胤出生后干戈纷扰，靡有宁日，杜氏用竹篮挑着赵匡胤、赵光义兄弟辗转避难，路途上偶遇陈抟，陈抟吟道："莫道当今无天子，都将天子上担挑。"不料一语成谶，赵匡胤果登大位。这是好事之徒编造的神话，陈抟既是凡人，如何能未卜先知，于尘埃中识得天子？宋人文莹的《湘山野录》记载说，赵匡胤即位前，曾与赵光义、赵普游长安街市，正走之间，忽见陈抟骑一头驴缓缓而来，至赵匡胤面前便慌忙从驴背上跳下来，纵情大笑，巾簪几坠于地。大笑之后,左手握住赵匡胤,右手拉着赵光义,热情地问:贤昆仲可否与贫道一起去市廛饮酒?赵匡胤指着赵普说,某兄弟与赵学究一同出游,若撇下赵学究,不甚稳便。陈抟注视赵普良久,徐徐说,也得,也得,非此人不得参与大计。既入酒舍,赵普因足有微恙,坐于酒桌左侧,陈抟不觉怒火上涌,大声呵斥他说,汝是紫微帝垣一颗小星,何得占据上座,使人主屈沉下僚,万万不可,硬是让赵普移坐席右方才罢休。这又是赵匡胤命人编造的一则神话,自然无法使人相信。

赵匡胤度过了天真烂漫的童年,已经到了进学堂读书的年龄。恰巧夹马营前有个陈学究,靠教授生徒为生,弘殷便把赵匡胤送到那里去。陈学究春诵夏弦,诲人不倦,但赵匡胤顽皮成性,不拘形迹,陈学究未免絮絮叨叨,良言规劝,惹得赵匡胤不胜其烦。后来赵匡胤当了后周大将,举家移往开封,得到了赵学究赵普馆于府第。杜太后念在陈学究为人诚悫,又是儿子的启蒙老师,便将他召至开封,与赵普一同为门客。但赵匡胤心存芥蒂,只与赵普来往,冷落了陈学究。等到赵匡胤登基称帝,陈学究仍在故乡陈州(今河南淮阳)靠训童蒙为生,环堵萧然,箪瓢屡空。赵光义判南衙为开封尹,使人召陈学究,倚为左右手。不久,有人向赵匡胤进谗,说开封之政皆出于陈学究之手,赵光义不过是举笔画诺而已。赵匡胤大怒,召来弟弟询问,赵光义惧而遣之,且以白金赠行。陈学究行至半路,白金被强盗掠去。陈学究两手空空回到故乡,只得重操旧业,教授生徒,后来悒郁而殁。自然这是后话。

既是将门之后,使棍弄棒自是常事。有一次赵匡胤骑上了一匹性情暴烈又不施鞍鞯的恶马,他猛抽一鞭,那马如离弦之箭,风驰电掣般狂奔上了城门的斜道上,赵匡胤猝不及防,头撞在门楣上，应声倒地。众人心里捏了一把汗，以为赵匡胤的头颅必被撞碎无疑，谁知赵匡胤徐徐从地上爬起，掸了掸身上的土，竟然丝毫未伤，然后又腾身而起，稳坐马上，绝尘而去，众人不禁暗暗称奇。还有一次，赵匡胤与韩令坤在一间土屋里赌博，正在呼幺喝六之际，忽闻室外麻雀喳喳，争斗正凶，赵匡胤突然有了逮麻雀的冲动，他拽着韩令坤刚刚走出屋门，那幢土屋却訇然倒塌，赵匡胤似乎是冥冥之中有人护佑，他安然躲过了一劫。

光阴荏苒，岁月不居，转眼之间赵匡胤已到了婚嫁年龄，天福九年(944)，18岁的赵匡胤与右千牛卫率府率贺景思的长女贺氏完婚。贺氏长眉入鬓，秀靥承颧，容貌姣好，望若璧人。两人燕尔新婚，鹿车共挽，泄泄融融，如胶似漆。但是好景不长，天福十二年(947)契丹军攻入开封，烽烟蔽日，鼙鼓震空，晋出帝成了阶下囚，被俘北上，后晋灭亡。覆巢之下无完卵。契丹兵四处剽掠，赵匡胤家也未能幸免。其时他的两个弟弟光义、光美也先后来到人世，生齿日繁，而弘殷的官职却没有提升，薪俸也没有增加。囊中羞涩，度日维艰，赵弘殷除了唉声叹气，竟是一筹莫展。21岁的赵匡胤知道靠父亲的荫庇取得富贵已经无望，自己昂藏七尺之躯仍然靠父母供养，不禁羞惭难当。他决定仗剑去国，辞亲远游，浪迹天涯，自己出去闯天下。

出得门来，迤逦东南行，来到了南京(今河南商丘)。赵匡胤心中抑闷，便借酒浇愁，胸中蓦地升起了"欢乐极兮哀情多，少壮几时兮奈老何"的感慨。他信步来到一座庙宇中，这座庙是黄帝曾孙、尧之父帝喾的庙，帝喾号高辛，当地便称为高辛庙。庙内香案上放有供占卜用的竹杯筊，杯筊原作杯珓，用两个蚌壳做成，使用时抛入空中，看落地时盖面是朝下或是朝上以定吉凶祸福，后来改用竹子代替蚌壳，于是杯珓就成了杯筊。这本是江湖术士骗财的一种把戏,引诱天底下的善男信女上当,此时的赵匡胤穷愁潦倒,也想来试一下运气,问问吉凶休咎。他默默祷告上苍,希望能当一个低级军官,但杯筊显示的不是吉兆,反复数次,一直祷告到节度使上,仍然没有显示吉凶。赵匡胤自叹时乖运塞,但又不甘心就此罢手,再次祷告说,神灵不让我当节度使,莫非是要我当天子吗?谁知一掷而得圣筊,正是他梦寐以求的天子。他不由喜悦溢上眉梢,似乎真的登上了九五之尊,呈现在他眼前的不再是千里冰封的严冬,而是春风骀荡的艳阳天了。眼望圣筊,他不禁"喜心翻到极,呜咽泪沾巾",一首咏日诗脱口而出:"欲出未出光辣达,千山万山如火发。须臾走向天上来,赶却流星赶却月。"这首诗虽然浅白直露,缺少含蓄深沉,但却很有气势,后来正史上把前两句润色成"未离海峤千山黑,才到天心万国明",文气卑弱,显然是狗尾续貂之作。

梦境不等于现实。竹筊上的天子毕竟是镜花水月,当不得真,赵匡胤只得风尘仆仆,继续踏上征途。在以后将近两年的时间里,他风尘颠沛,四处奔波,企图寻找一个安身立命之处,然而却屡屡碰壁。他往凤翔拜谒节度使王彦超,王彦超不肯收留他,只给他10贯钱让他走路。赵匡胤没奈何,只得快快离去。若干年后,赵匡胤当上了大宋天子,王彦超成了他手下的大将。一日,赵匡胤征藩镇入觐,彦超也在其中。诸将多说当日推戴之功,独王彦超俯首无语,只表示愿领兵宿卫京师。赵匡胤从容问他:卿当年为何不留朕躬?彦超答道:"马蹄印里积的水怎能留住神龙?微臣如若收留陛下,岂有今日九五之尊?"一席话说得赵匡胤甚为高兴。

离开凤翔,赵匡胤踽踽北上,来到了潘原县(今甘肃平凉市东泾水南岸)市廛,见一伙人赌博正酣,他不觉手痒,也加入其中试试运气。也是他技高一筹，顷刻之间便赢了个盆满钵满，赵匡胤不慌不忙将钱归拢在一起，正要装入行囊之际，那些赌徒见他孑然一身，知是异乡漂泊至此者，发声喊把他打一顿，将钱抢了回来。赵匡胤孤掌难鸣，寡不敌众，只得自认倒霉。

厄运如影随形，赵匡胤不管走到哪里，都有一段不堪回首的经历，人情冷暖，世态炎凉，他算是有了深切的体味。绕树三匝，无枝可栖，既然西边和北边都走不通，赵匡胤便掉头南下，行行重行行，他来到了汉东（今湖北随县），想依靠在这里居官的董宗本。董宗本倒是有恻隐之心，待赵匡胤不薄，而他的儿子董遵海却是个少不更事的角色，每每倚仗父亲之势，恶言恶语相加。在人屋檐下，不敢不低头，不论董遵海怎样凌辱，赵匡胤都隐忍不发。有一天两人又论争战争之事，赵匡胤口若悬河，侃侃而谈，董遵海乃一介武夫，胸无点墨，自然说不出个子午卯酉，不禁恼羞成怒，拂袖而去。赵匡胤知道这里不是久留之地，便辞别董宗本，另觅栖身之地。

赵匡胤又恓恓惶惶地踏上了漂泊之旅，目的地在哪里，他说不清楚。一路向北走来，他无心领略"野火初烟细，新月半轮空"的旖旎风光，来到了汉水边上的重镇襄阳（今湖北襄樊）。异国他乡，人地生疏，赵匡胤只得寄宿在一座寺庙里。那座寺庙不大，香火不旺，僧人们只靠善男信女布施度日，生活清贫得可怜，骤然间增加了一个既不出家，也非挂单游方和尚的大汉，未免左支右绌，入不敷出。但出家人一向是慈悲为怀，济困扶危是应有之义，僧人想赶匡胤走又说不出口。后来僧人终于想出了一个主意，奉承匡胤说，贫僧观公子相貌堂堂，决不会沦落江湖，久居人下，只要肯往北走，一定否极泰来，出人头地。话说得很委婉，赵匡胤还是听出了弦外之音，他知道僧人生活拮据也有难处，自己不便久留,倘上天眷佑,自己不愁没有出头之日。老僧说往北走便有出头之日,姑妄言之,姑妄听之吧,说不定好梦成真,从此飞黄腾达也未可知。于是他背起行囊,往北方大步流星走去。

行行重行行,赵匡胤连日奔波,颇觉劳累。一日,他来到一座破败的佛庵前小憩。佛庵中住着一位僧人,因这里香火不旺,庵内空闲之地甚多,便种植了许多蔬菜,卖掉后供奉佛事。这日僧人在庵中昼寝,梦中见一金色黄龙来食莴苣,顷刻之间,数畦俱尽。僧人醒后,所见情景犹历历在目,不禁失声说,必有异人至此,于是便到菜地查看,果然见一魁梧汉子在那里拔莴苣而食。僧人细视其貌,见他气宇轩昂,神色凛然,兀自与众人不同,便毕恭毕敬迎入庵中,招待甚殷。临行时,又取钱数百馈赠之,嘱托说,老僧遇见壮士,也是今生有缘,壮士他日富贵,幸勿忘老僧。说着便把梦中之事告诉了那位汉子,又双手合十恳求说,壮士他日得志,请为老僧在此地建一大寺。那汉子满口答应。原来那汉子不是别人,正是宋朝的开国皇帝赵匡胤。赵匡胤登基后,访求僧人,那僧人还健在,遂命人在那里建寺,赐名"普安",后人称为道者院。这当然也是穿凿附会,子虚乌有的事,不过是吹捧赵匡胤与凡人不同而已。

其时留守邺都(今河北大名东北)的后汉枢密使郭威正在招兵买马,赵匡胤的父亲弘殷也算与郭威同朝为官,赵匡胤轻而易举地投入了郭威麾下。郭威称帝,论功行赏,赵匡胤被封为禁军东西班行首,任务是保卫皇宫。虽说是芥微之官,但毕竟有机会接近龙颜,比起那漂泊无定的羁旅生活,无疑好多了。

广顺三年(953),赵匡胤升任滑州(今河南滑县)副指挥,还未及上任,适逢后周太祖郭威的内侄、养子柴荣从德州节度使升为开封尹兼功德使,封晋王,柴荣知道赵匡胤是能征惯战的骁将,便上奏天子,留在自己麾下,担任开封府马直军使。

显德元年(954)正月郭威病逝,遗诏"晋王荣可于枢前即位",群臣奉柴荣登基,是为世宗。二月间,盘踞河东的刘崇与契丹大将杨衮联袂南侵,柴荣欲御驾亲征,中书令冯道以为不可。世宗说:"昔唐太宗之创业,靡不亲征,朕何惮焉!"冯道说:"陛下未可便学太宗。"世宗又说:"刘崇乌合之众,苟遇王师,必如山压卵耳。"冯道回答:"不知陛下作得山否?"世宗见冯道固执己见,甚为不悦。只有大臣王溥支持世宗亲征,世宗遂决定亲征,此时已典禁兵的赵匡胤也参加了此次战役。

二月十八日,柴荣的车驾到了泽州(今山西晋城),夜晚住在离城15里的村舍中。次日,前锋与北汉兵相遇,北汉兵布阵于高平(今山西晋城东北)南高原上。有人从刘崇军中来,向柴荣报告,刘崇自己率兵3万,还有契丹援军万余人,只怕是来者不善。柴荣下令出击,刘崇东西列阵,旌旗蔽日,颇为严整。当时河阳节度使刘词所率北汉兵尚未赶到,北周士兵见北汉兵人多势众,不免惊恐不安。柴荣命侍卫马步军都虞侯李重进、滑州节度使白重赞率左路军居西,侍卫马军都指挥使樊爱能、步军都指挥何徽率右路军居东,宣徽使向训、郑州防御使史彦超率精骑居中央,殿前都指挥使张永德率禁兵扈卫自己、柴荣则全副甲胄督战。刘崇见周军人少,悔召契丹之兵,对诸将说,我自用北汉兵破敌,何须契丹来援,今日不但破周兵,也可使契丹心服。杨衮策马观望周军,回身对刘崇说,周军人马强壮,也是劲敌,未可小觑。刘崇夸口说,诸公无须多言,试看我破敌。时东北风正盛,俄顷忽转为南风,北汉副枢密使王延嗣派司天监李义报告刘崇,可以出战,刘崇额首表示同意。枢密直学士王得中扣马而谏说,风势如此,岂是助我军,李义可斩!刘崇怒斥道,我志已决,老书生勿妄言阻挠军心,我将斩汝,王得中吓得抱头鼠窜。刘崇指挥军队先攻击周的右路军,交战还没有几个回合,后周的右路军樊爱能、何徽率骑兵千人遁逃,阵脚大乱,剩下的千余名步兵见主帅已逃,便解甲投降了北汉。

千钧一发,军情危急,倘不采取措施,后周将有全军覆没之虞,柴荣顾不了许多,只得亲冒矢石,奋勇督战。此时作为禁军将领的赵匡胤正站在世宗柴荣身旁,眼看着如潮水般溃退的后周士兵,不禁心急如焚,大声对同僚说,主危臣死,如今圣上受困,我辈岂能不尽忠报效朝廷!又转身对殿前都指挥使张永德说,贼兵乘胜而骄,但有破绽可击,将军部下有许多射箭能手,请出兵为左翼,我率军为右翼,合力包抄敌军,国家安危,在此一举!张永德立即允诺,与赵匡胤各率2000士兵出击。赵匡胤身先士卒,挺枪跃马冲入敌阵,麾下士兵也高呼杀敌,无不以一当百,奋勇搏击,北汉兵见周军奋不顾身,气势如虹,不禁望风披靡,败下阵去。担任世宗柴荣宿卫的夏津、马仁瑀也跃马引弓,连毙北汉兵数十人,后周士气大振。北汉主刘崇得知柴荣也临阵督战,吩咐大将张元徽进兵,欲生擒柴荣。谁知张元徽时运不济,所乘坐骑正在奔驰之际,突然踣地,周兵眼疾手快,乘张元徽还未站起,一枪下去结果了他的性命,正应了“瓦罐不离井上破,将军难免阵前亡”那句古话。张元徽乃北汉骁将,他既殒命,北汉军由是夺气。其时南风益盛,周兵人人奋勇,个个争先,北汉兵只恨爹娘少生了两条腿,一溃千里,刘崇自举旗帜收拢散兵,但归来者寥寥。契丹大将杨衮畏周军之强,不敢撄其锋,引军而退。

再说樊爱能、何徽引兵仓皇逃遁,士兵控弦露刃,沿途剽掠烧杀,百姓吓得四散逃亡。柴荣派近臣及亲军校前往晓谕,但樊、何二人不肯奉诏,有的使者则被士兵所杀。二人又扬言说契丹兵将大至,官军已败,余众已降契丹。后周大将刘词遇樊爱能等于途中,樊爱能劝刘词逃跑,刘词不答,引军而去。其时北汉主刘崇有余众万人,隔着一条涧与周军对峙。薄暮时分,刘词引周兵大至,向北汉兵发起进攻,北汉兵被冲得七零八落,溃不成军,大将张晖、枢密使王延嗣被周兵斩于马下,北汉兵狼奔豕突,溃围而走。周军追至高平,只见北汉兵僵尸填满山谷,丢弃粮草辎重无算。周兵乘胜追击,赵匡胤一马当先,追至河东城(今山西太原市西南晋源镇)下,焚其城门。北汉兵作困兽之斗,城上矢如雨下,射中赵匡胤左臂,匡胤欲裹创再战,柴荣恐他再有闪失,下诏让他退兵。此次战役,以后周军大获全胜而告终。

高平之役是世宗柴荣即位后的首次战事,指挥得当,将士用命,才能斩将搴旗,振旅而还,柴荣十分高兴。论功行赏,斩樊爱能、何徽及其麾下将佐70余人。柴荣厉声斥责他们:尔等皆是累朝宿将,并非不能战斗,这次却望风溃逃,是想将朕作为奇货卖给刘崇,岂能轻饶!樊爱能等俯首无语,一一引颈就戮。柴荣念及袍泽故旧之情,每人都赐给棺椁归葬,这也算是法外施恩了。赵匡胤则被擢升为殿前都虞侯,领严州(今广西来宾)刺史。严州是南汉主刘鋹所辖之地,所谓刺史不过是遥领而已,没有实际意义。而殿前都虞侯则是一个关键性的职位,此官职设于后魏时期,五代时与殿前都指挥使、殿前副都指挥使掌管全国禁军。从此赵匡胤从一般将领中脱颖而出,成为世宗柴荣的股肱之臣。倘没有这一个台阶,就不会有后日历史上大名鼎鼎的宋太祖。

赵匡胤被世宗柴荣倚为干城,除战功之外,为他选择妃子也是一个重要因素。原来世宗符皇后乃大将符彦卿之女。符彦卿为陈州宛丘(今河南淮阳)人,历仕后唐、后晋、后汉、后周,任天雄军(今河北大名)节度使,符氏初嫁李守贞之子崇训为妻,有术士为她相面,说她日后当为天下之母,也就是说会贵为皇后。守贞逢人便说,我儿媳犹可母仪天下,何况我这当藩镇的公爹,遂渐蓄不臣之心。后汉乾祐年间,李守贞叛于河中(今山西永济市蒲州镇),赵匡胤奉命平叛,攻克了河中。崇训自知不免,先杀了自己的弟妹,又来寻觅妻子符氏,符氏藏匿于帷箔之中,崇训仓皇求之不得,遂自刎而死。乱兵进入内室搜捕,符氏安坐堂上叱乱兵说,我父与郭公(指郭威)有兄弟之谊,汝等不得无礼!赵匡胤派女使将符氏送归其父彦卿,符氏甚为感激,拜他为养父。柴荣镇守澶渊(今河南濮阳),赵匡胤为他聘之,柴荣即位,符氏自然是皇后,因此柴荣对赵匡胤优宠有加,就在情理中了。

高平之战后,柴荣杀了樊爱能等人,"自是骄将惰卒,始知所惧"。但周军士兵虽众,战斗力却不高,于是大力整顿军队,精锐者升为上军,羸弱不能战斗者淘汰。当时骁勇之士,多在藩镇手下当兵,柴荣招募天下壮士都到开封来,命赵匡胤筛选其中的佼佼者为殿前诸班,其他骑、步诸军,也由各有关将帅选拔。经过这一番整顿,后周"士卒精强,近代无比,征伐四方,所向皆捷"。后周军队从此成了劲旅。

稍事休整,柴荣的兵锋又指向了后蜀的秦(今甘肃天水)、凤(今陕西凤县)、成(今甘肃成县)、阶(今甘肃武都)4 州。后蜀在后晋时攫取这4 州之地,后晋君臣无暇他顾,只得听之任之。但后蜀统治者横征暴敛,弄得百姓苦不堪言。后周立国之后,不少人逃往开封,要求解民倒悬,拯民水火,消灭后蜀政权。显德二年(955)四月,柴荣命大将向训、王景派兵前往。后蜀自然不甘心坐以待毙,整军迎战,后周军进展缓慢,双方相持不下。迨到七月,后周宰相上奏说,王景等久攻不下,师老兵疲,而粮草又难以为继,不如罢兵,柴荣踌躇不决。欲待罢兵,则前功尽弃;欲待继续进攻,却又不能稳操胜算,便派赵匡胤前往察看以定行止。赵匡胤经过仔细观察,认为秦、凤、成、阶4州可取,不必撤军,回来后据实上奏。柴荣于是下定决心攻打后蜀。后蜀大将李廷珪派部下李进据马岭寨(今陕西凤县西),又派一支奇兵出斜谷(今陕西眉县西南),屯驻白涧(今陕西凤县东北白石铺),再分兵出凤州之北唐仓镇与黄花谷(今陕西凤县东北),以绝周兵粮道。王景也不示弱,先派兵占领了黄花谷和唐仓,扼住蜀兵归路。双方激战于黄花谷,蜀军大败,溃逃唐仓,恰遇周兵,再战又败,马岭、白涧的蜀兵军心动摇,一触即溃,李廷珪等见大势已去,丢弃秦州,逃回成都,守将赵玭降周,斜谷的后蜀援军不战自溃,成、阶两州皆降,王景攻克凤州,于是,秦、凤、成、阶4州之地尽入后周版图,蜀人震恐。

眼望捷旌旗,耳听好消息。后周军凯旋而还,35岁的柴荣不禁欣喜若狂。攻打后蜀只是牛刀小试,他把下一个目标瞄准了南唐。这年十一月,柴荣命宰相李谷为淮南道前军行营都部署,知庐(今安徽合肥)、寿(今安徽寿县)等州行府事,以许州节度使王彦超为行营副部署,以侍卫马军都指挥使韩令坤等一十二将各带征行之号,率师十万,浩浩荡荡直奔淮南而来。其时庐、寿两州尚未入后周版图,柴荣便命李谷行府事,表示志在必得。

要出兵征伐,总得找个借口,表示自己是堂堂正正之师。柴荣找人写了一通檄文,在历数南唐的各种"罪状"后,又夸耀自己的兵甲之盛,以便从气势上压倒南唐君臣。

今则推轮命将,鸣鼓出师,征浙右之楼船,下朗陵之戈甲,东西合势,水陆齐攻。吴孙皓之计穷,自当归命;陈叔宝之数尽,何处偷生!应淮南将士军人百姓等,久隔朝廷,莫闻声教,虽从伪俗,应乐华风,必须善择安危,早图去就。如能投戈献款,举郡来降,具牛酒以犒师,纳圭符而请命,车服玉帛,岂吝旌酬,土地山河,诚无爱惜。刑赏之令,信若丹青,苟或执迷,宁免后悔。王师所至,军政甚明,不犯秋毫,有如时雨,百姓父老,各务安居,剽掠焚烧,必令禁止云。

柴荣希望不费一兵一卒,传檄而定江南,南唐自然也不愿把偌大一片国土拱手送人,战争一触即发。南唐中主李璟以大将刘彦贞为北面行营都部署,率师3万赴寿州,奉化节度使皇甫晖为北面行营应援使,常州团练使姚凤为应援都监,率师3万屯定远,与寿州成犄角之势。柴荣也针锋相对,于显德三年(956)春御驾亲征,正月间从开封城出发。路经陈州(今河南淮阳),抵达正阳(今属河南),就在那里驻跸,指挥军事。

那李谷久攻寿州不下,南唐大将刘彦贞引兵来援寿州,至来远镇(今安徽寿县西南)扎营,又以战舰数百艘驶往正阳,准备进攻周军在那里造的浮桥。李谷得知后大惊,打算后退固守浮桥,当时世宗柴荣的车驾刚到圉镇(今河南杞县西南),忙派人晓谕他不得后退,但使臣到时,李谷已焚烧刍粮,退保正阳。柴荣到了陈州,立即派李重进引兵趋淮上援助李谷。南唐大将刘彦贞素来娇贵,胸无韬略,不娴兵戎,所历藩镇,贪婪无厌,积财巨万,贿赂朝中权贵,因此权贵们争着为他美言,说他治理百姓如汉代的良吏龚遂、黄霸,指挥军队如汉初的良将韩信、岑彭。因此,周师来攻,中主李璟首先选他为大将。他的裨将咸师朗等皆勇而无谋,只是一介赳赳武夫,他们听说李谷退兵,引兵直抵正阳,旌旗辎重绵延数百里。军容甚盛。那李重进率精兵渡过了淮河,在正阳以东阻遏来犯之敌。刘彦贞见周兵撤退,便不问青红皂白,挥师追赶,偏将咸师朗也怂恿进兵,定可大获全胜。只有刘仁赡进言说,尚未交锋,敌军便退,肯定其中有诈,慎勿追赶,免得中计。前军将张全约也持此议。但刘彦贞认为他们怯敌,一概屏而不纳。其实刘彦贞虽气壮如牛,却胆小如鼠,当他挥师疾驰至正阳时,李重进已先他而至了。刘彦贞不去进攻,却让士兵施放铁蒺藜、拒马牌,又刻木为兽,恐吓周军。周兵一见,便知他心中怯懦,一鼓作气冲了过来,刘彦贞猝不及防,被斩于马下,咸师朗逃遁不及,被李重进俘获。可怜两万南唐士兵悉数化为泥沙,数不清的辎重成了周军的战利品。

此次战役大获全胜,使得柴荣踌躇满志,驻跸正阳,指挥军队从容进攻。他一面围攻寿州,一面派大将赵匡胤率军 5000 进攻滁州(今属安徽)。滁州四面皆是大山,离滁州 30 里的清流关则是一马平川,滁州之西的西涧水更是一道天然屏障,极利防守。中主命大将皇甫晖、监军姚凤率军 10 万扼守其地。两军相遇于清流关隘路,一阵厮杀,赵匡胤寡不敌众,败下阵来,皇甫晖并不追赶,从容进入滁州安营下寨。

赵匡胤驻军滁州城外,恐怕皇甫晖来攻,心中忐忑不安,于是带了几名随从查看地形。迤逦行来,来到了一个小村中。村子虽小,却是景色甚佳,泉水淙淙,萦纡映带,茂林修竹,翠荫纷披,端的是修身养性之处。赵匡胤询问村人,有无熟悉当地地理之人,村民回答:这里有个赵学究,镇州(今河北正定)人,靠教授童蒙为生。此人颇有智谋,且又善于辞令,村民有争讼者,都找他评判曲直,将军若把他找来,必能助将军一臂之力。赵匡胤甚为高兴,转回军营,脱下戎装,换上微服,只带了三两个随从,便径投赵学究住处来。

那个赵学究就是后来的宋朝开国宰相赵普,他当时还未发迹变泰,只得靠教童蒙糊口。后周与南唐兵戎相见,赵普知之甚稔,他无缘参与战争中的任何一方,只是在冷静地观察形势,以便待价而沽。赵匡胤滁州城下受阻,他略知一二,此次又微服来访,精明的赵普已揣猜到了他的来意。一阵寒暄之后,赵匡胤便把心事和盘托出:"赵某奉命吊民伐罪,如今受阻清流关下,还望学究指点迷津。"

赵普略一沉吟,便问赵匡胤:"皇甫晖是江南宿将,威名冠南北,将军与他相比,如何?"

赵匡胤老实承认:"某不能与他比肩。"

"那么,将军的兵势与他相比,又如何?"

"皇甫晖率军10万,某才有兵5000,强弱之势,泾渭分明,学究岂不是洞若观火!"

赵普穷追不舍,继续问下去:"倘若两军交锋,将军能否稳操胜券,歼此披猖之敌?"

赵匡胤摊开两手,显出无可奈何之状:"如果能马到成功,某又何须来打扰学究,我是彷徨徙倚,无计破敌,才来向学究讨教的。"

"如果皇甫晖倾巢而出,断绝将军归路,将军就只有束手就擒一途了。"赵普故作惊人之语。

赵匡胤听赵普分析形势丝丝入扣,不由得汗流浃背:"学究可有弥合之法? 解某之忧?"

赵普莞尔一笑,显得胸有成竹:"鄙人倒有一计,可使将军转危为安,遇难成祥。"

赵匡胤拱拱手说:"愿闻其详!"

赵普不慌不忙,指着清流关的方向说:"清流关下有一条小路,崎岖难走,无人知晓,虽皇甫晖亦不知其情。此路鸟道羊肠,萦回曲折,在山背之上,由此可直达滁州城下。滁州城西的西涧水正是涨水季节,皇甫晖必然认为将军新败,不敢贸然浮水至此。诚能由山背小路浮西涧水至城下,斩关而入,皇甫晖必不为备,以为飞将军从天而降,等他疑惧未定之际,我已斩关夺隘,入据滁州城了。”

赵普的一席话真是醍醐灌顶,使赵匡胤茅塞顿开,忙请赵普带路,趁着当晚月色微明,云翳半开之际,人衔枚,马摘铃,沿着山间小路行走,然后连人带马浮过西涧水,直抵滁州城下。皇甫晖果然疏于防备,他以为西涧水是道天堑,周军插翅也难以飞越,因此只派了几个疲老之卒戍守。周兵未费多大气力便攻开了城门,潮水般涌进城来。皇甫晖仓猝中被迫迎战,作困兽之斗,战不几合,便被擒下马来,周军点了火把,簇拥着来见赵匡胤。皇甫晖并不服输,埋怨赵匡胤用兵不光明正大,使用阴谋诡计,自己纵死不服。赵匡胤没有难为他,给还衣甲马匹,让他回去再战。怎奈大势已去,人心涣散,兵无斗志,皇甫晖又被捉去,赵匡胤再次下令释放。当皇甫晖第三次被俘时,已是遍体鳞伤,满身血污,再也站不起来了。赵匡胤问他是否回去再战,皇甫晖闭目不答。赵匡胤命人制作木笼,抬了皇甫晖,送往正阳让柴荣发落。皇甫晖金疮被体,有气无力地对柴荣说:“我自贝州(今河北南宫东南)卒伍起兵,辅佐李嗣源,遂成唐庄宗之业。后来率众投江南,位兼将相,前后南北二朝,大小数十战未尝败绩。而今日见擒于赵某,乃天助赵某,岂我所能及!”遂不肯治疮,不食而死。滁州人可怜他尽忠王事,一日几次鸣钟,为他荐冥福。

赵匡胤既生擒皇甫晖,也一并活捉了姚凤,从容进入滁州。数日之后,他的父亲弘殷率领人马夜半来到滁州城下,要求开门进城。赵匡胤站在城头说:“父子虽是至亲,但守城乃是朝廷大事,没有上司命令,恕儿不能开门。"赵弘殷无奈,只得等到翌日入城。柴荣得知攻克了滁州,便派翰林学士窦仪来登记验收仓库财物。赵匡胤派人欲取仓库中的绢帛,窦仪说,城池初下之时,将军即使取走仓库中的所有财物也无妨,如今财物已登记在册,成为官物,除非有天子诏旨,下官才能奉命。赵匡胤见他说得有理,颇敬重之。

此次战役之后,赵匡胤名声大噪,他每次临阵,必以繁缨装饰战马,铠杖鲜明。有人告诫他,如此岂不被敌人识破,赵匡胤说,我正要敌人知道厉害! 柴荣得知扬州守备薄弱,派大将韩令坤攻打。韩令坤先派部下白延遇率精骑数百人,乘着夜色悄悄进了扬州城,城中守兵竟毫无察觉。迨至黎明,韩令坤也到了扬州,兵不血刃,垂手而得南唐军事重镇,柴荣便命他知州事。位于扬州东侧的泰州(今属江苏)守将惧怕后周的声威,也举城来降。周军连下数城,至此,南唐"淮南之地,已半为周有"了。

南唐明知不是后周对手,但也不甘于束手待毙,中主李璟趁吴越王钱俶奉柴荣之命攻打常(今属江苏)、润(今江苏镇江)、毗陵(今江苏常州一带)兵败之际,派大将陆孟俊围攻泰州,周师小败,孟俊进逼扬州,韩令坤弃城而走。柴荣急派张永德救援,韩令坤与他合势重入扬州。柴荣又命赵匡胤率兵 2000 人趋六合(今属江苏),声援扬州。六合在扬州西北,约 130 里之遥,乃四州通衢,也是兵家必争之地。赵匡胤一至六合便宣布:扬州兵有过六合者折其足! 韩令坤闻知,始有固守之态。后周兵一鼓作气,在扬州东大败南唐军队,生擒了陆孟俊,军威大振。

南唐中主李璟得知陆孟俊被擒,再派齐王李景达将兵两万自瓜步(今江苏六合东南瓜步山下)渡过大江,距六合二十余里安营扎寨。奇怪的是,李景达没有进攻周军,而是设栅自固。周军请求发动攻击,赵匡胤分析形势说:"江南军队设栅自固,分明是惧怕我军。如今我兵才2000人,如果主动出击,彼众我寡,必然败绩,不如以逸待劳,待彼来袭而击之,可以获胜。"众将始无异议。过了几日,南唐方面见赵匡胤毫无出兵迹象,便挥兵直趋六合,赵匡胤奋勇出击,南唐兵望风披靡,被歼5000余人,剩下的一万余名士兵惶惶如丧家之犬,急急似漏网之鱼,争先恐后逃至江边,皆欲争船逃命,不少人溺毙江中,成了江底冤魂。两军交锋时,赵匡胤亲冒矢石到前线督战,见到那些不肯努力厮杀的士兵,就在他戴的皮笠上用剑刻下印记,等到战斗结束,便检查士兵的皮笠,凡上面刻有印记者,统统处死,大约有几十名士兵被斩首。从此之后,他麾下的士兵都争先恐后杀敌,没人敢再玩寇不进了。

周兵大胜,柴荣急于回朝处理其他政务,便自涡口(今安徽怀远)启程北归,命大将李重进等围攻寿州(今安徽凤台)。赵匡胤也奉命自六合班师还朝。途经寿州,适值周军屡攻寿州不下,加上天气溽暑难耐,粮秣难以为继,士兵久戍思归,啧有怨言,士气不振。赵匡胤决定暂缓返旆之期,留驻寿州城下,以鼓舞士气。李重进倚以为援,兵威复振。十多天后,赵匡胤才离开泰州,返回朝中。柴荣很赏识赵匡胤的才干,封他为定国节度使兼殿前都指挥使。节度使是藩镇的首领,掌控一方,俨然一路诸侯。而殿前都指挥官则是殿前司的统兵官。五代时殿前司的统兵官是都点检,其次是殿前副都点检、殿前都指挥使,都是朝中手握节钺的重要人物。殿前都指挥使俗称殿帅。赵匡胤有了这两个头衔,才得以升为都点检,并由此飞黄腾达,登上了天子宝位。殿前都指挥使的任命,是他政治生涯中的一个重要转折点。

显德四年(957)春,周兵围攻寿春,却连年未能得手,南唐兵数万溯淮河而上救之,驻扎于紫金山(今安徽寿县东北淮河南岸),列寨十余里,绵延如连珠,与城中烽火晨夕相应。又筑甬道直抵寿春,以供馈运。李重进伏兵于路,乘南唐兵经过时邀击,南唐兵猝不及防,稍一交锋,便败下阵来,损兵5000人,又连失两寨,李重进好不高兴,连忙奏与世宗柴荣。周军在陆地上连战皆捷,但水师却无法与南唐匹敌。江南士兵个个都是弄潮好手,驾驶战船进退自如,每逢交战,周兵便大败而归。柴荣回到开封,在城西汴水之侧造战舰数百艘,命南唐降卒教习水战,数月之后,周兵纵横出没,可与南唐水军抗衡。于是,柴荣命大将王环率水军数千,自闵河(即宋初的惠民河)沿颍河驶入淮河,南唐未料到周朝竟然也有了水军,惊愕不已。

柴荣决定再次御驾亲征,扫穴犁庭,平定南唐。他从开封出发,途经下蔡(今安徽凤台),于三月初渡过淮河直抵寿州城下,驻跸于紫金山南,命赵匡胤进攻南唐的先锋寨及山北一寨,周军均一鼓而下,斩获2000余人,又断了南唐的甬道,使其首尾不能相顾。南唐大将朱元与先锋壕寨使朱仁裕等率万余人降周,世宗柴荣来到赵步(今安徽凤台东淮南北岸),指挥士兵进攻紫金山寨,大获全胜,斩获万余人,生擒南唐大将许文稹、边镐、杨守忠等。溃散的南唐残兵败卒沿淮河东逃,柴荣亲率骑兵数百从北岸追赶,诸将以步兵循南岸追赶,水军自中流溯淮河而下。此次战役,南唐兵战死,溺死及降者殆4万人,缴获粮草辎重无算。寿州孤立无援,粮草俱尽,只得举城来降。还朝后,赵匡胤被封为义成军节度使、检校太保,仍是殿前都指挥使。

这年十一月,柴荣再次出兵攻伐南唐的濠(今安徽凤阳东)、泗(今江苏泗洪东南,盱眙对岸)两州,赵匡胤被任命为先锋。濠州东北十八里处有滩,当地百姓称为十八里滩,那里地势险要,南唐在滩上树立起了栅栏,栅栏环水而建,甚为牢固,他们认为周兵必不能从此涉河,可谓一道天堑。柴荣也不敢掉以轻心,亲自率师攻打,正欲命人乘骆驼渡过淮河,身为先锋的赵匡胤奋勇当先,跃马截流先渡,士兵见主帅渡河,一个个莫不踊跃竞渡,南唐兵见周兵神勇,不禁魂飞魄散,弃栅而去,周兵未费多大气力,便攻下了十八里滩。大将李重进破敌于濠州南关,柴荣亲攻濠州,大将王审琦攻拔了南唐的水寨,周军气势如虹,所向披靡。南唐也拼死抵御,调集战船百余艘屯泊于濠州城北,又在淮水中植入木桩,以限制周朝水师行动。柴荣针锋相对,命令水师出击,拔掉淮水中的木桩,焚毁南唐战船70余艘,斩首2000余级,又攻下了羊马城,濠州人心震恐。南唐濠州团练使郭廷谓派人禀告柴荣说,我家在江南,若遽然投降,南唐必然屠戮我全家,待我先向金陵(南唐都城,今江苏南京)请命,以迁延时日,然后出降。柴荣见他说得恳切,便慨然应允,引兵迤逦东行,来至泗州城下。赵匡胤率先发动攻击,用火焚烧泗州南城门,攻破水寨及月城。所谓月城是临水筑城,两头抱水,形如月牙,故名,实即泗州的外城。柴荣登上月城城楼,指挥攻城。泗州城内粮尽援绝,守将范再遇举城来降。南唐兵退守清口(今江苏清江市西南,为古泗水入淮之口)。赵匡胤跟随柴荣沿淮河东下,柴荣自淮河北岸进军,赵匡胤率领步骑自淮河南岸进军,水军则从淮水中流进军。其时淮河沿岸因战事连绵,已久无行人,葭苇如织,尽是泥淖沟堑,不利行走,但周军跋涉争进,皆忘其劳。途遇唐兵,且战且行,鼓鼙声声,远近皆闻。行至楚州(今江苏淮安),追上了唐兵,双方再战,唐兵大败。溃败的唐兵沿淮河逃亡,赵匡胤为前锋,驰骋60余里,擒获南唐大将陈应昭,楚州落入周军之手。唐军既已溃不成军,赵匡胤乘胜追击,破唐兵于迎銮江口,直抵大河南岸,焚毁唐军的营栅,再破唐军于瓜步(今江苏扬州市南),淮南宣告平定。南唐中主李

江山代有才人出

璟畏惧赵匡胤的威名,便使用反间计欲离间他和柴荣的关系,故意写了一封言辞恳切的书信,如他一旦叛依,将有不次之赏,又派人暗中送去白金3000两。赵匡胤自然知道南唐用意何在,把书信和白金一并交给了柴荣。知臣莫若君,柴荣一笑置之,反间计未能得逞。

显德六年(959)三月,柴荣御驾北征契丹,以收复石敬瑭割给辽朝的燕云十六州之地,赵匡胤为水陆都部署,随驾北征。周军一路势如破竹,乾宁州、益津关(今河北霸州市)、瓦桥关(今河北雄县)、莫州(今河北任丘)、瀛州(今河北河间)均是不战而降。关南平定,"凡得州三,县十七,户一万八千三百六十。是役也,王师数万,不亡一矢,边界城邑皆望风而下"。接着周军又攻下易州(今河北易县),柴荣改瓦桥关为雄州,益津关为霸州。先锋部队破契丹兵于瓦桥关北,攻克固安(今属河北)。当时羽檄纷驰,军书旁午,柴荣在途中阅读四方文书,指挥战事。一日,忽得一韦囊,中有一块3尺余长的木板,上面写着"点检作天子"5字,墨汁刚干,色泽如新,柴荣不禁诧疑不止。此5字明明暗示一个作点检的人要取代他天子的位置。必须当机立断,迅速处置。他立即想到了正任殿前都点检的张永德。永德是并州阳曲(今山西太原)人,字抱一,周太祖郭威之婿,柴荣是郭威养子,两人情谊甚笃。特别是柴荣即位后,他鞍前马后,从征南唐、契丹,屡立战功,莫非他有非分之想,要觊觎帝位?但他平日循规蹈矩,从不飞扬跋扈,怎会突发篡位奇想?柴荣不禁思绪纷纭,无法定夺了。转念一想,觊觎富贵是人之本性,张永德貌似忠厚,心怀奸诈也未可知。"点检作天子"之事,看来并非空穴来风,宁可信其有,不可信其无,必须未雨绸缪,预作准备。于是一道诏书免去了驸马都尉张永德的军职,加上检校太尉、同平章事的官衔。没有军队,他就不可能废黜天子,自立为帝了。柴荣把军事大权交给了赵匡胤,任命他为殿前都点检,加检校太傅,仍为忠武军节度使。至此,赵匡胤手握节钺掌握了后周的军队,为他发动陈桥兵变提供了契机。

点检果真当天子：赵匡胤登基

欲出未出光辣达，千山万山如火发。

须臾走向天上来，赶却残星赶却月。

——赵匡胤《日诗》

天有不测风云，人有旦夕祸福。柴荣在北征途中，军务丛脞，殚精竭虑，心力交瘁，积劳遘疾。开始他还以为是疥癣之疾，不以为意，谁知群医束手，有加无瘳，迨至显德六年六月，柴荣便驾鹤西去，崩于京师开封的万岁殿，享年 39 岁。《旧五代史》说他"神武雄略，乃一代之英主也"，并非溢美之词！说他"仙去之日，远近号慕"，也是实情。又不无惋惜地说："降年不永，美志不就，悲夫！"道出了后人对他的思念。

天不可无日，国不可无主。柴荣 8 岁的儿子柴宗训被群臣拥立登基，是为恭帝。新天子即位，照例是大赦天下，文武百官加官晋爵，赵匡胤被封为宋州（今河南商丘）节度使，依旧是检校太尉、殿前都点检，进封开国侯。柴荣被尊谥为睿武孝文皇帝。庙号世宗。恭帝尚在孩提时期，懵懵无知，不能处理天下大事，权柄操在大臣手中。

主少国疑，时局动荡，这给了赵匡胤黄袍加身的绝好机会。他手握重兵，权倾朝野，一掷乾坤，无人敢挡。生逢乱世，他目睹了一幕幕篡位攘权的闹剧，而周太祖郭威玩的那一出滑稽戏，至今还记忆犹新。原来后汉隐帝刘承祐欲诛杀大将郭威,郭威与大将王殷等举兵攻入开封,隐帝为乱军所杀。郭威欲称帝,但时机未至,便假惺惺地与宣徽使王峻同刘知远的皇后李氏商议,请立嗣君,以刘知远之侄、徐州节度使刘赟入继大统,以表明自己没有非分之想。但刘赟远在徐州,赶赴京城需要时日,郭威又请太后临朝听政。郭威把这一切都做得天衣无缝,给人以尽忠为国,不谋私利的印象。他隐忍不发,在等待时机。

机会终于来了。

乾祐三年(950)十一月,镇州(今河北正定)、邢州(今河北邢台)守臣上奏,契丹入寇洺州(今河北永年东南),攻陷内丘县(今属河北)。当时契丹永康王兀欲(即后来的辽世宗)率部族兵分两道入侵,前锋抵达内丘城下。内丘城虽小却甚为坚固,契丹军拼命攻城,内丘城仍岿然不动,契丹军连攻5日不下,死伤甚众。契丹军不惜一切代价攻城,城内戍守的500名后汉士兵抵御不住,开城门降敌,契丹军屠城而去,继续南下,河北诸州求援之使络绎于道。李太后在郭威的怂恿下,决定派兵御敌,并下诰告一通:

> 王室多故,边境未宁,内难虽平,外寇仍炽。据北面奏报,强敌奔冲,继发兵师,未闻平殄,须劳上将,暂自临戎。宜令枢密使郭威部署大军,早谋掩击。其军国庶事,权委宰臣窦贞固、苏禹珪、枢密使王峻等商量施行,在京马步兵士,委王殷都大提举。

这样,郭威得以名正言顺地率兵北上御敌。十二月间,当郭威一行来至澶州(今河南濮阳)时,确信已摆脱了朝廷的监视,便开始实施他蓄谋已久的篡位计划了。在郭威看来，新天子并非刘知远的骨肉，又在赴京城途中，而李太后又是女流之辈，容易操纵，于此时篡位，可谓天作之合。于是他示意部下将领何福进及诸军将士劝进，拥立自己为天子，即日南还。郭威自己则装作无可奈何之状，上疏李太后，说是为诸军所迫，不得不班师回朝，现驻军京城北部皋门村待命，不胜惶恐之至云云。李太后知道，郭威已兵临城下，人为刀俎，我为鱼肉，只得下诏让郭威监国，处理朝政。隔了一天，李太后又下诏诰，宣布郭威继天子之位，刘赟则退居藩封。那是浸透着泪水的诏书。

> 比者，枢密使郭威，志安社稷，议立长君，以徐州节度使赟，高祖近亲，立为汉嗣，爰自藩镇，征赴京师。虽诰命寻行，而军情不附，天道在北，人心靡东，适当改卜之初，俾膺分土之命。赟可降受开府仪同三司、检校太师、上柱国，封湘阴公，食邑三千户，食实封五百户。

说刘赟"军情不附，天道在此，人心靡东"，完全是李太后在郭威挟持下所作的无可奈何之语，有谁愿意白白把帝位拱手送给一个外姓人？一千年后的今天，我们完全可以理解李太后哀哀无告的心情！

次年正月，郭威践祚，改朝换代，将后汉的国号改成了后周，他成了周太祖。这一年赵匡胤25岁，他当时就在郭威麾下，亲身经历了这一场朝代更迭的政变，目睹了郭威化家为国，踌躇满志的风采，不由得心潮激荡，什么时候我赵某人有机会东施效颦，登上九五之尊的宝座呢？

三十年河东，三十年河西。只过了9年光景，赵匡胤便从一个下级军官变成了手握节钺的军事统帅,如今的局面同郭威篡汉时竟是如此惊人的相似,何不仿效郭威做一回真龙天子?他冷静地分析了形势,后周的大臣中肯定有反对者,但他们不掌兵权,即使江山易祚,他们也只能徒叹奈何,自己有能力摧陷廓清,稳操胜券。如果能改朝换代,只要给那些反对者分茅胙土,笼络羁縻,他们的怨恨也可能就涣然冰释了。当然,兵变不能贸然行事,必须计出万全,一着不慎,便会陷入万劫不复的境地,他必须慎重。

赵匡胤与谋士赵普、弟弟光义密谋后,决定发动兵变,理由同郭威一样,契丹联合北汉入寇,他作为殿前都点检,责无旁贷,必须离开京师,率兵北上御敌。这是一场策划好的阴谋。

显德七年(960)正月元旦,镇(今河北正定)、定(今河北定县)二州在赵匡胤授意下谎报军情,说契丹牧马南寇,北汉兵自土门(今河北鹿泉市西南)东下,与契丹合势,请朝廷定夺。鉴于五代时期契丹兵经常入寇,边境地区一夕数惊,宰相范质、王溥未加核实,便匆忙做出决定,让赵匡胤统兵北上御敌,轻易地跳入了赵匡胤事先设计好的陷阱。大军出发之日,开封市的大街小巷便传言说,点检将被册为天子。其实这也是赵匡胤派人散布的流言,目的是编织谶语,蛊惑人心,为他登基制造舆论。宋人王铚的笔记小说《默记》中说,后周的枢密使王朴善于观测天象,推算休咎。一日,他去谒见周世宗,愁眉苦脸,频频叹息说,大祸就要临头了,周世宗不解地望着他,生气地说:如今朗朗乾坤,清平世界,卿奈何作此不祥之语?王朴叹口气说,臣昨日夜观天象,大异平日,因此不敢不言。世宗诧异地问,天象如何有异,卿可直言无隐。王朴说,事关社稷大事,陛下不能免灾,微臣更是首当其冲。陛下若不相信,可于今晚观之,一切都可明白。当天晚上,王朴与周世宗微服出了厚载门,行行重行行,君臣二人迤逦来到了五丈河旁，只见玉宇澄空，星光闪烁，四周一片阒寂。夜半时分，王朴用手指着对岸对周世宗说，陛下见隔岸如渔灯一样的火光否？周世宗颔首说，朕已瞧见了。说话间只见一灯荧然如豆，飘摇而来，愈近则愈大，至河对岸已大如车轮了。渔灯中坐一小儿，才三四岁，玩耍嬉笑，甚是清秀可爱。渔灯飘近河岸，王朴悄声对世宗说，陛下可速拜之。世宗不暇多想，便躬身下拜。可煞作怪，既拜之后，那渔灯便转向而去，渐行渐远，最后消失在无垠的夜空中。王朴泣不成声地对世宗说，陛下已洞知一切，毋庸臣再饶舌了。几天之后，王朴突然撒手人寰西去，于是赵匡胤得以顺利登基。由此可见，火轮中坐一小儿，乃是宋朝火德之盛，天数有定，岂偶然哉！这一段绘声绘色的故事，肯定是出于好事者的附会，不过是阿谀奉承宋朝的建立是顺天应人而已。《默记》又记载，周世宗于宫禁中修建了一座功臣阁，墙壁上悬挂功臣画像，大臣李谷、郑仁海、王朴均在其中。赵匡胤即位后，一日路过功臣阁，阁门关闭不牢，被风吹开半边，正好露出了王朴的画像。赵匡胤一眼瞥见，顿时悚然止步，整理御袍襟领，罄折鞠躬，顶礼而过，显得非常虔诚。他身边的侍从不解地说，陛下贵为天子，彼前朝之臣，何须行如此大礼？赵匡胤用手指着御袍说，此人若在，轮不到朕当天子，自然就穿不上这件龙袍了，可见他对王朴敬畏之深。显然这一则记载也不可信。既然世宗拜渔灯之事是子虚乌有，赵匡胤何须对王朴之像如此顶礼膜拜？市井百姓不知底细，人心惶惶，争相逃匿，只有宫廷内毫不知情。赵匡胤佯装不知，将这话告诉给正在厨房作炊的姐姐，以试探家人的反应如何。他的姐姐手执面杖击打他说，大丈夫临大事，是否可行，应当自己拿主意，为何回家中恐怖妇女？赵匡胤这才默然无言，起身离去。

正月初三日，赵匡胤率军出发，迨到落日镕金，暮云合璧时分,来到了离开封东北约40里的陈桥驿,就在这里安营下寨。这里就是赵匡胤着意安排的兵变之地。他不想在京城发动兵变,因为京城朝臣甚多,倘有些人反对,他控制不了局势,多年的努力就会付之东流。而陈桥驿距京城近在咫尺,一旦得手,他可以在最短时间内返回京城,以迅雷不及掩耳之势登上大宝,造成既成事实。这样,朝廷大臣就只有顶礼膜拜的份儿,谁也不会再持异议了。赵匡胤吩咐了心腹将领之后,便到大帐憩息去了。当然,他没有熟睡,而是眼望捷旌旗,耳听好消息,潜心观察着军帐外的动静。

军营内人头攒动,三五人一伙在窃窃私语,他们都说天子幼弱,不谙政事,我辈出死力破敌,有谁人知晓?不如先拥立点检当天子,然后北征未晚。都押衙李处耘、殿前都虞侯李汉超、内殿都虞侯马仁瑀、散员指挥使王彦昇等禁军将领持此议尤力。李处耘找赵匡胤之弟光义及谋士赵普商量,光义和赵普不敢怠慢,忙晓谕众人说,太尉忠心为国,汝等竟说出这等话来,太尉岂肯饶恕汝等!其实这是赵光义试探诸将的话,怕他们是一时冲动,不是真心拥戴乃兄作天子。诸将相顾各低头不语,也有人抽身而退者。但只过了片刻,便又聚集在一起了,一个个手执兵刃大声说,军中偶语便要诛灭九族,我等今日定议立太尉为天子,如若不从,我等则死无葬身之地矣,怎肯轻易退去!赵光义闻听此言,不由心中一阵高兴,便不露声色地说,策立天子是件大事,万万不可鲁莽从事,何得如此轻狂!诸将始就座听命。赵普徐徐说,外敌压境,寇深祸急,何不先打退外敌,再议此事?诸将齐声反对说,如今天子幼弱,政出多门,若等打败敌兵,则政局变化,未可预卜,不如早入京城,策立太尉为天子,然后再北上御敌。如若太尉不接受推戴,六军将士恐怕就难以驾驭了。赵光义、赵普两人商议说,事已至此,譬如箭在弦上,不能不发,但必须约束诸将,听从号令,不可乱来。赵光义对诸将说,兴王易姓虽说是系天于命,但实际上是人心向背,不可不慎。前军昨日已渡过黄河,而各地的节度使又拥兵自重,京城实际上已是一座空城,若京城发生变乱,北方敌寇必会深入边境,天下从此便不会安宁了。汝等若能严格约束士兵,不发生剽掠之事,京师人心自然不会动摇,京城安定,四方自然也会宁谧,太尉若能做太平天子,诸将也可长保富贵了。汝等以为如何?诸将皆拱手听命。于是光义便派人连夜驰往京师,晓谕殿前都指挥使石守信、都虞侯王审琦,让他们做好里应外合的准备,只要赵匡胤回朝,便打开城门做内应。石、王两人都是赵匡胤的股肱之将,自然应命。一切布置就绪,已是次日清晨。朝曦初上,寒气袭人,赵匡胤兀自酣睡未醒,帐外已人影幢幢,一片鼓噪之声。赵匡胤其实未睡,在床上作打哈欠状,欠伸徐起,只见帐外众将校已露刃排列庭下,其中为首的一人说:诸将无主,愿册太尉为皇帝。赵匡胤最想听的就是这一句话,今见有人说出,不禁心旌摇荡,欢忭无涯。他还未及答话,一袭黄袍已披在了身上,众人罗拜高呼万岁,簇拥着他上马,返旆回程。

一切都按赵匡胤预定的方案进行。天子的宝座已无悬念,即使朝中有人反对,但他们多是文臣,就算有心救主,也是无力回天,不须多虑。值得忧虑的是,如果就此回朝,和以前的篡国者一样,纵容士兵剽掠,挣来的江山恐怕也是瓦霜残烛,国祚不永。想到这里,赵匡胤揽住马辔,装出一副被迫无奈的样子说:"汝等自贪富贵,立我为天子,能从我命则可,不然,我不能为若主矣。"众将士一齐滚鞍下马,拱拱手说:唯命是听。赵匡胤提出,周恭帝及太后曾为天下之主,自己也曾北面事之,朝中公卿大臣都与自己同殿为臣,不得辄加凌辱。近世帝王初入京城,皆纵兵大惊,擅劫府库，以致人心尽失，此次入京，不可重蹈覆辙。事定，当有厚赏，不然，必将受斧钺之诛。众人唯唯听命。

赵匡胤率领士兵从仁和门进入京师，派部下潘美晓谕执政大臣，告以改朝换代之事。其时早朝未退，文武百官尚在殿上，乍闻兵变，一个个不禁神魂飞越。范质下殿，握住王溥的手说："仓猝遣将，吾辈之罪也。"由于用力过大，王溥手上留下了几道血痕。王溥木然站在那里，神情沮丧，连一句话也说不出来了。侍卫马步军副都指挥使、在京巡检韩通自宫禁内惶惧奔归，打算率众抵御，恰巧途中遇到了赵匡胤的心腹将领王彦升。王彦升见他面带愤懑之色，料是不肯皈依，便挺枪跃马逐之。韩通未带兵刃，无法抵御，只得仓皇逃奔。看看已至家门，韩通双脚跨进门槛，还未及阖门，王彦升已跃马赶到，照着韩通头上连搠几枪，韩通登时血流如注，仆倒在地，三魂悠悠，七魄渺渺，向泉台报到去了。王彦升索性一不做，二不休，把韩通的妻孥一并杀死。后周的文武大臣见韩通如此下场，一个个胆战心惊，再也不敢萌生他念了。

再说赵匡胤进入京城开封，在诸将簇拥下登上明德门，下令众将士解甲还营，他自己也返回点检公署，脱下黄袍，正准备小憩，众将士已挟持着范质、王溥等来到。赵匡胤装腔作势，呜咽流涕地对范质说，我受世宗厚恩，本应丹心报国，但为六军所迫，才有今日被人推戴之事，真是愧对天地。范质还未答话，只见将校罗彦瑰挺剑厉声说："我辈无主，今日必得天子！"赵匡胤斥之不退，范质、王溥等面面相觑，不知所为。不得已，王溥降阶先拜，口称万岁，范质只好行礼如仪，跟着高喊万岁。范、王两人是文武百官领袖，此二人既然皈依，其余诸臣便无话可说。于是，众将士簇拥着赵匡胤到崇元殿行禅代大礼。

赵匡胤坐在崇元殿上，命人寻觅百官参加禅代大礼，直到晡

江山代有才人出

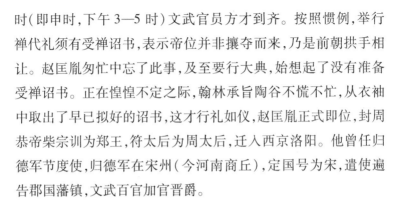

时(即申时,下午3—5时)文武官员方才到齐。按照惯例,举行禅代礼须有受禅诏书,表示帝位并非攘夺而来,乃是前朝拱手相让。赵匡胤匆忙中忘了此事,及至要行大典,始想起了没有准备受禅诏书。正在惶惶不定之际,翰林承旨陶谷不慌不忙,从衣袖中取出了早已拟好的诏书,这才行礼如仪,赵匡胤正式即位,封周恭帝柴宗训为郑王,符太后为周太后,迁入西京洛阳。他曾任归德军节度使,归德军在宋州(今河南商丘),定国号为宋,遣使遍告郡国藩镇,文武百官加官晋爵。

赵匡胤深知"兴王易姓"能否成功,在于如何维系人心。鉴于后梁、后唐、后晋、后汉、后周都是短命王朝,刚刚到手的江山便被别人攘夺而去,他不得不临深履薄,格外小心。他首先想到了优待王室。柴荣是天下英主,万众归心,他刚刚崩逝,如何对待他的遗孀和年幼的儿子,关乎着人心向背,自不能掉以轻心。他即位之日便封柴宗训为郑王,符太后为周太后,就是要让天下人知道,他笃重情义,不以怨报德。《随手杂录》和《默记》两书都记载赵匡胤自陈桥兵变入京城,周恭帝柴宗训即搬出宫殿,居天清寺。赵匡胤进入宫掖,见宫嫔抱一小儿,询问之下,才知是世宗之子。其时范质、赵普、潘美等侍从于侧,赵匡胤问赵普,这一小儿该如何处置? 赵普说,自然是斩草除根。只有潘美与另一将领跟随在后,俯首无语。赵匡胤问他如何处置这一小儿,潘美微微叹息,不敢回答。赵匡胤问他,你以为不该处置吗? 潘美说,臣岂敢说不该处置,只是于理不安。赵匡胤略一沉思说:"即人之位,杀人之子,朕不忍为。"潘美见天子如此说,才说出了自己的疑虑:臣与陛下同在世宗朝为臣,我如劝陛下杀掉此子,对不起世宗在天之灵,如劝陛下不杀,陛下必疑我不忠,是以首鼠两端,逡巡不安。赵匡胤莞尔一笑,大度地说,此小儿就送你为侄,世宗之子不可当你的儿子。潘美遂携此小儿归家，赵匡胤也不再问，潘美更不提及此事。后来此小儿改名潘惟吉，官至刺史。这则记载是否属实，还须考证，但他优待柴荣子孙，则是不争的事实。他在即位3年之后，曾秘密镌刻一碑，立于太庙寝殿之夹室，用销金黄幔遮蔽，人称为誓碑。上面有3行字，其中一行云："柴氏子孙，有罪不得加刑，纵犯谋逆，止于狱内赐自尽，不得市曹刑戮，亦不得连坐支属。"后世史家都认为此碑确实存在，而柴氏子孙亦未遭到迫害，可知赵匡胤处此事颇为妥善。

赵匡胤采取一系列措施巩固了新生政权。

第一是对于后周旧臣，一律官职照旧，即使是一人之下，万人之上的宰相，也仍由范质、王溥、魏仁浦等担任，未加更换。范质狷介廉洁，不受贿赂，所得俸禄多赐给孤遗，身死之日，家无余财。赵匡胤称赞他说："朕闻范质止有居第，不事生产，真宰相也。"王溥当宰相十年，三迁一品，荣华富贵，近世罕比。魏仁浦为相，偶染微恙，赵匡胤亲临其第，一次就赏赐"黄金器二百两，钱二百万"。对其他后周归臣也是优宠有加。个别人恋栈怀旧，对新政权不满，赵匡胤也不去计较。一次他大宴群臣，正当酒酣耳热，觥筹交错之际，翰林学士王著乘醉喧哗，赵匡胤知他是前朝学士，并未责备他，令人扶他出去。王著却死活不走，来到屏风前，掩袂痛哭，被殿上的卫士强行搜出。次日有人上奏说，王著逼近宫门痛哭，思念周世宗。赵匡胤并不生气，只淡淡地说，王著是个酒徒，少饮辄醉，朕在世宗幕府时，对王著知之甚稔。何况一个柔弱不武的书生哭世宗，能成什么大事！竟释而不问。

第二是对拥戴有功之人加官晋爵，以笼络其心。加石守信为侍卫亲军马步军副都指挥使，高怀德为殿前副都点检，张令铎为马步军都虞侯，王审琦为殿前都指挥使。当时慕容延钊握重兵屯

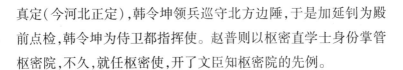

真定(今河北正定),韩令坤领兵巡守北方边陲,于是加延钊为殿前点检,韩令坤为侍卫都指挥使。赵普则以枢密直学士身份掌管枢密院,不久,就任枢密使,开了文臣知枢密院的先例。

第三是旌表忠君的后周大臣,为的是激励本朝的臣子尽忠尽节。后周大臣韩通临难不苟,追赠中书令,以礼厚葬。韩通与赵匡胤在后周同掌宿卫,军政大权多决于韩通。韩通性格刚愎自用,大扇威虐,群情不附,人称韩瞠眼。他儿子驼背,人称韩骆驼,见赵匡胤颇有人望,劝父亲早作防备,韩通不听,以致殉难。王彦升"弃命专杀",赵匡胤甚为愠怒,欲治他擅杀之罪,推出斩首,群臣以建国之始,乞宽恕之,赵匡胤虽未杀他,但终身不授节钺,不获重用。他自陈桥驿黄袍加身返回京师时,一位姓陆和另一位姓乔的下级军官率众在南门抵御,赵匡胤只得从北门进城,陆、乔两人拒作贰臣,自缢而死。赵匡胤下诏为二人立庙,赐庙名曰"忠义"。《玉照新志》一书则说,封丘县城有陈桥、封丘两城门,陈桥驿就在两门之间。赵匡胤只得移师封丘门,守门者望风纳款,迎接赵匡胤入城。赵匡胤即位后,斩守封丘门者,擢升守陈桥门人的官职,以旌表他忠于周室之举。

第四是打击剽掠抢劫之徒,整顿社会秩序。原来自唐末至五代,每至禅代之际,新天子都会让士兵进城烧杀抢掠,谁也无法制止,这种现象称为"靖市"。虽王公大人之家,也难以逃脱这一浩劫,百姓苦不堪言。一有风吹草动,京城士庶百姓便纷纷携妇将雏逃匿,简直成了惊弓之鸟,造成社会动荡。赵匡胤进入开封后,闻闾巷奸民又在趁机抢劫,他随即下令搜捕这些非法劫掠者,调查确实,悉斩于市。被劫掠民户的财产则由官府照价赔偿,百姓莫不拍手称快,盗贼为之敛迹。一些品官子弟恃势为非作歹,赵匡胤严惩不贷,毫不手软。文思院使常岑之子常勋跑到泗州(今江苏泗洪东南,盱眙对岸)招摇撞骗,赵匡胤一绳缚来,斩于开封东市。

第五是重用读书人。赵匡胤说"宰相须用读书人",对那些略识之无的武将,总是劝他们多读书,让他们了解"为治之道"。他在太庙寝殿镌刻的誓碑中,有一条是"不得杀士大夫及上书言事人,子孙有渝此誓者,天必殛之"。后来的事实证明,赵匡胤的这一规定不是官样文章,有宋一代,莘莘学子出身的士大夫不管受到何种惩罚,但因言事而被杀头的事例几乎没有。比起其他朝代,宋代士大夫的遭遇无疑是好多了。

一波未平,一波又起。建隆元年(960)四月,赵匡胤刚刚稳定住京城秩序,百废待举,政务丛脞之际,又传来了昭义节度使李筠抗命的消息。那李筠是并州太原(今属山西)人,骁勇善骑射,历仕后唐、后汉、后周,官至节度使,屡立战功。世宗柴荣时任昭仪军节度使,治所在相州(今河南安阳),后与泽潞节度使合为一镇,移治潞州(今山西长治)。他在镇8年,擅用征赋,召集亡命,跋扈不臣,曾因私忿囚禁监军使,柴荣虽甚为恼怒,也只是下诏切责而已。赵匡胤即位,加李筠兼中书令之职,以示笼络,并派人晓谕他,自己已受周朝禅让,希望他能认清形势,幡然来归。李筠当时便欲率兵拒命,他的部下反复劝说,历陈天命攸归,不可莽撞行事,李筠才勉强下拜。等到延请赵匡胤的使者登堂入室,置酒张乐,李筠却突然索要柴荣的画像悬挂墙壁上,对着像嚎啕大哭。李筠的部下见状惶骇不已,对使者说,中书令因饮酒过量失了常态,幸勿怪罪。使者知道这是遁词,也不答话,悻悻然回朝复命去了。

北汉主刘钧得知李筠有异志,便以蜡书约他共同举兵抗宋。李筠虽把蜡书交给了朝廷,但反志已决。他的长子守节涕泣进谏,劝父亲谨慎处事,不要得罪朝廷,李筠却充耳不闻。赵匡胤得知消息,欲息事宁人,下诏抚慰李筠,并封守节为皇城使。皇城使一职设于后梁时,通常没有职掌,只是作为迁转之阶,宋朝肇建,也把这一官职继承了下来。皇城使虽非显赫官员,但毕竟也是京官,赵匡胤此举是为了显示皇恩浩荡,感化李筠。李筠忙遣儿子入朝谢恩,但主要意图是窥探朝廷动静。赵匡胤是何等精明之人,一眼便看穿了李筠的用意,等守节入朝时,故意揶揄他说:"太子,汝何故来?"守节大惊失色,伏地叩头说,陛下怎出此言,必有人进谗言离间臣父,乞陛下明察!赵匡胤淡淡地说,朕若杀尔,显得无容人之量。尔可归报尔父,朕未为天子时,任他为所欲为,朕今既为天子,难道不能向朕称臣吗?守节抱头鼠窜而去,将赵匡胤的话传达给父亲,让他想个万全之策。谁知李筠一不做,二不休,索性举兵反叛,并命幕府起草檄文,布告四方,文中对赵匡胤多有不逊之词。又囚禁监军周光逊送给北汉,请求援兵。同时派人杀了泽州(今山西晋城)刺史张福,派兵占领了该城,一时声势颇为浩大。

正当李筠踌躇满志之时,麾下间丘仲卿献策说,大王孤军起事,势力单薄,虽然倚仗北汉来援,恐怕未必依靠得住,何况大梁甲兵精锐,我方之兵恐不能撄其锋。为今之计,不如西下太行山,直抵怀(今河南沁阳)、孟(今属河南)二州,扼守虎牢关(今河南荥阳市汜水镇),占据洛邑(今河南洛阳),东向而争天下,这才是上策。应该说,这确实是个好计策,假如李筠采纳了这个建议,鹿死谁手,尚在未定之天。退一步说,李筠即使战不过宋兵,而赵匡胤平定李筠,也肯定会稽迟时日。怎奈李筠是个起起武夫,全然不懂得韬略,马上拒绝说,我是周朝宿将,与世宗情同手足,禁卫兵马都是我的袍泽故旧,闻听我起兵,必然倒戈来归。更何况我还有儋珪枪、拨汗马,何忧天下不平!原来李筠有个爱将,名叫儋珪,善于用枪,有万夫不当之勇;拨汗马则是李筠的坐骑,一日能驰骋700里。有了枪和马,李筠才如此夸海口。

李筠的反书传至开封,枢密使吴延祚为赵匡胤分析形势说,潞州地势险要,易守难攻,如果李筠固守,不肯出战,何时拿下潞州,恐难预料。但他有勇无谋,应该马上进攻,他必恃勇出战,只要他离开巢穴,便容易擒拿了。赵匡胤点头称善,派侍卫副都指挥使石守信、殿前副都点检高怀德率兵攻讨。他嘱咐石守信说,不要让李筠下太行山,只要他离开潞州,可于险隘处伏兵击之,必然破敌。为了稳操胜券,赵匡胤又于这年五月间派大将慕容延钊、王全斌由东路进兵,与石守信、高怀德会合。再以洺州(今河北永年东南)团练使郭进为本州防御使,防备北汉来袭。

北汉主刘钧听说李筠将要举兵反宋,派人赏赐他金帛、骏马,他自己大阅兵马,倾巢而出,群臣祖饯于汾水之畔。有人进谏说,李筠谋虑不周,轻易起事,必无所成,陛下起倾国之兵救援,臣期期以为不可。刘钧不听,拂衣上马。南行至太平驿(今山西屯留北),李筠率官属缙绅迎谒,刘钧赏赐他名马300匹,服玩、珍异甚多,其他人等也有赏赐。李筠见刘钧仪卫寥落,没有王者风范,后悔和他联袂起兵。刘钧几次召李筠议事,李筠都说自己受周朝厚恩,不忍相负。而刘钧之父刘崇,是后汉高祖刘知远的同母兄弟,后来国祚为郭威所篡,建立后周,因此北汉与后周是世仇,李筠越说忠于后周,刘钧心中越是不快。他返回晋阳(今山西太原)时,留下宣徽使卢赞作李筠的监军,而李筠却视而不见,遇事从不商量,卢赞拂衣而起,刘钧只得又派卫融前来和解。双方从此有了裂痕,不能同心协力抗宋,这给了宋兵破敌的机会,先后攻克长平(今山西高平西北)、大会砦等地。宋军小胜,全军上下莫不欢欣鼓舞。

这年五月,赵匡胤决定御驾亲征。他从开封出发,途经荥阳(今属河南)、河阳(今河南孟州),怀州(今河南沁阳),于六月初抵达泽州(今山西晋城)。途中多是山路,险峻崎岖,无法行走,赵匡胤下马背石头清道,群臣士兵也跟着效尤,马上清理出了一条大道。在途中与石守信、高怀德会合,大破李筠兵于泽州城南,杀死李筠的监军使卢赞,擒获李筠的河阳节度使范守图,李筠垂头丧气,退保泽州,婴城固守。赵匡胤列栅围之。黑云压城,草木皆兵,李筠的部下见宋兵势大,纷纷缒城投降,李筠嗒然若丧,不知所措。看看宋兵攻破了城门,士兵如潮水般涌进城来,李筠无处逃遁,赴水而死。赵匡胤乘胜进攻上党(今山西长治),李筠之子守节举城来降,匡胤不念旧恶,任命他为单州(今山东单县)团练使。赵匡胤挥兵进入潞州(今山西长治)为收买人心,下诏凡死罪者减等,流放以下皆赦免其罪,潞州城方圆30里内不收今年田租,诸路、州、县未毁寺院皆保存不废。这些措施对赵匡胤来说,不过是举手之劳,而那些长期呻吟于苛政之下的莘莘百姓已是额手相庆,欢忭无涯了。

六月底赵匡胤由潞州返回大梁(今河南开封),又传来了周朝淮南节度使李重进据扬州(今属江苏)反叛的消息。李重进是沧州(今属河北)人,周太祖郭威的外甥,福庆长公主之子,生于太原。他戎马一生,跟随世宗柴荣攻城克池,斩将搴旗,立功甚多。恭帝嗣位,任他为淮南道节度使。赵匡胤禅代后周,加他为中书令,以示优渥。宋初中书令是中书省的长官,往往以他官兼领,不预政事,仅表明官阶很高而已。尽管如此,能当上中书令的人也不多。但紧接着李重进又奉命移镇青州(今属山东)。他与赵匡胤在后周同殿为臣,分掌兵权,甚忌妒赵匡胤的才干。此次忽然奉命移镇青州,认为是受到了猜忌,未免踌躇不安,阴蓄反志。迨到李筠举兵,李重进派亲信翟守珣前往潞州,暗中联络李筠。翟守珣又与赵匡胤相善,从潞州偷偷跑至京师,求见天子。赵匡胤问他:我欲赐李重进铁券以示恩宠,他会相信朕躬吗?翟守珣摇摇头说,臣对李重进知之甚稔,他城府颇深,终无归顺之意,陛下不可不早作准备。赵匡胤沉吟半晌说,听卿一席话,朕已心中有数。卿此次回去,务必使尽浑身解数,让李重进晚点起事,免得他与李筠同时反叛,使朕躬疲于应付。守珣回归扬州后,果然竭力劝说李重进要老成持重,计出万全,不可轻发,免得陷于万劫不复的境地。李重进对此话深信不疑,不再作反叛准备。就在这时,赵匡胤派大臣陈思诲赏赐李重进铁券,李重进颇为感动,一度打算随陈思诲入朝谢恩,而他的亲信却说,如果入朝,就如虎入牢笼,只能任宋朝宰割了。李重进听后又首鼠两端,犹豫不决。进谗的人多了,李重进又狐疑起来,自己是周朝懿亲,覆巢之下,恐无完卵,想到这里,遂决计反叛。他拘禁了陈思诲,一方面加固城池,修缮兵甲,一方面派人向南唐中主李璟求援。李璟知道李重进不可能与宋朝抗衡,助他抗宋,必然会遭到无妄之灾,于是赶紧派人报告给了赵匡胤。监军安友规生性耿直,李重进甚是猜忌,想暗中加以伤害。安友规与亲信数人斩关而出,打算投奔宋朝,不料被守军发觉,友规只得逾墙逃脱,直奔宋朝去了。李重进大怒,把那些有肯附和自己反叛的军校悉数捕杀。

　　赵匡胤也忙着调兵遣将,命石守信、王审琦、李处耘、宋偓4将率兵进讨。大军出发之时,安友规从李重进处脱险归来,赵匡胤甚为高兴,当即除他为滁州刺史,赏赐甚多,并命他随军出征,为前军监军。他自己也决定御驾亲征。行至大仪镇(今江苏仪征东北大仪),石守信报告说,扬州城旦夕可破,请陛下观战。赵匡胤驰驱至扬州城,三军欢声雷动,并力攻城。李重进知大势已去,赴火自焚而死。其兄深州刺史重兴在重进初叛时自杀，其弟重赞、子延福并戮于市。赵匡胤得知重进生性吝啬，不管部下立有多大功劳，未尝有觞酒豆肉赏赐，只用好话抚慰而已，因此士卒离心，不肯用命。他入城后赐给扬州城中百姓每人米 10 斛，10 岁以下者减半，凡被重进裹挟入伍者，赐给衣服鞋袜，释放回家。重进的家属、袍泽故旧一律赦免其罪，逃亡者可以自首，阵亡士兵官府出钱埋葬，强征来的夫役死于城下者，每人赐绢两匹，免其家 3 年徭役。扬州百姓皆颂赵匡胤的善政，乐于成为宋朝的子民。

李筠、李重进相继平定，显示了赵匡胤一统山河的决心，那些手握节钺，拥有重兵的藩镇见赵匡胤指挥若定，马到成功，都不敢再萌生异志，规规矩矩，接受调遣了。五代时期，每逢朝代鼎革之际，便有藩镇犹豫观望，有的虽名义上皈依，实际上尾大不掉，我行我素，不听朝廷号令，新朝廷鞭长莫及，只能听之任之。此次李筠、李重进被迅速敉平，明白昭示阳奉阴违、待机而动之路不通，谁敢反抗宋朝，李筠、李重进的下场就是前车之鉴。因此，在赵匡胤用兵荆湖、后蜀、南汉、南唐等 10 国时，朝廷上下万人一心，众志成城，没有人从中掣肘，更无人敢公然反叛，统一大业得以顺利进行。人们从实际中认识到，赵匡胤是迥别于流俗的天子！

一杯醇酒释兵权：藩镇不再掌兵

张良辞汉全身计，范蠡归湖远害机。乐山乐水总相宜。君细推，今古几人知。

——白朴《阳春曲·知几》

五代时期天子暗弱，藩镇跋扈，不听号令，朝廷也无可奈何。挟天子以令诸侯者有之；独霸一方，据地自雄者有之；大发横财，涂炭百姓者有之；黄袍加身，化家为国者有之。赵匡胤就是攘夺了后周孤儿寡母的天下，如果柴荣健在，怕他只有老老实实匍匐称臣的份儿，真龙天子轮不到他做。"皇帝轮流坐，今年到我家。"赵匡胤清楚，他之所以能有今天，是因为他手握节钺，指挥禁军，假如别人做了殿前都点检，那江山怕也不姓赵了。既然自己能篡后周，别人条件成熟时就会东施效颦，依样办理。如何避免这一现象重演，时刻萦绕在他的心头，如砧上月影，千拂不去。一天，他问赵普，天下自唐末以来，数十年间，帝王就更换了8个姓氏，兵燹不息，百姓涂炭，其故安在？我欲息天下之兵，铸刀剑为犁锄，使国家长治久安，怎样才能做到这一点，我日夜思之，未得善策，卿试言之！赵普回答说，陛下言及天下的治乱兴衰，这是天、地、人、神之福！五代以来，天下大乱，藩镇割据，他们想的是当王侯，当皇帝，谁人想到过天下的治乱安危！之所以出现今天这个局面，是因为方镇之权太重，君弱臣强的缘故。方镇之权太重,则尾大不掉,不受中央管束;君弱臣强,使得方镇恣意妄为,这就是五代以来的教训。赵普跟着赵匡胤南征北战多年,对天下形势了如指掌,因此他的分析也就一语破的,切中要害,赵匡胤也点头称善。赵匡胤又问,方镇擅权是五代以来的痼疾,不知有医治之策否?赵普沉吟半晌说,自然有化解之法,臣思之熟矣,有12个字可以了却这一桩公案。赵匡胤问是哪12字,赵普掰着指头说:"稍夺其权,制其钱谷,收其精兵",只要做到这三点,天下就不愁安定了。赵匡胤听完赵普的议论,犹如醍醐灌顶,茅塞顿开,不禁拊掌赞成。今日看来,赵普提出的三点确实是妙语安天下。方镇之所以横行霸道,跋扈不臣,就是因为手中有权、有钱、有兵,倘若在这三方面加以限制,使他们没有和朝廷抗衡、讨价还价的资本,谁还敢藐视朝廷,不听指挥?

赵匡胤虽然认可了赵普的分析,但要实行起来,却不甚容易。大将石守信与赵匡胤是故旧之交,同在柴荣驾下为臣。赵匡胤即位,迁他为侍卫马步军副都指挥使,在平定李筠、李重进的叛乱中立了功勋,建隆二年(961)移镇郓州(今山东东平),兼侍卫亲军马步军都指挥使,典领禁军,权力甚大。王审琦与赵匡胤也是故旧之交,宋初任殿前都指挥使。忠正军(今安徽寿县)节度使,既是方镇,又与马、步司分掌全国禁军,是个炙手可热的人物。赵普几次给赵匡胤建议,请改授石守信、王审琦其他官职。赵匡胤不听。赵普只要有机会,便重提两人的事。赵匡胤不耐烦地说,石守信、王审琦必然不会背叛我,你还忧愁什么!赵普回答说,臣也不担忧他们会反叛,但臣观察这些人皆非统御之才,恐不能制服部下,万一部下有人谋反,他们也会受到拘禁,如果真出现这种局面,天下必然大乱,陛下要控制局势,恐怕也是鞭长莫及了。这番话说得赵匡胤毛骨悚然,盱衡全局,这才下定决心,让大将们交出军权。

如何使将领们心悦诚服地交出兵权,赵匡胤不想弄得剑拔弩张,不欢而散,他特地设置了一场宴会,以便在樽俎之间解决问题。他选择了一个月明如昼的夜晚,将大将们召集在一起饮酒。正当觥筹交错、酒酣耳热、丝竹毕陈之际,赵匡胤屏退了从人,对石守信等人说,朕非你等拥戴之力,不会有君临天下的机会,你等的情谊,朕当念念不忘。但是当天子也太艰难,殊不如当节度使之快乐无涯也,朕临深履薄,未尝一日安枕而卧啊! 石守信等听赵匡胤这一番话,个个如坠入五里雾中,不知赵匡胤怎么会说出这样的话来,谁个不愿当威震天下的皇帝,去当受皇帝指挥的节度使呢! 石守信率先问道,陛下所说,臣等愚昧,没有听出弦外之音,还请陛下明示。赵匡胤说,此中的奥秘不难知晓,谁人不觊觎天子的宝位? 石守信等顿首说,如今天命已定,陛下是无可争议的天子,谁还敢再有疑心,陛下为何说出这样的话? 赵匡胤执拗地说,你等只知其一,不知其二。你等跟随我多年,对我忠心耿耿,我自然清楚。但如果你等麾下之人欲得富贵,一旦以黄袍加你等之身,就算你们不愿当天子,到那时还推辞得掉吗? 石守信等涕泣说,陛下英明,臣等愚昧,见不及此,伏望陛下矜哀,指点迷津。赵匡胤看看时机已到,便装作关切的样子说,人生如白驹过隙,转瞬即逝,人生一世,草木一秋,活在世上不过是想得到富贵而已。所谓富贵就是多积金钱,纵情享乐,使子孙不受贫穷,如此而已。为你等着想,何不释去兵权,去大藩当地方官,购买美宅良田,为子孙立永远不可动之业。身边多置歌儿舞女,日日笙歌,夜夜管弦,金樽美酒,开怀畅饮,以此颐养天年,岂不美哉! 朕且与尔曹约为婚姻,帝王之女下嫁王公大臣之家为媳,王公大臣之女嫁给帝王之子为妃,君臣之间,结为亲家,彼此信任,两无猜疑,上下相安,皆大欢喜,如此岂不甚好! 赵匡胤真可谓口若悬河,舌粲莲花,这番煽动性的演说把石守信等人都迷惑住了,他们纷纷拜谢说,陛下为臣等筹画得如此周到,可算生死肉骨,皇恩浩荡了。第二天这些人都称病,不再指挥军队了。

赵匡胤达到了目的,好不惬意!他封石守信为天平节度使(今山东东平西北),高怀德为归德节度使(今河南商丘),王审琦为忠正节度使(今安徽寿县),张令铎为镇安节度使(今河南淮阳),皆罢军权。只有石守信还兼任侍卫都指挥使,但只是个名义,手中已无兵权了。从此之后,殿前副都点检一职不再除授。赵匡胤黄袍加身时,大将慕容延钊手握重兵屯真定(今河北正定),郭令坤领兵巡狩北方边境,防止契丹南下,为了安抚两人,赵匡胤特准许可让他们便宜从事,不须奏闻,两人皆唯唯听命。赵匡胤又加慕容延钊为殿前都点检,同中书门下二品,韩令坤为侍卫指挥使,同平章事。建隆二年(961),慕容延钊自真定赴京师朝觐天子,韩令坤也跟着赵匡胤讨平了扬州李重进之叛回到汴京,赵匡胤以慕容延钊为山南东道节度(治所在今湖北襄樊),韩令坤为成德军节度(今河北正定)。从此,殿前都点检一职不再除授,这样,对赵匡胤有可能构成威胁的所有隐患都排除了。顺便说明,节度使在唐末总揽一方军、民、财权,世称藩镇。因其集军、政、财权于一身,可以为所欲为,连皇帝也奈何不了他,势力大者往往玩弄皇帝于股掌之上,如朱温、李克用等均是专擅一方的军阀。杯酒释兵权之后,节度使被剥夺了实权,成为武官的高级虚衔,在名分上同于宰相,但不拥有实权,只是用来作为定薪俸的等级而已,其薪俸高于宰相,出行时给予仪仗,称为旌节,凡官拜节度使者称为建节。节度使可以以一些州府为节镇,如安徽寿县是忠正节度使的节镇,商丘是归德节度使的节镇,但节度使并不驻节镇,大多数时间住在京师,他们根本不可能利用节镇的军力、财力抗拒天子,国家就安定多了。杯酒释兵权是赵匡胤很巧妙、很厉害的一着棋。

不久,天雄军节度使符彦卿入朝,赵匡胤与他也是故旧之交,加上晋王赵光义(即宋太宗)之妃符氏是符彦卿之女,两家成为姻亲,关系又与别人不同,赵匡胤在广政殿接见他,赏赐甚多。有这两层关系,赵匡胤打算让他掌握禁军。时任枢密使的赵普认为符彦卿职高位崇,声望已隆,不可再委以兵权,屡次谏净,赵匡胤不听,已经下了宣敕,让符彦卿典禁兵。按当时惯例,任命高级军事将领,须得征求枢密使的意见,因此宣敕便落在了赵普手里。赵普怀揣宣敕,请求谒见天子,赵匡胤问他是否为符彦卿之事而来,赵普说是为别事上奏,于是随便提了一件事情,请赵匡胤处理。事情办完之后,赵普拿出了任命符彦卿典禁兵的宣敕呈上,赵匡胤说,朕怀疑你是为符彦卿的事而来,于今果然如此。宣敕怎么会在你手里停留?赵普说,陛下宣敕上的话有些还须斟酌,故此再呈御览。符彦卿之事还请陛下深思熟虑,不要留下后遗症。赵匡胤不高兴地说,你苦苦怀疑符彦卿,令朕大惑不解,朕待彦卿至厚,彦卿岂能负朕?赵普摇摇头说,世事茫茫,难以预料,周世宗待陛下不薄,陛下何以能负周世宗?这两句话算是击中了赵匡胤的要害。人在江湖,身不由己,一旦把人安置在一个特殊环境中,即使再诚笃的朋友,也会分道扬镳,更何况人人都垂涎三尺的帝王之位?如果符彦卿也有黄袍加身的机会,他还会考虑与赵匡胤是袍泽故旧、姻亲之交吗?想到这里,赵匡胤沉默了,收回了让符彦卿典禁兵的成命。

又过了不久,镇守凤翔的节度使王彦超与安远节度使武行德、护国节度使郭从义、定国节度使白重赞、保大节度使杨廷璋等藩镇联袂入朝,赵匡胤设宴于后苑,酒过三巡之后,赵匡胤从容对他们说,卿等皆国家宿将耆老,多年来仆仆风尘,鞍马劳顿,治理那些素来号称难治的郡县,夙夜忧劳,未得闲暇,有王事鞅掌之苦,无儿孙绕膝之乐,这不是朕优待贤臣的本意。这5个节度使中多数不理解赵匡胤这番话的含意,因为他们是赳赳武夫,识字无多,而赵匡胤说话绕山绕水,几乎是玩文字游戏,无怪乎他们不知所云了。只有王彦超听出了赵匡胤那一番话的弦外之音,分明是暗示他们交出兵权,归老田园,于是上奏说,臣本无功劳,蒙陛下知遇之恩,今才得统领一方,任节度使之职。岁月不居,时光如流,臣今已衰朽,神昏目眊,精力不济,不能再为陛下效劳,伏乞陛下准臣解甲归田,垂钓江滨,含饴弄孙。这一番得体的话让赵匡胤非常满意,连连点头称是。武行德等4人却听得如入五里雾中,他们不理解王彦超怎么会说出这样的话来,谁人不希望荣华富贵?哪人不想让人敬畏?如今春秋正富,倘若从节度使的位置上退下来,成了与烟波钓徒为伍的庶民,那将是怎样令人难堪的局面!于是他们4人争先恐后地陈述征战之苦及攻城克池,斩将搴旗的功劳。赵匡胤冷冷地说,这都是前代之事,有什么值得夸耀的?次日,王彦超5人均被解除了节度使的职务,授武行德为太子太傅,郭从义为左金吾卫上将军,王彦超为右金吾卫上将军,白重赞为左千牛卫上将军,杨廷璋为右千牛卫上将军,都是没有实权的虚衔。赵匡胤折冲于樽俎之间,从容不迫地解除了石守信等人的兵权,又罢去了王彦超等人的节度使之职,"于是宿卫,藩镇不可除之痼疾,一朝而解矣!"

赵匡胤收回了兵权,只是消除了武将犯上作乱,倾覆社稷之虞,但是如何治理偌大一个国家,还须细细斟酌,为此他采取了许多措施。

一是以文臣知州事。五代时藩镇跋扈,不把朝廷的诏令放在眼里,每次调动一个藩镇,皇帝必先派身边的近臣前往宣谕,同时调动军队以防不测,尽管如此,还有许多藩镇抗命不遵。赵匡胤即位初,异姓王及带有相印者不下数十人,在赵普擘划下,渐削其权,或因其死亡,或因年老致仕,或遥领他职,均不再任用武夫治理地方,改由文臣代之。建隆三年(962)底,赵匡胤下诏,每县重新设置县尉一员,官阶在主簿之下,但薪俸与主簿相同。凡县内有盗贼、斗讼等事者过去皆归节度使所属的镇将管理,此次改为县令及县尉管理。五代以来,节度使视所辖之地为禁脔,委派亲随为镇将,直接行使县尉职权,与县令分庭抗礼,一应公事均报告于州,使得县令、县尉形同虚设,处于"失职"的尴尬境地。此次改革,一县之政重归县令、县尉掌管,镇将只管理城郭内的盗贼、斗讼,广大乡村由县级行政管理,节度使不得再干预基层的行政事务,这样有利于上情下达,凡户口达千户以上者,依旧设置县令、县尉、主簿;不满千户者,只设县令、县尉,主簿一职由县令兼任;不满四百户者,只设主簿、县尉,以主簿兼知县事;不满二百户者,设主簿兼县尉事。地方官员各司其职,节度使干预地方行政的事情基本上制止了。

二是在各州设置通判。各州除设知州之外,又设"通判某州军州事",简称"通判"。乾德初年平定荆南、湖南之后,赵匡胤派刑部郎中贾玭等人通判湖南诸州,接着又在后周境内各州府均设通判,后来遂成为定制,所有的州都设立了通判。赵匡胤设置通判的目的,是想抑制知州或知府过大的权力。节度使权力过大,便会跋扈不臣,同样,知州或知府权力过大,久而久之,也会尾大不掉,因此必须未雨绸缪,预早防备,于是通判一职也就应运而生。通判设置之初,既不是知州的副贰,也不是知州的下属,但一州军民之政皆可过问,并可直接向皇帝奏事,权力甚大。通判每与知州发生矛盾，便扬言说，"我，监州也，朝廷使我来监汝"，知州的一举一动，皆受其牵制。有人向朝廷反映，通判权力过大，应稍加抑制，赵匡胤也认为通判权力过大，应稍加抑制，于是下诏，通判不得恃势徇私，所有的文书须和知州共同签署，方可下达实施，若非共同签署，下级行政机关可以拒绝执行。一般情况下，每州设置通判 1 人，大的州 2 至 3 人，人口少于万户的小州则不设置。

三是不再让节度使统辖支郡。节度使一般都统领数郡，他驻地以外的州郡皆称为支郡。支郡的文武官员均归节度使节制，节度使往往凭借支郡的财力、人力与天子抗衡，是导致社会动荡的不稳定因素。赵匡胤将支郡收归中央管辖，各州长官由朝廷直接派遣，节度使不得插手，支郡各州长官也可直接向皇帝奏事。节度使的权力再次受到削弱。

四是设置诸路转运使。唐代自天宝以来，藩镇手握重兵，他所统治区域内的租税都留作自用，名曰留使、留州，上交朝廷者甚少，造成朝廷经济拮据，入不敷出，而藩镇则府库充盈，饶有余财。到了五代时期，这种弊端更甚，藩镇大多派部曲营殖产业，主管场务，所得利益大部分入了私囊，交公者甚少。赵匡胤久在行伍，对这些弊端知之甚稔。他即位后，赵普建议诸州除留够办公经费外，所有的金帛都应当上缴京师，不得无故占留。每有藩镇出缺，便派文臣管理所在场务。于是有转运使之设。宋代建国伊始，赵匡胤便以户部侍郎高防、兵部侍郎边光范为军前转运使。到了乾德元年（963），又以沈义伦为京西道转运使、韩彦卿为淮南转运使，滕白为南面军前水陆转运。不久，滕白因军储损坏被免职。开宝五年（972），知归州（今湖北秭归）李符任满归阙，他曾就转运司不够完善之处提出过意见，受到赵匡胤的嘉奖，给天子留下了好印象。适逢京西诸州钱币收入国库者甚少,赵匡胤命李符为知京西南面转运事,亲书"李符到处,似朕亲行"8字赐之,又制一面大旗,将此8字缀于旗上。李符不管走到哪里,都带着这面旗帜。他先后条奏应办之事凡百余条,其中有48件事被朝廷采纳施行。不久,又以同知广州潘美、尹崇珂并兼岭南转运使,原转运使王明为副使,太子中允许九言为判官转运,判官一职自许九言始。

转运使之设是个临时性的差遣,在行军打仗时专管粮饷,一俟战争结束,转运使即罢而不设,直到太宗时才成为路一级的常设机构。既设转运使,一路之财尽由他掌管,节度使、防御使、团练使及刺史等,皆不得过问,于是财利尽归于朝午廷,节度使、地方官便不能从中截留了。

五是选诸道兵入补禁卫。在此之前,赵匡胤曾诏殿前、侍卫二司,校阅所掌之兵,拣其骁勇者升为上军。乾德三年(965)八月,命诸州长吏选择本道兵中骁勇善战者,登录姓名,送往京师,以补禁旅之缺。又遴选强壮兵卒定为兵样,分送诸道,招募教习加以训练,等技艺精熟时再送往京师。对兵样的身高也有规定,以事先制好的木梃为准。赵匡胤多次在便殿上测试诸州所送士兵的技艺。募兵制是赵匡胤的一项成功的举措。由于五代以来战乱频仍,辗转流离于沟壑的饥民甚多,他们衣食无着,往往铤而走险,聚而为盗,破坏了社会安定,所谓饥寒生盗贼是也。把饥民召入军中,生活有了保障,自然就不会再聚众滋事了。赵匡胤不无得意地对赵普说,可以为百代带来利益者,惟有养兵一途。在凶年饥馑之岁,有叛民而无叛兵,在太平岁月如发生变故,则有叛兵而无叛民。只要老百姓不叛,叛兵便容易扑平,因此防"盗"最好的办法莫过于募民为兵。宋朝初年没有发生过叛乱或起义,募兵制起了至关重要的作用。宋人朱弁的《曲洧旧闻》就说,赵匡胤平定天下,多招聚四方无赖不逞之徒,脸上刺字,招以为兵,连营而居,用军法加以约束。其长官给以厚禄,使他自重自爱,不再贪赃枉法。同时强调上下级之间的服从关系,每个人都要受到一定约束,不得轻举妄动。这些无赖不逞之徒,既聚而为兵,又受到制约,就不敢再为非作歹了。赵匡胤用这些军队保卫百姓,使农夫各安田里,因此成就了宋初太平之业而无百姓叛乱的事情发生。虽然这一评骘有言过其实之处,但大体上合乎事实。

禁军将领久掌禁兵,容易结朋树党,危害朝廷,赵匡胤往往更换禁军将领,使他们不得久任。与此同时,实行"更戍法"。所谓"更戍法",顾名思义就是经常变换禁军驻地,每隔两三年甚至半年就更换一次。士兵调走了,将领却不跟着更换,弄得"兵无常帅,帅无常师",兵不知将,将不知兵。禁兵调动频繁,在军营时间少,在道路上时间多,赵匡胤的本意是让他们"习勤苦,均劳逸",使士卒不至于骄惰,禁军将领也不可能把军队当作私人部曲使用。但是副作用也是显而易见的。兵将分离的直接后果是将领不熟悉士兵,如遇战斗,指挥起来不能得心应手,战斗力肯定要大打折扣,这个后果也是赵匡胤始料不及的。宋朝军队在与辽、金、西夏交战中,老是处于劣势,与此不无关系。

以文臣带兵也是赵匡胤改革的一个举措。一次他问赵普,文臣中谁人有武将之才,赵普推荐了辛仲甫。辛仲甫是汾州孝义(今属山西)人,后周时曾任武定节度使郭崇的掌书记,后归宋。乾德年间出知彭州(今四川彭州市)时,州卒引诱屯戍之兵阴谋作乱,其时已是春天,仲甫出城巡视,见城壕中荒草甚深,可以埋伏人,即命以火烧之。凶徒正欲借城壕中野草作为掩护发难,见野草突然被烧,以为有人泄漏了消息,便不敢轻举妄动了。接着就有人自首,辛仲甫擒得叛党百余人,悉数斩首,彭州的社会秩序稳定了下来。彭州树少,每逢溽暑,州人无处乘凉,仲甫劝百姓在路边植柳树,不久便绿树成荫了,百姓称之不"补阙柳"。因辛仲甫在百姓中口碑甚好,因此赵普推荐了辛仲甫,赵匡胤遂任命他为益州(今四川成都)兵马都监,由文臣改任武职。他对赵普说,五代时方镇残虐,民受其祸。朕用文臣有才干者百余人分别治理藩镇,纵然都是贪浊之辈,也不及武将危害的十分之一啊!

赵匡胤不能容忍将领们培植私人势力,尤其高级将领不得培植亲兵。有人告义成军节度使韩重赟取亲兵为腹心,赵匡胤非常愤怒,派人核实后,准备把韩重赟斩首。赵普进谏说,即使是陛下的亲兵,陛下也不会亲自统率,必须交付别人统率。如果韩重赟因有人进谗被杀,人人提心吊胆,天天生活在惶恐之中,谁还敢为陛下带领亲兵呢?赵匡胤这才释而不诛,让他当彰德军节度使去了。

赵匡胤对士兵也要求甚严,不肯假以颜色。一次,他问曾经在后唐供过职的左飞龙使李承进:庄宗李存勖雄才大略,以武力平定中原,但享国不久,原因何在?承进回答说,庄宗喜欢田猎,又往往姑息纵容将士,约束不力。他每次到近郊狩猎,禁兵卫卒便拦住他的马头说,儿郎辈寒冷,盼望陛下救济,庄宗于是随其所欲给之,数量上没有限制,要什么给什么,要多少给多少。如此没有节制,导致府库空虚,有许多该做的事因无财政支持只好作罢。久而久之,有令不行,有禁不止,庄宗的话也没人听了。上下解体,君臣异心,后唐不亡何待!赵匡胤听了,深有感触地说,庄宗进行了20年的夹河战争,披坚执锐,出生入死,才取得天下。但他不能用军法约束部下,他们贪得无厌,欲壑难填,而庄宗驭下之策,如同儿戏,覆亡也就在预料之中了。"朕今抚养士卒,固不惜

江山代有才人出

爵赏,若犯吾法,惟有剑耳!"赵匡胤言出法随,从不姑息养奸。如建隆三年(962)七月,云捷军士有私刻侍卫司印章者,事发后被捕斩首。赵匡胤愤然说,云捷军士兵是层层选拔而来,还有如此不逞之徒,岂不使人气愤! 遂命人大加搜索,将那些参与私刻印章的人悉数发配海岛,从此奸猾敛迹,没人敢以身试法了。经过这一系列的改革,朝廷的权威得以树立,方镇跋扈不臣的状况得以彻底清除,"朝廷以一纸下郡县,如身使臂,如臂使指,无有留难,而天下之势一矣"。

赵匡胤一石二鸟,既收宿将兵柄,又削弱了藩镇之权,剩下来的事就是守御边陲,控扼要塞了。他以赵赞屯守延州(今陕西延安),姚内斌守庆州(今甘肃庆阳),董遵诲屯环州(今甘肃环县),王彦昇守原州(今甘肃镇原),冯继业镇灵武(今属宁夏),以抵御西夏。当时西夏是个劲敌,虽幅员不大,但士马精强,因而派多员将领出镇边疆。命李汉超屯驻关南(约当今河北白洋淀以东的大清河流域以南至河间县一带)。关南并非具体地名,周世宗柴荣从契丹手中收复瓦桥、益津、淤口三关及瀛、莫等州后,北宋初年习惯上称这三关以南的地区为关南。派马仁瑀守瀛州(今河北河间),韩令坤镇常山(今河北正定南),贺惟忠守易州(今河北易县),何继筠守棣州(今山东惠民),以拒契丹。契丹在五代时已成强国,多次牧马南下,问鼎中原。自石敬瑭割让燕云十六州之地后,契丹如虎添翼,更加强大。后晋的石敬瑭称比自己年龄还小的辽太宗耶律德光为父皇帝,到了晋出帝石重贵时,对契丹只称孙,不称臣,耶律德光一怒之下灭了后晋,掳走了晋出帝。周世宗柴荣虽收复了三关及瀛、莫二州,但契丹仍虎视眈眈,伺机南下,成为宋朝最大的边患,因此必须全力对付,不能有丝毫懈怠。当时北汉尚未平定,因此又派郭进控扼西山(今河北宣化东北龙关镇东南),武守琪戍晋州(今山西临汾),李继溥守隰州(今山西隰县),李继勋镇昭义(今山西长治),以防备北汉。以上这些将领的家属在京师者,赵匡胤抚慰甚厚,使他们无忧无虑,尽心王室。将领们可在所在之郡做生意,免征税收,还可以招募骁勇之士为爪牙,军旅之事可以全权处理,不必上奏。将领们每次来朝,赵匡胤必定召见,赐以饮食,赏赉甚厚。因此之故,守边的将领皆饶有钱财,拿出一部分招募敢死之士为间谍,化装进入契丹、北汉、西夏境内刺探敌情,敌人的一举一动,皆在掌握之中。敌人每次入寇,宋朝的边将能预先侦知,设伏掩击,往往大胜而归。正是西北边塞守御牢固,赵匡胤才得以尽力东南,平荆湖、破南唐、取后蜀、败南汉,使吴越归命。

如何更加有效地管理全国军队,赵匡胤经过苦思冥想,制订出了强干弱枝、内外相制之策。宋朝整顿后的部队分为禁兵、厢兵、乡兵、藩兵4种。禁军是朝廷掌握的主力部队,驻守在京城及军事要塞。厢兵是地方官员掌控的部队,也即诸州之兵。建隆初年选州兵中身体矫健骁勇者送京师充当禁兵,其余的留在本州当厢兵。厢兵不加训练,战斗力很弱,只能供劳役。这些士兵多来自招募,也有少数来自流放罪犯。乡兵则是地方民兵,多是在几名壮丁中选1人充当,平时种田,农闲教阅,战时发给钱粮。藩兵是由少数民族内附者组成的军队。赵匡胤时期的军队主要是禁兵和厢兵。禁兵大约有20万人,赵匡胤分一半驻守京师,另一半则屯戍外地,双方力量旗鼓相当,谁也不敢轻易发生叛乱。《曲洧旧闻》说:"艺祖(即赵匡胤)养兵止二十万,京师十万余,诸道十万余。使京师之兵足以制诸道,则无外乱;合诸道之兵足以当京师,则无内变。内外相制,无偏重之患。天下承平百余年,盖本于此。"这是说的内外相制。强干弱枝则是指驻扎在京师的军队,无论是在数量上或质量上都要超过地方,但地方上的军队也要有一定的战斗力。但此举有一利也有一弊,矫枉过正的结果是,精兵尽聚京师,地方上日益衰弱,朝廷势力强大了,国势反而削弱了,宋朝的积贫积弱与此不无关系。

宰相须用读书人：赵匡胤稽古右文

兴亡千古繁华梦，诗眼倦天涯。孔林乔木，吴宫蔓草，楚庙寒鸦。

数间茅舍，藏书万卷，投老村家。山中何事？松花酿酒，春水煎茶。

——张可久《人月圆·山中书事》

赵匡胤虽出身行伍，但却喜欢读书，戎马倥偬之暇，常常是手不释卷，废寝忘食。听说哪里有奇书，便不吝斥千金购买。在那些赳赳武夫中，没有一人能与他相颉颃。五代时期，武将们所遵奉的教条是"兵强马壮者为天子"，把精力都用在了练武习兵上，没有人肯认真读书，赵匡胤的另类举动，未免引起了同行的妒忌。他跟随周世宗柴荣攻打南唐时，有人在柴荣面前进谗言说，赵某在攻下寿州后，东西装了好几车，封缄甚固，可能都是贵重货物，请陛下盘查。柴荣半信半疑，命人将箱箧打开，哪里有什么贵重货物？全是图书，有数千卷之多，使人眼花缭乱，惊讶不已。柴荣把赵匡胤召来，询问说，卿既为朕作将帅，应当开疆拓土，要做到这一点，必须是坚甲利兵，你收集那么多书籍，能有什么用？赵匡胤顿首回答说，臣虽忝列大将，但无文韬武略辅佐朝廷，谬承陛下信任，战战兢兢，常恐不能胜任，因此广搜图书以广见闻，增智慧，惟此而已。柴荣点头称善。就是在即位之后，日理万机，政务丛

江山代有才人出

胧,他仍然要拨冗读书,以增加知识,了解前代治乱之迹、兴衰之由。

赵匡胤喜欢考察大臣是否读书及知识之多寡。雷德骧判大理寺时,一次在便殿奏事,赵匡胤突然问他,古代以官奴婢赐给臣下,于是奴婢便随了主人的姓,其意义安在?德骧回答说,古人有贵贱之分,不能僭越,否则便有亵渎之嫌。到了后世,谱牒不明,主、奴两姓人生活在一起,倘不统一姓氏,两姓便有可能结为秦晋之好了。为预防这一点,故此让奴婢随主人的姓。赵匡胤听了甚为满意,夸奖他这一解释深得古人立法之意。还有一次,他问赵普,男尊女卑,自古而然,为何男子跪而女子不跪?看似简单的问题,那些掌管庠序、满腹经纶的大臣竟然都回答不出。只有大臣王贻孙回答说,古代男女皆跪,到了武后时期,因是女子掌权,始拜而不跪。赵普发问说,何以见得古代女子也下跪?王贻孙说,古诗云"长跪问故夫",因此知汉代时女子也下跪。王贻孙能够引经据典,可知他以腹为笥,读书甚多,赵匡胤从此对他另眼看待。其实,王贻孙所引的那句诗出自汉代的乐府民歌,歌中所反映的是民间疾苦,若用来考证历史未必准确。那首民歌说:"上山采蘼芜,下山逢故夫。长跪问故夫:'新人复何如?'新人虽言好,未若故人姝。颜色类相似,手爪不相如……"这首诗叙述的是一对离异夫妻偶然邂逅时的一段简短对话,王贻孙把诗中的"长跪"二字作为汉代妇女下跪的根据,不一定妥当。尽管如此,王贻孙毕竟是熟悉这一首汉代乐府民歌,这是读书的结果,赵匡胤赏识他,也就在情理之中了。

宋代帝王年号更改频繁,如赵匡胤改了3次,宋太宗改了5次,宋仁宗竟改了9次。一次赵匡胤要更改年号,命宰相撰前世所没有过的年号,宰相进"乾德"2字,赵匡胤当即批准。等到荡平了后蜀,后蜀的旧宫人有进入宋朝的掖廷者,赵匡胤翻阅她们的妆奁之具,见到了一面镜子,镜子背面有"乾德四年铸"5个小字,顿时吃惊不已,拿着镜子召来宰相询问说,今年还不到乾德四年,为何这面镜子上有"乾德四年铸"的字样呢?宰相等人面面相觑,不知该如何回答才好。赵匡胤只好召学士陶谷、窦仪询问。窦仪说,此镜必是前蜀之物,伪蜀王衍时有"乾德"的年号,因此镜子背面有"乾德"年号也就不足为怪了。经窦仪这么一说,赵匡胤的疑问才涣然冰释,感慨地说,"宰相须要用读书人",从此益重儒臣。宰相赵普跟随赵匡胤最久,但他少年时学习的是官吏如何治国,很少读书,因此知识谫陋,才疏学浅。赵匡胤多次劝他读书,于是他到了桑榆晚景,仍然手不释卷。公余之暇,回归私第,第一件事便是启箧取书,读之竟日,直至夜阑更深方罢。书读得多了,知识丰富了,处理朝政便能做到左右逢源,游刃有余。他死后家人打开箱子查看,发现他读的是《论语》二十篇。这就是赵普半部《论语》治天下的由来。

"半部《论语》治天下"一说流传甚广,朝野咸知。太宗赵光义曾问赵普,"半部《论语》治天下"一事是否属实,赵普回答说:"臣平生所知,诚不出此。昔以其半辅太祖定天下,今欲以其半辅陛下致太平。"有宋一代的史籍如《鹤林玉露》《宋史全文》《东都事略》《古今源流至论》《黄氏日钞分类》《铁围山丛谈》等书均有记载。最早记录此事的当是《铁围山丛谈》一书。该书说:

> 赵安定王普,佐艺祖(指赵匡胤)以揖让得天下,平僭乱,大一统。当其为相对,每朝廷遇一大事,定大议,才归第则亟闭户,自启一箧,取一书而读之,有终日者,虽其家人莫测也。及翌旦出,则是事必决矣。用是为常,故世议疑有若

子房邂逅黄石公事,必得异书焉。及后王薨,家人始得开其
箧而视之,则《论语》二十卷。

　　正因为这则故事流传甚广,元人修《宋史》时,把《铁围山丛谈》中的这一段话稍加改易,移入了赵普的传中。据张其凡教授考证,很多史籍说赵普孤陋寡闻、读书无多并非空穴来风,而是确有其事。如《湘山野录》一书就记载,赵匡胤欲扩展汴京外城,亲到朱雀门察看,只有赵普1人跟随。当时门额上写的是"朱雀之门"4字,赵匡胤问赵普,为何不写"朱雀门",那个"之"字有什么用处?赵普说是"语助",即"之"字是助词,赵匡胤大笑说:"之乎者也,助得甚事?"赵普没法回答。后来赵匡胤说他"卿苦不读书,今学臣角立,隽轨高驾,卿得无愧乎?"从此赵普折节读书,手不释卷,到了晚年已是满腹经纶,成为耆宿硕儒了。《赵普神道碑》说他:"及至晚年酷爱读书,经史百家,长存几案,强记默识,经目谙心,硕学老儒,宛有不及。"因此赵普绝不是只靠半部《论语》治天下。还是张其凡教授的结论准确:"说赵普只读《论语》,靠《论语》决断大事,是与历史不符的。"

　　赵普为相多年,宋朝初年的军国大政,几乎都有赵普参与擘画,诸如削夺诸将兵权,选拔禁军,强干弱枝政策的提出,健全法制,选择官吏,改革科举制度等方面,赵普的功绩是不可湮没的。

　　赵匡胤既喜欢读书,便爱屋及乌,对读书人特别敬重。他即位3年时,曾秘密镌刻一碑,立在太庙会寝殿的夹室,人们称之为誓碑,用一匹销金的黄幔遮住,门口封锁甚固。他命令有司,以后要定时供享祭品,新天子即位,拜谒祖先完毕,即来碑前恭读誓词,读时只允许一个不识字的宦官侍从,其余大臣皆远远站立。赵匡胤曾至碑前,再拜下跪默诵毕,再一次下拜,才返身而出,群

袖里乾坤——赵匡胤及其时代

臣近侍皆不知天子所誓何事。以后列帝相承，皆仿效以前故事。朝廷大臣仍蒙在鼓中，不知天子所做何事，天子也三缄其口，颇为神秘，群臣就更不敢打听了。直至"靖康之变"，金兵攻入京师，生灵涂炭，社稷丘墟，太庙寝殿夹室之门洞开，市井之人争来观看，这一谜底才被解开。原来誓碑高七八尺，宽4尺余，上面写着3行誓词，第一行是：柴氏子孙，有罪不得加刑，纵然是犯了谋逆大罪，也只在监狱内赐自尽，不得押往市曹砍头，也不得连坐旁系亲属。第二行是不得杀士大夫及上书言事人。第三行是子孙对此誓必凛遵勿误，若不遵守，必遭天谴。建炎年间，跟随徽宗一起被俘北上的曹勋自金国归来，徽宗还让他给高宗捎信，说祖宗誓碑在太庙，恐高宗不知。这一条记载广为流传，虽然真伪难辨，但宋朝优待莘莘士子则是事实，上书言事者至多是降官贬谪远恶州郡，杀头的几乎没有。还有一条记载说，赵匡胤初得天下，儒学之士，还不受重用，有一次郊野祭天，翰林学士卢多逊任太仆卿，总摄一切，安排得非常妥帖，赵匡胤大赞仪卫之盛，询问卢多逊，多逊回答详尽，赵匡胤非常满意，便对身边的侍臣说，"作宰相当须用儒者"。这一记载与前蜀宫人所持镜子中有乾德年号条有异曲同工之妙，都是说宰相须用读书人，不可使胸无点墨者为相。

文臣读书自不必说，赵匡胤也要求武将读书，使他们知晓马上打来的江山不能马上治理，武将也应知为治之道。他麾下的将领如曹彬、潘美、吴廷祚等喜欢读书，可算是儒将，不过这些将领不多，还有一些像高怀德那样"不喜读书"，但又粗通文墨者。而像党进那样目不识丁者则是大多数。因为党进不识字，便闹出许多笑话来。一日，他骑马路过市廛，见有人用布围成一个圆圈，在里边说书，便停下来问，你说的是什么内容？优伶回答说，我正说韩信。党进不知韩信是西汉初年人，以为他在含沙射影，指桑骂槐,勃然大怒说,你对我说韩信,见韩信便会说我,似此两面三刀之人,应该责罚,便命人杖责之。那优伶白白挨了一顿打,哭笑不得。党进领禁兵,因不识字,记不清士兵数目。其他的军校皆以所管马匹、器甲之数详细写在一个木梃上,犹如文臣将所奏之事写在朝笏上一样,如果上司查问,看看木梃,便能准确说出。党进也把所统禁兵数目写在了木梃上,但仍记不清楚。一次,赵匡胤问他所统禁兵之数,党进举梃回答说,都在木梃上写着,请陛下观看。赵匡胤大笑,喜欢他忠诚无欺,待他益厚。赵匡胤耳提面命,要求武将读书,党进也有所触动,想学点文化知识,怎奈他根底太差,上阵杀敌易,下马学书难,斗大的字还是认不得几升。一次,赵匡胤派他到北方防御契丹,当时叫“防秋”,因为秋天天高气爽之时,契丹铁骑往往于此时牧马南下,朝廷须早为之防备,故称“防秋”。按照惯例,大将在赴任时,须向朝廷辞行。有关官员告诉党进,你是戍边的大臣,可以省掉这些繁文缛节,而党进不依,坚持要辞行。有关官员无法,只得命人把党进应说的话写在朝笏上,一遍一遍地教他诵读,最好是烂熟于心,做到应对自如。党进抱着朝笏跪在殿角,看着朝笏上的字,竟是忘得干干净净,连一个字也记不起来了。半晌,才仰面看着赵匡胤说,“臣闻上古其风朴略,愿官家好将息”。官家指赵匡胤,当时人称天子为官家。殿上的卫士知道党进只会侍弄刀枪剑戟,今日却突然说出如此文绉绉的话来,不觉掩口而笑,几乎失了常态。后来他的部下问他,太尉朝见天子时,为何突然说出了那两句话?党进说,我平日曾见措大们(指贫寒的读书人,有轻蔑之意)爱掉书袋,我也掉一两句,使官家知道我读书了。由此可见,赵匡胤强调武将读书,产生了一定效果,连党进这样的武将,也知道以读书为荣了。太宗朝曾任翰林学士的李沆评论赵匡胤让武将读书一事时说,汉光武帝刘秀中兴时,没有让武将们探究如何治理天下,只要求他们专心致志打仗。等到天下已定,光武帝多次与公卿大臣们讲论经义,直至夜深才罢。这是因为创业、致治须区分轻重缓急,未得天下时创业为主,已得天下,就要讲究致治之道了。宋太祖令武臣们读书,大概也是这个道理。这一番议论还是很有见地的。

五代十国时期,战火连绵,刀兵不止,没有人注意保护图书,图书毁坏散佚严重,迨至宋朝肇建时,昭文馆、史馆、集贤院三馆的藏书仅余1.3万余卷。赵匡胤知道,一个国家若是文教不兴,人人都是文盲,个个都是愚昧之徒,国家的稳定和繁荣也就无从说起。汉人刘向说,"书犹药也,善读之可以医愚",说的就是这个道理。赵匡胤在统一全国的过程中,颇留意搜集各割据政权的图书,以充实京师三馆。乾德元年(963)平定荆南,荆南是个只有弹丸之地的小国,疆土只有今湖北江陵一带之地,藏书不多,但赵匡胤没有放弃,还是下令辇送京师。乾德四年(966)五月,派右拾遗孙逢吉至成都收取后蜀法物、图书运回京师后,法物被悉数焚毁,图书都交付给了史馆。这次孙逢吉带回了多少书籍,史书没有明确记载,但孟昶是喜欢读书的国主,又是吟诗作赋的行家里手,他庋藏的书籍,肯定为数不少。开宝九年(976)平定江南,命吕龟祥赴金陵收取图书,共得2万余卷,也悉数交付史馆。后主李煜是读书种子,是我国文学史上光采熠熠的词人,他藏书既多,有些可能是价值连城的珍籍。太宗赵光义即位后,喜欢到崇文院观书,并多次把闲居京师的南唐后主李煜及南汉后主刘鋹召来观书,指着图书对李后主说:"闻卿在江南好读书,此简册多卿旧物,归朝来颇读书否?"从太宗这几句话中可以想见,南唐的图书在三馆中占了很大比重,可能是割据诸国中最多的。

赵匡胤从多渠道搜求书籍。五代兵燹之余,有许多图书散落民间,倘不及时搜集,便有毁坏之虞。书香人家或许放置案头,时时翻阅,农夫之家,视如敝帚,虫蛀水浸,也就在所难免了。于是赵匡胤下诏献书。凡全国吏民,有以书籍来献者,令史馆先查看篇目,馆中所无,则收藏之。献书之人送学士院测试,如其才能可以为官,将其情况上报有司,等候通知。乾德四年(966)闰八月,"三礼"爱好者涉弼、"三传"爱好者彭干、学究朱载等人,皆应诏献书,总共献书1228卷。赵匡胤下诏将书藏于馆阁,涉弼等人赐给科名。迨至太宗登基后,也多次下诏,让全国吏民献书,凡献书者,小则赏以金帛,大则给予官职,于是献书于阙下者不可胜计。流风余绪,代代如此,终于使京师三馆聚集了大量的典籍。

稽古右文,尊师重道的一项重要内容就是尊孔。赵匡胤即位不久,便亲临国子监视察。京师的国子监是周世宗柴荣创立的,因为战事不止,国子监比较简陋,赵匡胤下诏修葺祠宇,绘制先圣、先贤、先儒之像,他亲自撰文赞颂孔子、颜渊,命宰臣等撰文赞颂其他先贤、先儒,赵匡胤后来又多次拨冗临幸。大臣崔颂受命管理国子监,始聚生徒讲学,沉寂多年的国子监又传出了琅琅读书声。赵匡胤甚为高兴,赐以酒果。不久又下令用一品礼祭奠孔子,立十六戟于文宣王庙门。唐代只有三品以上官员才可立戟于门,以示荣耀尊贵。为了显示对儒家学说创始人孔子的敬重,才立十六戟,表示对儒家的虔诚。对孔子的裔孙也特别眷顾。孔子的四十四世孙孔宜举进士不中,于是上书叙述其家世,盼望皇恩浩荡,授予官职。赵匡胤恻然动容,特命他为曲阜县主簿。所授官职虽然不高,但这是在向莘莘士子宣告,大宋王朝优渥读书人,孔子后裔科举未中尚且得到主簿之职,若金榜题名,便会成为朝廷命官了。

科举考试是士子们改变命运的希望所在,三更灯火五更鸡,脱却蓝衫换紫袍是士子们追求的目标。赵匡胤也关注着科举考试。考试是否公平，登第者是否有治国之才，关乎着宋朝的治乱兴衰，自不能等闲视之。建隆元年（960）正月赵匡胤登上帝位，二月间便命中书舍人扈蒙权知贡举，选拔出杨砺等19名进士。当时百废待举，天下未定，千头万绪，都须梳理，赵匡胤却首先想到了开科取士，可见他对此事的重视。五代时期的乡贡生傅孙兰，对《左传》《春秋》颇有研究，在乡里授徒为业，他的学生也参加了这次科举考试，因成绩差池而被黜退，傅孙兰乘醉冲入贡部大院闹事，赵匡胤问清了原委，将他杖责之后，流配商州（今陕西商县）。次年权知贡举窦仪又取合格进士11人。建隆三年知贡举王著取进士合格者15人。通过几次考试，赵匡胤发现考生与主考官关系密切，不同寻常，及第者往往呼主考官为恩门、师门，自称门生，长此以往，难免结朋树党，党同伐异，于是下诏禁止，中举者与主考官不得再以恩门、师门、门生等称谓。

按照惯例，每岁科举考试，知举官准备动身前往贡院时，朝廷近臣可以保荐"抱文艺者"，号称"公荐"。所谓抱文艺者，是指学富才赡之人。让近臣任意推荐，难免假公济私，举荐亲朋故旧，赵匡胤下令废除公荐之法，违者科以重罪。一次，库部员外郎王贻孙、《周易》博士奚屿两人一起考试品官子弟，也即朝廷衮衮大员的子弟。翰林学士承旨陶谷与奚屿是故旧之交，便暗中请奚屿对儿子陶戬网开一面，多加照顾，奚屿也爽快地答应帮忙。但陶戬是个花花公子，连书中的句读都弄不懂，写文章更是胡乱涂鸦，一窍不通，奚屿却按合格上报，补了个殿中省进马的官职，陶谷好不高兴。不久，东窗事发，此事被人告发，下御史府按问属实，奚屿被贬谪为乾州司户参军，王贻孙系宰相王溥之子，虽未参与此事，但难免失察之责，降为赞善大夫，陶谷则罚俸两月。赵匡胤的处罚还是很严厉的。开宝元年（968）三月，权知贡举王祐拔擢进士10人，陶谷之子陶邴名列第六，陶谷入朝致谢。赵匡胤对身边大臣说，听说陶谷教子无方，陶邴怎能登第，恐怕其中有诈，随即责成中书复试。但陶邴有真才实学，比他的哥哥陶戬强得多，复试仍然榜上有名，这证明王祐没有徇私舞弊，赵匡胤这才无话可说。尽管如此，赵匡胤仍然下诏说，为国取士，不是为了树私恩，簪缨世禄之家，其子弟也应该认真读书，等到有才艺时再来应试。结党营私，互相吹捧，应该制止"文衡公器，岂宜私滥?"今后凡出自官员之家的进士，礼部应将材料上报，复试之后再定弃取。这样一来，品官之家的子弟不再恃势受到照顾，贫寒之士不因无权无势受到排挤，无疑是公平多了。

为防止科举取士中发生其他弊端，他甚至在日理万机中拨冗召见中第进士。开宝五年闰二月，权知贡举扈蒙上奏，录取合格进士11人，诸科17人，赵匡胤特意在讲武殿召对，然后才下诏放榜，这意味着赵匡胤对新科进士的名次、录取都特别关注，有关官员不得上下其手，以权谋私了。开宝六年（973）三月，新科进士宋准等38人赴讲武殿谢朝廷录取之恩，赵匡胤不惮辛劳，逐人询问才干优劣，结果进士武济川、"三传"刘浚才能平平，答非所问，赵匡胤非常不满，当场取消了两人的进士资格。武济川与翰林学士李昉是同乡，而李昉时任权知贡举，也就是这一届进士的主考官。像武济川这样的平庸之才竟能中举，赵匡胤怀疑李昉徇私用情，给了老乡照顾，心中颇为不快。适逢进士徐士廉等击登闻鼓，诉说李昉感情用事，取舍不公。赵匡胤又召来翰林学士卢多逊询问，多逊也说外界议论纷纷，都说李昉偏袒乡人，臣亦略有所闻。赵匡胤于是命人统计考试终场而未登第者的姓名，共得360人，全部召见，并遴选其中的195人以及宋准、徐士廉等，各赐笔墨纸张,另外考试诗赋,以殿中侍御史李莹、左司员外郎侯陟等为考官。几天之后,赵匡胤在讲武殿亲自决定录取与否,共得进士26人,徐士廉也榜上有名。另外又录取"五经"4人、"开元礼"7人、"三礼"38人、"三传"26人、"三史"3人、学究18人、明法5人,全部赐进士及第,赏宋准钱20万缗,让他举办宴会,庆贺此榜中举。主考官李昉、考官杨可法等则受到了责罚。从此殿试成为定例。

李昉事件之后,赵匡胤对主考官的遴选特别慎重。他下诏给各州,让各州长官精选僚属中有才学且又公正者充当知贡举人选,知贡举与考试官共同评阅试卷,成绩优异者录取,成绩差池者落榜,不得弄虚作假。严禁考试官员私自荐人。倘有舞弊行为,希望有人告发,告发者有奖。倘凭虚假成绩中举,被人告发后,一律退回原籍,给予重罚,且终身不得再入考场。主持每次考试的官员称为权知贡举,他手中的权力很大,往往一言九鼎,即使没有徇私舞弊之嫌,也会因各种原因,出现有才能者名落孙山,平庸者独占鳌头的现象。为了纠偏补弊,赵匡胤决定在知贡举之外,加派几人充当权同知贡举,共同处理科举事宜。开宝八年(975)二月的科举考试,赵匡胤命知制诰王祐为权知贡举,以知制诰扈蒙、左补阙梁周翰、秘书丞雷德骧3人为权同知贡举。权同知贡举之设始于此,以后遂成定例。这次考试之后,赵匡胤亲自在讲武殿复试,他动情地说了一番意味深长的话:"向者登科名级多为势家所取,致塞孤寒之路,甚无谓也。今朕躬亲临试,以可否进退,尽革畴昔之弊矣。"赵匡胤承认,过去所进行的考试,登第者多是有权有势的官宦子弟,以致堵塞了贫寒人家子弟的入仕之路,这是很不公平的。如今由朕躬亲自主持殿试,谁个中举,谁个下第,皆由朕按成绩而定,过去的弊端也就不会再有了。当然,仅凭赵匡胤的殿试,不可能革除科举考试中的一切弊端,这须要从考试制度上去加以完善,而作为日理万机的帝王,赵匡胤能做到这一点,就已经是难能可贵了。就是在这次殿试上,赵匡胤亲自出题考试诗赋,得进士王嗣宗以下30人、诸科34人。南唐进士林松雷笔试、殿试俱不合格,但他从山水迢递的江南,跋山涉水来到京师,其精神可嘉,特赐"三传"出身。王嗣宗中第的经历可谓一波三折。他是汾州(今山西临汾)人,宋初曾任秦州(今甘肃天水)司寇参军。当时知秦州事的是路冲,他为政苛酷,弄得盗贼群起,嗣宗劝路冲要为政温和,路冲大怒,把嗣宗关入狱中,又唆使曾经犯罪而受到惩罚的无赖,告嗣宗滥捕无辜。朝廷派人调查,得知真相后,治诬告者之罪,嗣宗才得以解脱,此次参加考试,荣登榜首,这个功名真是来得不易。从这次赵匡胤亲自复试进士之后,殿试便成了"常式",即进士的名次,皆在殿上决定,唐朝武则天时,也偶尔在殿上策问贡士,但未形成制度,到了赵匡胤时,作为制度定了下来,以后诸朝都相沿不替。

开宝九年(976)赵匡胤主持了他一生中最后一次殿试。当时诸州送往京师孝悌力田及有文武才干者共478人,这些人未经过考试,由地方官吏选送。所谓孝悌力田是指该人在乡里平时孝顺父母,友于兄弟并努力耕耘,成绩突出,被乡里称颂者。有文武才干是指作为读书人有治国平天下之策,作为习武者应当弓马娴熟。赵匡胤恐怕野有遗贤,明珠蒙尘,因此才在考试之外,让各地选送人才,以成天下承平之治。赵匡胤询问了这些人所习之业,竟然是无一人能令他满意。仅濮州一州以孝悌名义送来者便有270人,赵匡胤甚为惊诧,1个州便送京师近300人,天下各州倘都如此,岂不要送数千人?其中岂无滥竽充数者?于是在讲武殿召问,结果使赵匡胤大失所望,这些人只是粗通文墨,至于文韬武略云云,更是无从说起。有些人说,自己虽然文采不佳,但能习武,也可为国效力。赵匡胤又让他们骑马射箭,看看身手如何。结果是骑马者多从马背上摔下来,射箭者皆不中的。赵匡胤愠怒地说,这些人只可当士兵,哪里有什么文武之才?于是悉数退回原籍,各州那些不负责任胡乱荐举的官员也受到了惩罚。此后,赵匡胤为防止各州滥进,颁布了州府发解条例,限制各地发解人数,这一漏卮才算得到解决。当然,各州选送京师的人中固然有酒囊饭袋,但也不乏精英之士,如果才干优异,也可任职。如开宝四年赵匡胤下诏各地遴选有德行之人,于是莘莘士子皆聚集于阙下,朝廷让翰林学士院询问治国平天下的办法,曹州(今山东菏泽)荐举的孔蟾应对敏捷,颇有条贯,随即被任命为章丘(今属山东)县主簿。似这样的例子还有不少。如开宝七年(974)密州(今山东诸城)有一个叫齐得一的人,在乡里教授《五经》,弟子慕名自远方来者甚多。后晋末年密州发生祸乱,他的家被州将所屠,仅得一人逃脱,其家人皆死于乱兵之手。得一至朝廷申诉,州将被罢黜,得一始得以还家,布衣蔬食,孑然一身,不求仕进。密州地方官知他学术醇正,德行卓异,以"贞廉德行忠孝"将他荐之于朝,经过策试,成绩合格,授他为章丘县主簿。

对于那些功名蹭蹬、困顿场屋的士子也法外施恩,给予照顾,使他们功名有望,不致抱憾终生。开宝三年(970)赵匡胤命礼部贡院查阅曾经参加过进士诸科考试 15 次以上并且终场者,以及参加过 15 次考试而未终场者。经调查,前者为 63 人,后者为 43 人。赵匡胤全部赐他们进士出身,分授官职,但又声明,仅此一次,下不为例。不以考试定终身,视其才能授予官职,即使在今天仍有借鉴意义。对于朝臣中远戍边陲死于王事者,其子弟也会受到眷顾。如右赞善大夫陆光佩之子陆坦赐进士出身,监察御史王楷之子王克同"三传"出身,右补阙吴光辅之子吴用之为右赞善大夫,刘师道之子刘传庆并同学究出身。都以经过学士院考察其平常所习之业,然后根据其才能授予官职。赵匡胤设想得很周到,把方方面面的情况都估计到了。他不惮辛劳,纠正考试中的种种弊端,尽量给士子们一个公平公正的环境,不许权势之家堵塞孤寒士人科举及第之路,这些都可圈可点,应当肯定。

"宰相须用读书人"是赵匡胤的一句名言,他颁行的一系列稽古右文政策,在宋代历史上产生了深远影响,尤其文化方面的成就更为世人瞩目。因为环境宽松,士子们没有战战兢兢,如临深渊,如履薄冰的后顾之忧,才得以发挥出他们的才能,因此才有了宋代后来的文学艺术繁荣,理学发达,科技独步一时的局面。当然,这些成就不能归功于赵匡胤一人,但是他筚路蓝缕之功,是不可湮没的。

立法定制遏滥刑：一切按法律行事

莫为危时便怆神,前程往往有期因。
须知海岳归明主,未省乾坤陷吉人。
道德几时曾去世,身车何处不通津。
但教方寸无诸恶,狼虎丛中也立身。

——冯道《偶作》

五代乱世,藩镇割据,无视法律,生杀任情,视人命如草芥,动辄以杀戮从事,睚眦之怨,便杀人全家。朱温与王师范有旧怨,派人至洛阳杀王师范,先在他府第旁掘坑,然后告诉他。师范之弟师诲、兄师悦及儿子、侄子等200余口,悉数诛戮。当使者宣布诏令后,师范大设宴席与宗族共饮,并告诉使者说,死者人所不免,然恐少长失序,下愧先人。行酒之时,令少长依次引颈就戮。一次杀死200多人,不留孑遗,而被杀者竟然是在觥筹交错中受刑,这是五代时期的一大奇观。唐庄宗李存勖灭后梁,将后梁大臣赵岩、张希逸等十几名大臣并其妻孥悉数斩于汴桥下。后汉三司使王章被杀,他无子,只有一女,已经嫁人,身染重恙,扶病就戮。罪人之父兄妻妾子孙,甚至已嫁之女,无一幸免,非法用刑,可谓达到了极致。但刑罚之滥,以后汉更甚。史弘肇为将,麾下稍忤其意即挝杀之。汉隐帝时大将李守贞反叛,史弘肇统辖禁军,警卫都邑,只要有人被告发,不问青红皂白,便处极刑,含冤负屈之家,莫敢上诉。当时太白星白昼出现,百姓有仰观者,立刻腰斩于市。其他如断舌、决口、抽筋、折足者,无日不有。凡有百姓犯罪,弘肇只以3个手指示意,那人马上就被腰斩。后汉苏逢吉生性嗜杀,他跟随后汉的创建者刘知远在太原时,刘知远命他静狱以祈福,他将狱中囚犯全部杀死。当上宰相后,尤喜杀人,朝廷因天下多盗,命他捕逐,他自己起草诏书说,凡强盗所居之处,其本家及四邻同保人全族处斩。有人提出异议说,自古及今无强盗族诛之法,何况邻居、保人!苏逢吉坚以为是,只用笔抹掉"全族"2字,四邻同保人照旧诛杀。在他影响下,郓州(今山东东平西北)捕贼使臣张令柔尽杀平阴县(今山东平阴东北)17个村子的村民,无论长幼悉数诛杀,连妇孺也不能幸免。卫州(今河南卫辉)刺史叶仁鲁率兵捕盗,见有村民数十人,正逐盗入山,叶仁鲁怀疑这些人也是强盗,命人挑断这些人的脚筋,使其痛彻骨髓,宛转号呼而死。大臣刘铢立法严峻,部下稍忤其意,便命人倒曳而出,至数百步外方止,弄得人体无完肤。每行刑杖人,双杖齐下,称作"合欢杖",或杖打次数与其年龄相同,称作"随年杖"。后晋大臣张彦泽与其部下张式有龃龉,张式乃彦泽同宗之人,彦泽也不放过他。后来张式被流放到商州(今陕西商县),张彦泽派人面奏石敬瑭说,若得不到张式,朝廷上恐发生不测事件,石敬瑭无法,只得把张式交给张彦泽。张彦泽马上决口割心,断其手足,张式在哀号声中毙命。他投降契丹后,又带着契丹军队攻入开封,覆亡了后晋。他进入开封后,随意杀人,只要有人被士兵拖至跟前,他不问情由,只伸出一只手竖起3个手指,士兵便领会其意,将人拉出帐外断其腰领。似以上这些苛酷刑罚,不胜枚举,真是毒痛四海,殃及万方。"白骨成丘山,苍生竟何罪?"老百姓生活在刀丛剑树之中,随时都可能招致不测,断送生命!

干戈定乾坤，春色满寰宇。随着赵匡胤统一中原，"日昏筛乱动，天曙马争嘶"的动乱局面结束了，大宋王朝开启了一片新天地，这为赵匡胤整治旧秩序提供了契机。他在黄袍加身时便告诫士兵，不得"纵兵大略，擅劫府库"。大将王彦升擅杀后周大臣韩通，赵匡胤大怒，欲将其斩首，后虽释之，但终身不授节钺。他从陈桥驿领兵返回京城时，城中奸民趁机抢劫，便下令捕得数人斩于市曹，出资赔偿被劫百姓，于是城中秩序井然，居民安堵如故。

五代以来，州郡掌狱之吏不熟悉法律条文，州郡的行政长官多是武夫，往往为所欲为，恣意用刑，直到宋朝初年，此俗仍相沿不替。建隆初年，金州（今陕西安康）百姓马从玘之子汉惠是一流氓无赖，尝杀害其弟，在乡间中为非作歹，乡人恨之入骨。从玘与妻子、次子共杀汉惠，为民除害。防御使仇超、判官左扶不上报有司，便将从玘与其妻、次子一同处斩。赵匡胤认为仇超等故意杀人，命御史台弹劾，将仇超、左扶除名，杖责之后，流放海岛。从此之后，官吏们知道奉法行事，不敢胡来了。平定扬州李重进之乱后，赵匡胤命内客省使王赞权知扬州军府事，王赞乘船前往，舟覆溺水而亡，赵匡胤嗟叹不已，认为是死了一位枢密使。原来王赞在后周时曾任河北诸州计度使，藩镇强横，掌管司法者大多不敢绳罪人以法，而王赞却振纲举维，发奸擿伏，无所顾忌，境内大治。赵匡胤知他有才，欲委以重任，谁知王赞竟寿命不永。武将刘崇在澶渊（今河南濮阳）时，辛仲甫为他的掌书记，刘崇帐下一名厢虞候恃势不法，杀了两个平民，平民的家属上告说，他在暗中看清了贼人的嘴脸，就是那个厢虞候。但厢虞候是刘崇的亲信，办案者投鼠忌器，不敢诘问。辛仲甫力请逮捕厢虞候，按律究治，而办案者仍左右观望，希望刘崇定夺。辛仲甫找到刘崇说，百姓被害毙命，案件来龙去脉已经查清，但狱吏不敢秉公执法，要他何用,请更换狱吏,以雪民怨。刘崇大为感悟,随即派掌管司法的官员审理,将犯罪者绳之以法。这虽是一件个案,但说明官员们已有了法律意识,不再随心所欲,生杀任情,也标志着宋朝走出了滥捕滥杀的阴影,开始用法律治理天下了。

在统一天下的过程中,赵匡胤每次都告诫将士,不得滥杀无辜,乾德二年王全斌伐蜀时,赵匡胤晓谕他,"行营所至,毋得焚荡庐舍,殴掠吏民,开发丘坟,剪伐桑柘,违者以军法从事"。但王全斌在取胜之后,纵容部下掠人子女,劫掠财物,蜀人苦之。赵匡胤得知消息后,派参知政事吕余庆权知成都府。王全斌部下将士恃功骄恣,一日有人报告,有一名士兵喝醉酒后,持刀在市廛上抢劫商人财物,弄得人心惶惶,奔逃不迭。吕余庆当即将那名士兵捕来处死,市场才又恢复了秩序。西川行营有一名军校残忍之极,竟割了百姓妻子的乳房,然后杀死。赵匡胤下诏将那名军校械送至京师,然后在市井处死。当时朝中不少大臣为那名军官求情,认为他立有功劳,只杀了一个民妇,不该处斩。赵匡胤断然拒绝说,王者兴师,吊民伐罪,妇人何辜而残忍至此?当速按法律行事,以雪妇人之冤。战后论功行赏,王全斌等因黩货杀降未能升官,只有曹彬一人清廉畏慎,受到了赵匡胤的夸奖。同年潘美率师攻打南汉时,汲取了王全斌的教训,严禁士兵掳掠。灭亡南汉后,赵匡胤下诏放免南汉境内被掠卖的男女奴婢,废除一切苛虐之政。开宝七年(974)曹彬率兵攻打南唐时,他又告诫曹彬切勿暴掠生民,城陷之日,慎勿杀戮。曹彬凛遵圣命,在进军过程中没有屠戮生灵。一次,赵匡胤驾临武成王庙(即吕尚庙,唐代封他为武成王),观看两廊所画名将,用杖指着白起的画像说,白起杀已降之卒,算什么武将,不应在此享受祭祀,立刻命令左右撤掉。后来与大臣商议,又陆续撤掉吴起、孙膑、廉颇、韩信、关羽、张飞、王僧辩、杨素、贺若弼等22人的画像。当然,赵匡胤的做法有些偏颇,一些战争死人不可避免,只要不刻意杀已降之卒,就不能算多大罪过。不过从这一点上也可看出他对杀人的厌恶。

　　五代时法网甚密,动辄杀头,使小民无所措手足,赵匡胤甚不以为然。他说,尧舜对待"四凶"之罪,也只是投窜而已,近代法网为何如此之密? 又对赵普说,下愚之民虽不辨菽麦,藩镇也应加以保护,如行苛虐之政,朕断不容! 大将王继勋任权侍卫步军司事时,赵匡胤对他说,这些新兵可能没有妻室,民间女子如有愿与之为妻者,不须聘礼,但备酒馔就可以了。王继勋未正确理会赵匡胤的用意,下令部下掠人子女,弄得里闾骚然,人心不安。赵匡胤大惊,斩士卒百余人,小黄门阎承翰见而不奏,也被杖打数十下。后来王继勋被罢了兵柄,悒郁不乐,竟脔割奴婢以泄愤,前后被害者甚多。一次淫雨连绵,冲毁了府第院墙,奴婢们才得以逃出诣阙诉冤。赵匡胤核查得实,削去了王继勋官爵,将他流配登州(今山东蓬莱)。像王继勋这样的开国元勋还不宽贷,等而下之者就更不必说了。武仁海任嘉州(今四川乐山)监押时枉法杀人,监察御史杨士达通判蕲州(今湖北蕲春)时鞫狱滥杀,均被押往市曹斩首。即使是部下为非作歹,主管官员也要受到制裁。大将符彦卿镇守大名十余年,将政事委托给牙将刘思遇,此人是贪得无厌之徒,常恃符彦卿之势聚敛钱财,把应入国库的钱财弄到自己家里,符彦卿竟未能发觉。当时藩镇照例都派亲信收百姓租子,他们故意用大斗多收,多收的那些粮食便入了官员们的私囊,而大名比各郡都厉害,百姓怨声载道。赵匡胤得知民怨沸腾,派人前去纠正,用大斗收租的弊病才得以纠正。正常租税之外多收那部分叫"羡余",赵匡胤下令把羡余粮赏赐给符彦卿,让他心存惭愧,并择人换了刘思遇。因符彦卿之女是宋太宗赵光义后来的皇后,赵匡胤网开一面,将他调往别处。向拱任西京(今河南洛阳)留守十余年,喜好修葺园林,建造府第,又酷爱声妓,每每纵酒为乐,丝竹毕陈,歌喉宛转,园林如同蓬莱仙境,府第巍峨壮丽。但是公务废弛,从不管百姓疾苦,以致盗贼四起,白昼劫掠。赵匡胤得知后大怒,把向拱调往安州(今四川云阳县北云安镇),派左武卫上将军焦继勋取代他,并晓谕他说,洛阳很久都没有得到治理了,选卿取代向拱,一定不要仿效向拱的所作所为!宋朝初年民间习俗还有五代遗风,东西两京(开封、洛阳)士庶之家婚丧嫁娶时,各级官府的小吏往往领着伶人挨门讨要财物,弄得士庶之家供应不起,叫苦不迭,赵匡胤下令废止这种蠹民之举,违者从重治罪。一次,开封府捕得京城诸坊无赖、恶少及亡命军人为盗者,当时京城人心纷扰,一夕数惊,赵匡胤下诏将其中罪大恶极者21人斩首,其余的杖责之后流配远方,从此京城秩序宴然,无人敢再以身试法了。即使在五代时期犯罪,到了宋朝也要受到追究。陕州(今河南陕县)百姓范义超,在后周显德年间以私怨杀死同村村民常古真家12口,只有古真年少,乘机走脱。他长大后立志报仇,捉拿住了范义超,到衙门诉冤。官府认为,杀人之事在后周时期,范义超在入宋后没有犯法,可以不必追究前代之事。赵匡胤说,岂有杀人12口而不受到惩罚的道理,下令将范义超斩首。

无法可依或有法不依,是造成刑罚过滥的重要原因。宋朝建国伊始,还来不及制定法律,只能因袭唐代律令和五代编敕。赵匡胤虽在建隆二年(961)定了《窃盗律》,次年又更正了《窃盗律》,但那毕竟是权宜之计,编定一套具有宋朝特色的法律已成了当务之急。赵匡胤命窦仪与大理寺少卿苏晓正等以后周《显德刑统》作为蓝本重新编定,建隆四年(963)八月竣工,称《建隆重详定刑统》,后来简称《宋刑统》。即使有了法律,各地官吏也未必会严格遵守。朝廷自平定川峡之后，便在诸州颁布了有关法令，但州吏驰怠，不肯遵守，所决罪人畸重畸轻，只是每一个季度之末将审案处理结果上报，只说因某事处斩或徒（被罚服劳役）或流（流放），但不写根据哪一条款判罚，也不分首恶胁从一律斩首，这显然有失公允。赵匡胤认为，兵兴之初，寇贼不靖，治乱世须用重典，执法严厉情有可原。如今天下已定，不可率由旧章，枉法杀人，因此严令川峡诸州官吏依法办事，违法者令有司纠举，从严查处。官员周翰曾监绫锦院，织锦工人小有过错，周翰杖责过重，工人到朝廷上诉，赵匡胤甚为恼怒，把周翰召来责问说，你岂不知晓别人的肤血与己无异，为何杖人如此狠毒，下诏也杖责周翰。吓得周翰忙求饶说，臣负天下才名，实在不应当如此，望陛下宽宥！赵匡胤才没有杖责他。

为防止随意杀人，草菅人命，早在建隆三年（962）赵匡胤就下令，凡是大辟（死刑），须有刑部的批复才可执行死刑。后来又规定，中央的案件由大理寺详断，然后呈报给刑部；诸州之狱由录事参军与司法掾共同审理。从此，朝廷与地方上的案件审理定罪，皆有官员复查，看定罪是否准确。又怕刑部、大理寺在执法上有偏颇之处，另设审刑院审查两个部门的定罪情况。办案的官员如果判案有误，终身不得升迁，惩处非常严厉。这些规定促使办案官员兢兢业业，不敢徇私枉法。即使在行刑上，也有具体规定。如杖刑分作 5 种情况：凡受 100 杖者，臀杖 20，这是说犯人被判刑杖 100 下，其中 20 下是打屁股的；杖 90，臀杖 18；杖 80，臀杖 17；杖 70，臀杖 15；杖 60，臀杖 13 下。再如笞刑，也分 5 等：笞 50，臀杖 10 下，也就是说犯人该打 50 大板者，其中有 10 杖是打屁股的，其余 40 下是用板打；笞刑 40、30 者，臀杖 8 下；笞刑 20、10 者，臀杖 7 下。行刑的官杖长 3.5 尺，大头宽不得超过 2 寸，厚度及小头直径不得超过9分。徒(服劳役)、流(流放)、笞等刑罚通用常行杖,徒罪决而不役,即判定服劳役者不再让他服兵役。单从行刑的等级及刑具的规定上看,已比五代轻了。

唐代及五代时期对盗窃罪的惩处非常严厉。唐德宗建中年间规定,凡盗窃布匹满3匹者便被处决。到了唐武宗李炎时,盗窃钱1000缗时也要处死,这一规定太过苛酷,唐宣宗李忱登基后始下令废除。后汉刘知远建国后,对于盗窃罪的惩处简直到了骇人听闻的地步,百姓偷盗一文钱也要砍头。好在后汉立国4年便被后周的郭威所取代,他下令对盗窃者的处罚,仍遵循唐代建中年间的旧制。赵匡胤即位后,认为无论是唐代的惩罚盗窃的律令,还是五代时颁布的有关法令,都过于苛重,不利于社会稳定,规定盗窃赃满5贯(1000文为一贯)足陌(100文为一陌)才处死,这比起唐和五代无疑是轻多了。按照旧例,强盗持杖抢劫,虽不伤人,也要杀头,赵匡胤规定,持杖而不伤人者,只按他偷盗财物的多少定罪。地方诸州捉获强盗,必须调查清楚,有真凭实据之后,才可进行下一步程序。即使是证据确凿,应当审讯的,也必须经过地方长官批准才可审讯。如果自作主张擅自拷掠犯人者,以私设刑罚论处。

尽管已颁布了法律,赵匡胤仍恐有冤狱,他多次拨冗亲自审讯囚犯,能够从宽处理的,决不从严。凡御史台、大理寺官员出缺,他遴选尤其严格。他曾对大臣冯炳说,朕每读《汉书》,见张释之、于定国治狱,天下无有蒙冤之民,望卿以此两人为榜样,天下就不难治理了。开宝二年(969)五月,气候异常炎热,他忽然想起了缧绁中的囚犯,虽然犯法系狱,但执法还须有人道,于是下手诏给两京、诸州,命所在长官督促管理监狱的官员,每五日一检查监狱,洒扫房屋,洗涤刑具,贫穷不能自存者给予饮食,病者及时治疗,罪过较轻者及时判决,不要滞留狱中。一个帝王能留意狱中囚犯是否得到了人道待遇,这是很难得的。

岭南距京城山水迢递,路远程赊,在唐宋时期被称为瘴疠之乡,被贬谪的官员往往被安置在那里。那里的文化相对落后,习俗也与中原迥然不同,赵匡胤给予了更多关注。开宝年间广州地方长官上奏说,陛下以前有诏,犯盗窃贼应处死刑者须要上报。但岭南辽远,上奏恐稽迟时日,请免于上报,赵匡胤说,海隅之人习俗与内地不同,穿窬入室,盗窃财物,人们习以为常,因此处理方式也应与内地有别。今后岭南民犯盗窃之罪,赃满 5 贯至 10 贯者,只用决杖、黥面(脸上刺字)、配役(充军服劳役)3 种刑罚,偷盗 10 贯以上者才处死。而在内地,偷盗 5 贯就要处死,两相比较,赵匡胤对边远地区的百姓还是比较宽容的。岭南地区百姓比较贫穷,往往缴纳不起赋税,但皇粮又必须缴纳,百姓无奈之下,只有两种选择:一是请官府代为输缴,二是找素封之家借贷。但是不论是用哪种方式,都得把妻子女儿送入官府或有钱人家作人质。届时如还不清款,妻女便会被官府充公或被富有之家占有,为此而妻离子散、家破人亡者所在多有,借贷成为祸国害民的一项弊政。知容州(今广西容县)母守素将这一情况上奏于朝,赵匡胤下诏严厉禁止,不得再有押人妻女作人质的事发生。

尽管宋代在立国之初庶事草创,法制还很不完善,但赵匡胤立法定制,遏制五代法枉刑滥,让官吏依法办事,给百姓一个安定的环境,这对于宋朝的长治久安是大有裨益的。

虚怀若谷纳谏诤：赵匡胤从谏如流

孤忠自许众不与，独立敢言人所难。

去国一身轻似叶，高名千古重于山。

并游英俊颜何厚？已死奸雄骨尚寒。

天为吾君扶社稷，肯教夫子不生还。

——李师中《送唐介》

赵匡胤虽贵为天子，却雍容大度，胸无城府，不斤斤计较个人恩怨，这也许和他的性格有关。他定都开封后，按照洛阳宫殿之制，改造朱温、柴荣居住过的宫殿，既成之后，他坐在正殿上，下令诸门洞开，可以一直望见正殿，他对臣下说："此如我心，小有邪曲，人皆见之。"这虽是一件小事，却能说明赵匡胤在待人接物上一是一，二是二，不拐弯抹角，不藏而不露。他的出身和多年的戎马生涯，养成了他这种性格，这在古代帝王中是很难得的。

赵匡胤在平定了荆湖、后蜀、南汉、后唐之后，把那些降王都安置在了京师，有人担心久则生变，一旦他们联合起来，串通旧部，造反为乱，天下便不太平了，应该悉数诛杀，以杜绝后患。赵匡胤摇摇头，莞尔一笑说，尔等也太过虑了，这些降王守千里之国，麾下有10万精锐之师，尚为我所擒，如今他们已是天涯孤旅，一举手，一投足，都在朕的掌握之中，他们还敢为乱吗？到底没有开杀戒。宋兵平定后蜀，蜀王孟昶奉诏赴阙，大将曹彬秘密上奏说，孟昶在蜀地当了30年国王，在蜀中的势力根深蒂固，甚得人心，一旦归为臣虏，而蜀地离京师山水迢递，不啻千里，跟随孟昶归朝的还有后蜀的文武大臣，倘他们于途中联合反叛，后果堪虞。为今之计，莫若羁押孟昶而杀其大臣，如此庶几可防患于未然。赵匡胤仔细看完奏折，提起朱笔，在上面批了6个字："汝好雀儿肠肚！"这是批评曹彬心眼太小，一个亡国之君，一群手无干戈且又年老体弱的文武大臣，他们会铤而走险，中途举行叛乱吗？曹彬的顾虑完全是多余的，孟昶一行安然抵达京师，并无叛乱之事发生。吴越王钱俶惮于宋朝势力强大，主动表示皈依，其时天下尚未一统，战争尚在进行之中。钱俶到了京师，赵匡胤设宴款待，又命宫掖中的乐伎弹奏琵琶，而钱俶担心个人安危，忧心忡忡，献歌词说："金凤欲飞遭掣搦，情脉脉，行即玉楼云雨隔。"弦外之音是恐怕只身独自来到京城，安危不测，性命难保。正在听演奏的赵匡胤听出了钱俶的言外之意，用手拍拍钱俶的后背说，钱王放心，尽我一世，尽你一世，誓不杀钱王。后来钱俶果然得以寿终正寝，未受到迫害。在诸位降王中，除孟昶至京师后染疾死亡外，李后主、刘铱在太祖朝均衣食无缺，安然无恙。

对待降王如此，对臣下也是如此。他初即位时曾大宴群世，后周大臣，翰林学士王著因不满赵匡胤取代后周，乘着酒醉，大声喧哗，多有不逊之言。赵匡胤一来和他是旧相识，二来因他是前朝学士，诗书满腹之人，不与他计较，只命人扶他出去。王著却不肯离去，快步移近屏风，掩袂痛哭。被内侍强拽而去，一场喜庆筵席不欢而散。次日有大臣上奏说，王著逼近宫门大恸，思念周世宗，陛下若不加以惩治，恐后来有效尤者。赵匡胤并不生气，只淡淡地说，王著虽然读书甚多，但为人迂腐，不过是个酒徒而已。旧日在世宗幕府，朕对他知之甚稔。何况一介书生哭周世宗，他能

江山代有才人出

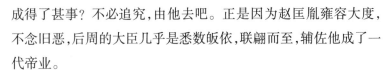

成得了甚事？不必追究，由他去吧。正是因为赵匡胤雍容大度，不念旧恶，后周的大臣几乎是悉数皈依，联翩而至，辅佐他成了一代帝业。

即使当了天子，赵匡胤也不挟天子之威慑服臣下。一次他在御花苑弹雀，调弓引矢，兴味正浓之际，忽然内侍臣禀报，一大臣有急事请求接见。赵匡胤屏息静听，所奏不过是寻常琐事，不由得怒气冲冲，责备那人说，朕万机之暇，拨冗来此小憩，尔却奏此不急之务，扰了朕的雅兴，该当何罪？那人辩解说，臣所奏虽非军国要务，但比起陛下弹雀，也算得上是急务了。赵匡胤见他如此说，愈加发怒，举起手中的柱斧向那人打去，不偏不倚，正打在嘴上，登时鲜血淋漓，从那人口中掉下两颗牙齿来。那人不再申辩，只弯腰从地上拾起牙齿，徐徐纳入怀中。这一切都被赵匡胤看在眼里，诘问他说，你把牙齿纳入怀中，是想和朕打官司吗？那人不亢不卑，徐徐回答说，微臣怎敢和陛下打官司，今日之事自有史官书之，陛下是何等人主，让后世评骘吧。赵匡胤此时已知道错了，忙好言抚慰，并赐以金帛，那人才高高兴兴走了。今日看来，赵匡胤此举犹有可圈可点之处。赵匡胤政务丛脞，寻闲觅暇作弹雀之戏，亦是人之常情，那位官员所奏乃寻常琐事，且又不在朝堂之上，无怪乎赵匡胤龙颜大怒了。但是作为万乘之尊的天子，应该听臣下上奏，即使是不急之务，也该耐心听完，再作出区处。赵匡胤错就错在不该任性使气，打掉臣下的牙齿，但他的可贵之处就在于过而能改，赏臣下以金帛。此事虽小，但一代帝王能如此降尊纡贵给臣子赔情，还是值得称道的。

正是因为赵匡胤雍容大度，他才能做到从善如流，即使是逆耳之言，只要说得有道理，他都能够接受。唐太宗李世民是历史上有名的善于纳谏之君，被后世传为美谈。谏诤次数最多的是大臣魏徵，他知无不言，言无不尽，不管唐太宗能否接受，只要他认为天子有失误之处，便直言不讳地提出。有一次唐太宗李世民退朝回到宫中，怒气冲冲地对长孙皇后说，朕一定要杀掉这个田舍翁。长孙皇后问他，陛下说的田舍翁是谁？李世民说，朕指的是魏徵，他多次在大庭广众之下使朕难堪，须是杀了他，才能泄朕心中之气。长孙皇后听了，并不回答，回到房中换上朝服，立于庭下。李世民吃了一惊，问她为何这样装束，长孙皇后说，妾闻主上圣明，臣子才能直言无忌，如今魏徵敢于直言无忌，才能彰显出陛下是个圣明之君啊！臣妾焉敢不贺！李世民这才去掉怒容，换上了笑颜。从此他倚魏徵如左右手，并对人说，魏徵"箴规朕失，不可一日离左右"。赵匡胤对这则掌故显然是熟悉的，他愿意步李世民的后尘，做一个敢于纳谏的有道明君。一次，他对宰相薛居正说，自古以来为帝王者很少有人能纠正自己的过失，当大臣的也多无安邦定国的策略，虽然他们身居高位，但不能垂名后世，到头来罪戾满身，子孙也跟着遭殃，究其原因，是因为当君王的和当臣子的都没有尽到自己的责任。遥想当年唐太宗接受臣下的谏疏，谏疏里开门见山，直接指斥他的过失，但唐太宗不以为耻，而是从谏如流，虚心改正。以朕所见，唐太宗这种精神固然值得嘉许，但何如自己不犯错误，使他人没有借口好呢。朕又观察到古代的大臣多不能善始善终，少数人能够始终如一并享厚福者，是因为他能做到忠贞正直，仅此而已。赵匡胤认为，唐太宗虚怀纳谏固然值得嘉许，但作为帝王，仅仅做到这一点还不够，要是在做每一件事之前考虑周详，就不会出现纰漏，自然也就不会有人再去谏诤了。不过，赵匡胤也仅仅是说说而已，毕竟人不是神，包括睿智的帝王在内，不可能做任何事都万无一失，既有失误，臣下便会有谏疏，关键在于当帝王的是否有勇气纳谏。赵匡胤就做到了这一点。

有胆有识敢于纳谏者当数赵普。赵匡胤还在世宗驾前为臣时就结识了赵普，后来倚为干城，官至宰相。他为相10年，刚毅果断，以天下事为己任，故赵普的谏诤，赵匡胤多能采纳。赵普任宰相时，打算任用某人为某官，因不合赵匡胤之意，未被批准。次日，赵普又上疏请求任用某人，赵匡胤仍然不肯批准。第三天赵普再次上疏请求任用某人，赵匡胤见赵普三次都是推荐同一人，便怒气冲冲地撕烂赵普的奏章，掷于地上，拂袖而去。赵普却不愠不怒，颜色自若，弯腰把奏章捡起，拿回家中，细心补缀，第四天又奏了上去。这一次赵匡胤未再动怒，批准了赵普的请求。后来那人果然是个尽职尽责的官员。换了别人，肯定不会执着地连续4次荐举某人为官；换了别个皇帝，也未必会为赵普所感动。

赵匡胤在统一天下过程中，不少人鞍前马后，立有功劳，按照惯例，应当升迁。一次，当赵普拿着名单上奏，请天子审批时，赵匡胤对其中的一人甚为厌恶，不肯签署意见，赵普详细讲述了那人的功绩，论功行赏，理应升擢，否则有失公允，人心不服。赵匡胤执拗地说，朕素来厌恶其人，就是不升迁他的官职，卿能奈朕何！赵普说，陛下是一国之君，生杀予夺，皆出于陛下，臣岂敢置喙！但是用刑罚惩治奸邪，用赏赐旌表功臣，无论古今，均是这个道理，我朝自不例外。况且刑罚乃是对天下人而言，并非陛下个人的刑罚与奖惩，陛下岂能以个人的喜怒哀乐来定夺！望陛下三思！赵普的反驳入情入理，赵匡胤无话可说，但又不想收回成命，怒冲冲地站起身来，一言不发，回后宫去了。赵普并不灰心，鹄立于宫门之外，久久不去，一直到渔樵唱晚，倦鸟归巢时分，宫人才发现宰相赵普仍在宫门外徘徊不去，忙报告给了赵匡胤。赵匡胤仔细思忖，悟出自己确实孟浪操切，不该意气用事，这才批准了赵普擢升那人官职的建议。看来赵匡胤虽然执拗,但一旦认识到了错误,便马上改正,这种精神也值得嘉许。

一次赵匡胤大宴群臣,正在众人酒酣耳热之际,突然淅淅沥沥下起了雨,不久又转为大雨。参加宴会的人一个个成了落汤鸡,弄得杯盘狼藉,堂下的丝竹声及歌唱声俱被雨声淹没了。赵匡胤心情不悦,不由发起了无名火,动辄怒斥左右,臣下战战兢兢,面面相觑,一个个呆若木鸡般立在那里,生怕由此获罪。又是赵普上奏说,天旱已久,禾苗缺水,已经枯槁,百姓盼雨心切,正所谓大旱之望云霓也,如今天降甘霖,百姓手舞足蹈,喜形于色,这对朝廷有何损害?不过是打湿了乐人的衣裳,淋毁了少许陈设而已,有什么要紧。恭请陛下仍允许乐人在雨里做杂剧,一切照旧进行。此时大雨难得,百姓快活之际,陛下正好吃饭娱乐,这才叫圣明天子与民同乐呢。一席话说得赵匡胤眉开眼笑,下令乐人在雨中演杂剧,一时丝竹毕陈,琴韵悠扬,铿锵和鸣,曼吟低咏,直到君臣尽欢而罢。

有时赵匡胤也主动纠正过失。开宝五年(972)五月,霖雨不止,京城多处被淹,赵匡胤对赵普说,是否治国有阙,上天施以惩罚呢?赵普回答说,陛下即位以来,勤于政事,有弊必去,闻善必行,至于苦雨为灾,乃是臣等失职所至,与陛下无关。赵匡胤说,朕又思之,恐是后宫幽闭者众,昨日命人查阅后宫,得旷闲宫女380余人,因告谕众人,愿归家与父母完聚者可说明情况,结果有150余人愿意返乡,朕已厚赐遣返了。赵普等皆称万岁。淫雨连绵本与宫女无干,赵匡胤却由此想到是否宫女太多,导致天降灾难,并主动放宫女回家,这种做法也是值得肯定的。

赵匡胤作为日理万机的帝王,不可能尽知朝中一切政事,有时先入为主,责备错了人,一旦觉察到不对,也会立即改正。开宝五年(972)七月,三司使上奏说,京师仓储存粮不多,只能供应到次年二月,如不及时调运粮食,京城人将有枵腹之虞,请陛下命令在各地屯田的士兵,尽快调集民间船只,帮助江淮上漕运的粮食。赵匡胤览奏后大怒,马上召见权判三司楚昭辅,大声斥责说,国家如果没有储备9年的粮食,就叫做不足。你既担任此职,平日就该筹算清楚。如今仓库粮食将尽,你才想出了让屯田之兵调集民间船只运输粮食的建议,仓猝之间能调集那么多船只吗?粮食能够运到京城吗?如果不能妥善解决问题,设你这个官职还有何用?如果明年京城缺粮,朕必重责于汝,决不宽贷!楚昭辅见天子大发雷霆,不禁惶恐不已,不知该如何办才好。情急无奈,只得硬着头皮径投开封府,求见赵匡胤之弟晋王赵光义,请他在天子面前缓颊,宽恕自己的罪过,以便争取时间营办此事。光义起初不允,禁不住楚昭辅苦苦哀求,才答应在天子面前求情。楚昭辅离去后,赵光义问他的部下陈从信,此事该如何处理?陈从信说,我曾到过楚泗之间,专门考察过粮运停滞的原因,是因为撑船人的饮食皆由所经过州县的官府支给,而州县多不按时支付,船工自然不肯枵腹撑船,船只滞留河中,也就在所难免了。如果事先计算好行船日程,船工沿途费用一并支给,这样就可以责令船工每日必须行走若干里,保证在规定的日子中将粮运往京师。再者,从楚州(今江苏淮安)、泗州(今江苏泗洪东南,盱眙对岸)运米入船,直至京师,然后再辇米搬入仓库,期间颇费时日,如果事先准备好人手,候米到之日,及时搬入粮库,如此这般,每运一次可减少数十日时间,从楚、泗两州至京师,大约有千里之遥,旧时规定80日运一次,一年之中可运3次,如果组织得当,节省搬运入仓时间,则一年之中可以搬运4次,运的粮食不是就更多了吗?我又听说三司打算调集民间船只运粮,如果不成功,便无法调运粮食,京城必将大饥;如果让所有的民船去运粮,那便没有船运薪炭,京师之人冬天必定受冷,这样一来,顾此失彼,均不稳便。不如招募船只坚实者用来运粮,船只稍差者任其运薪樵,这样公私均可兼顾,如今市廛中米价昂贵,官府定价每斗米70文,商贾因无利可图不肯运粮至京师,京城中富人虽有多余粮食也必定隐匿不粜,这样一来,米价益贵,贫窭之民成为沟渠饿殍也就在所难免了。赵光义听陈从信之言很有道理,便把这一番话原原本本地说给了赵匡胤。赵匡胤仔细斟酌,所说不无道理,便采纳了陈从信的建议,果然京城中运来了很多江南粮食,楚昭辅也免去了责罚。倘若赵匡胤不纳赵光义之言,楚昭辅当然免不了受责罚,可能受皮肉之苦或牢狱之灾了。但这还不是问题的症结所在,即使责罚了楚昭辅,仍于事无补,运粮的问题不解决,京师居民就无粮可食,百姓嗷嗷待哺,必将滋事生非,造成社会动荡,宋朝的统治就不稳固了。运粮之事虽小,但牵一发而动全局,关乎着社稷安危,赵匡胤虚怀纳谏,运粮之事妥善解决,使宋朝避免了一次危机。

迁移都城问题,更能说明赵匡胤不固执己见。赵匡胤禅代后周,因利乘便,仍以汴京为都城,这里是北宋的政治、经济、文化中心。早在春秋时,郑庄公就在此修筑城池,命名为开封,意即开拓封疆。战国时的魏国,五代时的后梁、后晋、后汉、后周均以汴梁为都城,经过这些朝代的惨淡经营,汴京城已初具规模。开封北有黄河作为天然屏障,南有江、淮、东有泰山,西有函谷古道,这里泉干水肥,物产丰饶,交通便利,漕运快捷,因此经济比较繁荣。但是作为都城,开封也有不利之处。除濒临黄河外,开封没有险要可守。一旦发生战事,北方的铁骑只要突破黄河,开封必将不守。而当时燕云十六州均在辽朝控制之下,如果辽兵牧马南寇,只要突破黄河防线,便可长驱直入,进抵开封城下,威胁北宋的社稷。其结局也必然是,或签订城下之盟,割地赔款,或江山易主,衔璧出降。于是赵匡胤想到了迁都。

那么,都城迁到哪里呢?他首先想到了洛阳。赵匡胤出生于洛阳夹马营,在那里度过了童年,对那里的一草一木,他都熟悉得如数家珍。黄河流域的古都有西安、洛阳、开封3处。西安地处关中,周围有险可守,但僻居西方一隅,不便于控制关东广大地区;开封如前所述,地势坦平如砥,无险可守;而洛阳北枕邙山,南对伊阙(指洛阳南之龙门),东临江淮齐鲁,西控关中,既居天下之中,交通四达,周围又有关隘津渡可守,是历代统治者建都的理想场所。古人云"得中原者得天下",而中原的核心地区就是洛阳。周朝营建东都洛邑,就是因为这里居天下之中,有居中御外的优越地理环境。汉代的刘邦也曾"欲长都洛阳",他说:"吾行天下多矣,唯见洛阳。"但在大臣娄敬的建议下,认为汉代若想和周朝相比,就得"入关而都之",于是西汉从洛阳迁都长安。而东汉的光武帝刘秀却坚定地建都洛阳。曹魏、西晋仍承汉制,定都洛阳,原因是洛阳虽迭经兵燹战乱,荒凉残破,但位置适中,文化底蕴深厚,其他城市不可替代。北魏孝文帝把都城从平城迁往洛阳,他说"朕以恒、代无漕运之路,故京邑(指平城)民贫,今移都洛伊,通运四方"。又说,"此间(指平城)用武之地,非可文治,移风易俗,信为甚难。崤函帝宅,河洛王里,因兹大举,光宅中原"。他的意思是说,平城乃用武之地,若兴兵打仗,平城地理位置重要,但天下底定之后,若要大兴文治,就非迁都洛阳不可。隋炀帝杨广在即位后决定建都洛阳,他在建都诏书中说:"洛邑自古之都,王畿之内,天地之所合,阴阳之所和。控以三河,固以四塞,水陆通,贡赋等……我有隋之始,便欲创兹,怀洛日复一日,越暨于今,念念在兹,兴言感哽!"他把洛阳分析得很透彻,洛阳地理形势优越,控有黄河、伊河、洛河3条河流,有四塞之固,交通方便,位居中枢,天人合一,阴阳和谐,有这么多好处,焉能不迁都于洛阳!唐太宗李世民即位后,立即营缮洛阳宫室,他说:"以洛阳土中(意即是全国的中心),朝贡道均,意欲便民,故使营之。"唐高宗即位后,改洛阳为东都,后来索性率百官尽迁洛阳,不再返回长安。加上武则天、唐中宗、唐玄宗、唐昭宗、唐哀帝,一共有6位唐朝代皇帝寓居于此。至于五代时期在洛阳建都的王朝,赵匡胤自然更为熟悉。正因为他对定都开封或洛阳的利弊洞若观火,才想到了要迁都洛阳。当然,这不是心血来潮,是深思熟虑的结果。

开宝九年(976)三月,赵匡胤从京师出发,途经郑州,回到了他魂牵梦萦的洛阳。见到洛阳宫室壮丽,心情为之一爽,当即召见知河南府、右武卫上将军焦继勋,慰勉有加,又因继勋之女是皇子德芳之妻,两人是亲家翁,加衔彰德节度使。当他在洛阳南郊合祭天地,并登上五凤门宣布大赦时,洛阳市民万人空巷,争睹皇帝风采,不少白发皤然的老者互相诉说,我辈少经离乱,干戈不绝,靡有宁日,不图今日又见太平天子仪卫,真可谓太平盛世啊!老人中有喜极而泣者,正合古诗中所说"喜心翻到极,呜咽泪沾巾"了。

赵匡胤在洛阳盘桓浃旬,还无离去之意。"露从今夜白,月是故乡明",赵匡胤既对洛阳这个生于斯长于斯的地方无限眷恋,又看到历史上许多王朝都定都洛阳,遂决定迁都洛阳。但他这个意见遭到了大臣们的一致反对。起居郎李符首先发难反对,他提出了不可迁都洛阳的8条理由:一是洛阳凋敝残破,一派萧瑟荒凉景象,不适宜定为都城;二是宫阙历经战乱,有的已经颓圮,如大规模营缮,不仅稽迟时日,而且要投入大批物力,宋朝刚刚建立,财力上恐怕无法支撑;三是郊庙未修,如果仓猝迁此,恐无祭祀祖先之地;四是百官不备,宋朝立国未久,家邦肇造,百废待举,有些事须要处理,却找不到合适的官员,甄别选拔官员也须时日;五是洛阳畿内百姓贫困,如果骤然增加许多官员来此,仅吃饭一项便无法解决;六是既然迁都于此,必须有大批军队驻扎,以便拱卫京师,而洛阳百姓却供应不起粮秣,如果士兵枵腹,便无法出兵作战;七是欲迁都洛阳,城内必须设有壁垒,方可保证城池安全,而今洛阳城中并无壁垒,一旦有警,无法防御;八是如今已是四月,春季将尽,夏季将至,如果千乘万骑于夏天搬迁洛阳,溽暑难当,恐有顿踣于路途者。因此之故,臣期期以为不可草率迁都。应该说李符提的这 8 条理由确有一些道理,如宫阙残破,无法容纳百官;郊庙未修,无法祭祀祖先;洛阳百姓穷困,无法赡养迁来的庞大人口等,但这并非不能迁都的理由,只要假以时日,精心准备,这些问题均可解决。因此赵匡胤听后不肯依从,仍然坚持迁都之议。

当赵匡胤在洛阳办完祭祀仪式后,仍然逗留不去,没有返回开封的打算。群臣面面相觑,谁也不敢进谏,只有铁骑左右厢都指挥使李怀忠乘机进谏说,东京有汴渠之漕运,每年能将江淮之米数百万斛运往京师,拱卫京师的数十万士兵悉数仰给于此,陛下若长期居住洛阳,又从何处调运如此多的粮食?况且守卫京师,看管仓库的士兵皆在大梁(指开封),根本安固已久,不可动摇,若遽然迁都,臣以为不甚稳妥,乞陛下三思!李怀忠所说也有一定道理,汴京有漕运之便,江南粮食可源源运至,而洛阳却无此等便利,况且洛阳贫困,也暂时无法养活如此蜂拥而至的人口。骤然迁都,必然会引起混乱。赵匡胤承认此说有一定道理,但他感情上仍然以为迁都洛阳是他的心愿,不肯轻易放弃。李怀忠见皇帝不肯回心转意,又搬出了晋王赵光义做说客。赵光义与赵匡胤一母同胞,说话自然有分量,他从容而谏,把李符、李怀忠进谏的要点又复述了一遍,强调说迁都不便。赵匡胤说,迁都洛阳也只是权宜之计,最后当迁都长安。赵光义又叩头切谏。赵匡胤沉吟良久说,朕迁都洛阳并非为一己之私,只是洛阳有山河之险,可以去掉冗兵,遵循周朝、汉朝故事,以安定天下。赵光义说,洛阳固然有山河之险,但治理一个国家,在于德政如何,而不在于山河险固,还乞陛下三思!赵匡胤瞑目不答。等赵光义出去后,赵匡胤才对身边的大臣说,晋王之言固然不错,今姑且照他说的办,不再提迁都之事。但据朕判断,不出百年,天下百姓的财力便会殚竭了。于是下诏东归。关于迁都的是非之争孰对孰错,今天已没有必要争论,但赵匡胤不固执己见,能够采纳臣下的建议,这种豁达大度的胸怀,就是在现在看来还是有借鉴意义的。

御史中丞刘温叟狷介耿直,遇事敢言,赵匡胤对他也敬畏三分。翰林学士欧阳炯是后蜀宰相,后蜀灭亡,随孟昶一起皈依宋朝,赵匡胤不计前嫌,封赏他官职,由左散骑常侍升擢为翰林学士。此人性格坦率,放荡不羁,善吹长笛,笛声音韵悠扬,端的是响遏行云,声穿金石。赵匡胤也雅好音乐,不时召他至便殿演奏。一日,正演奏间,刘温叟叩殿门求见,切谏说,欧阳炯在禁署(皇帝办公之地)任职,他的职掌是为陛下起草诏诰,怎能让他作伶人之事!赵匡胤正聚精会神、击节赞赏之际,忽然被人打搅,正欲发作时,见来人是刘温叟,知道他刚直不阿,自己在便殿听乐确实有错,只得自我解嘲说,朕听说孟昶君臣不理政事,沉溺于声乐之中,欧阳炯身为宰相,职责应是调和鼎鼐,燮理阴阳,但他却日以吹笛为乐,故为我朝所擒。朕召他来不是为了听音乐,而是要验证外边的传言是否真实。刘温叟知道皇帝所说是强词夺理,这种苍白无力的解释不能让人信服,尽管如此,也不去揭破他,只装作恍然大悟的样子说,恕臣愚昧,不识陛下鉴戒之微意,还是陛下圣明! 这一番恰到好处的恭维,使得处于尴尬境地的赵匡胤保住了脸面,不过从此以后,赵匡胤再也不召欧阳炯进宫吹笛了。

又有一日刘温叟外出公干归来,已是落日熔金,暮云合璧时分,他经过明德门西阙时,赵匡胤与随从数人尚在楼上,被刘温叟的手下发现,马上报告给了他。按照惯例,衮衮大员经过此门时要传呼而过,但此时天子也在楼上,就该先觐见天子,然后再从此门经过。按宫廷制度规定,天子不该在晚间外出,倘出了意外,岂不造成天下乱! 刘温叟沉思片刻,没有惊动天子,传呼依常而过。第二天他主动请求觐见天子,直言进谏说,陛下为一国之主,不该在黄昏时登上明德门城楼,应在白日登楼,以防万一。正因为陛下在不该登楼时登楼,那些近侍之人都想讨得恩惠,辇下诸军也盼望陛下给予赏赐。陛下不赏,众人不依,陛下要赏,又于法无据,不知陛下何以处之。臣之所以呵导而过明德门城楼,就是向众人表示,陛下不该于此时登楼。赵匡胤听完他这番话,不愠不怒,连声称善,表示以后不再非时登楼了。君直则臣忠,正因为赵匡胤有容人之量,臣下才敢直言无忌。若说赵匡胤在纳谏上可与唐太宗李世民媲美,似乎也不为过!

不拘一格用人才：赵匡胤任人唯才

九州生气恃风雷，万马齐喑究可哀。

我劝天公重抖擞，不拘一格降人才。

——龚自珍《乙亥杂诗》之二

一个国家的治乱兴衰，全系于人才，如果朝廷所用之人都是公忠体国且又才干超人者，国家必定兴旺发达；若所用之人皆庸庸碌碌，或者是奸邪宵小，朝政必定混沌腐败。赵匡胤正是在用人上不计恩怨，弃其所短，用其所长，人尽其才，才开创了宋朝初年兴旺发达的局面。

赵匡胤豁达大度，不念旧恶。他原是五代时后周的将领，未登位时与许多人有睚眦之怨，登基后赵普建议，凡得罪过赵匡胤的人都要一一清算。赵匡胤摇摇头说："若尘埃中可识天子、宰相，则人皆物色之矣。"意思是说若在当寻常百姓时，便知某人将来会当天子，肯定很早就去巴结他了。正因为人们不能未卜先知，得罪了后日的天子，也是稀松平常的事，不值得大惊小怪。赵普以后便不在赵匡胤面前饶舌了。

赵匡胤用人不分畛域，不管是后周的旧臣，后蜀、后唐等割据之国皈依的大臣，还是其他方面的文武官员，只要有才能，他都加以任用，只要有了政绩，他都照样升擢其官职。范质、王溥、魏仁浦都曾在后周为相，朝代鼎革后，赵匡胤仍然任命他们为宰相，虽然范质等并非心悦诚服皈依，而是迫于时势才降阶受命，但这并不影响赵匡胤对他们的信任，最大的原因是他们确实有治国安邦的才能。范质为相荐贤举能，辅佐天子，赵匡胤称赞他为"真宰相"，太宗赵光义说"宰辅中能循规矩，慎名器，持廉节，无出质右者"。唯一缺陷是"欠世宗一死"。重要的他能"循规矩，慎名器，持廉节"，即爱惜自己的名声，廉介不贪，做事能鉴空衡平，主持公道，能做到这一点，已经是很不容易了。至于"欠世宗一死"云云，是说他应为后周殉葬，不应在宋朝为官，赵光义嫌他白璧有瑕，晚节不忠，但后周大臣几乎是倾巢出降，单责范质一人，未免不公。王溥的长处是"好汲引后进，其所荐至显位者甚众"。缺陷是"颇吝啬……能殖货，所至有田宅，家累万金"。赵匡胤用长舍短，仍然命他做宰相，信任无比，并对大臣们说，"溥十年作相，三迁一品，福履之盛，近世未见其比"。魏仁浦"性宽厚，接士大夫有礼，务以德报怨"。宽厚待人，以德报怨，在封建社会中，很多衮衮大员做不到这一点，赵匡胤正是了解他这一品质，才遴选他担任宰相一职。他有病时赵匡胤亲自登门探视，赏赐黄金、银钱，开宝二年（969）春，赵匡胤大宴群臣。让仁浦给自己劝酒，又询问他可否攻打太原（即征伐北汉），仁浦答以"欲速不达，惟陛下慎之"。宴后又赏赐他酒十石，御膳羊百头，可谓宠幸无比。元人修《宋史》时评论说，"五季至周之世宗，天下将定之时也。范质、王溥、魏仁浦，世宗之所拔擢，而皆有宰相之器焉。宋祖受命，遂为佐命元臣，天之所置，果非人之所能测欤。质以儒者晓畅军事，及其为相，廉慎守法。溥刀笔家子，而好学始终不倦。仁浦尝为小吏，而与溥皆以宽厚长者著称，岂非绝人之资乎"。这是赞扬范质等3人皆有宰相之器，赵匡胤慧眼识珠，不因他们是前朝大臣而生猜忌，信任有加，因此才有了宋朝初年的清明政治。这个评骘上大体上还是合乎事实的。

宋初任过宰相的李昉在后周时知开封府,当众人纷纷皈依赵匡胤时,唯独他不肯归命,赵匡胤挥师进入京师,他又不朝拜,赵匡胤即位,贬他为道州司马。道州乃今日湖南道县,据京师数千里之遥,李昉却步行前往。赵匡胤得知,下诏让他骑马前往,他却买驴而去。3年之后,按规定迁徙延州(今陕西延安)别驾。又过了3年,当迁入内地为官,而他年龄已大,不愿内徙。又过了两年,宰相荐其才可大用,赵匡胤召他回朝在兵部任职。李昉5次推辞,不获批准。李昉行至长安,借口有疾,停留两月,中使催促,行至洛阳又称病一个月,这才慢腾腾地来到京师。赵匡胤并未因他故意怠慢而斥责他,而是慰劳有加,说宰相所荐之人不错,于是信任有加,李昉后来官至宰相。

赵匡胤对待后周的文臣如此,对武将亦复如是,《后山谈丛》载,赵匡胤登位之后,遣使告知四方藩镇及地方官员,他们问谁是宰相,谁是枢密使、枢密副使,领军的将领是谁,朝中的文职官员是谁,"皆不改旧,乃下拜"。当他们得知新王朝的班底都是后周大臣时,才一个个俯首称臣归命。任用后周大臣的确是明智之举。一来在当时形势下赵匡胤没有那么多亲信可以任用,即使有那么多亲信,也未必会有那么多人可以任用;二来是骤然易祚,人心惊慌不定,照旧录用后周原班人马,可以稳定人心。而赵匡胤任用旧臣并非权宜之计,对他们笃信不疑,倚为心腹。正因为君臣戮力同心,因此平荆湖,灭后蜀,下南汉,打后唐,均是马到成功,奏凯而还。

大将王审琦是后周将领,与赵匡胤是故旧之交,入宋后屡立战功,他任忠正军(今安徽寿县)节度使8年,为政宽简,不苛虐百姓,他手下的一个县令处分了一个录事小吏,幕僚向他报告说,此事应由您定夺,县令擅自越权处理,应该责罚。审琦笑笑说,五代以来,诸侯强横,县令不能处理一县之事,形同虚设,这不是正常现象。如今天下一统,四海升平,我忝守藩臣之职,部下县令能够清除猾黠之吏,殊堪嘉尚,何责罚之有! 闻者大为叹服。赵匡胤对他甚为倚重,赏赐甲第,留居京师。审琦素不饮酒,一次侍宴,赵匡胤在酒酣之际,仰天祝愿说,"酒,天之美禄;审琦,朕布衣交也。方与朕共享富贵,何靳之不令饮邪?"又对审琦说,"天必赐卿酒量,试饮之,勿惮也"。强令王审琦饮酒,未免有恶作剧之嫌,但从另一方面反映了君臣契合,亲密无间。

大将张永德是后周创立者郭威的乘龙快婿,任驸马都尉。赵匡胤代周,本该提防他才对,但赵匡胤却毫无芥蒂,授他为武胜军节度使,仍让他掌兵。张永德"入觐,召对后苑,道故旧,饮以巨觥,每呼驸马不名"。宋兵攻打南唐,永德自出家财造战船数十艘,运粮万斛,自顺阳(今河南邓州市)沿汉水而下。顺阳有个叫高进的土豪,仗着人多势众,为非作歹,鱼肉乡里,地方官员都无可如何,张永德调查清楚,毫不手软地惩罚了他。高进恼羞成怒,偷偷跑往京师,诬告张永德占据险要地势,设置了十余个兵砦,意欲图谋不轨。赵匡胤便派人调查是否属实。使者到达顺阳,诘问高进,张永德所设兵砦在何处? 高进理屈词穷,只得如实说,张永德诛杀我宗党殆尽,我想中伤他以报私怨,其实他没有设置兵砦。使者还报赵匡胤,赵匡胤戏谑地说,朕了解张道人,他不是反叛的人。因张永德喜欢结交方士,家财多捐于道观,故此人称张道士。于是赵匡胤把高进交给张永德发落。张永德释其缚,就在市廛上施以笞刑,然后释放。时人称张永德为长者。

赵匡胤与曹彬的关系不同寻常。曹彬的姨母张氏是周太祖郭威的贵妃,不过她并未享受过荣华富贵。她起初是嫁给了一个姓武的人家,住在太原,不久丈夫便染疾而亡。其时作为后汉将领的郭威也驻军太原,妻子杨氏恰巧于此时病故,他素闻张氏贤惠,便纳为继室。郭威因屡立战功,不次升擢,张氏累封至吴国夫人。汉隐帝末年,变起萧墙,屠害大臣,郭威领兵驻扎邺都(今河北大名东北),张氏没有随军,仍在京师东京居住,结果为乱军所杀。郭威登基建立后周,追封张氏为贵妃。郭威的养子柴荣继位后,在张贵妃遇害之地建造了一座寺院,为张贵妃荐冥福,取名为皇建寺。因为有这层关系,柴荣甚为倚重曹彬。柴荣驻节澶州(今河南濮阳)时,曹彬为柴荣掌管茶酒,赵匡胤当时也在柴荣麾下供职,两人遂成莫逆之交。一次,赵匡胤酒瘾发作,四处寻觅不到酒,忽然想起曹彬为柴荣掌酒,遂向他求酒。不料曹彬婉拒说,我虽然掌酒,但那是官酒,未得上峰允许,我不敢贸然与人。于是曹彬自解私囊沽酒让赵匡胤饮用,赵匡胤对他甚有好感。后来赵匡胤掌管禁兵,权势煊赫,曹彬中立不倚,并不趋炎附势,非公事不至赵匡胤之门,即使群居宴会,曹彬也很少参与,因此更受赵匡胤的器重。赵匡胤禅代后周,曹彬也来皈依,赵匡胤并未因他是后周近亲而疏远他,照旧授以官职。建隆二年(961)赵匡胤把曹彬从平阳(今山西临汾)召回,对他说,朕过去常想亲近你,你何故疏远我?曹彬顿首相谢说,臣为周室近亲,所任又是内职,兢兢业业犹恐获罪,安敢妄有交结?得罪之处,还乞陛下恕罪。赵匡胤大度地笑笑说,克勤克谨,忠于王事,高风亮节,自当勖勉,卿何罪之有!从此君臣契合,亲密无间。

乾德二年(964)伐蜀之役,王全斌为元帅,刘光义、崔彦进为副,王仁赡、曹彬为都监。王全斌杀降兵3000人,曹彬认为,仁义之师不该杀人,但王全斌不听。王全斌怕担全责,起草了一个文案,让所有的将领署名,曹彬虽收了文案,但不肯署名,王全斌也无可如何。及至班师回朝，赵匡胤得知王全斌等杀了降兵，非常生气，把一干将领传宣至后殿，责问说：朕耳提面命，嘱咐汝等不得滥杀无辜，荼毒生灵，缘何不听？王全斌俯首无语。赵匡胤瞟了一眼曹彬，柔声说，曹彬退，不干汝事。曹彬为人憨厚，不想让王全斌独受其过，叩头说，杀降兵之事，王全斌与臣商量过，臣同意杀死降兵，如今追究罪责，臣自然不能辞其咎。赵匡胤见曹彬如此，也不再追究王全斌等擅杀降兵之罪了。其实，赵匡胤没有弄清事情原委，他认为曹彬也参与了杀降一事，为了成全曹彬，把王全斌等人也从轻发落了。直到十年之后，即开宝七年（974）曹彬率兵伐南唐时，赵匡胤才知道了事情真相。当时他命曹彬、潘美攻打江南，又掉头专门对曹彬说，此次出兵，不得似征蜀时乱杀人。曹彬徐徐奏道，臣若不奏，恐陛下不知，当年伐蜀臣并不主张杀降，但王全斌是主帅，他不听劝谏，臣也无可如何。因此之故，臣只收受了当日文案，并不曾署名。说着从身上取出了文案呈递上去。赵匡胤览毕，不解地问，你既未同意杀降兵，当年为何对朕服罪？曹彬说，臣与全斌同奉委任，若全斌获罪，独臣清白，不为稳便。赵匡胤又问，既然你愿承担罪过，还留下这段文字何用？曹彬说，臣以为陛下必因杀人一事诛戮，因此才留此一段文字令老母进呈，乞陛下保全老母性命。赵匡胤见曹彬如此顾全大局，从此后甚为器重他。赵匡胤对伐蜀杀降一事非常震怒，原本打算重重惩罚，以儆效尤，忽见曹彬要求分担罪责，心中老大不忍，于是干脆把王全斌等人的罪责也免除了。今日看来，赵匡胤的处置方法很不妥当，明明知道杀了人却全部宽恕，假若没有曹彬在内，他也许会秉公处理，由此可见曹彬在赵匡胤心目中的分量。

曹彬率兵攻打南唐一事，更显示出了赵匡胤、曹彬之间君臣契合。当时以曹彬为主帅，潘美为副。临出征时，赵匡胤赐宴于讲武殿，酒过三巡，曹彬等跪于赵匡胤榻前，请求面授机宜。赵匡胤不慌不忙地从怀中掏出一个封缄好的信封交给曹彬说，一切安排都在其中，自潘美以下诸将若犯罪，只需打开此函，可直接斩首，不须奏禀。曹彬、潘美股栗而退。在攻打南唐的过程中，曹彬、潘美等军纪严明，没有杀人越货之事发生。及至班师还朝，赵匡胤仍然在讲武殿赐宴，款待凯旋的宋军将帅。酒酣耳热之际，曹彬、潘美两人又一次跪在赵匡胤榻前，曹彬高举着赵匡胤给他的信函上奏说，臣等谨遵陛下教诲，严明军纪，不敢怠慢，陛下以前面授文字，不敢藏于家中，如今交还陛下，说着双手呈递了上去。赵匡胤徐徐打开信封，乃是白纸一张。赵匡胤知道，曹彬如发信封，见是白纸，必然奏禀；自己也将视情况处理，不会轻易杀人。如此恩威并用，使得曹彬等大为折服。

曹彬总戎南征时，赵匡胤承诺，等到平定李煜，当以卿为使相。副帅潘美预以为贺，曹彬摇摇头说，此行若能成功，当是仰仗天威，我有何功，又怎会成为极品的使相？原来宋代亲王、枢密使、中书令、同平章事等官职才可称为使相，一般官员无缘除授。赵匡胤不过是说说而已，一到实际便靳而不与了。曹彬平江南归来，赵匡胤说，本来打算授卿使相，但太原的刘继元尚未敉平，姑少待之。曹彬早就料到会有如此结局，与潘美相视而笑。赵匡胤诘问他俩为何发笑，曹彬据实回答，赵匡胤也大笑不止，赏赐曹彬钱20万缗。曹彬高兴地说，人生一世何必以当上使相为荣，好官也不过是多得钱而已。不久，曹彬当上了枢密使，凤愿得酬，终于成为使相。赵匡胤对曹彬的宠幸，泂非其他将领可比，而曹彬也确实是一位老成持重、文韬武略皆备的将领。他为宋朝初年的统一大业立下了汗马功劳。

一个叫杨信的将领，后周显德年间就在赵匡胤手下任裨将，

江山代有才人出

后来归宋,颇受赵匡胤信任。可惜他得了哑病,口不能言,但因他善于抚驭士卒,赵匡胤舍不得他告老还乡,仍旧委以兵柄。杨信虽不能说话,却能申明纪律,严肃有度。他有个书童叫玉奴,聪慧异常,能揣摸杨信之意,凡奏事或指挥部下,或与宾客谈论,杨信必回顾玉奴,把字写在他的手掌上,玉奴便能准确地讲解杨信的意见。杨信以带病之身而照样掌管兵柄,足见赵匡胤对他信任之笃。无怪乎杨信临死前对天子感激涕零了。

赵匡胤与赵普的关系更是不同寻常。赵普字则平,幽州蓟(今河北蓟县)人,五代后唐时因连年战乱,其父率领全家先迁常山(今河北元氏西北),后徙洛阳,因此有人说他是洛阳人。后周显德年间,世宗柴荣用兵淮上,赵匡胤奉命攻打滁州(今属安徽),赵普在他麾下任军事判官。赵匡胤之父赵弘殷也在后周为将,卧疾滁州,赵普朝夕侍奉汤药,弘殷甚为感激,认他为同宗。有一次军中抓获了强盗百余人,赵普怀疑其中有无辜者,请赵匡胤亲自审讯,结果有很多人是误捕,都被无罪释放了,从此赵普名声大噪。陈桥兵变时,赵普与匡胤之弟光义排闼入告军事政变成功。宋朝建立后,他以佐命之功授右谏议大夫,充枢密直学士。以后升迁为兵部侍郎、枢密副使,建隆三年(962)拜枢密使、检校太保。又过了两年,即乾德二年(964),范质、王溥、魏仁浦3位宰相同时罢黜,以赵普为相,升迁之快,令朝野歆羡不已。同时让赵普监修国史,命薛居正、吕余庆为参知政事,也即副宰相,但两人不知印,不预奏事,不押班,只是在签署文件时署上名而已,完全是个陪衬。赵普"既拜相,上视如左右手,事无大小,悉咨决焉"。宠幸之隆,无人比肩。在大臣中也只有赵普敢犯颜直谏,赵匡胤也敬畏他三分。但是当宰相时间长了,未免专权自恣,同僚啧有怨言。当时朝廷禁止私贩秦、陇巨木,而赵普却恃势派亲信到秦(今陕西)、陇(今甘肃)购买建房的木材,然后用巨筏运至京师盖房。赵普的下属又把巨木盗窃走,以赵普的名义在京城设肆贩卖,从中牟利。掌管财政的权三司使赵玭把这一情况上奏给天子,赵匡胤大怒,打算把赵普逐出朝廷,赖大臣王溥说情,赵普才保住了相位。赵普又以庭院中小片空地交换宫廷种植蔬菜的园地,以扩大自己庭院的面积,同时还经营邸店牟利。更令赵匡胤不能容忍的是,有几名大臣受赇枉法,在赵普包庇下,别人不敢查问。赵匡胤不但治了那几个人的罪,赵普也从此宠衰,命令参知政事与赵普轮流掌印、押班、奏事,以分赵普之权。不久,赵普离朝任河阳三城节度使、检校太傅、同平章事。这三个职务均是虚衔而非实际职掌,但俸禄高于宰相,可以称为使相。由此可以看出,赵匡胤虽然冷落了赵普,但仍然给了他很高的待遇,以示他不会亏待功臣。赵普之贬是咎由自取,从炙手可热的宰相到无所事事的闲散官员,完全是他藐视国法,私欲膨胀所致,不能怪赵匡胤翻脸无情。到了太宗朝,赵普才又获重用。

赵匡胤胸无城府,不念旧恶,即使得罪过他的人,他也既往不咎,绝不因睚眦之怨打击报复。赵匡胤未发迹变泰,落魄江湖时,一次游凤翔,想在王彦超处盘桓一时,混饭吃,王彦超却不肯收留他,给他十千钱,赶他上路。宋朝建立后,王彦超自然也来皈依,赵匡胤没有亏待他,仍让他掌兵。一次,王彦超入朝,赵匡胤从容问他,当年我穷困潦倒之时,前去投奔你,你为什么不收留我?王彦超不假思索地说,马蹄印里的水,哪能使神龙居住?当年我若收留了陛下,陛下还能登上九五之尊吗?赵匡胤高兴地说,卿言之有理,照旧领兵去吧。王彦超尽心王室,直到69岁时自动提出致仕,73岁时去世,赠尚书令,可算是备极哀荣了。

赵匡胤与董遵诲的交往,颇为后人所称道。原来董遵诲之父宗本后汉时曾在随州(今属湖北)当过将领,遵海随父在任上。赵匡胤浪迹江湖时,空无依傍,便到随州投奔宗本,宗本收留了他,让他和儿子遵海一起读书、游玩。但遵海看不起寄人篱下的赵匡胤,每每借故羞辱他。两人常常臂鹰逐兔,小不如意,遵海便大声斥责,赵匡胤是在人屋檐下,不得不低头,只得隐忍不发。一次,董遵海挑衅性地问赵匡胤,我多次看到随州城上紫云如盖,又梦见登上高台,遇到一条黑蛇,长百尺余,俄顷之间化为巨龙,向东北飞去,然后是雷电大作,未知这主何吉凶?赵匡胤无法应对,只得缄默不语。又有一次两人讨论兵事,赵匡胤满腹经纶,谈起来滔滔不绝,而遵海所知有限,不是赵匡胤的对手。遵海由惭生忿,拂衣而起。赵匡胤知道无法再勾留此处,便决意离去。宗本一再挽留,无奈赵匡胤去意已决,只得多送些盘缠作人情。

光阴荏苒,岁月如流。若干年后赵匡胤当了大宋天子,忽然想起董遵海这个人来,下诏寻找此人。董遵海惶恐不已,打算自杀,他的妻子说,等天子赐死,你再死不迟。况且万乘之主自有容人之量,说不定他不念旧恶,你还有可能因祸得福呢!董遵海这才打消了自杀的念头。赵匡胤在便殿召见他,他伏地叩头请死,赵匡胤命人扶起,风趣地问,卿还记得曩日城上紫云与蛇化为龙之事吗?董遵海无话可说,只得山呼万岁。赵匡胤大笑说,卿昔日放荡太过,必须更改这一恶习,朕才能放手任用你。于是赐冠带,设食案,遵海一颗悬着的心才放了下来。

不久,董遵海部下的军士击登闻鼓,控诉董遵海不法十余事,遵海觳觫不已,赵匡胤再一次赦免其罪,使得董遵感激涕零,再拜谢恩。赵匡胤得知遵海之父宗本已逝,不胜欷歔,又问他母亲安在?遵海上奏说,母亲在幽州(今北京市及其所辖通州区、房山、大兴和河北的武清、永清、安次等县地),几经患难,已经睽隔多年了,说着不禁潸然泪下。原来幽燕十六州之地本属中原王朝,后晋石敬瑭割给契丹,宋朝建立时仍归契丹管辖。赵匡胤命人贿赂边境之人,神不知鬼不觉地迎回其母,交给遵海。遵海无以为报,派妻弟给赵匡胤送了几匹良马,赵匡胤一时高兴,竟解下所穿真珠盘龙衣回赠之,遵海的妻弟说,遵海是人臣,岂敢服天子之衣?赵匡胤大度地笑笑说,朕正打算委董遵海以重任,这件真珠盘龙衣不算什么。

适逢后周大将李筠据泽、潞两州反叛,董遵海奉命随慕容延钊前往征讨,事平之后就留在那里镇守。乾德六年(968)赵匡胤授董遵海为通远军使,以防御西夏侵扰,还特地下诏,既委董遵海以一方之事,当地所收租税全部供遵海部队之用,不上交国库。每岁赐予甚多,幕府准许遵海自己择人,选精兵数千人隶其麾下,不再更代,但允许每两岁归家一次省视父母,照顾妻子。遵海至边塞申严斥堠,镇抚蕃部,号令如一。戎族之强盛者,倚为腹心,敢反叛者翦灭之。不时召集诸族酋长,宣谕朝廷恩信,并刲羊设酒,招待甚殷,众皆悦服。他又养马数千匹,选择最好的马匹进贡。豢养亲信仆从数百人,皆是鲜衣怒马,每日驰射畋猎,鼓吹作乐,但是羌人动静,他们都了若指掌,朝廷从此无西顾之忧。每当岁末遵海派亲信贡马时,赵匡胤必询问遵海每日所为,得知情况后大喜说,董遵海倒是能快活!于是解御服及珠贝珍异为赐,遵海捧之,辄泣下沾衣。遵海每隔两三年入朝一次,赵匡胤都设宴款待,然后赐御膳用的羊500只,上等好酒500瓶,还有金帛数万。终太祖一朝,恩宠不替。太宗即位,也颇重视西方边陲,命遵海兼领灵州路巡检,许以便宜制军事。赵匡胤慧眼识才,不计宿怨,重用董遵海,让他独当一面,西夏从此不敢进犯,西方边陲无干戈之扰。赵匡胤如此用人,无疑是值得称道的。

赵匡胤识张齐贤于草莱之中,他后来在太宗朝任宰相,也是一段佳话。原来赵匡胤到西京洛阳时,张齐贤以布衣献策,赵匡胤命他面陈其事。张齐贤以手画地,条陈十策:一下并汾,即攻灭北汉;二是使百姓富裕;三是封建子弟;四是敦励孝悌;五是擢用贤能;六是令百姓子弟入学;七是天子要举行籍田之礼,以示重视稼穑;八是遴选良吏;九是惩治奸佞;十是慎重行刑。赵匡胤听完后说,其中四条称旨,其他六条有待商议。张齐贤却执拗地说,其他六条皆善,不可屏弃不用。赵匡胤见他当面顶撞,气得七窍生烟,令武士将他拽出,悻悻然起身而去。及至回到京师,细细品味,觉得张齐贤所说未尝没有道理,只后悔当时孟浪操切,把张齐贤撵回乡下去了,必须采取措施补救。赵匡胤灵机一动,当即把弟弟赵光义召来说,我西都洛阳之行,只遇到了一个有才能的人,此人就是张齐贤。但我不想让他今日居官,等我百年之后,你执掌朝枋时,一定把他招致麾下,让他当宰相。太宗即位后,张齐贤参加进士考试,太宗想起了当年兄长的嘱咐,欲置张齐贤于高等,但阅卷的官员偶然失误,把他放在了第三甲之末,太宗甚为不悦。至分配官职的时候,有旨凡榜上有名者皆授京官通判,张齐贤先是被任命为将作监丞,通判衡州(今湖南衡阳),不到 10 年光景,张齐贤便当上了宰相,赵匡胤真是有先见之明。

最值得称道的是赵匡胤处理李汉超一事。汉超也是柴荣手下将领,陈桥兵变时皈依赵匡胤。他因军功当了齐州(今山东济南)防御使兼关南兵马都监。关南是指瓦桥关(今河北雄县西南)、益津关(今河北霸州市)、淤口关(今河北霸州市东信安镇)以南之地,相当于今河北白洋淀以东大清河流域以南至河间县一带。这里北与契丹为邻,契丹铁骑经常牧马南寇,劫掠人畜,赖李汉超守御,契丹铁骑才有所收敛。不久,关南有百姓上京城告御状,告李汉超强娶己女为妾,要求朝廷处理。又告李汉超借贷自己钱而不肯偿还。赵匡胤召见告御状的百姓问,你女儿能嫁什么样的人家?那人回答说,臣家是农夫,女儿所嫁自然也是农家了。赵匡胤又问,汉超未至关南时,契丹人怎样?农夫答称契丹岁岁寇掠,百姓不得宁居,只得辗转沟壑,可谓苦不堪言。赵匡胤接着问,如今情况如何?农夫说,自从李汉超将军来关南,契丹兵不敢肆意侵扰,生活安定多了。赵匡胤见那人据实回答,这才开导他说,李汉超是朕的重臣,朕倚之如左右手,你女儿当他的小妾不比当农妇强吗?假若李汉超不镇守关南,契丹人不光是抢走你的钱,恐怕你整个家就化为乌有,你本人恐怕早就辗转沟壑,成为异乡之鬼了。你为何不能忍一时之小忿,从大局着想呢?农夫这才俯首无语,转身离去。赵匡胤又派人密谕汉超说,赶快放还所掠女子并偿还借贷之款,朕这一次赦免你的罪过,但只此一次,下不为例,以后不得再犯。如果你的钱不够用,为何不告诉朕,让朕替你筹措呢?李汉超听了使者传达赵匡胤的这一段话,感激涕零,表示要誓死报国。他镇守关南17年,政平讼理,没有冤狱,颇受吏民爱戴,百姓跑到京师要求朝廷为他立碑颂德。赵匡胤也很高兴,命大臣徐铉撰文赐之。

　　还有一个叫张美的节度使,他的情况与李汉超非常相似。他镇守沧州(今属河北)时,百姓有人上书控告张美强娶其女为妾,又强夺其家钱4000余缗。赵匡胤把告状人召来询问说,张美未来时,沧州安定否?对曰:不安。赵匡胤又问,张美来后情况如何?对曰:自张美来后,没有刀兵之扰了。赵匡胤说,如此说来,张美保卫一方安宁,尔等百姓受赐多矣,虽娶你女为妾,怎能因此而由怨生忿?你告御状,无非是要朕贬黜此人,此事好办,只要朕下一道命令,张美便可被贬往天涯海角,从此永无出头之日!但你们百姓岂不又要受匪徒劫掠之苦了？告状人俯首无语。赵匡胤息事宁人地说，朕当诫敕张美，令他改正错误，他以后肯定不敢再蹈覆辙了，你意下如何？那人匍匐殿上，山呼万岁。赵匡胤温和地问，你女儿需要多少钱作补偿？农夫答需要 500 缗，赵匡胤即命人从国库中取出 500 缗，那农夫拿着钱高兴地走了。赵匡胤立即把张美的母亲召来，问她是否知晓张美抢民女，强贷民款的事。张美之母叩头谢罪说，妾在京城居住，实不知儿子有此等事，请陛下恕罪。赵匡胤赏赐张美之母钱 1 万缗，让她转交给张美，条件是张美必须放还所掠民女。又对张美之母说，烦老妪转告张美，如果缺钱，当从朕处求得，何必去抢掠百姓，弄得民怨沸腾呢？张美得知后，不禁汗流浃背，惶恐不已，从此以后为政清廉，弊绝风清，境内大治。他在沧州 10 年，吏民颂之，称之为沧州张氏。

赵匡胤对部下的才能非常熟悉，哪个官职适合哪个人做，他都胸有成竹。大将冯继业久戍边陲防御西夏，时间久了，应该有人代替他，但是派谁好呢？西北边陲不但气候沍寒，物产不丰，而且干戈纷扰，兵燹不绝，一般人都不愿到那里居官，视那里为畏途。赵匡胤忽然想到了知泗州的段思恭，此人办事干练稳重，刚介峭直，于是一道诏书把他召到了京城，命他知灵州（今宁夏灵武）。恐怕他不肯受命，赵匡胤用激将法说，冯继业守边多年，熟悉藩情，他说要想镇守灵州，非用藩人为帅不可，否则士卒不服，即使是卫青、霍去病这样的名将也必然被逐。他的意思是说，除了藩人为帅，其他人是治不了的，你敢去试试吗？思恭毫不犹豫地说，既然陛下信任为臣，赴汤蹈火，万死不辞。赵匡胤大喜过望，连连夸奖说，唐代的李靖、郭子仪皆是儒生，都能建功立业，名垂竹帛，我朝岂无此人？今日观之，卿亦李靖、郭子仪流亚也。卿首途之日，朕当设宴饯行，以壮行色。思恭至任，首先革除冯继业时的弊政，又兢兢业业，抚绥少数民族部落，关心民瘼，除弊兴利，颇受当地少数民族爱戴，段思恭成了有宋一代不可多得的循吏。

翰林学士王著不拘细行，饮酒无度，常至酩酊大醉。有一次喝得烂醉如泥，乘夜宿于娼妓之家，结果被巡逻的官吏查获，询问之下，得知是翰林学士王著，便就地释放，并悄悄地报告给赵匡胤，赵匡胤念他是前朝老臣，置而不问。又有一次王著当值宿于宫禁，忽然心血来潮，夜叩滋德殿要求面见天子，赵匡胤命人引至殿上，烛光之下，王著头发散乱，覆盖脸庞，已醉得不省人事了，赵匡胤大怒，下令将他贬官。但由谁来接替他呢？他对宰相说，翰林学士掌起草制、诰、诏、令，乃深严之地，须遴选饱学宿儒之人任之。宰相范质回答说，窦仪为人清介廉谨，是翰林学士的最恰当人选，但他在前朝已由翰林学士迁端明殿学士，今又为兵部尚书，恐怕难于复召。赵匡胤果断地说，此一职位非窦仪莫属，卿当转达朕意，让他再次就职。窦仪于是第二次任翰林学士。

即使是年龄老迈，不能再为国效劳，但在历史上曾为国家立过功勋的人，赵匡胤也优勉有加，以此激励其他人为国尽忠。镇宁节度使（治所在今河南濮阳县南）张令铎带兵30余年，大小40余战，摧坚陷阵，从未败北，但克捷之后，从未妄杀一人，因此得到赵匡胤的信任。他因年老多疾而被罢职，赵匡胤怕他心灰意冷，怨怼朝廷，特意让弟弟光美娶令铎之女为妻，赵张两家结为秦晋之好。张令铎自镇宁赴京师朝谒时，已是病体支离，形销骨立了。赵匡胤抚慰甚厚，赐绢5000匹、银5000两，对其家人也都有赏赐。不久，令铎溘然长逝，赵匡胤追赠他为侍中。

御史中丞刘温叟清廉正直，他任职12年，弹劾奸邪，保护良善，朝野有口皆碑。因为正直、不收贿赂，家无余财，比较清贫。赵匡胤之弟、后来成为宋太宗的赵光义当时任开封府尹，甚为敬重刘温叟的为人,派人给他送来银钱,温叟不敢拒绝,把悬钱挂在办公室的西舍中,并命府吏做了封识。次年端午节,赵光义又送来角黍、纨扇,所派之人即去年送钱者,见去岁所送之钱还完好地悬挂在那里,回去后报告给了赵光义。光义赞叹说,我送的东西犹不受,何况他人!隔了几天,赵光义见到乃兄,盛赞刘温叟的为人,详细述说了辞钱之事。赵匡胤知道刘温叟是御史中丞最合适的人选,温叟三番五次要求解职,赵匡胤都不允所请,直到他一病不起。

赵匡胤用人的原则是用其长而弃其短,一个人在某一方面有才能就要使用,其他方面则可从长计议。他一次对赵普说:"安得宰相如桑维翰者与之谋乎?"桑维翰是五代时期后晋的宰相。此人颇有才干。晋高祖石敬瑭事无巨细,一以委之,数月之间,维翰便把朝政处理得井井有条。但他为人贪婪,喜欢纳赇受贿,"权位既重,而四方赂遗,咸凑其门,故仍岁之间,积货钜万"。因此积怨甚多。赵普回答说,即使今日桑维翰在世,陛下也不会用他,因为此人太贪财。赵匡胤反驳说,如果朕用其所长,也会护其所短,穷措大(指贫寒读书人)眼孔小,赐他 10 万贯,便足以塞破他的屋子了。因此,只要有功勋于社稷之人,他从不吝惜赏赐。如大将郭进守御雄州(今河北雄县),控扼契丹,使其不敢牧马南寇,赵匡胤为酬其功,在京师御街之东为他建造宅第,使用的尽是昂贵的筒瓦。有司上奏说,筒瓦价格甚贵,按照我朝规定,除非亲王、公主,均不得使用此瓦,乞陛下定夺。赵匡胤大怒说,郭进为我捍御契丹十余年,使我无北顾之忧,朕视郭进如同子女,为何不能用筒瓦?汝快去督役,不得妄言。房屋建成后,郭进也因为太豪华,推辞几次不敢入住,但赵匡胤不允,最后还是搬了进去。如此青睐功臣,无怪乎郭进等人披胆沥肝,竭诚以报效朝廷涓埃之赏了。

不信谗言是每一个用人者应有的素质,但大多数执政掌权者做不到,而赵匡胤则能做到这一点,这是很难能可贵的。为赵匡胤起草诏诰的知制诰高锡,有个弟弟叫高铢,参加了进士考试,嘱托开封府推官石熙载以第一名的资格录取,但高铢才艺浅薄,试卷和别人相差甚远,石熙载不肯徇私,结果高铢名落孙山。高锡对石熙载恨之入骨,利用自己多接近天子的机会,多次在赵匡胤面前进谗,说高锡作为开封尹赵光义的下属目中无人,居功自傲。说得多了,赵匡胤把弟弟光义召来说,石熙载是你的下属,辅弼无状,朕打算为你更换此人。光义愕然说,熙载居官诚恪勤谨,臣视之如左右手,何来辅弼无状之说?此必是高锡进的谗言,望陛下察之。赵匡胤这才恍然大悟,打算惩治高锡。适逢高锡奉命出使青州(今属山东),私受节度使郭崇的贿赂,他所过之处,倚仗自己是朝廷大臣,纵容下属劫财掠货,弄得百姓骚动不安。他又致书澧州(今湖南澧县),托刺史寻求僧人所穿紫衣。种种不法,为人所告,御史府调查得实,赵匡胤把他贬为莱州司马。司马在宋代叫上佐官,诸州、诸府中长史、司马、别驾均称上佐官,无实际职掌,多数以犯有过失的官员充任。高锡一下子从峰巅跌到了谷底,真是咎由自取。

赵匡胤重用知德州梁梦升是他不听谗言的又一例子。原来赵匡胤即位之初,欲广采信息,周知外事,命军校史珪其人者博访,史珪其初甚为勤勉,打听到有关朝廷的消息马上上报,赵匡胤仔细核对,史珪所报均准确无误,赵匡胤从此非常信任他,不次擢升他的官职,一直做到了马军都军头,领毅州刺史。史珪从一名军校骤然升任地方大员,不禁飘飘然起来,勾结权贵,擅作威福。当时德州(今山东陵县)刺史郭贵权知邢州(今河北邢台),国子监丞梁梦升则调知德州。郭贵的族人、亲吏在德州既久,便倚势作威作福,鱼肉百姓,梁梦升铁面无私,一一绳之以法。郭贵急得团团转,却又无可奈何,蓦然间想起了朝中还有个好友史珪,便派亲信至京师,将情况告知了史珪,嘱托他得便时向朝廷建言,中伤梁梦升。史珪慷慨答应,将来人所说的话一一记于纸上,以便乘机发难。一次赵匡胤对史珪说,近来不论是朝廷或是地方,所任官员皆得其人,没有见利忘义之徒,社会秩序安定多了。史珪马上说,陛下所说固然不错,但今日之文臣不是每个人都鞠躬尽瘁,忠于朝廷的,说着从怀中拿出一片纸来,递给赵匡胤说,如梁梦升权知德州,欺凌刺史郭贵,几乎置他于死地,请陛下裁夺。赵匡胤沉吟片刻说,朕了解梁梦升之为人,他之所以得罪郭贵,必然是郭贵所为不法,梁梦升不肯徇情,故为郭贵嫉恨。梁梦升乃我朝清强正直之官吏,倘人臣皆如此,天下何愁不治!赵匡胤越说越兴奋,就在史珪递过来的那片纸上批了几个字,交给一个宫人说,你持此纸到中书去,擢升梁梦升为赞善大夫。宫人刚走,赵匡胤又把他叫转回来说,给中书交待,让梁梦升任左赞善大夫,仍知德州。史珪见进谗不成,梁梦升反而升了官,不禁目瞪口呆,一句话也说不出来了。

尽管赵匡胤对有才能者不吝官职,但对于不适宜做官者则靳而不与。他在太原当镇将时,住在县中一个姓李的老媪家中,老媪对他照顾非常周到,赵匡胤甚为感激。等他登基后,突然想起了李媪,命人访其家,因事隔多年,李媪已经去世,家中只有一子,赵匡胤不忘旧情。让她的儿子当御厨使,指挥厨师为皇宫做饭。过了许久,李媪的儿子也没有升迁,他非常不满,面带愠色,要求辞去御厨使之职。赵匡胤数落他说,以你的才能而论,既无文韬,也无武略,如果是一般人,御厨使的职位朕也不会轻授的。本朝是有爵禄,但只能给予贤能之人,朕把御厨使之职给了故旧之人,使朕愧对士大夫,你还不满足吗?李媪的儿子这才无话可说。

　　曾任过节度使的郭从义也是后周大将,江山易祚之时投奔宋朝。此人有谋略,多艺技,善于飞白书,尤善击毬。一次他侍从赵匡胤于便殿,赵匡胤忽然心血来潮,命他击毬取乐。郭从义想以此结识天子,希冀得到重用,马上换衣跨驴,驰骤殿廷,周旋击拂,曲尽其妙,直看得赵匡胤眼花缭乱。击毬毕,赵匡胤赐坐,从容对他说,卿击毬技艺可称得上精湛绝伦,但非将相所应为,卿若有闲暇,何不把功夫用在行兵布阵、治理国家上呢?从义听了大惭,自然他升官的事也就成了泡影。

　　开宝年间教坊使卫某年老,按惯例应调往别的部门任职,卫某求见赵匡胤,请求允许自己至一小郡去当地方官。赵匡胤摇摇头说,用伶人为刺史,怎么治理国家,此例一开,将后患无穷。你只能在本部中迁叙。于是以卫某为太常太乐令,掌社稷及武成王庙、诸坛斋宫习乐等事。

　　赵匡胤最恨的是不忠于故主,卖国求荣之人,最敬重的是那些忠贞尽节之人。即使是敌人营垒中的人,只要忠于故主,他都可以录用,反之那些摇尾乞怜、二三其德的人,即使学富五车,才高八斗,他也不用。如他攻打李筠时,生擒了出兵帮助李筠的北汉宰相卫融,赵匡胤颇爱其才,对他说,朕今赦汝之罪,汝能归顺我朝吗?卫融回答说,臣家四十余口,皆受北汉刘氏之恩,得以温衣饱食,岂忍心负他?陛下纵不杀臣,臣终不为陛下所用,如果有一线可能,臣必将逃回河东。赵匡胤听后大为震怒,命人以铁树(马鞭子)树其首,顿时卫融血流满面。但卫融并不屈服,大叫道,自古及今,人谁不死,能够为君王而死,臣之福也。臣死得其所,快哉、快哉!赵匡胤说,能够说出这样话的人,必然是忠臣,马上命人召之于御座前,傅以良药,赐袭衣带及鞍勒,拜为太府卿。

南唐大臣徐铉、张洎跟随李后主降宋时，赵匡胤责两人教唆后主负隅顽抗，两人抗声答辩说，桀犬吠尧，各为其主，不得不尔。赵匡胤马上改变了态度，赏赐了两人官职，两人也都为宋朝尽了绵薄之力。南唐还有两位刺史，一个是袁州（今江西宜春）刺史刘茂忠，一个是吉州（今江西吉安）刺史屠令坚，两人相约抗拒宋兵，不作贰臣，即使粉身碎骨，也在所不惜。不久，屠令坚忽然一病不起，由监军侍其祯暂时摄理吉州政务，刘茂忠与侍其祯只有一面之识，没有深交，联袂抗宋之事遂不再提起。后来局势直转急下，后主既拱手衔璧出降，刘茂忠孤掌难鸣，只得俯首归宋。茂忠为刺史时，常出兵骚扰宋朝边境，弄得闾里不宁，民常逃亡。赵匡胤在召见南唐降臣时，诘问茂忠为何骚扰宋境，茂忠不卑不亢地回答说，食君之禄，忠君之事，臣事李煜，当尽忠贞，虽然明知不敌大朝之兵，也须并力向前。即使陛下御驾亲征，臣也殒身不恤，今日是杀是剐，任凭陛下处理！赵匡胤见他并无畏惧之色，侃侃而谈，便有了好感，当即封他为登州刺史。

但对另外一些人，赵匡胤的态度却迥然不同。如王彦升擅杀后周大臣韩通，终身不授节钺。南唐大臣刘承勋又是一例。此人曾任南唐管理帑藏的德昌宫使，乾德元年（963）宋朝灭亡荆湖后，曾下诏给后主，让他准备船只，漕运荆湖之米入汴京，刘承勋自告奋勇，愿意承担此事。他利用掌管帑藏之使，贪污财帛无算。尝蓄妓数百人，每买一妓便费用数十万，教之学艺，又费数十万，打扮得珠围翠绕，再费几十万。承勋挥金如土，出手阔绰，连江南最有名的大富豪也自愧弗如。他预料到赵匡胤要一统天下，因此在运用漕米时格外卖力，以为他日进身之阶。他亲自督率船队，自长沙驶抵迎銮镇，士卒稍有懈怠，便笞责不已，弄得怨声四起。赵匡胤得知此事，甚为鄙薄承勋的为人，因此在封赠江南官员时，故意把他遗漏。刘承勋见封赠不及己，便旧事重提，希冀赢得天子好感。赵匡胤鄙夷不屑地说，那是江南国主勤王之功，你不过是奉命行事，怎能贪天之功，把功劳都记在你的名下？朕官职虽多，不授无才无德之人，卿无才学，不可授官，自谋生路去吧。刘承勋过惯了轻裘肥马，食前方丈的生活，突然来到举目无亲、衣食无着的汴京，只得靠乞讨度日，后来冻馁而死。

当然，赵匡胤也有受蒙蔽的时候。开宝年间左司员外郎、权知扬州侯陟受赇不法，为部下所告，一直告到了京城。侯陟与参知政事卢多逊私交甚笃，自度逃脱不了惩罚，便暗中派人向卢多逊求救。其时宋兵攻打南唐，受阻于金陵城下，南土卑湿，又时值溽暑，士兵多染疾疫，赵匡胤有退兵之意，命曹彬退屯广陵（今江苏扬州），以图后举。卢多逊认为金陵将下，不可撤兵，赵匡胤不纳。此时侯陟也从广陵来到了京城，知道金陵旦夕可下，卢多逊教他积极上奏，不可停止进攻，好以此减免自己罪愆。侯陟当即上殿奏道，江南平在旦夕，陛下奈何撤兵？愿急取之，臣若误陛下，请杀我三族。赵匡胤见他说得斩钉截铁，便采纳了他的意见，赦免其罪。其实停止攻城只是赵匡胤判断失误而已，侯陟却歪打正着，逃脱了惩罚。

张琼之死也是赵匡胤偏听一面之词，未及仔细调查的结果。张琼曾任殿前都虞侯、嘉州（今四川乐山）防御使，他性格粗暴，与军校史珪、石汉卿不和，而史、石两人颇受赵匡胤信任，张琼说两人是"巫媪"，意即从事巫术的老妇，两人对他恨之入骨。张琼曾擅选官马骑之，又私纳李筠部曲于麾下，史珪、石汉卿便诬告张琼擅养部曲百余人，自作威福。当时赵匡胤正欲肃静京师，便召来张琼询问，张琼喋喋不休地为自己辩护，赵匡胤大怒，命人击打他，石汉卿为泄私忿，当即用铁树（马鞭子）将张琼打成重伤，又下御史府审讯，张琼自知不免，自杀身亡。赵匡胤问石汉卿：你说张琼有部曲百人，今在何处？石汉卿狡辩说，张琼所养之士可以以一敌百。赵匡胤知道这是一起冤案，命人优恤张琼家属，官府安排葬事，琼子尚幼，把张琼的哥哥封为龙捷副指挥使，但并未追究石汉卿诬告之罪。

综观赵匡胤用人，不论文臣还是武将，多是后周旧臣，有些是他袍泽故旧，自然为他所用，但有些人和他毫无瓜葛，甚至有睚眦之怨，却能做到唯才是举，不问其他，的确是难能可贵。自然，他偶尔在用人上也有失误，有时也会误听谗言，但总起来，他用人是成功的，不能以一眚掩大德。《宋史》评论他："五代之季，边圉之不靖也久矣。太祖之兴，虽不勤远略，而向之陆梁跋扈而不可制者，莫不竭忠效节，虽奔走僵仆而不避，岂人心之有异哉，良由威德之并用，控御之有道也。"可谓一语破的。

对于品行不端之人，赵匡胤绝不重用，陶谷便是一例。陶谷字秀实、邠州新平（今陕西彬县）人，本姓唐，祖父彦谦，在唐朝任过刺史，以善于写诗知名。因后晋皇帝石敬瑭三字中有一瑭字，唐秀实便避讳改姓陶，单名一个谷字。此人文采斐然，为一时之冠。周世宗柴荣为混一天下，命群臣撰写《为君难为臣不易论》《平边策》，只有陶谷、窦仪、王朴、杨昭俭4人认为后周封疆毗邻江、淮，应用武力荡平，柴荣忻然听纳，迁陶谷为兵部侍郎，后转吏部侍郎，韩廷文诰多出其手。陈桥兵变，赵匡胤禅代后周，忙乱中忘了起草禅位表文，举行仪式之际才想起这件事，众人面面相觑，不知如何办才好，只见陶谷不慌不忙从袖中取出早已写好的表文说，臣已早有准备。赵匡胤厌恶他见风使舵，拍马逢迎，只是鉴于他满腹经纶，无人可以取代他，仍任他为翰林承旨。陶谷心术不正，与另一翰林学士窦仪关系不睦，而窦仪颇有人望，乾德年间范质等罢相后,赵匡胤有意命窦仪为相,陶谷与赵普等合伙排挤他,窦仪最终未能当上宰相。还是乾德年间,赵匡胤命库部员外郎王贻孙、《周易》博士奚屿共同考试品官子弟,选择其中优秀者出仕。陶谷之子陶邴学问不济,读书甚少,陶谷与奚屿是旧交,便请他关照,结果陶邴以合格奏闻,得了官职。不久,东窗事发,奚屿、王贻孙贬官、陶谷罚俸两月。翰林院有一姓权的待诏,有一匹日驰数百里的骏马,陶谷甚是歆羡,想据为己有,几次向权某提及。权某说,既是学士想要,老朽自当奉送,只是老朽患有足疾,行走不便,非此马不能代步,等一二年老朽告老还乡,定将此马送给学士。陶谷未遂所愿,甚为愠怒,便伺机报复。一日,赵匡胤命陶谷起草密诏,陶谷把权某叫来说,圣上命我起草密诏,我的字粗俗不雅,恐污圣上之目,你的字飘洒秀逸,大有王羲之风采,请替我誊抄一过,不胜感荷。权待诏不知是计,飞速抄写一遍,递给陶谷。陶谷倏地翻脸说,天子密诏,关乎国家机密,尚未进呈御览,你私自抄写,意欲何为?权待诏惊恐地说,分明是你让我抄写,怎能出尔反尔?陶谷奸笑说,你这只是一面之词,何人为证?权待诏知道中计,只得哀求说,求学士放我一条生路,要我如何,我便如何。陶谷波诡云谲地说,此事好办,你把那匹骏马送我,我便撕掉你抄写的密诏。权待诏无奈,只得忍痛割爱,那匹骏马便到了陶谷手里。

宋朝建国之初,赵匡胤欲探听南唐虚实,但又没有借口,陶谷便自告奋勇,以观摩金陵六朝碑碣为名出使江南,赵匡胤当下便准许他前往。其时南唐是中主李璟当权,他知道陶谷观看碑碣是托辞,醉翁之意不在酒,只得小心伺候。陶谷之所以积极要求前往江南,是想立下一功,为他日升迁捞取资本。就在陶谷出发不久,南唐大臣韩熙载也接到了宋朝大臣窦仪的密信,说陶谷其人狂傲自大，目中无人，又喜欢奉承，千万小心伺候，不可得罪大朝。为了对付陶谷，韩熙载搜集了他的全部轶闻遗事，知道他虽然学问高深，但并非端介之士，便设计诱他入瓮。先是在家妓中挑选了一名面容姣好的女子，着意梳洗打扮，趁着月色朦胧之际送往陶谷住处。不料第二天那名女子便被遣送回来了，陶谷还附了一封信，其中关键的两句是："巫山之丽质初来，霞侵鸟道；洛浦之妖姬自至，月满鸿沟。"一向以博学多才著称的韩熙载弄不清"霞侵鸟道，月满鸿沟"该如何解释，询问家妓，才知是她月信来临，无法与陶谷成其好事，才被遣送回来。一计不成，只好另生一计。韩熙载找来一个叫秦弱兰的歌女，装扮成驿卒之女，在馆驿中打扫落叶。陶谷见那女子荆钗布裙，但身段却袅袅婷婷，面如芙蓉，眉如柳叶，微波横流，娇媚时生，即使在宫掖中也难以找到这样风华绝代的女子。询问她的身世，那女子说因夫婿亡故，膝下无子，公婆因西河之痛悒郁成疾，相继谢世，没奈何只得搬回父母身边。陶谷既可怜弱兰的遭遇，又贪图她的容貌，便大献殷勤，弱兰则是奉命而来，更是主动投怀送抱，以身相许，只两天工夫，两人便双宿双飞，形影不离了。盘桓数月，陶谷要回朝复命，弱兰要求写一阕词赠她，陶谷不假思索，便写了一首《风光好》的小令：

> 好因缘，恶因缘，奈何天，只得邮亭一夜眠，别神仙。琵琶拨尽相思调，知音少，待得胶鸾续断弦，是何年？

隔了几天，朝廷差人召陶谷回朝，中主李璟置酒高会，为他饯行。南唐君臣轮番敬酒，陶谷居高临下，睥睨一切，涓滴不肯入口。中主把秦弱兰召来，唱了一曲《风光好》，陶谷见是秦弱兰，知道中了南唐的圈套，不敢再作矜持之态，只喝得烂醉如泥，失尽大国使臣风范。回到汴京，大街小巷中都在传唱《风光好》词，赵匡胤闻知，甚为鄙薄他。那陶谷却不知进退，找赵匡胤要官，说自己在翰林草制，宣力甚多，不该屈沉下僚。赵匡胤微哂说，你在翰林草制，都是检前人现成之作，稍微改换文字，不过是依样画葫芦而已，何宣力之有！陶谷虽愤愤不已，却不敢当面顶撞，便在翰林院墙壁上写了一首打油诗：

> 官职须从生处有，才能不管用时无。
> 堪笑翰林陶学士，年年依旧画葫芦。

赵匡胤讨厌陶谷的为人，遂决计不再重用他了。

熙熙攘攘大家族：兄弟之间

把酒祝东风，且共从容。垂杨紫陌洛城东。总是当时携手处，游遍芳丛。聚散苦匆匆，此恨无穷。今年花胜去年红。可惜明年花更好，知与谁同？

——欧阳修《浪淘沙》

赵匡胤出生于簪缨世家，饱读诗书，因此谙熟治国之道，又是在风尘溟洞，弓马锋镝中取得的天下，知道大辂椎轮、创业维艰的道理，因此毕生节俭，稍有闲暇，喜欢探究养生之术，这在古代帝王中是很难得的。

赵匡胤在称帝之后仍然撙节费用，衣着俭素。吴越国王钱俶送来一条价值连城的宝犀带，想以此取悦天子，赵匡胤略一沉吟，便说：朕有3条宝带，与卿所献不同。钱俶不禁一怔，连忙说，陛下既有宝带，乞宣示一观。赵匡胤波诡云谲地笑笑说，汴河一条，惠民河一条，五丈河一条，此即朕之3条宝带。钱俶听后，大为愧服，不得不收回宝犀带。后蜀覆亡后，宋朝士兵缴获了一件孟昶用的溺器，一直送至宫阙。那件溺器所用材料昂贵，做工亦极精美，外边镶了7件珠宝。赵匡胤命人打得粉碎，对身旁的大臣说，孟昶如此奢侈无度，生活糜烂，怎能不亡！南汉的刘铱也生活腐化，他在海门镇（今广西合浦县）招募能入海采珠者2000人，号称"媚川都"。凡采珠之时，先以铁索绑上石头系于脚上，这样可以坠入到500尺深的水中,因此而溺死者甚多。刘铱所居宫殿,皆用玳瑁、珠翠作为装饰,可谓穷极侈靡。宋师至广州,一把火焚烧了宫殿,潘美等于灰烬中拣出了没有烧毁的珍珠、玳瑁,献给了赵匡胤,并极言采珠危苦之状。赵匡胤命小黄门拿着珍珠、玳瑁让宰相大臣们传观,并降诏以后不许入海采珠,以苏民困。

赵匡胤带头节俭,在退朝之后,便换上浣濯多次的旧衣服,乘坐的轿子及日常生活用品都很普通,完全没有皇家气派。他居住的寝殿挂的是青布帘子,其他宫阃帘幕也都不饰文采,与普通百姓没有多大区别。一次宴会上,他把自己穿过的麻布衣服赏赐给臣下说,这是朕平日穿过的衣服,汝等可要牢记节俭啊!其时太宗赵光义正侍宴于侧,看见衣服实在不成样子,便从容进言说,陛下服用太嫌寒酸,全无帝王威严,恐惹臣下物议,还请陛下三思!赵匡胤正色说,今日朕化家为国委实不易,俭约二字不可遗忘,汝不记尔我夹马营中贫窭生活吗?倘若奢侈无度,孟昶覆亡就是前车之鉴,成由勤俭败由奢,不可不慎啊!赵光义这才无话可说。

赵匡胤的第三个女儿永庆公主下嫁给右卫将军魏咸信,咸信是宰相魏仁浦之子。公主出嫁后,一次穿着贴绣铺翠襦进入宫掖,这种衣服外边绣有图案,里边是用小鸟的羽毛铺成,价格极其昂贵,宫掖中尚无人穿,民间就更不必说了。赵匡胤见女儿穿如此华贵的衣服,心中甚为不悦,皱着眉头说,你快把衣服脱下来,交到宫廷中收藏,以后不要再穿这种昂贵的衣服了。永庆公主听了父亲的话,不禁大惑不解,笑着说,一件棉衣能用多少羽毛呢,值得父皇如此大惊小怪!赵匡胤摇摇头说,你说话太欠思量,须知你是帝王之女,你穿这样昂贵的衣服,宫闱和戚畹贵族必然争相仿效,这样一来,京城翠羽价格就会攀高,蚩蚩小民追逐蝇头微利,定会辗转贩易,抛弃农田,四处捕捉鸟类,拔其羽毛,这样一来,岂不造成社会秩序大乱！这一祸患全由你造成,让朕如何治理百姓！汝生长在帝王之家,应当怜惜百姓,岂能作此不义之事！永庆公主想不到事情竟有如此严重,羞惭不已,连忙向父亲赔不是。但事情过后,永庆公主又嫌父亲小题大做,借题发挥,便把此事告诉给了母亲,皇后也不以为然,总想找个机会与赵匡胤理论理论。一日,永庆公主与皇后一起陪赵匡胤在宫中谈天,母女异口同声说,官家作天子已经有一段时间了,论财力不可谓不厚,所乘坐的轿子竟如此寒酸,为什么不用黄金装饰一番呢！也免得让臣民耻笑啊！赵匡胤摇摇头说,这其中的奥秘,你们至今仍未能领悟,实在可叹。平心而论,朕贵为天子,富有四海,即使宫殿全用金银装饰,也不在话下。但天下者乃天下人之天下,朕为天下人守财,岂可挥霍靡费,没有撙节！朕以帝王之尊治天下,但并非天下财归朕一人所有,此情此理,尔等应当明白。若朕一意孤行,尽情挥霍,天下之人岂不以朕是夏桀、殷纣吗？民心不附,国祚岂能久长！劝朕奢靡之言,以后勿出于尔等之口,亦不必入于朕耳,慎哉,慎哉！经赵匡胤这一番教育,皇后和永庆公主再也不敢铺张浪费了。流风所及,宋朝初年崇尚俭素成为风气,很少有人用金银作为服装的装饰品,士大夫之间没有人以侈靡相夸耀,公卿之间以清俭节约为高尚,金银的价格甚贱。宰相范质年迈多病,赵匡胤多次到其家中探视,先派人到他家打探,谁知范质家竟然连喝茶的器皿都没有,赵匡胤嗟叹之余,命翰林司赐以果盘酒器,范质见是天子所赐,只得收下。赵匡胤临幸其家时,问他:卿是当朝宰相,位极人臣,何自苦如此？范质回答说,臣昔在中书时,所办皆是朝廷之事,亲戚故旧无人来请托说项。凡来找我的人,皆是贫贱时的故旧之交,即使饮茶,一碗足矣,哪里用得上器皿！因此没有添置,并非力不能及。五代以来宰相安富尊荣,一切费用多取给于藩镇，至范质为相，才革去了这一弊端。范质的俸禄多捐给了鳏寡孤独之人，他自己吃饭非常简单，很少有肉。他死前告诫儿子，不要请求朝廷给谥号，也不得立墓碑。他死后赵匡胤对大臣说，朕闻范质在宅第之外，没有添置任何资产，真宰相之器也。太宗赵光义也说，"循规矩，重名器，持廉节，无出质之右者"。这些评价并非溢美之词！

赵匡胤不但处处节俭，还深谙养生之道。作为日理万机的天子，政事之暇，对养生之道也颇有兴趣。真定（今河北正定）隆兴观道士苏澄颇善养生，五代时期后唐、后晋的帝王都召他去京师，苏澄均以染疾为由，辞而不赴。辽太宗耶律德光攻灭后晋，进兵开封，为笼络中原人心，将僧道之有名者悉数授以爵位，只有苏澄不肯应命。赵匡胤很欣赏他这种特立独行的精神，把他召到京师，对他说，朕新建了一处宫观，名叫建隆观，想寻找一位有道之人掌管，大师对此可有兴趣？苏澄不假思索便回答说，京师乃浩穰之地，人口众多，市廛不宁，不适合小道居住，请陛下鉴谅。赵匡胤见他执意不肯来京师，也不勉强。过了一段时间，赵匡胤亲征太原，返回时途径真定，来到苏澄的住处，见他精神矍铄，身体康健，忍不住问他：大师年逾八十，而容貌显得年青，想来必有养生之术，能为朕讲解一二吗？苏澄说，承陛下垂询，小道不胜荣幸。其实小道养生并无秘诀，不过是精思炼气而已，草民如此养生，陛下贵为帝王，养生之术当不如是。老子说，我无为而民自化，我无欲而民自正，无为无欲，才能凝结精神，使阴阳调和，体魄自然就能健壮。昔上古之时，黄帝、唐尧享国长久，就是用的无为无欲之术，别无其他法门。赵匡胤听了甚为高兴，当即重赏了他。

国子博士王昭素也善于治世养生之术，颇受赵匡胤垂青。昭素是酸枣（今河南延津）人，少年时博览群书，甚有涵养。他到市廛购物,从不讨价还价,卖物之人索要多少,即按所说付值。有诚实的小贩说,适才索价太高,请减价付钱,昭素便说,你赶快按刚才所说之价收款,若要少收钱,你岂不是成了不诚实之人吗?还怎样在市廛立足?因此之故,市廛上的商贩没人敢欺骗他,并且互相转告说,王先生到市场上购物,不可漫天要价,赚昧心钱。一次,昭素正修缮居室,所用之木横七竖八地堵在墙壁间,适逢有入室盗窃者,凿穿了墙壁,却因为有木头阻隔而进不了屋,盗窃者用力推木头,引出一片窸窸窣窣的响声。昭素发觉后,把屋内所有能搬动的东西悉数掷于门外,对盗窃者说,你赶紧拿上东西走吧,如果捕人者来到,你就无法走脱了。偷盗者听了,满脸羞惭,丢下东西,飞跑而去。从此以后,这个地方再也不见盗贼了,王昭素也因此而名声大噪。他博闻强记,满腹经纶,著有《易论》33篇,很多人慕名而来,投入他门下,一时名传遐迩。赵匡胤也知道他学识渊博,于是在便殿召见他,其时昭素已70余岁,仍然耳聪目明,体魄健壮,不减当年。赵匡胤问他,卿学富五车,才高八斗,为何不仕,致朕与卿缘悭一面?昭素回答说,臣德薄能鲜,才疏学浅,设若入仕,恐误了陛下社稷,因此才躬耕林泉,隐居不仕的,请陛下鉴谅。赵匡胤沉吟片刻说,学而优则仕,乃是古今通例,又道是学成文武艺,货与帝王家,卿既有才学,若长期沦落在山野之中,天下人将以朕为何等人主?今朕以汝为国子博士,切勿再辞!王昭素只得叩首应命。赵匡胤又命王昭素讲《易经》中的乾卦,当讲到"九五,飞龙在天,利见大人"时,敛容正色,虔诚地说,此爻正应陛下今日之事。原来《易经》中说"九五,飞龙在天,利见大人"中的"九五"二字,术数家说是人君的象征,后来就称帝位为九五之尊。"龙飞在天,利见大人"则指龙飞上了高空,肯定会出现德高势隆的大人物。《易经》中还说,"飞龙在天,大人造也",

意思是说龙飞上了高空,象征着德高位尊的人物一定会大有作为。王昭素在作了一番恰到好处的吹捧后,又旁征博引,暗示讽喻之义,赵匡胤听了甚为高兴。接着赵匡胤又询问他民间之事,昭素应对如流,赵匡胤命人查询,得知句句是实,越发相信昭素诚实不欺。再询问帝王治世养身之术,昭素说,陛下若相信微臣的话,臣有十二字上奏:治世莫若爱民,养身莫若寡欲。赵匡胤对这两句话甚为欣赏,他深知水能载舟,也能覆舟的道理,因此主张轻徭薄赋,不苛敛百姓。他更知道秦始皇为求长生不老,派徐福到海外求长生不老之药,结果只活了50岁,远不到耄耋之年,因此长寿之道在于清心寡欲。于是挥毫泼墨,把这两句话书写于屏风之上,以备不时浏览。后来王昭素89岁时卒于家中。

赵匡胤豁达坦荡的性格,深受母亲杜太后的影响。杜太后是定州安喜(今河北定县)人,父亲杜爽,母亲范氏,生有5子3女,杜太后居长。及笄之年,嫁给匡胤之父弘殷,治家严毅有礼法,生邕王赵光济、太祖赵匡胤、太宗赵光义、夔王赵光赞、燕国长公主、陈国长公主,共有4男2女。

赵匡胤陈桥兵变之时,杜太后住在京师,被安置在一座叫定力院的寺院里,兵变消息传至京师,后周的官员想拘捕杜太后作人质,并侦探出她就藏匿在定力院,于是派人搜捕。定力寺的僧人也得知了消息,让杜太后等上阁楼,外面用大锁牢牢锁定。布置刚完,后周的士兵已团团围住了寺院,并派人入院四处搜索。定力院的主持僧从容镇定,不慌不忙地对士兵说,赵匡胤之母听说要搜查寺院,已仓皇出走,不知去向了。士兵们自然不信,搬来了梯子,一直攀上了阁楼,正准备打开房门,只见蛛网纵横,布满其上,且尘埃凝集,似多年不曾开启者,便互相告诉说,这样的房子怎会有人居住,便撤梯解围而去,于是杜太后等人得以安然无恙。俄顷之间，赵匡胤已经登基了。这则见于《曲洧旧闻》的记载，实在是荒诞不经，无非是说杜太后贵为天子之母，所至之处都能逢凶化吉，遇难成祥而已。宋人王明清的《挥麈后录》则说，赵匡胤受命北伐之时，已处心积虑地要发动兵变，怕后周大臣迫害杜太后，便把她寄居于封禅寺。陈桥兵变后，后周大将韩通闻变，连夜带兵来到了封禅寺，欲加害杜太后，寺中主持守能临危不惧，以身遮蔽杜太后，韩通始终未能得逞，杜太后这才幸免于难。赵匡胤即位后，念念不忘守能的恩德，对他极为眷宠，守能悠然陶然，衣食无忧，享寿八十余岁。临终时才对弟子说，为师能登耄耋之年，死亦无憾，有句话不能不说，为师实乃半道出家，托身佛门，黄卷青灯，了此余生。为师法名守能，即当年泽州的明马儿是也。马儿是五代时的巨寇，打家劫舍，杀人放火，后来改邪归正，成了佛门弟子。《清异录》一书则说，陈桥兵变时，杜太后正在一所寺庙里施舍斋饭，突然闯进来一伙士兵，要把她抓走，寺内的主僧拼命保护，杜太后方得脱身。赵匡胤受禅后，赐那位僧人为"的乳三神仙"。这几则记载可谓有异曲同工之妙。

赵匡胤出兵陈桥时，杜太后其实就知道将有兵变发生，她是眼望捷旌旗，耳听好消息，等到赵匡胤兵变成功，从陈桥回到京师，派人走报杜太后说，点检已作天子了。杜太后见好梦成真，不禁双手合十，对天祷告：我儿素有大志，今日果然马到成功，登上了九五之尊，谢谢苍天的庇佑！赵匡胤择日登基，大赦天下，封赠百官，杜太后自然成了皇太后。赵匡胤率领着文武百官朝拜杜太后，众人皆称贺杜太后洪福齐天，贺赵匡胤化家为国，奄有天下，而杜太后却面色凝重，愀然不乐。大臣们见此情景，不禁面面相觑，不知如何是好。其中一人问道，臣闻母以子贵，如今太君之子北面称孤，正是举国庆贺之时，太君缘何愁眉紧锁，郁郁寡欢呢？

杜太后叹口气说,汝等只知其一,不知其二。当天子固然是威震八宇,天下侧目,但为君亦大不易,天子置身于千万庶民之上,若治国得道,天子之位定会受人尊敬,倘若治国无道,天下鼎沸,万民嗟怨,求为匹夫亦不可得,老身因此才忧愁不已呀。赵匡胤未料到母亲读书无多,竟然居安思危,说出这番话来,感动得连连伏地再拜说,母后尽可放心,儿谨遵懿命。可惜杜太后享年不永,建隆二年(961)便溘然长逝,只活了60岁,但在封建社会也算是长寿的了。

赵匡胤兄弟5人,长兄光济,幼弟光赞早年弃世,史书上未见记载,赵匡胤实际上是老大。他友于情笃,颇尽扶持呵护弟妹之责。大弟弟光义生于后晋天福四年(939),比赵匡胤小12岁。他嗜好读书,早年从戎,跟随父兄转战南北。所至之处,不取财物,只寻求古籍图书,时时浏览,从此文采大增。陈桥兵变时,一切细节皆由他和赵普擘画,赵匡胤不过是坐享其成而已。赵匡胤即位后,封光义为殿前都虞侯,领睦州防御使。赵匡胤讨平泽、潞李筠之乱,光义以大内点检的身份留守京师。平定扬州李重进之乱时,光义任大内都部署,加同平章事,行开封尹,再加兼中书令,实际上已是一人之下,万人之上的宰相了。北征太原时,光义改任东都留守,封晋王,位置在宰相以上,光义居住之地地势高亢,用水不便,赵匡胤亲至其府邸观看,命工匠造了一个大轮子,抽金水河的水注入光义府中。施工期间,赵匡胤又数次临视,促成其役。赵光义任开封尹长达15年之久,庶务修举,政平讼理,赵匡胤多次驾临王府,赏赐甚厚。有一次赵光义突染疾病,群医束手,病体支离,昏昏沉沉,不省人事。赵匡胤焦灼万分,听说灼艾可以疗疾,便亲自为光义灼艾。光义觉得疼痛难忍,不住呻吟,赵匡胤便取艾自灸,摸索止疼之法,然后再给光义灼艾,从辰时(早上7点至9点)至酉时(下午5点至7点),赵匡胤以天子之尊,亲自为光义疗疾,光义终于转危为安,累得大汗淋漓的赵匡胤这才开颜一笑,转身离去。等到赵光义彻底痊愈,赵匡胤又来探视,并赐以龙凤毡褥,以示手足情深。

还有一次,赵匡胤在宫中大宴群臣,觥筹交错,丝竹毕陈,赵光义兴致甚高,不觉喝得酩酊大醉,伏在案上昏昏睡去。及至曲终人散,赵光义步履蹒跚,已经不能骑马了。赵匡胤一眼瞥见,便起身送至殿阶,亲自扶掖光义上马,适逢光义帐下卫士高琼左手执镫,正欲搀扶光义,赵匡胤马上赏赐高琼为控鹤官,另赐器帛,勉励他尽心服侍光义。又对身边近臣说,晋王(指赵光义)龙行虎步,且出生时与常人不同,他日必为太平天子,其福德非朕所能及也。赞誉之辞,溢于言表。还有一则记载说,赵光义任开封尹时,一次谒见天子,赵匡胤说,久不见汝所乘之马,可牵来一观。赵光义应命,派人将马牵至殿陛之下赵匡胤的上马石处,赵匡胤命他在这里上马,赵光义惊惧惶骇,不敢僭用天子所用的上马石。赵匡胤温和地说,他日汝为天子,自当常常在此上马,今日又何必推辞!赵光义连称不敢,欲辞谢而出,赵匡胤命近侍挽留,坚持他在这里上马,赵光义不得已,只得再拜上马,盘旋于殿阶而出。这一则记载的可靠性虽值得怀疑,但赵匡胤对乃弟的眷顾则是记载一致的。

遭遇最不幸的是赵匡胤的异母幼弟廷美。廷美本名光美,字文化,太平兴国初年才改名为廷美。赵匡胤对这位幼弟也呵护有加,终太祖一朝,先后任嘉州防御使、兴元尹、山南西道节度使、京兆尹、永兴军节度使。太宗赵光义即位,加封中书令、开封尹,又封齐王。赵光义攻打北汉,廷美随从征讨,进封秦王。从这一连串的官职来看,赵光义对胞弟还是优渥的。其实这只是他的欲擒故纵之计。因为他们的母亲杜太后有兄终弟及之语,光义即位后如有鲠在喉,不吐不快,早想除掉廷美,以便传位己子。鉴于自己刚刚君临天下,若骤然对廷美下手,恐惹天下人物议,遂隐忍不发,表面上为胞弟加官晋爵,而实际上已暗藏杀机了。而廷美却懵然不知,浑浑噩噩,蒙在鼓里。

太平兴国七年(982)三月,在太宗赵光义唆使下,大臣柴禹锡、杨守一同告秦王廷美图谋不轨,想篡夺天子之位,又说廷美骄恣不法,应该严惩。赵光义心里有数,自然也无须核实,便褫夺了廷美的开封尹一职,改授为西京留守,让他离开京师,移居洛阳。宋朝初年的开封尹是一个关键职位,可由此平步青云,升上九五之尊的宝座,赵光义就是由开封尹成为天子的。有宋一代的帝王中,太宗及其子真宗都做过开封尹。廷美糊里糊涂,还不清楚自己到底哪一点触怒了天子,就被贬谪到了洛阳。剥夺了开封尹一职,自然便与帝位无缘,以戴罪之身离开京师,就意味着今后将沦落天涯,永无回归之日了。《宋史》记载说,赵光义在得知廷美"将有阴谋窃发"一事后,"不忍暴其事",完全是颠倒事实,美化赵光义。把廷美赶出京师,赵光义仍不放心,又安排太常博士王遹判河南府事,开封府判官阎矩为河南府留守,以监视廷美的一举一动。柴禹锡、杨守一告密有功,自然应有不次之擢,于是封柴禹锡为宣徽北院使兼枢密副使,杨守一为东上阁门使充枢密都承旨。枢密承旨陈从龙、皇城使刘知信、弓箭库使惠延真、禁军列校皇甫继明、定州(今河北定县)人王荣等因与廷美关系密切,都贬了官职。王荣正打点行囊,还未及启程,又有人告发王荣曾对廷美的亲信口出狂言,我不久当做节帅,赵光义大怒,将他削夺官籍,流放海岛。赵光义一不做,二不休,大有赶尽杀绝之势。

大臣赵普在太祖朝曾为宰相,与翰林学士卢多逊有睚眦之

江山代有才人出

怨,两人关系不谐,多逊曾告发赵普曾经营邸店谋利,赵匡胤罢了他的宰相之职,出朝任河阳节度使。太宗太平兴国年间才调入朝中,先任太子少保,又升为太子太保,这两个官职皆为东宫官,并无实权,尽管如此,又为卢多逊诋毁,赵普在数年之间郁郁不得志。及廷美"谋反"事发,赵普上书太宗,言及当年杜太后顾托之事,即由光义继承天子之位,光义由是心生感激,任命赵普为宰相。卢多逊见赵普为相,内心颇不自安,赵普厌恶与多逊同殿为臣,多次暗示他悄然引退,而卢多逊又恋栈不肯离去,赵普甚为愠怒。不久,赵普打探出卢多逊与秦王廷美关系密切,当即添枝加叶报告给了赵光义。赵光义一听与廷美有关,不由勃然大怒,不问青红皂白,便贬多逊为兵部尚书,下于御史狱中。又大肆株连,捕系中书守当官赵白、秦王府孔目官阎密、小吏王继勋、樊德明、赵怀禄、阎怀忠等,命翰林学士承旨李昉、学士扈蒙、卫尉卿崔仁冀、膳部郎中兼御史知杂滕中正审问。赵光义的用意非常清楚,不管如何锻炼周纳,必须多方捂扯,找出廷美与卢多逊谋反的证据来,重刑之下,何求不得,欲加之罪,又何患无辞!多逊受刑不过,只得招认:曾多次派遣赵白以中书机密事潜告廷美,去年九月又派赵白告知廷美,愿宫车晏驾,好尽力跟随大王。所谓宫车晏驾云云,自然是诅咒太宗赵光义早日升天,自己好辅佐秦王廷美登基了。廷美闻听这话,高兴得心花怒放,忙派遣樊德明回报卢多逊说,承旨所言正合我意,我也愿意宫车早日晏驾,并私下里给卢多逊送去了弓箭等物,多逊安然受之,并未上报朝廷,显然是蓄意谋反。卢多逊是怀州河内(今河南沁阳)人,后周显德初年进士。他博涉经史,聪明强记,文辞敏给,有谋略,发多奇中,佐太祖赵匡胤平天下多立功勋,官职一直做到翰林学士,为天子起草诏告。平心而论,他并非奸邪之人,只因得罪了赵普,厄运便如影随形,一直到死也未能解脱。他和廷美手中均无兵权,没有条件造反,况且诅咒天子早死乃是砍头死罪,多逊不是白痴,不可能说出这样不知轻重的话来。但是,众口铄金,积毁销骨,《宋史》《续资治通鉴长编》等书均如是记载,卢多逊也是百喙莫辩了。

有个叫阎密的人,起初在廷美帐下听差,太宗赵光义即位,补他为殿直,但仍隶属秦王府。此人恣横不法,出言无忌,甚至口出狂言,指斥天子。小吏王继勋尤为廷美所信任,曾派他四处访求声妓,继勋所至之处,狐假虎威,怙势索取贿赂,弄得声名狼藉。小吏樊德明与中书守当官赵白是莫逆之交,两人常相往来,赵白是卢多逊的部下,樊德明则是秦王廷美的心腹,卢多逊也因此而结识了廷美,廷美又派小吏赵怀禄私召同母弟、军器库副使赵廷俊认识卢多逊,明显是要积蓄力量,扩大声势,为他日图谋不轨作准备。小吏阎怀忠曾受廷美派遣,到淮海王钱俶求取犀玉带、金酒器,而怀忠又私下接受赠送的白金百两、金器、绢扇等物。不仅如此,廷美还派怀忠带着银碗、锦彩、羊酒等物到御前忠佐马军都军头他岳父那里犒赏士兵。按照当时规定,宗室亲王不能交结大臣,廷美四处活动,显然是犯了朝廷大忌,这些都被当作了犯罪的证据。

赵光义既然抓到了把柄,对秦王廷美的迫害就跟着升级,他把文武百官召集于朝堂之上,商议如何处置廷美等人。这些人当然都知道天子用意何在,一个个趋炎附势,落井下石,太子太师王溥等74位大臣联名上奏:卢多逊与秦王廷美阴相交结,诅咒朝廷,实属大逆不道,应予惩罚,以正刑章。赵白等人助纣为虐,就应该斩首示众,昭示天下,以儆效尤。这几句话正中赵光义下怀,当即下诏削夺卢多逊官爵,流放崖州(今海南三亚市崖城镇)。崖州在宋朝初年还是荒凉不毛之地,是有名的瘴疠之乡,人人视那里为畏途,把卢多逊流放到那里,无疑是要置他于万劫不复的境地了。对廷美的处分还算宽容,"勒归私第",也即闭门思过,不得外出,断绝与外人的一切交往。赵白、阎密、王继勋、樊德明、赵怀禄、阎怀忠等皆斩于都门之外,家产籍没。但事情到此并未结束,赵光义接着下诏,秦王廷美的子女应该正名,除他的长子、贵州防御使德恭仍称皇侄外,其他子女不得享受此等待遇。皇侄女云阳公主已下嫁韩崇业,并享有驸马都尉之号,夫妇两人一并发遣西京洛阳,跟随廷美居住。这意味着云阳公主已被清除出皇族队伍,成了普通庶民。廷美的下属西京留守判官阎矩被贬为涪州司户参军、前开封推官孙屿被贬为融州司户参军。司户参军是管理本州户籍、赋税、仓库的低级官员,是小得不能再小的芥微之官,罪名是"辅导无状"。赵光义要赶尽杀绝,不惜株连无辜,所谓"辅导无状"云云,不过是他制造的口实而已。

廷美在洛阳过着以泪洗面的生活,他的一举一动都在朝廷的监视之下,尽管如此,赵普仍然认为廷美谪居洛阳离京城太近,可能对朝廷构成威胁,又怂恿知开封府李符进谗说,廷美居住西洛不思悔过,对朝廷有怨望之情,乞远徙偏僻州郡,以防生变。其实廷美已与囚徒毫无二致,身边没有一兵一卒,哪里还敢反抗?而太宗赵光义完全不念手足之情,马上下诏降廷美为涪陵县公,房州(今湖北房县)安置。房县在今湖北西北部,靠近陕西,偏僻荒凉,交通不便,人烟稀少,举目无亲,把廷美贬谪在这里,无疑是置他于死地。廷美之妻张氏则削去了楚国夫人封号,她荆钗布裙,跟随丈夫去了房州。为了监视廷美,赵光义又派崇仪使阎彦进知房州,监察御史袁廓为通判。廷美之母陈国夫人耿氏得知儿子远贬他乡,经不起这一打击,一病不起。雍熙元年(984)廷美及妻子张氏一行于凄风苦雨中抵达房州,一向钟鸣鼎食,安富尊荣的天子御弟被囚禁在荒凉不毛之地,半是愤懑,半是惊恐,在这里悒郁成疾,很快便撒手而去,享年38岁。他的妻子张氏只得怀抱无涯之戚,在房州了此余生了。

赵光义得知廷美已死,止不住心中一阵窃喜,这真是天遂人愿,免了后顾之忧,可以放心大胆地把帝位传给儿子了。但表面上他又呜咽流涕地对宰相说,廷美小时便刚愎自用,不听训教,长大以后益发凶恶,倚权恃势,无所不为,朕即位以后,仍怙恶不悛。朕因与他同气至亲,不忍置之于法,因此迁之于房陵,冀其思过,然后再遴选时机,恢复其爵位,不料他却遽然殒逝,令朕痛彻肝髓,说着气塞咽喉,语不成声。于是追封廷美为涪王,谥为悼,并择日为他安葬。赵光义知道,仅凭这几句苍白无力的表白,似乎还不足以使人们信服,又找了个机会对宰相说,廷美之母陈国夫人耿氏是朕之乳母,后来出嫁给赵氏,生下了廷俊。朕以廷美之故,让廷俊在宫廷做亲随,而廷俊却把宫禁中的事泄漏给廷美,让人不安。近来凿成西池,修盖了水心殿,只是还未架桥梁。那里碧波荡漾,风光旖旎,朕打算前往游览。廷美得知消息后,与左右密谋,想在此时行刺朕躬,如果不能得手,便诈称有疾,躺在官邸,俟朕前往探视时发难。有人向朕告变,朕思忖再三,若命有司追究,廷美必将受到严惩,朕因为念及手足之情,故隐忍不发。迨到廷美与卢多逊勾结事发,朕又宽大为怀,不咎既往,只让他居住西京,而廷美不肯悔过,怨望朕躬,口出不逊之言,朕一忍再忍,才把他迁往房陵,以尽保护之责。至于廷俊,朕亦不加深究,只是贬谪而已。无论是对廷美或是廷俊,朕都无愧怍了。其实所谓西池行刺,宫禁发难等事全是子虚乌有,是赵光义信口开河编造出的故事,是一桩莫须有的公案,除赵光义一人外,其他人并不知情。宰相李昉也觉得滑稽,不相信赵光义的话,但又碍于他是天子,不好

江山代有才人出

当面揭穿,只得顺水推舟说,涪王大逆不道,天下人共知,至于西池,禁中之事,若非陛下委婉宣示,臣等何由知之?

赵光义之所以对异母兄弟廷美频频出手,并非廷美真的谋反,而是另有隐情。原来当初杜太后病笃之时,曾嘱咐赵匡胤,千秋万岁之后传位给太宗光义,光义传给廷美,再由廷美传给赵匡胤长子德昭。太宗即位后,曾以传位之事咨询过赵普,赵普说:"太祖已误,陛下岂容再误耶?"意思是说,太祖未传位给自己儿子已是一大失误,陛下岂可重蹈覆辙,一误再误!这几句话真是振聋发聩,醍醐灌顶,赵光义豁然明白,如不除掉廷美,他传位于子的计划将成为镜花水月,于是捕风捉影,罗织罪状,终于害死了廷美。

赵匡胤有姊、妹各一人,姐姐陈国长公主未及成年便遽然而逝。妹妹秦国大长公主,与赵匡胤一母同胞,起初嫁给米福德。米福德享寿不永,结缡不久,便染疾而亡,秦国大长公主居孀在家,形单影只,茕茕孑立,好不凄凉。其时赵匡胤正戎马倥偬,征战沙场,无暇照看,只是不时派人慰藉而已。建隆元年(960)赵匡胤君临天下,又想起了孀居的妹妹,改封为燕国长公主,并降尊纤贵,亲自做媒,让妹妹再嫁给忠武军节度使高怀德,在兴宁坊赐府第一座。那高怀德原是周世宗柴荣麾下战将,与赵匡胤同殿为臣,两人是莫逆之交。赵匡胤即位,拜高怀德为殿前副都点检,后移镇滑州(今河南滑县),任关南副都部署,被赵匡胤倚为干城。他与燕国长公主举案齐眉,情好弥笃,晨听鹊语,夜卜灯花。可惜红颜薄命,好景不长,开宝六年(973)十月,燕国长公主竟香消玉殒,撒手人寰,赵匡胤悲痛不已,亲临吊丧,命人以厚礼安葬,并对左右大臣说,明年朕生日时当罢去宴会,不得奏乐,以示对燕国长公主的悼念之忱。中书门下省对此提出异议说,陛下对公主友爱出于天性,臣等自然明白,但陛下寿诞之日,普天同庆,群臣上寿一事,已经约定俗成,似亦不能罢废,乞陛下准许教坊作乐。赵匡胤不得已,只好采纳了中书门下省的建议。

赵匡胤有3位皇后,元配贺皇后是开封人,父亲贺景思是周世宗柴荣驾下的武将,与赵匡胤的父亲赵弘殷同居护圣营,两人过从甚密,便为子女结下了秦晋之好。后晋开运初年,赵匡胤娶贺氏为妻。后周显德三年(965),赵匡胤因军功升为定国军节度使,贺氏也被封为会稽郡夫人。贺氏温柔贤淑,持家有方,生秦国、晋国两位公主及魏王德昭。显德五年(958),刚刚而立之年的贺氏突然一病不起。建隆三年(962)被追册为皇后,谥号孝惠。

赵匡胤的第二位皇后王皇后是邠州新平(今陕西彬县)人,她的父亲王饶曾任后周彰德军节度使,王皇后姊妹3人,她是最小之女。贺皇后遽然逝去,赵匡胤中馈乏人,子女无人照拂,急欲觅继室,经人说合,聘王氏为继室。当时赵匡胤尚未登基,阮囊羞涩,无法成礼,后周大将张永德慷慨解囊,出缗钱金帛数千助其成婚。因此,终太祖之世,张永德恩宠不替。赵匡胤是周世宗的爱将,周世宗爱屋及乌,赏赐王氏凤冠霞帔,封为琅琊郡夫人。这真是夫荣妻贵,赵匡胤当时任手握节钺的殿前都点检,王氏刚刚于归,便当上了郡夫人。王氏佐夫成业,恭勤不懈,仁慈御下,颇得众人欢心。建隆元年(960)赵匡胤即位,便册封王氏为母仪天下的皇后。王皇后常服宽大衣服,亲自下厨烹饪,为赵匡胤调理饮食。她又善于弹筝鼓琴,敲金戛玉,音韵悠扬,宫闱之内,其乐融融。每日清晨起床,漱洗后的第一件事便是诵读佛经,为家人祈福。因为她温柔贤淑,颇得杜太后欢心。所生子女3人,皆不幸短命夭亡,使得王皇后悲痛欲绝,从此怏怏生疾,群医束手,百药罔治,乾德元年(963)含悲而逝,年仅22岁。豆蔻年华竟然成了泉下之鬼,赵匡胤甚是悲痛,特命翰林学士窦仪撰写哀册文字,以志悼念之忱。

赵匡胤的第三位皇后是宋皇后,她是洛阳人,左卫上将军宋偓之长女,母亲是后汉的永宁公主。宋偓家世代簪缨,父亲廷浩娶后唐庄宗之女义宁公主为妻,生下宋偓。后晋初年廷浩任汜水关(今河南荥阳虎牢关)使,后来战死疆场。后晋高祖石敬瑭曾在庄宗驾下为臣,每逢宋偓之母入见,石敬瑭便下诏不必下拜,命宋偓在洛阳供养老母,由官府拨出银钱。后汉高祖刘知远在晋阳(今山西太原)派长子承训送永宁公主至洛阳与宋偓成婚。后周太祖郭威举兵进攻京师,宋偓开门迎谒,又为后周立下过战功。赵匡胤禅代后周,宋偓率兵皈依,在平定扬州李重进的叛乱中,宋偓率水师征战,又立下过赫赫战功,甚受赵匡胤赏识。宋皇后年幼时曾随母亲入宫,朝见后周太祖郭威,郭威见她明眸皓齿,娴熟礼仪,非常高兴,当即赏赐凤冠霞帔。乾德五年(967)宋皇后又随母亲觐见赵匡胤,赵匡胤见她举止稳重,应对如流,心里先有了好感,也赏赐了她凤冠霞帔。当时宋偓任华州(今陕西华县)节度使,宋皇后随母亲也到了华州。其时距王皇后之死已经4年。国不可一日无君,宫掖也不可一日无后,此时赵匡胤已属意于宋偓之女了。光阴荏苒,岁月如流,转眼到了开宝元年(968),这年二月,赵匡胤把宋氏女纳入宫中,成了人人歆羡的皇后,这年宋皇后才17岁,刚刚过了及笄之年。她性格柔顺贤淑,颇娴于礼仪,每逢赵匡胤退朝,宋皇后便穿戴冠帔迎迓,并亲自下厨执炊,让赵匡胤吃上可口饭菜。她和赵匡胤共同生活了9年,开宝九年赵匡胤龙驭上宾时,宋皇后只有26岁,年纪轻轻便成了寡鹄孤鸾,人称开宝皇后。宋太宗太平兴国二年(977),宋皇后移居西宫,雍熙四年（987）移居东宫，至道元年（995）崩逝，享年44岁，太宗命吏部侍郎李至撰哀册文，也可算是备极哀荣了。

赵匡胤有4个个儿子。长子滕王德秀、次子燕懿王德昭、三子舒王德林、四子秦康惠王德芳。德秀、德林早亡，只剩下德昭、德芳兄弟两人。德昭字日新，母亲是贺皇后。乾德二年（964）出阁。所谓出阁就是皇子离开朝廷到自己的封地作藩王。按照成例，皇子出阁即封王，赵匡胤认为德昭年幼须要磨练，增长才干后再循序渐进，因此授他为贵州防御使。开宝六年授兴元尹，山南西道节度使、检校太傅、同中书门下平章事。这些官职虽然地位显赫，但并无实权，如节度使并不驻镇，俸禄虽高于宰相，但仅是寄禄而已。太傅是三师之一，但不常设，即使设立也不预政事。中书门下平章事也只是虚衔。终太祖之世，德昭未被封为王爵，太宗赵光义即位，始封武功郡王，在朝会时与齐王廷美位在宰相之上。太平兴国四年（979）太宗赵光义在攻克太原、覆亡北汉之后，乘胜进攻幽州，想夺回燕云十六州之地。德昭当时也在军中。这年六月，岐沟关（今河北涿州市西南）、涿州（今河北涿州市）契丹守将皆开门迎降，宋军兵不血刃占领了两州之地，迤逦来至幽州（今北京城西南）城下。但宋军久攻不下，兵疲师老，粮秣不继，又恐契丹发大兵来援，宋太宗只得下诏班师。行至一个叫金台驿的地方时，军中突然夜惊，部队一片混乱，南向而溃，就连宋太宗在何处，也无人知晓，宋营内惊恐不已。有人提议，蛇无头不行，鸟无翅不飞，既不知天子所在，现有太祖嫡子在军中，何不拥立为新天子？不少人也随声附和。正当众人议论纷纷之时，却发现赵光义安然无恙，于是拥立德昭为帝之事不再提起。事定之后，赵光义得知群臣有拥立德昭之事，顿时气得七窍生烟，怒火升腾。大军返旆回归京师，赵光义神情沮丧，久久不行征讨太原之赏,朝堂上啧有怨言。德昭找个机会上奏赵光义说,陛下曾承诺攻灭北汉后当有旌赏,三军将士冒锋镝、犯酷暑,正是希冀封妻荫子,享受功名富贵。如今陛下食言自肥,朝野议论纷纷,望陛下行旌赏之事。赵光义本就对德昭心存芥蒂,听他这么一说,犹如火上浇油,疾言厉色地说,旌赏之事,朕尚未虑及,等他日汝为天子之后,再行旌赏不迟,说罢怒冲冲拂袖而起。德昭无故受了一顿申斥,惶恐不已,踉踉跄跄回到宫中,询问左右:你们谁带有佩刀?左右回答说,宫掖之中,不敢带刀。德昭长叹一声,转身进了茶酒阁,即他平日品茶饮酒之地,取出水果刀自刎,须臾气绝,三魂渺渺,七魄悠悠,到泉台寻找他的父亲赵匡胤去了。赵光义得知消息,假惺惺地抱住德昭尸体痛哭流涕地说,痴儿何至于此,何至于此!当即追封为魏王,谥号为懿。尽管赵光义表面上忧伤不已,但内心深处正为翦灭一个对手而乐不可支呢!

赵匡胤舐犊情深,对德昭的儿子惟吉钟爱有加。惟吉降生刚满月,赵匡胤便命人送至内廷,挑选两个女媪养视,精心呵护。惟吉幼小时辄夜半啼哭不止,赵匡胤不管政务如何繁忙,必亲自抚抱,直至惟吉破涕为笑,酣然入睡,才起身离去。迨到惟吉3岁时,赵匡胤打算培养他尚武刚毅之气,特地命人制成儿童可以使用的弓箭,在不远处竖立一枚金钱作把子,让惟吉学射。小惟吉弯弓搭箭,觑得真切,连连射出,10箭中竟有8箭中的,令赵匡胤欣喜如狂。惟吉5岁时,赵匡胤亲自教他读书诵诗,每当小惟吉咿咿呀呀,吟哦不止时,赵匡胤便开怀大笑。一次赵匡胤箭射飞鸢,一发而中,惟吉高兴得欢呼雀跃,赵匡胤命人用黄金铸成奇兽、瑞禽赐之。赵匡胤外出时,惟吉也乘坐小轿或骑小鞍马,由宫人扶持随行。太祖赵匡胤崩逝时,惟吉才6岁。真宗大中祥符三年(1010)惟吉魂归道山,享年45岁。

赵匡胤的第四子德芳,开宝九年(976)出阁,授贵州防御使。太宗太平兴国元年(976)授兴元尹、山南西道节度使、同平章事,太平兴国三年(978)冬,逝于府邸,终年23岁。德芳未掌大权,对皇位不构成威胁,因此赵光义对他还算优渥,亲自到灵前痛哭,并辍朝5日,追赠中书令、岐王、谥康惠。后又加赠太师,改封楚王。德芳虽然没有进入统治阶级权力中心,但他的后裔却发迹变泰,重新登上了九五之尊的宝座。原来德芳死后,秦王这一支已渐趋式微,风光不再。他的五世孙子伲中了进士,却宦途失意,功名蹭蹬,只做了个小小的嘉兴县丞,是区区一县的副长官,除听别人使唤外,一切事都做不了主。也是该他时来运转,子伲虽然时运不济,他的次子伯琮却被高宗选为皇储,也就是后来的宋孝宗。高宗赵构是太宗赵光义的裔孙,徽宗之子,他甫即位金兵便尾追而至,他漂泊无定,四处播迁,不遑宁居,后宫虽多,只有潘贤妃为他生下一子,其他妃嫔皆未诞育,取名赵旉。赵旉体质孱弱,当时又值兵荒马乱,护理不周,3岁时便一命呜呼了。皇储未立,高宗后继无人,朝野都惴惴不安,希望早日选定储贰,以维系天下人心。高宗斟酌再三,决定从太祖赵匡胤后裔中遴选储君,他说,太祖以神武定天下,但子孙不得承继大宝,又遭遇多事之秋,凋零四方,情实堪悯。朕若不效法仁宗,为天下着想,何以慰太祖在天之灵!因子伲与高宗是叔伯兄弟,因此必须在下一代即"伯"字辈中遴选,于是就选中了伯琮,他就是赵匡胤的七世孙,立为太子,后改名为昚。风水轮流转,至此,帝位又转到了赵匡胤后裔中的一支。

赵匡胤有6个女儿,其中申国、成国、永国3公主皆夭亡,余下3位分别是魏国大长公主、鲁国大长公主、陈国大长公主。

魏国大长公主于开宝三年(970)下嫁左卫将军王承衍,赐第景龙门外。承衍系宋初开国元勋王审琦之子,他美风姿,善骑射,晓音律,好吟咏,颇有儒将风度,赵匡胤颇为赏识他,才遴选他为乘龙快婿。但在太祖年间,承衍官职并不显赫,直到太宗太平兴国七年(982)才被授为彰国军(今山西应县)节度使。节度使俸禄虽高于宰相,但并不驻在节镇,因此成了虚衔。太宗雍熙年间,承衍出知天雄军府兼都部署,算是有了实质性的官职。天雄军治所在今河北大名,宋初叫魏州,邻近契丹。当时契丹铁骑不断牧马南寇,骚扰镇阳(今河北正定),斥堠不时深入冀州(今属河北),距魏州才200余里。兵凶战危,桴鼓声声,邻境戒严,魏州城中人心汹汹,一夕数惊。当时正值上元节,即农历正月十五日,往日人烟辐辏、熙熙攘攘的魏州城冷冷清清,空空荡荡,百姓多闭门不出。承衍果断下令市廛及佛寺燃灯设乐,他与部属信步街市,宴游达旦,一时灯烛辉煌,丝竹聒耳,一派升平景象。百姓见郡守如此,料是戒备森严,太平无虞,于是都到街市游乐,而契丹军也按兵不动,未来骚扰,魏州百姓安然度过了上元节。不久,承衍去职,调往别处。端拱年间承衍再次知天雄军,但这只是文职,不统领军队,吏民千余人不约而同至监军处诉说,请求他上奏朝廷,仍令承衍任本道节帅,以庇护苍生。太宗闻知其事,允如所请,并下诏褒勉,可见承衍在百姓心目中是清强正直的官吏。真宗即位,仍宠信如旧。咸平六年(1003)承衍以年老且染疾为由,请求罢去节钺,告老还乡,3次抗表均被真宗退回。天子亲至邸舍慰勉,赏赐甚厚,遴选御医数人轮流住在府第疗疾。但群医有术,却无力回天,承衍竟告不治,终年52岁。真宗车驾亲自临问,赠中书令,给卤簿安葬。魏国大长公主哀痛之余,请求朝廷安排守冢人5户,长年洒扫坟墓,真宗应允。大中祥符元年(1008)公主薨逝。

鲁国大长公主于开宝五年改封延庆公主,下嫁左卫将军石保吉。保吉系宋初名将石守信之次子。开宝四年(971)赵匡胤在金殿召见保吉，见他姿貌瑰硕，仪表堂堂，遂将次女延庆公主许配于他，拜左卫将军、驸马都尉、赏赐衣服、玉带、金鞍勒马，领爱州刺史，太平兴国年间，迁爱州防御使。后因派亲信到秦、陇间贩卖竹木，被人告发，罚一季俸。石守信病故后，保吉不次擢升，竟做到了节度使。真宗即位，更加宠信，"澶渊之盟"前夕，保吉升官为同平章事、武宁军节度使。澶渊之战时，他与李继隆分别担任驾前东西面都排阵使、率军驻扎于澶渊（今河南濮阳县）北门外，抵御辽兵来犯。辽兵铁骑数万人骤至城下，甲戈耀日，战马嘶鸣，大有一举踏平城池之势。保吉指挥若定，未及穿戴甲胄便率兵而出，直撄辽军兵锋。真个是一夫拼命，万夫莫当，辽军嗒然若丧，偃旗息鼓，收兵退去。"澶渊之盟"和议成，真宗在京师行宫后苑宴赏群臣，特地对保吉等人说，自古北边为患，烽烟不息，如今契丹畏威服义，息战安民，从此双方化干戈为玉帛，铸刀剑为犁锄，皆卿等之力也。保吉谦逊地说，臣受命抵御外患，只是禀承陛下成算而已。至于排兵布阵，指授方略，皆出于继隆。李继隆也谦让说，躬率将士，戮力同心，冲锋陷阵，摧枯拉朽，立下赫赫战功，臣不及保吉。真宗开怀大笑说，卿等和衷共济，以身许国，方得击退顽敌，共享今日太平，军旅之事，朕从此高枕无忧了。说着，赐保吉等衣服、金带、鞍勒马。保吉一时名扬朝野。但此后保吉便骄奢淫逸，不守法度，与以前判若两人了。他家累世将相，饶有财产，所至之处都有邸舍、别墅，即使是饮酒吃饭的器皿也饰以彩绘，显得与众不同。保吉尤喜追逐利润，性格也变得骄倨不驯，残暴好杀，对待下属刻薄寡恩。他镇守大名时，叶齐、查道皆邑中知名人士，因芥微小事得罪保吉，被罚戴着刑具搬运军粮。有个叫程能的人，曾任京西转运使之职，这一职务在宋初负责供办军需，太宗时成为一路长官，掌管一路财赋。保吉趁此机会托他为自己谋私利,程能不从其请,保吉对其恨之入骨,但程能是一路地方长官,保吉奈何不了他。凑巧的是程能之子程宿是他的下属官吏,便迁怒于他,想实施报复。就在这时,上司召他另有任用,保吉只得作罢。保吉又往外贷钱,收取高息,有一家贷了他的钱,还了本钱却付不起高额利息,保吉便扣押了那人的女儿当人质。该女之父告了御状,真宗下诏放人,保吉才极不情愿地释放了人家的女儿。有个仆人偷了保吉的财物,这本是一件小事,但保吉仗着自己是皇亲国戚,要求真宗判那人流放,真宗不允说,国家法律有严格规定,不能因为一己之私就为所欲为。保吉仍喋喋不休要求流放,直到真宗动怒,保吉才悻悻罢休。保吉喜欢狩猎,家中畜养鸷禽兽数百只,令人四处捕猎鸟雀以饲禽兽,人有规劝者,保吉便大怒不已。他在陈州(因河南淮阳)居官时,耗巨资修缮府第迎迓延庆公主,奢侈豪华超过京城的王侯。他修葺陈州城垒时,在城墙上安装了很多窗户,用以窥探道路,这违犯了有司规定,却不曾上报天子,下属谏诤,屏而不纳,颇受人訾议。保吉后来死于陈州任上。

赵匡胤的第三女儿陈国大长公主于开宝五年封永庆公主,下嫁右卫将军魏咸信。太宗即位,进封虢国公主,又改齐国公主。真宗时进封许国长公主,咸平年间薨逝,谥贞惠,元符年间改封陈国长公主。

烛影斧声千古谜：赵匡胤之死

人去西楼雁杳，叙别梦、扬州一觉。云淡星疏楚山晓，听啼乌，立河桥，话未了。雨外蛩声早，细织就、霜丝多少？说与萧娘未知道，向长安，对秋灯，几人老？

——吴文英《夜游宫》

开宝九年（976）十月二十日，刚届知天命之年的赵匡胤猝然崩逝，而在这之前，无论是正史、稗史都没有他患病的记载，直至十月十九日，尚未见他因不适而辍朝，次日突然撒手而去，使人疑窦丛生，从而给后世留下了一桩聚讼不决的公案。"烛影斧声""金匮之盟"两大疑案，也使史学家猜测不已。

赵匡胤究竟是如何死的？《宋史·太祖本纪》语焉不详，只有"帝崩于万岁殿，年五十"9个字，言辞闪烁，耐人寻味。日本学者荒木敏夫认为赵匡胤嗜酒如命，狂饮过度，导致猝死。这一推断并非空穴来风，臆猜妄说。如他对布衣之交的大将王审琦说过"酒，天之美禄"的话，劝他饮酒；乾德初年，"帝因晚朝与［石］守信等饮酒"；他与大臣魏仁浦的关系也非比寻常，开宝二年（969）春，赵匡胤宴请群臣，特别对魏仁浦说，"何不劝我一杯酒？"宴会之后，又赏赐他"上尊酒十石，御膳羊百口"。种种迹象表明，长期从事军旅生涯的赵匡胤的确善于饮酒，大概荒夫敏夫先生就是根据这些记载判断赵匡胤是饮酒过度，酒精中毒而死的。但是善

江山代有才人出

于饮酒并不意味着他每次饮酒都烂醉如泥,伤及身体。而赵匡胤在即位之后恐酒醉失态,饮酒已有所节制,如建隆二年大将王彦超来朝,赵匡胤派人抚慰,并对侍臣说:"沉湎于酒,何以为人?朕或因宴会至醉,经宿未尝不悔也。"赵匡胤既然注意到了这一点,他不大可能是因饮酒过度而猝逝。荒木敏夫先生的推测可用"事出有因,查无实据"8个字来概括。

既然赵匡胤不是因饮酒身亡,他平时又未患有重大疾病,不可能在毫无征兆的情况下突然乘鹤西去,唯一的解释便是死于一母同胞的弟弟赵光义之手,这几乎是史学界的一致见解。张其凡先生的《宋太宗传》就说:"至于太祖之死因,从种种迹象分析,光义在酒中下毒是最大可能的。"

《宋史》既不载赵匡胤死因,就只能求诸私人著述了。僧文莹的《湘山野录》记载,赵匡胤生前曾与一道士交游,那个道士没有一定姓名,自称混沌,又叫真无。他有奇术,每逢缺钱时便探囊取金,越是探囊,掏出的金子便愈多,似乎永远不竭。两人多次在一起饮酒,以至于酩酊大醉。酒醉之后,道士喜欢歌《步虚》(道家曲子)为游戏,能引吭高歌,声音在高空杳冥之间飘荡,宛如天籁仙音,赵匡胤只能偶尔听懂一两句,歌词是"金猴虎头四,真龙得真位"。赵匡胤不解歌词何意,等道士酒醒时询问,道士却说,醉梦之语,何足为凭!后来赵匡胤受禅登位,乃是庚申年正月初四日,庚申年即猴年,虎头是指这一年的头一个月,即正月,四是指初四日。至此,"金猴虎头四,真龙得真位"一句果真成了谶语,足证这位道士能未卜先知,预测吉凶。自赵匡胤登基后,这位道士便杳如黄鹤,不再现身了,赵匡胤下诏于草泽中遍访之仍不见踪影,后来有人在轘辕(今河南偃师东南、巩义、登封两市界)道中及嵩山、洛阳间见过道士,但惊鸿一瞥,再派人寻找,但见山川茫茫,已不知他藏身何处了,赵匡胤只得作罢。时光荏苒,又过了16载,到了开宝八年,这年三月上已,赵匡胤到京师西边的水边行祓禊之礼(古代举行的一种祭祀),忽见道士坐于岸边树荫之下,向赵匡胤拱拱手说,别来喜安。赵匡胤突然在这里邂逅道士,不觉欣喜欲狂,忙派人把道士送往宫廷之中,还恐他不辞而别,遁身他处,急忙返回宫中。只见道士精神矍铄,音容如旧,两人抵掌而谈,无复君臣之礼。不觉已到了落日熔金,暮云合璧时分,赵匡胤吩咐摆上酒宴,两人觥筹交错,开怀畅饮。有顷,赵匡胤问道士,十余年来朕与汝缘悭一面,有件事久想咨询于汝,如鲠在喉,不吐不快。朕只想问问,朕的寿命还有多长?道士低头沉吟片刻说,今年十月二十日夜,如果天空晴朗无云,陛下寿可延一纪(12 年),如果天空阴霾,则请陛下另作安排。说罢便欲告辞,赵匡胤苦苦留住,让他居住于后苑。管理后苑的小吏见道士并未宿在卧榻之上,而是时而栖息于树枝上,时而宿于鸟巢中,有时数日不见踪影。赵匡胤脑海里时刻萦绕着道士所说的话。到了十月二十日夜晚,赵匡胤登上太清阁眺望天气,只见晴空万里,星光璀璨,新月如钩,凉风习习,心里不禁窃喜。可煞作怪,俄顷之间天气骤变,阴霾四起,朔风怒号,大雪纷飞,赵匡胤愀然不乐,急匆匆走下太清阁,命人打开端门,召见晋王赵光义。光义闻召,踏雪而至,赵匡胤将他延入寝宫,兄弟两人酌酒对饮,宦官、宫人悉屏于门外。只见烛影之下,光义时而避席,似有不胜酒力之状。两人饮讫,宫禁中更漏已打三鼓,隔窗望去,殿外积雪已厚达数寸,淹没了路径。赵匡胤一边用柱斧铲雪,一边嘱咐光义:好做、好做! 遂解带就寝,不一会便鼾声大作,鼻息如雷了。当晚光义见兄长圣躬违和,便留宿宫中,至五鼓晨光熹微时分,宫掖内一片沉寂,再看看赵匡胤,已驾崩多时了。光义受遗诏于灵柩前即位,天亮后登明堂宣读遗诏，放声恸哭，命群臣环绕玉体以瞻仰遗容，但见赵匡胤玉色温莹，如出汤沐。根据这一条记载，赵匡胤驾崩时，光义也在宫禁中，且饮酒者只他兄弟二人，宦官、宫人皆无缘侧身其中，赵匡胤之死，光义当是凶手无疑。

司马光的《涑水纪闻》则说，赵匡胤驾崩时已是四更天气，孝章宋皇后派内侍都知王继隆召秦王赵德芳继位。继隆因赵匡胤传位弟弟光义之说已广为人知，因此不去召见德芳，而是径投开封府尹衙门召见光义。其时更深夜阑，市井中阒无人迹，只见医官贾德玄坐于府衙门口。王继隆甚为诧异，问他为何坐在此处？贾德玄回答说，今夜二更时分，我睡得正酣，忽然有人敲门，说是晋王（即赵光义）召见，我慌忙披衣起床，门外却没有一人，如是者3次。我恐晋王有恙，因此在这里守候。继隆也觉得此事蹊跷，似乎冥冥之中有神作了什么安排，但他此时不暇深究此事，只告诉德芳他此行是要召见晋王承继大宝之事。两人于是一同叩开府门，面见晋王，告以继位之事，光义大惊失色，犹豫不敢行，摇摇头说，等我与家人商议后再作定夺，说罢返身入宫，久久不出。王继隆急得如热锅上的蚂蚁，连连催促说，继位之事，急如星火，丝毫不敢迟误，延宕既久，天子之位恐怕就被别人抢得先机了。光义闻言急忙同王继隆、贾德玄踏着乱琼碎玉，径投宫掖而来。行至宫门，继隆让光义暂且止步，德玄反对说，理应直接到大行皇帝灵柩前，何等待之有？光义听了，遂不再迟疑，与继隆径直来到寝殿。六神无主的宋皇后听见步履杂沓之声，忙问：是德芳来了吗？光义还未及说话，继隆便抢着回答，德芳未来，是晋王来了。宋皇后抬头见是光义，先是惊诧，转瞬之间便变为恐慌了，连忙改口称光义为"官家"，"官家"者，宋代天子之谓也。"吾母子之命皆托官家"，宋皇后说这句话时已是诚惶诚恐，如履薄冰了。光义听皇后称自己为官家，便知大局已定，九五之尊非自己莫属了，不由心里一阵窃喜。但兄长尸骨尚未厝葬，喜悦之情不能形于颜色，只得假装悲痛，泣下数行说，皇后无忧，当共保富贵。据这则记载，赵匡胤死时光义不在宫中，似可洗刷烛影斧声之诬。

　　一向被视为正史的《续资治通鉴长编》则综合了《湘山野录》与《涑水纪闻》两则记载，只是把王继隆改为王继恩、贾德玄改为程德元，其他一仍其旧。《长编》的作者李焘认为文莹《湘山野录》所说"宜不妄"，也即这一记载不是凿空虚构，应是有所本，但对其中的细节则提出了质疑，一是所说道士没有姓名，当是张守真；二是道士宿于后苑鸟巢中，并说如果十月二十日夜晴，则圣寿可延一纪云云，乃好事之徒无根妄说；三是赵匡胤既然身体不适，还能登阁并用柱斧戳雪吗？其实，这几点细节固然荒唐，而那位道士探囊取金，愈取愈多，又预言赵匡胤何时登位，似乎更加荒唐。不过《长编》并未否认赵匡胤死时光义就在宫中，当然不能排除他是凶手的嫌疑。

　　《长编》还根据杨亿的《文公谈苑》等书记载了另一件令人不可思议的事：宋朝初年有神降于盩厔县（今陕西周至县）民张守真家，自称是天之尊神，号黑杀将军，乃玉帝之辅弼大臣。守真每次斋戒祈请神灵，黑杀将军都如约而至，来时伴随着一阵清风，但说话声音甚小，如婴儿之声，只有守真能听得清楚。他所说的福祸后来都一一应验，守真笃信不疑，便出家当了道士，为人卜算吉凶祸福，遐迩闻名，无人不晓。赵匡胤圣躬有恙，派人把他从周至召至阙下，命内侍王继恩在建隆观设黄箓醮，让守真祈请真神下降。守真双膝跪地，口中念念有词，顷刻之间，天神果然下降，对众人说，天上宫阙已经建成，玉锁也已打开，晋王（即赵光义）有仁心。言讫便驾云而去。赵匡胤闻听天神之言，便在当天夜间召见光义，嘱托后事。底下的记载便与《湘山野录》相同，赵匡胤斥退从人，宫中只有他们兄弟二人，只见烛影下光义时而离席，似若逊避之状，接着赵匡胤便以斧拄地，吩咐光义说，好为之，好为之！不久便崩于万岁殿。这段记载也同样荒唐，但有一点可信的是，赵光义同样也在宫中，就算赵匡胤不是被他害死的，但总有瓜田李下之嫌吧。

王禹偁的《建隆遗事》记载说，赵匡胤晏驾前一天，派人把宰相赵普及卢多逊召入寝阁，对他们说，朕患此疾，必然不起，之所以要召见卿等，是因为有几件事须卿等办理，卿等可拿纸笔来，依朕言书写，待朕崩逝之后，可逐件办理，朕在九泉之下也可瞑目无憾了。于是由赵匡胤口述，赵普等依言书写。赵匡胤所说皆安邦济民之策，无一言及家事。赵普等呜咽流涕上奏说，陛下所言，臣等当谨遵谟训而行之，只是有一件大事，未见陛下处置？还乞请宸断。赵匡胤问：还有何事没有处置？赵普说，储嗣至今未定，陛下倘有不讳（即死亡），诸王中当立何人？乞陛下明示。赵匡胤略一沉吟说，朕倘有不讳，可立晋王。赵普叩头谏诤说，陛下创业维艰，在干戈丛中夺得天下，如今才得四海升平。陛下自有圣子可立为储君，岂可立昆弟为嗣君？臣等恐大事一去，便不可收拾了，陛下应从长计议才是。赵匡胤说，朕此举亦属不得已而为之，上不忍违太后传弟之懿训，下为四海之内方得小康，应由长君治理天下，朕子尚幼，必不能尽抚定天下之责，朕志已决，卿等善为朕辅佐晋王，不可再说立储之事了。遂拿出御府所藏珠玉珍宝赏赐赵普等。次日赵匡胤崩于长春殿，晋王赵光义得以即位。他对赵普等大为愤恨，嗣位后将卢多逊贬往岭南，赵普因有功于社稷，免官闲居。此说尤荒诞不经。开宝六年（973）赵普因恃势庇护贪官，触怒赵匡胤，罢相出朝为河阳（今河南孟州）三城节度，赵匡胤崩逝时赵普尚未回朝，他分身无术，岂能与卢多逊并居相位，书写赵匡胤的遗嘱？

依照情理，赵匡胤是宋朝的开国皇帝，他如身体不适或染疾不瘳，大臣必会入朝问疾，御医必尽心诊治，他崩逝时说了些什么话，《实录》《正史》也一定会详细记载，可是这两本最重要的史籍均付之阙如，《宋史·太宗本纪》中也只有"太祖崩，帝遂即皇帝位"9字，于是赵匡胤之死扑朔迷离，成了一团疑云。由此看来，赵光义在即位后对《实录》做了手脚，删除了对他不利的那些记载，欲加上赵匡胤欲传位于己的记载，又恐画虎不成反类犬，露出破绽，于是干脆只写赵匡胤在哪里崩逝几个字了。正史是根据实录而来，《实录》不载，正史自然也就无从着笔了。赵光义此举固然是不著一字，尽得风流，但他弑兄夺位的丑行还是露出了蛛丝马迹。

礼失而求诸野。正史不载赵匡胤死因，我们就看稗史的记述。按照《湘山野录》的说法，赵匡胤死时，光义就在宫中；而司马光的《涑水纪闻》则说他不在宫中，是赵匡胤死后才被召入宫中的。姑且相信《涑水纪闻》所说是真，但这并不意味着赵匡胤之死与赵光义没有干系。第一，赵匡胤死在十月二十日夜四鼓，实际上已到了二十一日凌晨，赵光义完全有充裕的时间在酒中下毒后从容离去。第二，宋皇后命王继恩召秦王德芳，明白无误地是要德芳继位，王继恩不过是一般官员，何敢舍德芳而召赵光义？这分明是受了赵光义指使，他才有恃无恐，直接去了晋王府。第三，王继恩匆匆忙忙去召赵光义，不料晋王府门口坐着一个人，此人乃王继恩的旧相识医官程德元，便问他为何坐在这里。程德元称，半夜二更忽听有人叩门，说是晋王相召，出门看时却寂无一人，恐晋王有恙，故此前来。既是为赵光义疗疾，就该叩门而入，如此坐在门外傻等，岂不贻误了病情？再说，治病急如星火，赵光义果真有病，必定有人前来相召，带领他进入晋王府，为何却大门紧闭？可见程德元之说漏洞百出，不能自圆其说。种种迹象表明，程德元坐于晋王府门口也是出于赵光义的安排，让他在这里接应王继恩。第四，当王继恩与程德元入见赵光义，告诉他天子已驾崩，让他去继位时，光义先是"大惊"，接着是"犹豫不敢行"，再接着是推辞说"吾当与家人议之"，而回宫又久久不出。这一切都是在演戏，目的是瞒天过海，掩人耳目。他既已在酒中下毒，并抽身逃回府中，乃兄之死当是意料中的事，为何还要"大惊"？这不分明是做样子给别人看吗？他毒死乃兄，就是为了攘夺帝位，及至梦寐成真时，他又"犹豫不敢行"，还说要与家人商议，回府中又"久久不出"，忸怩作态，真是呼之欲出！但当王继恩说，你不能拖延不决，否则帝位便为别人所有时，赵光义便不再矜持，露出了本相，和王继恩、程德元一起踏着积雪，径奔宫门而去，这说明他"大惊"、"犹豫"、与家人商议、久久不出通统都是事先设计好的步骤，他和王继恩、程德元合演了一出弑君自立的好戏，一是瞒了当时人耳目，二是避免后世史官的挞伐，赵光义真是用心良苦！第五，赵光义进入寝殿时，宋皇后还以为是德芳到了，所以才问："德芳来耶？"继恩的回答却是"晋王至矣"，无怪乎宋皇后"愕然"了。她清楚地知道，赵光义继位已成事实，无可更改，而她母子之命能否保全，还在未定之天，因此才脱口而出说，"吾母子之命，皆托官家"。由此看来，赵匡胤生前并未指定赵光义为嗣君，杜太后临终之前所说"汝（指赵匡胤）百岁后当传位于汝弟"之说也大可怀疑。果有是说，当朝野咸知，宋皇后怎敢冒天下之大不韪叫人去召德芳呢？正因为皇位归属未定，赵光义才绞尽脑汁，导演了这一出闹剧。

当然,赵光义不惜骨肉相残,弑兄自立还有更深层次的原因:

第一,他和赵普是陈桥兵变的始作俑者,他亲眼目睹了乃兄黄袍加身时堂上一呼,阶下百诺的情景,也看到了乃兄登位后"万国衣冠拜冕旒"的盛况,"彼可取而代之也"的念头油然而生,谁不想当一回颐指气使、权倾天下的帝王呢?尤其是当乃兄征讨李筠时,以光义为大内都点检,京师百姓惊异地说,点检已经作了天子,现在又有一个检点,莫非将来也要作天子吗?此话传入光义之耳,他不禁惊喜若狂,希冀好梦成真,从此便有了弑兄自立的念头。

第二,据传杜太后病笃时,赵匡胤侍奉汤药,不离左右。易箦时命人召赵普入受遗命。迨到赵普入宫,杜太后便问赵匡胤,你知道你是怎样得到天下的吗?赵匡胤呜咽流涕,不知该如何回答,杜太后固执地连声追问,赵匡胤只得回答说,儿之所以能得天下,皆托祖宗德泽及太后庇佑。杜太后摇摇头说,不干祖宗之事,你得天下是因为周世宗柴荣让他不谙世事的小儿子主宰天下,你才有可能乘虚而入,如果周世宗有成年儿子为君,天下岂能落入你手?这个教训你当谨记于心。你百年之后当传位于你弟,四海如此之大,芸芸众生如此之多,能立成年人为君,才是社稷之福。赵匡胤顿首颤声回答说,太后之言,儿当铭记肺腑。杜太后咳嗽了几声,又转向赵普说,你可记录下这番话,永远不可违背。于是命赵普于病榻前写好约誓,赵普又在纸尾写上"臣普书"3字,杜太后命藏于金匮之中,让忠诚可靠的宫人掌管。这一事件在历史上叫"金匮之盟"。尽管后世史学家认为"金匮之盟"纯属子虚乌有,凿空妄说,但是赵光义早就处心积虑地制造舆论,弄得沸沸扬扬,人人皆知了,因此《宋史·杜太后传》《续资治通鉴长编》才把"金匮之盟"事件收入书中。

江山代有才人出

第三,赵匡胤生于后唐明宗天成二年(927),赵光义生于后晋高祖天福四年(939),比乃兄小12岁。赵匡胤50岁时,赵光义38岁,已接近不惑之年。赵匡胤一向健康,没有疾病,倘若活到70岁或80岁,赵光义到那时也成了一垂垂老翁,继位之事便成了镜花水月,于是一不做,二不休,干脆干掉乃兄,好尽快攘夺帝位。

第四,据《铁围山丛谈》《烬余录》两书记载,后蜀灭亡,花蕊夫人随孟昶归宋,那花蕊夫人生得绰约多姿,丰韵娉婷,赵匡胤把她收入宫中,宠幸无比,真可谓"后宫佳丽三千人,三千宠爱在一身"了。赵光义也是风月场中老手,对花蕊夫人的美貌垂涎三尺,无奈花蕊夫人名花有主,便不敢造次。不能亲近芳泽,赵光义不禁怒从心头起,恶向胆边生,索性杀了花蕊夫人,也不能让乃兄独占花魁。他在寻觅机会,机会果然来了。一日,赵匡胤与光义兄弟两人在御苑狩猎,花蕊夫人侍立于天子身旁。赵光义弯弓搭箭,瞄准了一只野兽,正欲发射,忽然转过身来,觑得花蕊夫人亲切,用力射去,花蕊夫人应弦而倒,登时殒命。然后弃弓抱住乃兄之足泣谏说,陛下方得天下,万民颙望,怎能效唐明皇之宠杨贵妃,贻误苍生!赵匡胤也不答话,悻悻然起身离去。及至赵匡胤染疾,光义也来宫中探望,夜阑更深时分,光义欲询问乃兄病情,几次呼叫,赵匡胤均闭目不答。光义正欲离去,忽然门外走进一个人来,此人不是别人,乃是宋皇后差来服侍天子的宫人费氏。那费氏也是个倾国倾城的尤物,生得风流玉立,粉靥生涡,纤腰琐骨,跌宕风流,赵光义不禁看得目眩神迷,看看乃兄仍在昏昏沉睡之中,便乘机调戏费氏。费氏猝不及防本能地一闪,一个踉跄便倒在了赵匡胤床上。赵匡胤正闭目养神,听见响声,睁目看时,只见费氏云鬓不整,花容失色,赵光义的一只手还搂在费氏腰间,不禁怒气冲冲,顺手拾起床边的玉斧狠狠地向地上砸去。赵光义自知闯了大祸,龟缩在墙角,连大气也不敢出了。一个虚弱病人,骤经此次打击,赵匡胤剧烈抽搐起来,迨到宋皇后携两位皇子到来时,赵匡胤已是气息微弱,咳喘不已了。赵光义乘机逃出了宫掖,溜回自己府第去了。次日清晨便传出了赵匡胤驾崩的消息。这两则记载虽是小说家言,未必可信,但赵光义好色却是事实,他强暴李煜之妻小周后的事在宋朝就已流传甚广,朝野咸知,明朝人沈德符在其所著《万历野获编》写道:

> 偶于友人处见宋人画《熙陵(太宗葬永熙陵)幸小周后图》:太宗头戴幞头,面黔色而体肥,器具甚伟,周后肢体纤弱,数宫人抱持之,周后作蹙额不能胜之状。盖后为周宗幼女,即野史所云:"每从诸夫人入禁中,辄留数日不出,出时必詈辱后主,后主宛转避之",即其事也。此后题跋颇多,但记有元人冯海粟学士题云:"江南剩得李花开,也被君王强折来。怪底金风冲地起,御园红紫满龙堆。"

由此看来,赵光义流氓成性,调戏费氏也是可能的事,赵匡胤因此加剧了病情,才撒手而去,说赵光义是凶手,也许并不冤枉他。

第五,酒中下毒是赵光义的惯用伎俩,自他神不知鬼不觉地把乃兄毒死后,这一技巧运用得可谓得心应手,越发娴熟。李后主之死是人们熟知的事例。他归宋后已形同囚犯,一举手一投足都在赵光义的监视之中,只是因为他写了《虞美人》《浪淘沙》等词,隐隐约约流露出了怀念故国之情,惹得赵光义动了杀机,在太平兴国三年(978)七月七日李后主42岁生日时,派弟弟赵廷美赐牵机药酒毒死了他。吴越国王钱俶60岁寿诞时，赵光义又派人赏赐生辰器币，钱俶为感谢皇恩浩荡，与使者开怀畅饮，不料又被使者在酒中下了毒，一向无疾病的钱俶于当晚暴卒。而钱俶自归宋后战战兢兢，恪守臣子之职，从不敢越雷池一步，丝毫不构成宋朝的威胁。尽管如此，钱俶仍不容于赵光义，不允许他老死于户牖之下，一定要把他毒死，其忮刻狠毒，可见一斑！

第六，《宋史·马韶传》说，他是赵州平棘（今河北赵县）人，幼习天文，颇为谙熟。开宝年间晋王赵光义任开封府尹，严禁私自学习天文，而马韶平日与光义的手下亲吏程德玄（即程德元）是莫逆之交，马韶每次去找程德元，德元都不让他接近开封府第大门，怕他因私习天文给自己带来灾害。开宝九年十月十九日夜晚，马韶忽然到德元处造访，德元惊恐不已，问他来此何干，马韶说，明日乃晋王利见之辰，故此前来相告。"利见"一词见于《易经》一书"飞龙在天，利见大人""见龙在田，利见大人"。意思是说，龙飞上了高空，利于出现德高势隆的大人物；龙已出现在地上，利于出现德高势隆的大人物。后来诗文中又引申为称得见君主为利见。马韶此话是一句隐语，既说赵光义明日可去谒见赵匡胤，又暗示赵光义就是德高势隆的大人物。程德元听出了马韶这番话的弦外之音，惶骇不已，把马韶关在一个小屋中，自己飞快去禀报赵光义。赵光义命德元派人防守马韶，免得他到处乱说，惹出祸端，又准备次日去谒见赵匡胤。次日清晨，光义入宫谒见乃兄，果受遗诏践阼。这则记载表明，赵光义为攘夺帝位而制造舆论，不惜使用了一切手段，真可谓水银泻地，无孔不入，连学习天文的马韶也派上了用场。马韶断定十月二十日赵光义要去谒见赵匡胤，并成为德高势隆的大人物，果然一语成谶，那一天赵光义果真登基称帝，事情竟如此巧合，马韶竟能未卜先知，不待蓍龟便料到二十日那天赵光义能当上天子，这除了说明马韶、程德元与赵光义沆瀣一气，组成了一个阴谋集团，使用一切卑鄙手段帮助赵光义登基，还能说明什么呢？后来的事实也证明，如此揣猜不错。赵光义登基才一个月，马韶便由一名布衣当上了司天监主簿，真可谓朝为田舍郎，暮登天子堂了。后来马韶又多次升迁，致仕之后，卒于家中。程德元不过是一名普通医生，因帮助赵光义攘夺帝位有功，也颇受青睐。只因他性贪，为人所诟病，官职不甚显赫，但他每次被人告发，赵光义均释而不问。至太平兴国六年（981）程德元已"攀附至近列，上（指宋太宗）颇信任之，众多趋其门"。从一个寻常人物变成炙手可热的权贵，想要升官的人都去巴结他，走他的门路，这其中的奥妙岂不发人深思！

"烛影斧声"是一桩千古疑案，正史记载阙略不详，稗官小说又多有抵牾之处，使人莫衷一是。其实只要对这些史料抽茧剥丝，细加甄别，便可定谳：赵光义就是谋杀乃兄的凶手！

写到这里，还须说一说"金匮之盟"。"金匮之盟"是宋初一大疑案，至今仍然扑朔迷离，难以定谳。《续资资治通鉴长编》说，杜太后在病重时召赵普入受遗命。赵普进宫后，杜太后问赵匡胤，你知道赵家天下是怎样得来的吗？赵匡胤只是呜咽啼哭，不作回答。杜太后说，我是年迈老死，你哭有何益处？我问你的是国家大事，怎么一哭了之？你还得回答天下是怎么得来的这一问题。赵匡胤说，这都是祖宗与太后德泽所致。杜太后摇摇头说，你说得不对，周朝之所以国祚不永，正因为柴氏以幼儿为天下之主，群心不附，你才能被人拥戴，禅代周朝。假若周朝有年长之君，你岂能南面称孤？你与光义皆我所生，你百年之后，当传位光义。四海之大，广袤无垠，能立长君，才是社稷之福！赵匡胤顿首哭泣说，儿臣一定遵守太后教诲。又掉头对赵普说，太后的话你已听到,速速记下来,不可违背。赵普就在太后病榻前写就誓书,于纸尾署上"臣普记"3字。赵匡胤把誓书藏于金匮中,命专人掌管。这就是后世史学家所说的"金匮之盟"。历史上到底有没有"金匮之盟",史学家见解不一,一时难以定论。但可以肯定的是,杜太后的担心是有道理的。赵匡胤篡周时,柴宗训才8岁,正因为他年龄幼小,赵匡胤才得以乘虚而入,杜太后是亲眼目睹的。综观五代14个帝王中,只有两人死时过了60岁,其余的大多享年不永,立国时间甚短。杜太后在建隆二年(961)薨逝时,赵匡胤35岁,假若他几年之后便撒手而去,德昭尚未成年,仍在孩提时期,无法执掌政枋。从这个角度上来说,杜太后对国无长君的忧虑是很自然的,因此"金匮之盟"的出现是可能的。况且在唐末五代传弟而不传子并不悖情理,如南唐中主李璟曾想传位于弟,楚国的马殷"遗教诸子,兄弟相继,置剑于祠堂曰:违吾命者戮之";闽国的第二世王延翰、第三世王延钧、第四世王延羲是兄弟,均是王审知之子,因此杜太后让赵匡胤兄终弟及,也在情理之中。

但是"金匮之盟"有可能出现并不意味着必然出现。张其凡教授认为,有关"金匮之盟"的史料都出现在太平兴国六年(981),由赵普公开的"金匮之盟",只有"国有长君""传位于弟"的记载,被称为"独传约"。这既给了赵普"顾命大臣"的崇高地位,也给予了赵光义是帝位合法继承人的理论根据。果真如此,光义即位后应该对赵普优渥有加才是,但光义甫即位,就罢去了他领支郡之权,不久又罢了他的使相,赵普跟随光义平北汉,众人都有赏赐,惟独他没有,赵普在朝中落落寡合,郁郁不得志,颇为沮丧。而太宗光义也说过"若还普在中书,朕亦不得此位"的话,还对赵普说"朕几欲诛卿",种种迹象表明,赵普与太宗关系并不和谐。赵光义谋杀亲兄篡夺帝位,朝野不服,须要赵普襄助,特别是德芳、德昭被迫害致死,廷美又岌岌可危时,赵光义更须赵普的支持,而失宠多年的赵普不甘寂寞,时刻都想东山再起,两人一拍即合。赵普以密奏的形式道出了"金匮之盟",证明杜太后的确说过"能立长君,社稷之福也"的话,为赵光义继位找到了合法依据,密奏中说:"伏自宣祖皇帝(指赵匡胤之父赵弘殷)滁州不安之时,臣蒙召入卧内;昭宪太后(指杜太后)在宅寝疾之日,陛下唤至床前,念以倾心,皆曾执手,温存抚谕,不异家人。"赵普的这番表白洗刷了赵光义篡位弑君的传言,当然会得到回报,他再次被任命为首相。尽管后来赵光义与赵普时有龃龉,但赵普晚年因疾请求致仕,归隐林泉时,太宗还让他任西京留守、河南尹、守太保兼中书令,并下手诏说:"开国旧勋,惟卿一人,不同他等,无至固让,俟首途有日,当就第与卿为别。"种种迹象表明,赵普晚年重新获得了太宗的信任,这与太宗即位之初他的尴尬处境形成了鲜明对照,这从侧面说明太宗赵光义伙同赵普制造了莫须有的"金匮之盟"。张其凡先生说:"金匮之盟的出现,是与赵普分不开的,作伪者不出太宗与赵普两人,而以赵普的可能性最大。赵普由此而得再入为相。"这一分析还是很有见地的。

三千里地家国

刀剑丛中觅封侯：南唐开国

> 江南好，风景旧曾谙。日出江花红胜火，春来江水绿如蓝，能
> 不忆江南？
>
> ——白居易《忆江南》

赵匡胤即位后，四处征伐不廷之臣，而费时最久，用力最大的当数南唐。

南唐的建立者李昪字正伦，小字彭奴，祖籍徐州（今属江苏），唐代光启四年（888）生于海州（江苏连云港海州）一个贫贱之家。父亲李荣性格醇厚，笃信佛教，喜欢结交和尚，动辄寄宿佛寺中。李昪6岁时父亲撒手人寰，只剩下孤儿寡母苦度生涯，家徒四壁，箪瓢屡空。更不幸的是，唐朝末年干戈纷扰，兵燹不绝，百姓生活于锋镝之中，良田鞠为茂草，庐舍荡为丘墟，家乡无法生活，伯父李球带着李昪母子浪迹天涯，来到了濠州（安徽凤阳东）。刚刚安顿下来，母亲刘氏又染疾而亡，伯父也离他而去，这真是屋漏偏逢连阴雨，船迟又遇顶头风。孑然一身，生活无着，无奈幼小的李昪只得栖身于濠州的开元寺。

乾宁二年（895）吴王杨行密攻打濠州，从开元寺中搜出了年仅7岁的李昪,李昪战战兢兢,跪于杨行密马前。杨行密见他面目清秀,不觉动了怜悯之心,当即收之为子。但杨行密的几个儿子却不承认这个叫花子弟弟,常常无缘无故欺负他。杨行密找到大将徐温说,此子相貌非常,日后必成大器,但不见容于我子,故请你收养。徐温也喜欢李昪聪明伶俐,遂收为养子,改名徐知诰。

知诰天资聪颖,过目成诵,9岁时写《咏灯诗》,有"主人若也勤挑拨,敢向尊前不尽心"之句,借灯抒怀,表达自己对徐温忠心耿耿,绝无二心。徐温读了,非常高兴。徐温之妻李氏与李昪同姓,又多了一份亲昵,于是对他鞠养备至,视同己出。知诰善于察言观色,侍候徐温颇尽为子之道,徐温外出会客,常令其随侍左右。一次知诰办事忤了徐温之意,徐温怒气冲冲,持杖逐之,知诰抱头鼠窜。及至徐温归家,却见知诰拜迎于门,吃惊地说:"你怎么在这里?"知诰以头扣地回答:"做儿子的舍却父母还能到哪里去?父怒而归母,此乃人之常情,请父王恕罪。"一席话使徐温的怒气涣然冰释,遂与知诰父子如初。迨到徐知诰长大成人,身长七尺,方颡隆準,声如洪钟。《江南野史》一书说他"姿貌瑰特,目瞬如电,语言厚重,望之慑人,与语可爱"。这几句话固然有奉承阿谀的成分,但其身体魁梧则是可以肯定的。徐温戎马倥偬,偶染疾病,知诰夫妇衣不解带,日夜侍候,才得以痊愈。徐温知他可靠,便让他掌管家务。徐府之内人口众多,开支浩繁,知诰事无巨细,一一过问,把府内管理得井井有条,一丝不紊。连杨行密都对徐温说,知诰是人中豪杰,诸将之子皆不足和他比肩。徐温的几个儿子见知诰受到父亲宠遇,燃起妒火,要置知诰于死地。徐温长子知训尤为不平,于是设宴召知诰饮酒,门内预先埋伏武士,专等酒酣耳热之际将他杀死,知诰并不知情,欣然前往。行酒吏刁彦能觉察出了这一阴谋,行酒至知诰时,以手猛掐其臂,知诰知情况有异,遂抽身而起,得免于祸。不久知诰自润州(今江苏镇江)入朝觐见朝廷,知训假装热情相邀,在都城扬州的山光寺设宴接风洗尘,又故伎重演,在房内藏有壮士,但等号令一下,把知诰杀死。知训幼弟知谏颇喜文墨,与知诰相友善,偷偷将阴谋告之,知诰大惊,乘知训不备夺门而出,策马急奔。知训岂肯善罢甘休,抽出佩剑递给部将刁彦能,令其追赶知诰,取回首级复命。刁彦能可怜知诰无辜,以前救过他一次,这一次也不忍加害于他。虽然追上了知诰,并未下手,只举剑扬袂遥示之,让知诰从容遁去,然后回去复命,说未能追上。知训是赳赳武夫,不知刁彦能做了手脚,只得怏怏而罢。后来知诰得了天下,不忘当年搭救之恩,投桃报李,任命刁彦能为抚州节度使。

徐知诰在军事上也颇有才能。他跟随徐温南征北战,因功迁升州(江苏南京)防遏使兼楼船军使,在那里操练水军。大将李遇与徐温俱为杨行密部下,其时镇守宣州(今安徽宣城),见徐温跋扈不臣,便口出嫚言,骂他奸臣误国。徐温得知,勃然大怒,派部下柴再用攻打宣州,又恐他不能稳操胜券,又派徐知诰助战。李遇之子在广陵(今江苏扬州)当牙将,是一个低级军官,李遇对他甚是宠爱,柴再用突然把他抓来,弄到宣州城下,李遇之子啼哭求生,李遇无心恋战,只得开门迎降。柴再用却马上翻脸,杀了李遇,又悉数将其全家杀死。自李遇之死,诸将畏惧徐温淫威,唯唯诺诺,不敢造次,吴王杨渥(杨行密长子)成了任徐温摆布的傀儡。而徐知诰因配合柴再用有功,升为升州刺史,成了当地最高行政长官。当时江淮初定,满目疮痍,各地州县官吏多是略识之无的武夫,不懂抚绥百姓,只知横征暴敛,为战守之计,黎民百姓苦不堪言。而徐知诰却与众不同,他激浊扬清,褒奖廉能,罢黜贪墨,劝课农桑;又节俭自励,轻财好施,从而博得百姓的一片赞誉。

这时徐温设元帅府于润州,辖升州、池州等6州之地,听说徐知诰颇有善政,便前往视察。见府库充实,城墙修整,居民安居,便把帅府迁至升州,调徐知诰为润州刺史。知诰不想去润州,要求改任宣州,徐温却靳而不与。不久,镇守扬州的徐温长子知训因骄淫失众,为大将朱瑾所杀,知诰借口平乱带兵入扬州,取代知训。他为收拾人心,尽反知训之政,轻徭薄赋,体恤百姓,兴建延宾亭以待四方之士,士人有羁留于吴而不能还乡者,皆录用之。民间婚丧嫁娶无力承办者,知诰周济之。即使盛夏溽暑,知诰也不张盖操扇,左右有进盖者,必却而不用,说,茕茕小民、莘莘士子尚多暴露于太阳之下,我岂能张盖打伞?因此之故,徐温虽遥秉朝政,但人心已归属知诰了。

随着知诰声望日隆,权力愈大,吴国国主封知诰为左仆射,参知政事,朝廷大事,皆决于他。当时四境虽定,百姓粗安,只有吴越不相友好,屡生事端,知诰不想与吴越兵戎相见,欲化干戈为玉帛,铸刀剑为犁锄,数次使轺往还,两国遂止武息兵。他又搏击豪强,严惩贪墨,一时中外之情,翕然归附,耆宿硕儒,莫不联袂而至。吴国所统仅30余州,享太平之世20余年,在五代十国中是一片乐土。知诰权力日大,不免引起了徐温的猜忌。有个叫徐玠的低级官员,多次给徐温进言说,辅佐朝政之权应掌握在自己手中,养子毕竟不是亲生儿子,不可过于听信,免得大权旁落,噬脐莫及。徐温点头称是,于是派次子知询入朝辅政。知诰得知消息,大为惶恐,上疏乞罢政事,自己愿意出镇江西。但奏疏还未上,赢弱多病的徐温一命呜呼,知诰遂止。徐温是知诰独断朝政的最大障碍,徐温一死,他便纵横捭阖,打遍天下无敌手了。徐知询不知进退,在乃父死后任金陵(今江苏南京)节度使,多次与知诰争权。知诰设计把他诱入都城扬州,任命为左统军,褫夺了他

三千里地家国

的军权,左统军不过是虚衔而已,这样一来,知询便无力与之抗衡。知诰大权在握,春风得意,吴王加封他为都督中外都军事、浔阳公,后又改封豫章公。杨行密四子杨溥嗣位,拜知诰为太尉、中书令,可谓位极人臣,权倾朝野,杨溥虽贵为吴王,不过是徒有虚名而已。授知诰为中书令,并非出于他真心,因他没有与知诰抗衡的胆量,只得含泪签署诏诰。大和三年(931),知诰出镇金陵,一如当年的徐温,他的儿子景通(即中主李璟)为司徒平章政事,心腹王令谋、宋齐丘为左右仆射、同平章事。这时的吴国其实已经成了徐知诰的天下了。杨溥迫于形势再封徐知诰为尚父、太师、大丞相、天下兵马大元帅、齐王,以升、润等10州之地为齐国,此时的徐知诰正如挟天子以令诸侯的曹操!

徐知诰既玩弄杨溥于股掌之上,自然梦寐以求化家为国,奄有天下,成为名副其实的帝王。但是他又不想背篡逆的恶名,剩下的自然只有禅让了。汉献帝禅让曹丕是知诰最想效仿的模式,可惜无人向他提起,未免怏怏不悦。一日他揽镜自照,忽见有数茎白须,不禁叹息:"功业已就,而吾老矣,奈何?"适逢亲信周宗侍侧,揣猜知诰急于受禅的心思,立刻从金陵跑到广陵,劝说杨溥禅让之事,杨溥沉默不语。周宗又去找宰相宋齐丘商议,宋齐丘分析了形势,知道徐知诰取代杨溥是大势所趋,但出谋划策者竟是周宗,他日若论功行赏,大出风头者当是周宗,若是谋自己出,岂不是天下第一功臣?他一面设宴款待周宗,一面派人送去手疏,认为禅代时机尚未成熟,若贸然行事,恐怕画虎不成反类犬,应该谨慎行事。知诰得书,大为惭惧。几天之后,宋齐丘驰至金陵,重申前言,并请斩周宗以谢周人。知诰见宋齐丘说得有理,便打算杀了周宗,赖大臣徐玠求情,才贬周宗为池州(今安徽贵池)刺史。数年之后,徐玠也力主禅位,周宗方才复职回朝,后来官至枢密使。这个周宗不是别人,就是李后主的皇后大周后、小周后的父亲。禅让之事虽未成为事实,但已传得沸沸扬扬,举朝皆知。人们知道,知诰取代吴王只是时间问题了。

禅代之际还有一个小插曲,原来临川王杨濛乃杨行密第三子,封庐江郡公。当时徐温掌控朝政,事无巨细,全由他定夺,吴王成了摆设,杨濛愤愤不平,抚膺长叹:"我国家竟为他人所有乎?"徐温得知,大为愠怒,贬杨濛为楚州团练使,不久又徙往舒州。楚州为今江苏淮安,舒州为今安徽潜山,与湖北毗邻,荒凉偏僻,徐温显然是故意刁难他。杨行密死后,由长子杨渥袭位,是为高祖。他死时24岁,行密次子乃是庶出,不得立,杨渥无后,应由杨濛袭位,但徐温厌恶他,奉行密四子杨溥袭位,是为睿宗。杨溥与杨濛手足情笃,先封兄长为常山王,旋改临川王,累加昭武军节度使兼中书令。其实徐温已殁,朝中掌权的是徐知诰,他见杨濛权势日隆,骎骎乎与自己并驾齐驱,倘他日禅代,杨濛岂肯俯首称臣?于是派人诬告杨濛藏匿亡命之徒,擅造兵器,图谋不轨,请吴王发落。不待杨溥批准,便贬杨濛为历阳郡公,命守卫军使王宏率兵200人,幽禁他于和州(今安徽和县)。可怜他一个好端端的皇亲国戚,顷刻之间成了阶下囚。两年之后,杨濛得知知诰将行禅代之事,与家人暗中购置武器,于某日突然发难,王宏猝不及防,被杀身亡。王宏之子勒兵相攻,杨濛弯弓搭箭,觑得真切,一箭射去,王宏之子应弦毙命,其他士兵见杨溥箭法娴熟,不敢相逼。杨濛只带领2名家丁溃围而出,直奔庐州(今安徽合肥),找德胜军节度周本求救。周本之子宏祚权衡利害,不敢得罪徐知诰,率兵将杨濛擒获,送与知诰处置,知诰杀杨濛于采石(今安徽马鞍山市长江东岸),并下诏废他为悖逆庶人,又派侍卫军使郭悰杀杨濛妻子于和州。国人闻知杨濛无罪被诛,连妻孥俱不得善终,对知诰啧有怨言,知诰诿罪于郭崇,说他擅杀无辜,将他贬往池州,这场风波才算平息。

知诰为禅代一事煞费苦心,大肆制造舆论,寻找根据。当时有童谣云:"东海鲤鱼飞上天。"东海是徐姓郡望,鲤者,李也,这句话是说李昪(徐知诰)是借徐温之势飞上天,终成帝业的。还有一首民谣说:"江北杨花作雪飞,江南李树玉团枝,李花结子可怜在,不似杨花无了期。"民谣中的杨花指杨行密家族,李树则指李昪家族。杨花像雪花一样消融,暗喻杨姓江山不永,而李树却玉团枝,暗喻李姓必得天下。即使是佛教徒也有意攀附权贵,向知诰讨好。《江南野史》一书载:

> 初,先主(李昪)有受禅意。忽夜半寺僧敲钟,满城皆惊。逮旦召问,将斩之。云:夜来偶得月诗。先主令白,乃曰:徐徐东海出,渐渐入天冲;此夕一轮满,清光何处无。先主闻之私喜,乃释之。

诗中"徐徐东海出",既指徐姓郡望,也有徐姓崭露头角之意,"渐渐入天冲",是说徐知诰(李昪)渐入佳境,有望化家为国,一统天下。"此夕一轮满,清光何处无"则指瓜熟蒂落,水到渠成,李昪功德圆满,已稳定占有天下了。这种阿谀奉承的诗文甚合己意,当然他要释放和尚了。当时流言谶语比比皆是,此诗说不定就出自徐知诰之手,假和尚之口传于世人,被不察者写入笔记小说中了。

知诰闲暇之时,也喜欢舞文弄墨。他既蓄异志,便想让僚属也写些谶语之类的诗文,为他禅代作铺垫。一日天气冱寒,大雪纷飞,知诰设宴与部下会饮。酒酣耳热之际,知诰忽然提议说,每人出一酒令,其中有雪,有古人名,须词理贯通,不通者罚。当时文臣在座者有宋齐丘、徐融,其他多是武人,不会吟咏,只得洗耳恭听,知诰第一个端起酒杯为令说:"雪下纷纷,便是白起。"大雪纷飞,漫天皆白,既说到了雪,又嵌入战国时秦国大将白起的名字,而白起又是秦国统一天下的关键人物,短短8个字很巧妙地表达出了自己欲一统江山的愿望。宋齐丘接着附和:"着屐过街,必须雍齿。"屐是木头鞋,底有两齿,以行泥地。要穿木屐走过泥泞的街道,当然离不开屐齿,因此必须用齿。雍齿是秦末沛人,与刘邦有宿怨,刘邦称帝大封功臣,诸将大喜说:"雍齿且侯,我属无患矣。"宋齐丘这两句酒令分明是奉承知诰将来也能像刘邦一样赢得天下,并且雍容大度,把与自己有过节的人也吸纳到朝中来。知诰听了,甚是高兴。徐融看穿了知诰的心思,偏不恭维他,举杯出令说:"明朝日出,争奈萧何。"萧者消也,一旦日出东方,不管多大的雪也都消融干净了。虽然也用了汉初刘邦谋士萧何的名字,却是一句不吉利的话。徐知诰勃然大怒,当天晚上便命人把徐融投入了波涛汹涌的长江,从此以后没有人再敢对他说短道长了。

　　冬去春来,花开花落,转眼已到了天祚三年(937)。知诰在吴国虽无国主之名,但已是事实上的国王。闽、吴越等割据势力皆遣使劝进,知诰遂不再遮遮掩掩,在这年正月建起了齐国,立宗庙、社稷,改金陵为江宁府,牙城改为宫城,厅堂称殿,以左、右司马宋齐丘、徐玠为左右丞相,马步判官周宗为内枢判官,其余百官皆如天子之制。吴国国主杨溥知大势已去,与其被废黜,不如自己先提出禅让,还能落个顺水人情,于是在这年七月派同平章事王令谋赴金陵商议禅让之事,徐知诰却忸怩作态,辞而不受。八月间,杨溥下诏禅位于知诰,满朝文武一致签名,只有宋齐丘一人不肯签名,原因是他这个左丞相未掌实权,因而对知诰不满。九月,杨溥命次子江夏王杨璘将传国玉玺送给知诰,表示自己愿意交出权柄,绝不恋栈。说不恋栈,其实他无限辛酸,有哪个帝王愿意无缘无故禅让帝位?但面对徐知诰咄咄逼人的架势,要苟全性命,只有禅让一策可行了。十月间,杨溥又派右丞相徐玠再次敦促知诰称帝。这一次知诰不再谦让,建国号曰齐,改元升元,在给杨溥的册文中称:"受禅老臣知诰,谨上册皇帝为高尚思玄弘古让皇帝",追徐温为忠武皇帝,封徐温的儿子知证为江王,知谔为饶王。就这样,徐知诰从一个农夫之子变成了南唐开国君主,这年他50岁。

即位伊始,政务丛脞,但有两件事须徐知诰马上处理:一是如何处置杨溥及其家属,二是如何攀龙附凤,找到一个显赫的祖宗,以证明自己身世不凡。此时的杨溥已改称让皇,既已逊位,自然不能再居住广陵的宫苑,知诰把他迁往润州丹阳宫,以亲吏杨思让为丹阳宫使,率兵严守,防止他东山再起。杨溥自被废黜,心如止水,与世无争,身穿羽衣,练习辟谷之术。尽管如此,知诰还是不放过他。一日,杨溥正在楼上诵读佛书,忽报有使者赐他衫笏,杨溥连忙迎迓,谁知那使者竟手持一把明晃晃的钢刀,杨溥见状,顺手掂起一个铜香炉掷之,被那人躲过,一刀结果了杨溥的性命,那年他38岁。杨溥长子杨琏10岁时被立为太子,淳谨好学,性格温和。杨溥禅让时曾恳求知诰:我禅位之后,只有一事相求,杨琏颇知读书,请遴选年长有德者教育我儿,使知人伦孝悌,他日不绝祭祀,俾我祖先能血食于九泉之下,于愿足矣。知诰当即允诺,以中书舍人徐善为老师。封杨琏为弘农郡公,领平卢军节度使,兼中书令,不久又改封为池州刺史。那时的杨琏是知诰的乘龙快婿,知诰的第四女儿贤明温淑,绰约多姿,嫁给太子杨琏为妻。知诰取代吴国,杨琏因为有这层关系,并未受多大苦楚,与妻子一起从广陵来到金陵。得知自己被任命为池州刺史,遂与家人买棹东下,橹声欸乃,流水淙淙。一夕,船行至烟波浩渺,阒无人迹之处,护送之人乘杨琏不备,一把将他推入了滚滚长江之中,可怜19岁的杨琏还未弄清怎么回事,便葬身鱼腹了。原来护送者是奉了知诰之命而来,得手之后,谎称杨琏是醉酒失足落水,打捞不及,回朝复命去了。杨琏既死,妻子自然不能再滞留池州,便返回金陵。知诰假惺惺地安慰女儿,将她养在宫中。从此以后,太子妃李氏整日哭哭啼啼,以泪洗面,不施粉黛,不茹荤血,自称未亡人,焚香对佛盟誓说:"愿儿生生世世莫作有情之物。"24岁时便香消玉殒,无疾而亡,一缕芳魂去泉台寻找夫君杨琏去了。杨溥父子既死,知诰将杨氏宗族迁往泰州(今属江苏),居住在永宁宫中,派刺史褚仁规严加防护,不得与外界接触。天长日久,杨氏子弟都到了男婚女嫁的年龄,不能与外界通婚,男女之间只得自相匹配。近亲结婚,同姓不蕃,这些杨姓人中添了不少痴呆小儿。显德年间,周世宗柴荣征淮南,下诏安抚杨氏子孙。其时知诰已死,执掌政枋的是他的儿子中主李璟,得知柴荣要从杨氏子弟身上做文章,便派园苑使尹廷范将这支杨姓迎往京口(今江苏镇江)。哪知后周军队迤逦南下,进军迅速,前往京口的道路已乱,廷范恐怕变生不测,杀死了杨氏男性60余口,只带着余下的妇女渡江,回到了金陵。李璟大怒,骂他"小人以不义之名累我",下令处死了廷范,但杨氏已经绝了。

知诰做的第二件事是认祖归宗。他原是徐温养子,故冒姓徐,今既登九五之尊,当然得恢复原来的李姓。徐温诸子上疏请知诰恢复李姓,知诰谦称不敢忘徐氏恩德,仍拟姓徐。徐温诸子再次上疏,始让百官商议,满朝文武众口一词,认为应当改姓李氏。知诰这才改姓李,单名昪。自称唐宪宗李纯之后,宪宗子建王李恪生子李超,李超生子李志,李志在徐州居官,生子李荣,李荣生李昪之父,自己是建王李恪的四世孙,于是改国号为唐,立唐高祖李渊,太宗李世民庙,从李恪至父亲李荣,均追谥为皇帝。奉徐温为义父,徐氏子孙皆封王、公,女子封郡、县主。

李昪在位7年,于升元七年(943)二月殂于升元殿,终年56岁。他之所以享年不永,是因为他想长生不老,韶华永驻,服了方士史守冲所进的金丹,疽发于背,导致性格愈来愈急躁,群臣奏事,往往暴怒,臣下进谏请求停服金丹,李昪不听,愈来愈重,遂成沉疴,终至一病不起。临终之际,才后悔不迭地对长子李璟说:"吾服金石,欲求延年,反以速死,汝宜视以为戒。"他在位期间,劝课农桑,轻徭薄赋,与民休息,提倡孝悌,境内五代同居者7家,皆旌表门闾,免其徭役。最著名的是江州(今江西九江)陈氏,宗族700余口,每逢进餐时设一长席,长幼依次坐而共食。家中畜犬百头,共一牢而食,一犬不至,诸犬皆不进食。他生活节俭,贵为国王,只穿蒲草编织的鞋,洗脸用的是铁盆,盛夏酷热溽暑时用的是最便宜的青葛蚊帐,身边使唤的宫婢只有数人,且老丑不堪,服饰朴陋。建国后李昪在金陵的治所改为宫殿,大臣们主张另建宫殿,以显示帝王家的富贵气派,他不予理会,只在房顶上添上鸱尾(宫殿屋脊正脊两端构件上的装饰),设立栏杆,如此而已。寝殿中照明竟然舍不得用蜡烛,只用乌臼子油,李昪戏谑地呼之为"乌舅";书房的捧烛铁人高一尺五寸,据说是杨行密马厩中所用之物,被称为"金奴"。一日夜晚,李昪需灯烛照明,便唤宫人:"掇过我金奴来!"左右闻之,无不窃笑,小声议论说:"乌舅、金奴,正好作对!"可见他之节俭。掌管仓库的小吏为讨好李昪,年终时献上羡余粮食一万石,希冀能得到君王的夸奖。不料李昪把脸一沉说:"仓库进出粮食,均有一定数额,并无多余,如今凭空多出一万石来,若非掊克百姓和士兵,哪里来的羡余?"

难能可贵的是,李昪生长于弓箭锋镝之中,过惯了戎马生涯,但在他即位后,却不轻易动干戈。朝中大臣说,陛下中兴,应当开疆拓土,不能局促于江南一隅之地。李昪摇摇头说,兵凶战危,百姓深受刀兵之苦,孤岂能再动干戈,争城广地,使百姓膏血涂于草野?吴越与南唐毗邻,双方曾经交恶,有一年吴越都城杭州发生了火灾,一时烟焰涨天,府库、铠甲、仓廪焚烧殆尽,南唐群臣纷纷上疏,认为应乘其弊而袭之,武将们则摩拳擦掌,跃跃欲试。李昪固拒不许,说水火无情,吴越经此浩劫,已疲敝不堪,孤岂能乘人之危,趁火打劫?征战之事,休再提起!乃遣使吊唁,并送去粮食布匹,仅装运船只就用了百艘,以赒吴越之急,吴越朝野甚为感激。

李昪又是一个性格复杂的人物。徐温虽暴戾恣睢,但待李昪不薄,没有他的奖掖扶持,李昪不过是村竖牧童而已,哪里能成为堂上一呼,阶下百诺的江南国主。但他即位后,表面上对徐温之子优渥有加,实际上却刻意防范。徐温次子知询、三子知海、四子知谏都先后任职洪州,颇为风光,特别是知海、知谏都曾在李昪有难时挺身相救,却都不明不白地在洪州暴卒。这绝不是巧合,而是李昪要斩草除根,不留后患。而在另一方面,他又刻意整顿吏治,下诏外戚不得辅政,宦官不得干预国事,违者严惩不贷。对于贪墨官吏,李昪深恶痛绝。泰州刺史褚仁规早年任广陵盐监使时,还能恪守官箴,为政清明,但到了晚年却贪黩无厌,聚敛钱财,掠人妇女,刑法横滥,弄得民怨沸腾,百姓唾骂。大臣陈觉与仁规有怨,趁机上疏弹劾仁规,御史王仲连也说仁规贪残,应该惩治,李昪释而不问。不久,李昪东巡广陵,召仁规为靖江军使,率舟师

三千里地家国

扈从。等到返回金陵,先免其泰州刺史,又下诏责其残暴。仁规本是粗人,中了李昪圈套,不觉怒形于色,负气上疏,大肆诋毁李昪,毫无君臣之礼。李昪览疏,勃然大怒,派陈觉前往泰州审讯。仁规得知,料是凶多吉少,只得将贪墨不法之事如实招供。陈觉将他押解回朝,下于大理寺狱中,几日后李昪下诏赐死。国人莫不拍手称快。

李昪是不忘故旧之人。他即位后巡幸东都广陵,邀集袍泽故旧于旧宅之中,嘘寒问暖,全无帝王威严。亲戚中有亡故者,吊抚慰劳;勋臣义士之墓,亲自临奠并撰写祭文;有疑案未决者,他亲自审问,若犯罪轻微,即时释放;当时建国伊始,科考制度未备,士子中有上疏国事稍可采用者,命平章事张延翰收录于试院中,量材录用,皆得其职。大臣汤悦在吴国时任秘书校理,职责是点校整理典籍,李昪禅位后,见他学问博洽,便拔擢为学士。一日,李昪问汤悦:卿近来精神焕发,与众不同,莫非有异遇吗?汤悦答道:臣数日前早晨起床盥洗,忽见有流星坠入盆中,惊异之际,用手掬之,不料流星竟飞入口中。这本是汤悦信口开河,为讨好李昪编造的鬼话,李昪竟信以为真,连连夸奖他说:"卿之贵异,他日无比者。"后来汤悦果然历仕李昪、李璟、李煜祖孙三朝,荣耀无比,入宋后为太子詹事,是东宫属官,活至80余岁。李昪有容人之量,他与宋齐丘的关系便是一例。宋齐丘未发迹变泰时,曾在一个姓魏的娼妓家靠佣工糊口,当时李昪任升州刺史,延揽四方宾客,齐丘拿一首诗谒见,李昪奇其才,待以国士之礼。李昪移镇京口,入朝平定朱瑾之乱,齐丘皆跟随左右,劝说李昪讲典礼,明赏罚,礼贤能,宽征赋,多为李昪采纳,甚见信任。李昪曾在一大池中筑一小亭,池上架一木桥,为往来必由之路。李昪每召齐丘议事,到达亭上后即撤去木桥,两人议事至夜阑更深时分。有时两人坐于高堂之上，不设帷幔，当中置一火炉，以铁箸画灰为字，看过后随即灭去，两人所议何事，外人莫知之也。李昪欲重用齐丘，但徐温鄙薄其为人，只给了个低级官员，10年未得升迁，徐温死后始擢升为兵部侍郎。李昪欲任命为宰相，齐丘自以为资历尚浅，不为朝臣所服，借口回洪州（江西南昌）葬父，遂遁入九华山（今安徽青阳县九华山），朝廷屡次征召皆辞而不至。李昪出镇金陵，以长子李璟留朝辅政，以吴主之命征齐丘任右仆射、平章事，也即事实上的宰相，齐丘才入朝任职。李昪让齐丘辅佐李璟，齐丘却趁机树朋立党，独揽朝政。李昪有意禅代吴国政权，大臣周宗劝吴主禅让，并把这一意见告知了宋齐丘。宋齐丘本来也有此建议，但被周宗着了先鞭，心中未免嫉妒，便请求斩周宗以谢吴主。李昪看穿了齐丘的心事，顿生厌恶之感，但并未发作。李昪的次子楚王景迁是吴主之婿，风度翩翩，貌若潘安，且性格平和，甚得李昪宠爱。齐丘暗中思忖，若李昪他日受禅，必然传国于景迁，景迁和柔易制，可以玩弄于股掌之上，于是派同党陈觉为景迁授课，并在李昪面前称赞景迁之才，景迁做事差池，齐丘便归过于李璟。一旦景迁得志，自己便是威权无上的元老了。这一小肚鸡肠又被李昪看穿，且不揭露他，只给了他一个司空之职，不参与政事。迨至李昪建立齐国，虽然任命齐丘为左丞相，但权力掌握在右丞相手中，他不过署牍尾，主画诺而已。大臣李德诚持禅让诏至，文武百官从广陵至金陵劝进，齐丘愤懑不平，称病在家，不肯署表，李昪心中老大不快。李昪即位后大封功臣，以徐玠为侍中，李建勋为中书侍郎、同平章事，周宗为枢密使，宋齐丘只进官为司徒，官阶虽高，仍然不与政事，齐丘更加心烦意乱。当宣读任职诏书至孤与宋齐丘乃"布衣之交"一句时，宋齐丘再也忍耐不住，抗声说道："臣布衣时，陛下乃一刺史耳！今日为天子，可以不用老臣矣!"不等诏书读完,便拂袖而去。李昪并不生气,只派人上门抚慰,但却不改封官职。

李昪虽对宋齐丘心存芥蒂,但仍隐忍不发。一次在金陵天泉阁宴请群臣,宋齐丘与会,大臣李德诚说,陛下应天顺人,得登大宝。只有宋齐丘不悦,说着就拿出了反对劝进的奏章。李昪连看都不看,豁达大度地说"子嵩(宋齐丘字)三十年故人,岂负我者",齐丘顿首相谢。不久,宋齐丘又上表说,自己备位宰相,但不得参与朝政,是因为陛下听信了别人谗言。李昪自然清楚,他之所以不重用宋齐丘,并非有人进谗,而是他品质恶劣所致,听了宋齐丘这话,不禁怒气冲冲。宋齐丘自知孟浪操切,归第之后,卸去官服,白衣待罪。而李昪怒气消解,对左右说:"宋公有才,特不识大体耳,孤岂忘旧臣者!"命长子李璟召他入朝,委任为丞相同平章事,兼知尚书省事,与李建勋等共理朝政。齐丘愿望已遂,本该兢兢业业辅佐君王,讵料他心术不正,故态复萌,又生事端。他的亲信夏昌图偷盗官钱600万,齐丘利用职权贷其死罪,李昪知晓,责备有司,将夏昌图斩首。宋齐丘大为惭愧,便要求辞官,称病不朝。李昪念在故旧之交,派第三子景遂前往抚慰,答应他回其故乡当太守,齐丘这才入朝。李昪不计前嫌,设宴款待,酒过三巡,齐丘忽出怨言说:"陛下中兴,臣之力也,奈何忘之!"李昪见他不知进退,也作色而起说:"公以游客干朕,今为三公,亦足矣。"齐丘大声咆哮说,臣为游客时,陛下不过是徐温手下的偏裨将佐而已!李昪诘问他:你曾对别人说朕的嘴和勾践一样,都是鸟喙,可与共患难,不可与共安乐,有无此事?齐丘答,确有此事,任凭陛下处置。李昪拍案而起,两人不欢而散。次日李昪一觉醒来,觉得齐丘虽然顶撞了他,无君臣之礼,但作为一国之主,还是应该宽宏大量,当下便下手诏慰谢说,朕性格褊狭,卿当然知道,你我少相亲,老相怨,怎能如此呢？于是以齐丘为镇南军节度使,出镇洪州。赴任之日,李昇亲昵地对他说:"衣锦昼行,古人所贵。"特地赐以锦袍,并亲手为他披上,齐丘遂披锦袍处理政务,以此作为炫耀资本。他至洪州后,大建宅第,穷奢极丽,劳民伤财,弄得怨声载道。后来周世宗征江南,齐丘献策失误,南唐失了淮南之地,中主李璟将他幽禁于青阳(今属安徽),扃锁其第,穴墙给食,齐丘不堪羞辱,自缢而亡。宋齐丘是咎由自取,李昇对他可谓仁至义尽了。

李昇在位期间,志在守成,门客冯延巳讥讽他"田舍翁安能成大事"。其实南唐一隅之地,绝无可能一统天下,守成实在是明智之举。欧阳修的《新五代史》说他"志在守吴旧地而已,无复经营之略也,然吴人亦赖以休息"。吴任臣的《十国春秋》说他"茕茕一身,不阶尺土,托名徐氏,遂霸江南。挟莒人灭鄫之谋,创化家为国之事,凡其巧于曲成者,皆天也。然息兵以养民,得贤以辟土,盖实有君德焉"。这都是切中肯綮的评价。

小楼吹彻玉笙寒：李璟其人

　　菡萏香消翠叶残，西风愁起绿波间，还与韶光共憔悴，不堪看！细雨梦回鸡塞远，小楼吹彻玉笙寒。多少泪珠无限恨，倚阑干。

——李璟《浣溪沙》

　　李昪死后，长子李璟嗣位，即元宗，也称中主。

　　李璟字伯玉，初名景通。生母为元敬皇后宋氏，小名福金，江夏（今湖北武汉）人。宋氏生长于干戈俶扰的五代时期，父母早丧，茕茕孑立，孤苦无依，遂入升州刺史王戎家中为婢。李昪娶王戎之女，宋氏作为陪嫁丫头，侍候李昪夫妇。徐温有疾，宋氏随王夫人衣不解带，侍奉汤药，颇得徐温欢心。那王氏虽花容月貌，却是兰蕙早摧，未及生育，便一病不起。徐温指着宋氏说，此女颇有旺夫之相，汝可收为继室。李昪纳之，生元宗李璟、景迁、景达3人。宋氏为人深沉，颇有见识。徐温病死金陵，李昪在广陵辅政，欲前往奔丧，宋氏阻止说，忠孝二字，为人臣所必有之品质，但大王权重身危，一旦离开广陵，就等于太阿倒持，剑柄握在别人手里，必将人为刀俎，我为鱼肉了。经此点拨，李昪猛然醒悟，遂止而不往。南唐立国，被封为皇后。李昪晚年因服金石药，导致性格暴躁，大臣动辄遭到训斥，多赖宋皇后保全。李昪弃世，群臣欲奉她临朝听政，宋皇后摇摇头说，这是武后故事，我不敢效法，群臣这才奉李璟嗣位。

吴天祐十三年(916)李璟生于金陵。其时李昪权势正隆,又谦恭下士,身边自然不乏耆宿硕儒。李璟生于簪缨之家,又天资聪颖,在文人雅士熏陶下,才学大进,10岁时便有《新竹诗》云:"栖凤枝俏犹软弱,化龙形状已依稀。"诗虽显得稚嫩,但出自10岁孩童笔下,引得众人啧啧称赞。就在10岁这年,他被授为驾部郎中,官职虽微,但却意味着李璟在孩提时已步入政坛。不过李璟对此并不感兴趣,只是与骚人墨客冯延巳之流交往而已。随着李昪权势的攀升,李璟的官职也愈来愈大。徐温病卒,杨溥称王,李昪彻底控制了吴国政柄,李璟任兵部尚书,参知政事。不久,李昪出镇金陵,怕别人揽权,命李璟为司徒、同平章事、知中外左右诸军事,留广陵朝中辅政,集军政大权于一身,这年他只有16岁。李昪当然知道一个尚未弱冠的少年骤膺重任,缺乏从政经验,难免出现纰漏,权力仍然牢牢握在自己手中,另选心腹宋齐丘辅佐他,李璟自然也没有任何建树。李昪为齐王,立李璟为王太子,李璟固辞不受。建立南唐之后,封李璟为吴王,徙封齐王,为诸道兵马大元帅。升元四年(940),已经53岁的李昪已是两鬓添霜,步履蹒跚,又想起了传位之事,下诏立李璟为皇太子。李璟却辞让说,前世嫡庶不分,故早立太子,以示皇位已定。臣兄弟几人,秉承圣教,手足敦睦,何必急于定名分!李昪见儿子如此谦让,大喜说:"有子如此,予复何忧。"话虽如此,但嗣位之事一直萦绕在他心头。也是事情有凑巧,一日李昪昼寝,睡梦中见一黄龙出现于宫殿西侧的柱子上,翘首向殿内张望。李昪大吃一惊,悚然而醒,当下便派人查看,却见长子李璟正凭栏而立,打算入宫问安。李昪这才决定立他为太子。《钓矶立谈》的这一则记载,涂上了太多的神秘色彩,说帝王有龙虎之相是笔记小说家惯用伎俩,此说

三千里地家国

自可不必当真,但也从另一侧面说明,李昇立嗣的急迫。《南唐近事》一书也说,李璟凭槛而立,李昇梦见黄龙绕柱,不无感叹地说:"天意谆谆,信非偶尔,成吾家者其惟子乎!"过了几天,便下诏立李璟为嗣。

李璟之所以迟迟未被立为嗣,是因为李昇另有一番考虑。立嫡立长是古代固有的传统,李璟是嫡长子,自然是首选。但他书生气太浓,又性格谦和,倘若日后当国,恐怕仁爱宽厚有余,刚毅果断不足,李昇担心自己辛辛苦苦挣来的江山,会断送在他手中。况且当时军阀混战,国无宁日,打天下靠的是刀枪剑戟,而不是偃武修文,李昇犹豫再三,想把江山传给第四子景达。景达生于吴顺义四年(924),这年旱魔肆虐,半年不雨,禾苗半枯,而李昇刚刚辅政,希冀百姓拥戴,急于弄出政绩来,于是天天率人祷告祈雨。也许是李昇的虔诚感动了上苍,七月十五这天,瑞霖普降,大雨滂沱,凑巧的是,景达也在这时呱呱坠地,李昇异常高兴,为他起个小名叫雨师。稍稍长大,气宇轩昂,神观爽迈,深得李昇器重,几次欲传位于他,以继承自己未竟之业。但是长子李璟无过,骤然废黜,必然引起人心浮动,倘若诸子为了争位而兵戎相见,南唐的江山便毁于一旦了,因此不敢造次。李昇也曾想传位于第三子景遂。景遂喜欢读书,工于文章,性格恬淡,与他交游的多是文人雅士,他又轻财好施,因此甚得士林敬重。吴国睿帝杨溥禅让后被杀身亡,李昇为了掩人耳目,派他去主持丧事,景达望枢痛哭,涕泪满颐,一脸真诚,博得了吴人好感。李昇病重时,曾写密信召时任东都(扬州)留守的景遂回朝托付后事,为太医吴庭绍得知,大臣周宗派人追回了密信。李璟也知道父皇钟爱景达,在继承王位时提出让位于三弟,但满朝文武一致反对,只得作罢。李昇的次子景迁也是曾经考虑的传位人选。景迁小小年纪就当了左仆射参知政事,李昇王事鞅掌,常常不在朝中,便命景迁留广陵辅佐朝政。宋齐丘以为景迁柔弱易制,如他能嗣位,自己必能左右朝政,于是设法结交景迁,又多次诋毁李璟。李昇虽不尽信齐丘之言,却也一度疏远了李璟,把他召回升州,派景迁代兄辅佐朝政。加上术士皆说景迁贵不可言,且寿命最长,因此李昇在诸子中尤爱景迁。但是天有不测风云,人有旦夕祸福,景迁19岁时染病而亡,李昇始知术士信口开河,无知妄说。

李昇在弥留之际,又想起了义父徐温与长子李璟的一段往事。原来李璟幼有奇相,深得徐温器重,说"此子殆非臣相",每逢吃饭便命李璟同席,还夸奖他说:"徐氏无此孙。"徐温自金陵迎吴王回广陵,乘船东下,行至百家湾,忽然骤风大作,惊涛骇浪,船只时而被推向浪尖,时而又跌入谷底,驾船人束手无策,只能徒叹奈何。徐温恐怕李璟遭遇不测,赤膊把李璟驮到背上,回头对随行妃嫔说,我虽善于泅水,但无暇相救尔等,全力保护的就是这个孩子!可煞作怪,话音刚落,狂风戛然止息,一船人得以安然无恙。此事传得沸沸扬扬,尽人皆知。既然李昇的其他诸子均不能传位,他又想起了往事,决定传位于李璟。

李昇撒手而去的一周后才宣布遗诏,李璟也并未马上即位,而是在"泣让诸弟"。他之所以如此,是因为有自己的苦衷。一来他是读书种子,不善于处理军国大事,二来宋齐丘支持景遂觊觎江山,事事掣肘,即使继位,恐怕也难有作为,因此才踌躇不决。天不可无日,国不可无主,大臣周宗、徐玠不由分说,将李璟扶至李昇灵柩前,取出衮冕为他穿戴完毕,动情地说:"大行皇帝付殿下以神器之重,殿下固守小节,非所以遵先旨,崇孝道也。"李璟这才无话可说,被群臣簇拥着登上了帝位。他就是南唐中主,时年28岁。当下便改元保大,以示兢兢业业,保有大唐江山之意。百官进位二等,将士保国有功,皆有赏赐。百姓所欠税赋全部蠲免,鳏寡孤独赐予粟帛。尊先母宋氏为皇太后,册钟氏为皇后,以镇南节度使宋齐丘为太保兼中书令,奉化节度使周宗为侍中,元帅府掌书记冯延巳为谏议大夫、翰林学士。封弟景遂为燕王,景达为鄂王,景遏为保宁王,长子弘冀封为南昌王。仅仅过了几个月,中主又改封景遂为齐王,拜诸道兵马大元帅、太尉、中书令,鄂王景达改封燕王,拜副元帅,宣告中外,以示兄弟相传之意。长子南昌王弘冀改封江都(扬州)尹、东都留守。

李昇让儿子兄终弟及,不合古制,而李璟又一味遵从父命,引起朝野不满。刑部郎中萧俨上疏说:"夏、商之后,父子相传,不易之典。惟仰循古道,以裕后昆。"李璟看了,留中不发。到了年底,中主又突然下令:中外庶政,并委齐王景遂参决,文武百官除枢密副使魏岑、查文徽可以进宫奏事外,其余官员除非召对,不得入宫。此令一出,举国哗然,萧俨又上疏说:"元帅开府,人犹惊骇,况委之大政,而群臣不得时见,臣恐中外隔绝,奸人得志,非陛下利也。"但是奏疏递了上去,如泥牛入海,全无消息。其他大臣见萧俨进谏受阻,都三缄其口,不再上疏。独有侍卫都虞侯贾崇叩阁切谏,说到动情之处,不禁涕泣呜咽:"臣事先朝二十余年,每见延接疏通,未尝壅隔,群下之情,罔有不达。今陛下始即位,所委任者何人,而顿与群臣谢绝,深居邃处,而欲闻民瘼,犹恶阴而入乎隧道也。臣老矣,长不复奉颜色。"李璟自知猛浪操切,阻绝群臣入宫奏事不妥,下诏收回成命。

李璟继位时是南唐的鼎盛时期。其疆域东至衢(今浙江衢州),婺(今浙江金华)二州,与吴越毗邻;南至五岭,与南汉接壤;西至湖湘,北据长淮,凡30余州,幅员广袤数千里,在十国中最为强盛。辽太宗耶律德光因晋出帝石重贵称孙而不肯称臣大为震怒，欲废黜石重贵，册李璟为中原之主，派一介之使至南唐游说。李璟回答说，孤守江淮，社稷已固，且与中原阻隔，不敢作非分之想。若尔主不忘旧好，礼尚往来，已受赐多多了。于是派公乘镕航海至辽国，以继旧好。从此两国使轺往还，关系密切。

天下升平，四海无事，李璟又喜欢吟诗作词，把精力都放在了这上面，对治理国家倒心不在焉了。其时侍中周宗年迈，恪守官箴，中书令宋齐丘则乘机揽权，植朋树党，百计倾轧周宗，周宗泣诉于李璟，李璟薄齐丘为人，降他为镇海军节度使。齐丘愤愤不平，赌气请求归隐九华山。李璟并不挽留，赐书曰："明日之行，昔时相许。朕实知之，故不夺公志。"齐丘无奈，只得离朝而去。

一蟹不如一蟹。宋齐丘刚走，冯延巳又来弄权。他才华横溢，娴于诗词，曾有"风乍起，吹皱一池春水"之句，李璟戏谑地问："风吹皱一池春水，干卿何事？"延巳答道："未若陛下'小楼吹彻玉笙寒'也。"李璟大悦，于是对他格外垂青。他与胞弟延鲁以及魏岑、查文徽、陈觉等人朋比为奸，人称"五鬼"。翰林学士常梦锡上疏抨击"五鬼"，李璟将他贬为池州判官，副相周宗、李建勋、中书侍郎孙晟等支持常梦锡，李璟嫌他们聒噪，先后将他们贬谪出朝。朝中大权落入冯延巳之手。延巳虽是文人，却也好大喜功，他曾怂恿李昪拓边，李昪不纳，迨至李璟继位，他又旧事重提，李璟未多考虑，便点头答应。也是事有凑巧，保大二年（944）春天，闽国内乱，给了南唐可乘之机。闽主王昶滥杀无辜，被大将朱文进所弑，拥立王审知之子王延羲即位，更名王曦。王曦是纨绔子弟，终日酗酒，不理朝政。朱文进、连重遇是拥立王曦的功臣，王曦也要置二人于死地。二人一怒之下杀了王曦，朱文进自立为闽王。延羲之弟延政见政权落入外姓人之手，自然不服，也在建州（今福建建瓯）称帝，国号殷。双方为争正统，互相征伐，闽国大乱之际,李璟派查文徽、臧循发兵进攻建州。延政得知,派人悄悄告知朱文进的部属,说闽国乃是王姓天下,朱文进大逆不道,擅自称王,惹得人神共愤,南唐兵马已助我讨贼矣,可速速皈依。远在福建的朱文进部下信以为真,于是杀了朱文进,向延政投降。延政兵不血刃得了福州,好不惬意,命侄子继昌镇守。

再说,查文徽奉了中主李璟之命屯兵建阳(今属福建),兵锋甚锐。福州大将李仁达杀死王继昌自称留后,泉州守将留从效也杀死刺史黄绍颇,二人都向查文徽纳款请降。查文徽乘胜攻克建州,生俘了王延政送往金陵,接着又攻克汀、泉、漳3州。李璟以延平、剑浦、富沙3县合并为剑州,王延政、李仁达、留从效皆封为节度使。那李仁达虽被封为节度使,但只是虚与委蛇,并不听从南唐调遣。查文徽、陈觉向中主李璟献策说,李仁达不受节制,其余孽犹广布八闽之地,不如乘胜尽取之。陈觉又夸口说,不用一兵一卒,只凭自己三寸不烂之舌,便可令仁达束手归朝。李璟便命陈觉为宣谕使,召仁达至金陵朝见。尽管陈觉口若悬河,舌粲莲花,仁达只是不理不睬,陈觉只得回朝复命。行至建州,矫诏调发汀、建、信(今江西上饶)、抚(今江西临川)之兵,以建州监军使冯延鲁为统帅进攻福州,再调漳、泉两州安抚使魏岑发兵接应。李璟本不想大动干戈,见陈觉擅自兴兵,盛怒不已,冯延已上奏说,兵已发出,不可半途中止,中主李璟只得增兵前往。李仁达不慌不忙,一面精心防守,一面派人向吴越求救。吴越知道唇亡齿寒,辅车相依之理,派兵三万相救。福州城下钲鼓相闻,杀声震天,陈觉、冯延鲁既不娴韬略,又腹背受敌,大败输亏,逃回南唐。李璟大怒,将两人贬谪流放。闽国原漳州守将留从效迫于形势投降南唐,被封为清源军节度使,驻扎泉州,今见南唐兵败,便乘机发难,将所辖境内南唐戍军一律遣送出境。李璟虽然恨得咬牙切齿,但鞭长莫及,只得承认既成事实,封他为晋江王。

正当此时,楚国发生内乱,又给李璟出兵干预提供了契机。原来楚主马希范死后,其弟马希广、马希萼为争夺王位,不惜骨肉相残,希萼时任朗州(今湖南常德)节度使,率兵攻入长沙,杀了马希广,登上了王位。他自以为大功告成,终日醉生梦死,寻欢作乐,其弟希崇趁机弄权。他派壮士出其不意捆绑了乃兄,送往衡山囚禁,自立为王。看守希萼的彭师暠奉他为衡山王,向中主李璟称臣,希崇闻之大惧,也向李璟纳款输诚。李璟于保大九年(951)命大将边镐、刘仁瞻分别进攻长沙、岳阳,希萼、希崇都成了阶下囚,边镐尽迁马氏之族于金陵。那边镐在攻打闽国建州时,告诫部下不得妄杀,人称"边罗汉";占领长沙后开仓济贫,市不易肆,人称"边菩萨";任武安节度使后优柔寡断,纪纲废弛,大作佛事,人称"边和尚"。原楚国大将刘言据朗州作乱,攻陷益阳、长边,边镐抵御不住,弃城而走,楚地尽失,被李璟流放于饶州(今江西波阳)。

南唐连年用兵,不仅未能开疆拓土,反将多年积蓄消耗殆尽,国势遂由盛转衰。此时中原王朝已到了后周时期,当政的是后周太祖郭威的养子柴荣,即历史上的周世宗。他宵旰忧勤,英名睿智,底定中原后,有志于揽辔澄清,一统天下,制定了"先南后北""先易后难"的统一全国的策略。后周与南唐仅隔着一条淮河,正好拿南唐开刀。为了稳操胜券,柴荣决定御驾亲征。与此形成鲜明对照的是,南唐君臣文恬武嬉,玩物丧志。大臣冯延巳利用为先主李昪起草遗诏之便,加上"听民卖男女"一条,为自己纳妾买姬制造根据。寿春守将刘彦贞以疏浚城濠为名,抽干安丰塘水注入濠中,致使万顷良田无法灌溉,百姓只得忍痛卖田,刘延贞以低价买进,再把濠水引入塘中,成为百万巨富。庐州守将张崇恣

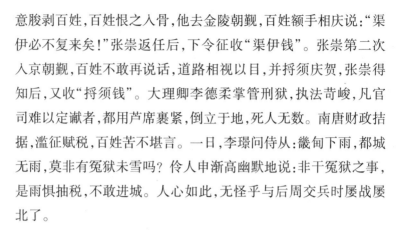

意朘剥百姓,百姓恨之入骨,他去金陵朝觐,百姓额手相庆说:"渠伊必不复来矣!"张崇返任后,下令征收"渠伊钱"。张崇第二次入京朝觐,百姓不敢再说话,道路相视以目,并捋须庆贺,张崇得知后,又收"捋须钱"。大理卿李德柔掌管刑狱,执法苛峻,凡官司难以定谳者,都用芦席裹紧,倒立于地,死人无数。南唐财政拮据,滥征赋税,百姓苦不堪言。一日,李璟问侍从:畿甸下雨,都城无雨,莫非有冤狱未雪吗?伶人申渐高幽默地说:非干冤狱之事,是雨惧抽税,不敢进城。人心如此,无怪乎与后周交兵时屡战屡北了。

保大十三年(955)冬天,33岁的周世宗柴荣大举南征,为了出师有名,下诏布告天下,以示吊民罚罪之意,其中有云:"蠢尔淮甸,敢拒大邦,盗据一方,僭称伪号",完全是强词夺理,欲加之罪。后周是夺了后晋的天下,然后称王称帝,岂不也是"盗据一方,僭称伪号?"只是后周强大,南唐势弱,恃强凌弱,如此而已!在下诏的同时,柴荣以宰相李谷为淮南道前军行营都部署,知庐、寿等州行府事,以许州节度使王彦超为行营副部署,以侍卫马军都指挥使韩令坤等一十二将各带征行之号,率师10万,浩浩荡荡直奔淮南,进攻寿州(今安徽凤台)。南唐自然不能坐以待毙,马上出师迎敌。中主李璟以大将刘彦贞为北面行营都部署,率兵2万赴寿州;奉化节度使、同平章事皇甫晖为北面行营应援使;常州团练使姚凤为应援都监,率兵3万屯兵定远县(今属安徽);召镇南节度使宋齐丘入朝,18岁的从嘉(即后主李煜)为沿江巡抚。刘彦贞行至距寿州200里的来远镇,旗甲鲜明,军容甚盛。李谷恐彦贞砍断正阳(今属河南)浮桥,自己腹背受敌,乃夜焚粮草,退屯正阳。当时柴荣亲征,行至圉镇(今河南杞县西南圉镇),得知李谷退却,派李重进日夜兼程趋正阳阻击南唐之兵。刘彦贞见李谷退

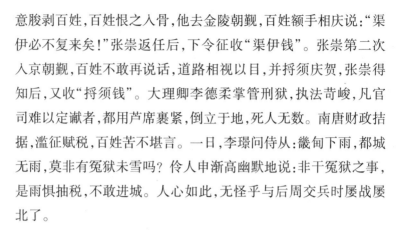

军,以为胆怯,急挥军疾进,不料他疾驰至正阳,李重进已先他而至了。刘彦贞不去进攻,却让士兵施放铁蒺藜、拒马牌,又刻木为兽,恐吓敌军。周兵知他胆怯,一鼓作气冲了过来,刘彦贞被斩于马下,偏将咸师朗被擒,2万兵士悉数化为泥沙。

旗开得胜,柴荣好不高兴,率军迤逦来至寿州城下,扎营于淝水北岸,指挥众将围攻寿州,同时命大将赵匡胤率军5000人进攻滁州。滁州四面环山,中主命大将皇甫晖、监军姚凤率10万人戍守。赵匡胤知道兵力悬殊,不可强攻,他探听到离滁州30里的清流关有一条迂回曲折的小路,在山背之上,山下是西涧水,该水环绕滁州城,当时是涨水季节,皇甫晖只派少数疲老之卒戍守。赵匡胤挑选月黑风高之夜,人衔枚,马摘铃,沿着这条崎岖小路登上山顶,然后跨马泅水渡过西涧水,直抵滁州城下,出其不意攻开了城门,皇甫晖猝不及防,只能作困兽之斗,战不几合,便被生擒。皇甫晖不服,赵匡胤放他回去再战。及至皇甫晖第三次被擒,已是遍体鳞伤,站立不起来了。赵匡胤见他是条汉子,想收罗麾下,下令为他疗伤。但皇甫晖拒作贰臣,既不疗伤,也不进食,5天之后便一命呜呼了。滁州人赞他忠心报国,一日五次鸣钟,为他荐冥福。那姚凤也一同被擒,滁州落入周军之手。

滁州乃金陵北边之门户,既已陷落,南唐朝野震恐。中主忙派泗州牙将王知朗奉书于徐州柴荣求和,称"唐皇帝奉书大周皇帝,愿以兄事,岁输方物"。打了败仗,还跟柴荣称兄道弟,柴荣甚是不悦,不但没有片纸只字回复,而且连王知朗也扣留不遣。"等人人不来,教人立尽梧桐影。"中主李璟在金陵望穿秋水,王知朗却杳如黄鹤,没有音讯,只得再派翰林学士钟谟、大理院学士李德明出使周朝。其时柴荣已移驻下蔡(今安徽凤台)。钟、李两人带着金器千两,银器5000两,锦绮纹帛2000匹,另有御衣、犀带、茶、药等贡品,外加牛500头,酒若干,作为犒军之用。这次不敢再与柴荣称兄道弟,而是奉表称臣,请求罢兵。柴荣仍不答应,一方面扣留钟谟、李德明不遣,一方面派兵攻打东都扬州。扬州副留守冯延鲁弃城而逃,削发为僧,周兵唾手得了扬州。冯延鲁后来被周军捉获,柴荣将他送往京城汴京,封他为刑部侍郎,再派他赴金陵报聘,遂留而不返。东都既失,光州(今河南潢川)守将张承翰以城降周,泰州(今属江苏)刺史方讷弃城逃遁,周军很快将光、泰两州收入囊中。中主李璟惊慌不已,派人向契丹求救,不料行至淮北,为周兵擒获。再派人往契丹乞师,却杳如黄鹤,一去不回。偏偏在这时,吴越又落井下石,兴兵侵犯常州(今属江苏)、宣州(今安徽宣城),静海(今江苏南通)制置使姚彦洪干脆投奔吴越去了。接二连三的失利,弄得李璟焦头烂额,狼狈万状。

惊魂不定的李璟无计可施,只得第三次派司空孙晟,礼部尚书王崇质为正副使臣赴周求和,请求援两浙、湖南之例,奉后周正朔。孙晟表示,周主愿削去帝号,献濠(今安徽凤阳东)、寿(今安徽凤台)、泗(今江苏泗洪东南,盱眙对岸)、楚(今江苏淮安)、光(今河南潢川)、海(今江苏连云港西南海川镇)6州之地,另输犒军之资百万,乞周兵退师。柴荣劳师远征,目的就是拓疆展土,但区区6州之地,自然并不满足,便装出一副不屑一顾的样子说,尔国所献6州之地,早已在朕掌握之中,朕盘马弯弓,指日可取。明知不守,才献于我,试问江南诚意何在?柴荣一番恫吓,钟谟便吓得魂飞魄散,表示愿献淮北全部14州地,与周朝划江为界,世世为附庸。孙晟怒斥钟谟、李德明卖国求荣,被柴荣羁押。钟谟也留而不遣,只让王崇质、李德明返回金陵,并捎回书信一封:

自有唐失御,天步方艰,六纪于兹。瓜分鼎峙,自为声教，各擅烝黎，交结四夷，凭陵上国，华风不兢，否运所钟，凡百有心，孰不兴愤？朕擅一百州之富庶，握三十万之甲兵，农战交修，士卒乐用，苟不能恢复内地，申画边疆，便议班旋，真同戏剧。至于削去尊号，愿输臣节，孙权事魏，萧詧奉周，古也虽然，今则不取。但存帝号，何爽岁寒，倘坚事大之心，必不迫人于险。

信中说唐朝衰落后，军阀割据，"瓜分鼎峙，自为声教"，所言不虚，可以凭信；所谓"擅一百州之富庶，握三十万甲兵"，未免有吹嘘炫耀的成分；至于"倘坚事大之心，必不迫人于险"云云，则纯粹是言不由衷，柴荣何尝一日忘记过统一寰宇，奄有天下！

那李德明回到朝中，盛赞柴荣英明，惹得李璟不快，宋齐丘、陈觉等则弹劾德明卖国求荣，李璟一时性起，斩了李德明，派齐王景达与陈觉、边镐、许文稹等率兵趋寿春（今安徽寿县），景达帐下大将朱元又夺回舒（今安徽潜山）、蕲（今湖北蕲春县蕲州镇西北）、泰（今江苏泰州）3 州，割地给周之议自然不再提起。其时已是保大十四年（956）夏天，大雨滂沱，江南到处都成了水乡泽国，周兵在扬州、滁州、和州者皆患了瘟疫，于是引军退去。南唐有人主张半道邀击，宋齐丘则说击之结怨，诫诸将闭垒勿战，周兵得以从容集结于寿州城下。世宗柴荣屯兵涡口（今安徽怀远县），欲再趋扬州，宰相范质以兵疲师老请求班师，以李重进攻庐州、寿州，向训守扬州。向训请弃扬州，并力攻寿春，柴荣首肯，向训于是封府库，派李璟旧将巡视城中，秋毫不犯而去，当地百姓大喜，皆背负粮草馈送周兵。

时光荏苒，转眼已是保大十五年（957）春天，齐王景达派朱元、许文稹、边镐、杨守忠等救寿州，屯兵紫金山（今安徽寿县东北淮河南岸），修筑甬道运送粮草，被周将李重进所败。这年二月，柴荣再次南征，周兵连破紫金诸寨。景达虽为元帅，却不娴军旅之事，兴兵打仗皆决于陈觉。陈觉与朱元有怨，说他反复难信，景达便命杨守忠取代他，朱元愤而降周，诸军皆溃，许文稹、边镐、杨守忠等被俘，景达无奈，只得乘船逃回金陵。寿州守将刘仁瞻病重，不能视事，副使孙羽举城降周。柴荣振旅而还。

灭掉南唐是柴荣的既定国策，不达目的，自然不肯罢休。到了冬季，河水浅涸，又第三次率师远征。鉴于前两次没有战舰，只能眼睁睁地看着江南水军劈波斩浪而去，回到汴京后，便建造了数百艘战舰，操练出了一支精锐水军。此次南征，水陆并进，破濠州，夺涡口，泗州守将略作抵抗，便束手来降，泰州也落入周军手中。濠、泗二州是扬州的藩屏，二州既失，李璟知道扬州难于守御，便下令驱赶百姓，并焚毁城内的官邸民舍，可怜这座始建于春秋吴国，继修于汉代的历史名城，霎时间变成一片瓦砾！周兵既得扬州，又乘胜攻占海州（今江苏连云港）、静海（今江苏南通），柴荣亲至楚州（今江苏淮安）城下，发动丁壮凿通楚州城外的老鹳河，然后调集战舰自淮河驶入长江，水陆夹击楚州。守将张彦卿、郑昭业虽困守孤城，却拼死抵御14天之久。柴荣亲督士兵从地下凿开一条通道直抵城下，这才将城攻陷，张彦卿、郑昭业壮烈殉国，周军也损失了数千人。柴荣大怒，下令屠城，将城中百姓杀戮殆尽。然后直奔迎銮镇（今江苏仪征），耀兵江口，同时派一支偏师攻陷了舒州。至此，南唐江北的半壁河山，都为周朝所有了。

柴荣虽然耀兵江口，但连年征战，兵疲师老，需要休整，这才止戈未攻。李璟惧怕周师渡江，忙派枢密使陈觉带着罗毂、绌绢3000匹、乳茶3000斤及香药、犀象等，至江北周师犒军，表示江南愿为周朝附庸，并请求传位太子弘冀。柴荣并不关心李璟传位给谁,关心的是得到更多土地,江南只要答应割地,其他事情便允如所请。李璟不敢怠慢,马上派阁门承旨刘承遇再到迎銮镇,献上庐、舒、蕲、黄4州及江北的汉阳、汉川两县,岁输土贡数十万。至此,柴荣已获得南唐光、黄、蕲、舒、寿、庐、滁、和、濠、泗、楚、海、扬、泰等14州60县,共有22万百姓成为后周黎民,好不惬意!他从迎銮镇返回扬州时,李璟又派宰相冯延巳前来犒军,同时除去帝号,改称国主;为避后周高祖郭威庙号而改名李景;改交泰年号为显德,以示奉后周正朔;贬损帝王仪制,除掉宫阙中的兽头、鱼尾、鸱吻;在后周京城汴京设置进奏院,传递消息,以便随时听候天子召见。作为回报,柴荣先后将钟谟、冯延鲁放还。宋齐丘、陈觉、李征古等先后被贬出朝,冯延巳殂逝,只有冯延鲁在朝,但已不被重用了。

再说太子弘冀自掌朝政后,大刀阔斧整饬吏治,一时政治清明,颇得百姓赞扬。但是触动了那些元老重臣的利益,他们纷纷找中主告状。中主李璟大怒,表示要召回太弟晋王景遂,废黜太子弘冀。李璟原本是传位给景遂,完成父亲兄终弟及的遗愿,但景遂在周师入侵,国难当头之际,一溜烟跑到了洪州,李璟大为失望,改立弘冀为太子,景遂继位之事遂成泡影。如今李璟旧事重提,只是为逼儿子改弦更张,并非真的要废黜他。弘冀却把一腔怨气都发泄到了叔父景遂身上,他一不做,二不休,派人鸩杀了叔父,谎称他旧疾复发,不治身亡。中主信以为真,宣布辍朝7日,谥太弟为文。景遂既死,传位之事自然无需再提,弘冀的太子之位可说是固若金汤了。

然而天有不测风云,人有旦夕祸福,就在弘冀踌躇满志之时,忽然染疾卧床,百药罔治,群医束手,只3个月光景,便撒手人寰。这样,立嗣问题便又提到了中主的议事日程上。中主有子10人,

三千里地家国

195

已亡其五,无论是立嫡立长,自然都应是第六子从嘉——即后来的李后主。但大臣钟谟认为从嘉轻佻,非天子之器,应立第七子从善。从嘉与从善一母同胞,俱是钟皇后所生,除读书外,并未显露出治国才能。大臣严续、陈乔等认为舍长立次,不合礼制,钟谟之议不妥,其余大臣也附和严续,主张立从嘉为嗣。于是中主宣布:从即日起从嘉由郑王徙封吴王,立为太子,居东宫,以尚书令知政事。

处理嗣位问题没有费多大周折,因为从嘉继位是瓜熟蒂落,水到渠成之事。让中主放心不下的仍是后周的进攻,这件事萦绕在他的心头,如砧上月影,千拂不去。以前江南有水军优势,只消把战舰摆在江面,周兵便插翅难渡,而如今周也有了水师,江南的水上优势已荡然无存,如果周师水陆并举,自己便会成为阶下囚。如何摆脱困境?中主想到了迁都,似乎只要迁都别处,就能逢凶化吉,遇难成祥。尽管满朝文武尽皆反对,说是我能往,寇亦能往,迁都之事劳师糜财,得不偿失。中主还是执拗地坚持己见,选择洪州(今江西南昌)为新都城,称南都,设置南昌府,命人先行营建南都宫阙,留从嘉在金陵监国,严续、殷崇义博学多识,留作辅弼,张洎娴于文牍,掌管笺奏。

就在中主紧锣密鼓准备迁都之际,传来了周世宗柴荣在汴京殂逝的消息,他英年早逝,只有39岁。继位的是他7岁的儿子柴宗训,是为恭帝。这一年是显德六年(959)。中主驻足观望,暂缓迁都,希冀后周自顾不暇,不再来找江南的麻烦。但是"寻好梦,梦难成",显德七年(960)正月,后周大将赵匡胤发动了陈桥兵变,攘夺了后周江山,建立了宋朝,改显德七年为建隆元年。赵匡胤在清流关大败唐军,生擒皇甫晖,让中主心有余悸,不敢怠慢,接连3次派人朝贡,承认江南是宋朝的藩属。这年十一月,赵匡胤御驾亲征,讨伐扬州的不廷之臣李重进,中主又派右仆射严续犒军,蒋国公从镒(中主第八子)、户部侍郎冯延鲁朝贡,献上金玉、鞍勒、兵器等,赵匡胤一一笑纳。他刚刚登基,百废待举,政务丛脞,不想对江南动武,因此双方相安无事。

眼见到了建隆二年(961)新正,中主得知赵匡胤在汴京南池操练水军,制造艨艟战舰,又在江北迎銮镇演习水战,似有饮马长江之势,不觉又慌了手脚,当即留下太子从嘉监国,自己带着文武百官溯江而上,入鄱阳湖,取道赣水,直奔洪州。江水浩渺,惊涛拍岸,路途上中主思绪悠悠,不禁有离乡去国,逃难他邦的感慨,于是吮毫挥笔,一口气写了两首《浣溪沙》:

其一

手卷真珠上玉钩,依前春恨锁重楼。风里落花谁是主?思悠悠! 青鸟不传云外信,丁香空结雨中愁。回首绿波三楚莫(暮),接天流。

其二

菡萏香消翠叶残,西风愁起绿波间,还与韶光共憔悴,不堪看! 细雨梦回鸡塞远,小楼吹彻玉笙寒。多少泪珠无限恨,倚阑干。

洪州当时尚未开发,只是弹丸之地,虽被辟为都城,但宫室狭小湫隘,出入不便,不能与虎踞龙盘的金陵相比,人心思归,未免有怨怼之言。中主也后悔当初轻率,铸成大错,每每退朝之暇,北望金陵,辄郁郁不乐,见了当初撺掇他迁都的大臣唐镐,也是怒形于色。群臣又恐吓中主迁回金陵,中主也有意回銮,遂下诏于夏

初搬迁。回想起在金陵的那些岁月,中主无限眷恋,写成一阕哀怨悱恻的《帝台春》词:

> 芳草碧色,萋萋遍南陌。飞紫乱红,也似知人,春愁无力。忆得盈盈拾翠侣,共携赏凤城(今江苏南京市南凤凰山上的凤凰台)寒食。到今来,海角逢春,天涯行客。愁旋释,还似织;泪暗拭,又偷滴。漫倚遍危栏,尽黄昏,也正是暮云凝碧。拼则而今已拼了,忘则怎生便忘得。又还问鳞鸿,试重寻消息。

"愁旋释,还似织;泪暗拭,又偷滴。"这是李璟心情的准确写照!

回迁的工作还未就绪,中主便因偶罹风寒而病卧在床,起初还以为是疥癣之疾,不料愈来愈沉重,终至饮食锐减,只能靠啜蔗糖汁维持生命。看看到了夏季,已是形锁骨立,病入膏肓了。中主自知不起,预立遗嘱,葬在南都西山,累土数尺为坟,棺椁不必迁回金陵。又对群臣说:"违吾言,非忠臣孝子。"几天之后,殂逝于南都长春殿,终年46岁。后主李煜于这年八月间将父亲灵柩运回金陵,殡于宫中万寿殿,告哀于宋,请追复帝号,谥为明道崇德文宣孝皇帝,庙号元宗。

李璟在位19年,他并非昏庸君主,即位后关心民瘼,蠲免租税,赐鳏寡孤独粟帛,政治清明,但后来任用宵小,面对的又是国势强大的后周,他回天无力,南唐国势遂一步步走向衰落。吴任臣的《十国春秋》说他:

> 元宗在位几二十年,史称其慈仁恭俭,礼贤爱民,裕然有

人君之度。然兵气方张,旋经败衄,国威损矣。卒之淮南震惊,奉表削号,岂运会有固然欤?抑任寄非才,以至此也。

马令的《南唐书》评价他:

元宗即位一十九年,有经营四方之志,约己慎刑,勤政如一。向非任用群小,屏弃忠良,国用不惮于闽楚,师旅不弃于淮甸,则庶几完成之君也。

原为南唐大臣,后来降宋的徐铉说:

嗣主工笔札、善骑射,宾礼大臣,敦睦九族,每闻臣民不获其所者,辄咨嗟伤悯,形于颜色,随加救疗。居处服御,节俭得中。初立,有经营四方之志,邪臣阿谄,职为厉阶,晚岁悔之,已不及矣!

所有这些,都是一针见血,切中肯綮的评价!

书生本非补天手：李后主的初期政治

> 寻春须是先春早，看花莫待花枝老。缥色玉柔擎，醅浮盏面清。何妨频笑粲，禁苑春归晚。同醉与闲评，诗随羯鼓成。
>
> ——李煜《子夜歌》

中主李璟撒手西归，一了百了，留给从嘉的是江南的残山剩水，千疮百痍的社稷。刚安葬了父皇，就得筹备登基之事，这年从嘉已 25 岁。他初名从嘉，字重光，号钟隐、莲峰居士等。自幼聪慧，喜欢读书，精通六经，也喜欢佛教，工书善画，洞晓音律，文章、诗、词都是行家里手，是一个不可多得的全面发展的艺术家。可惜的是，他当了南唐国主，面对宋朝咄咄逼人的攻势，只能忍气吞声，委曲求全。尽管如此，仍没有逃脱阶下为囚，被鸩身亡的厄运。当然这是后话。

建隆二年（961）七月，从嘉正式袭位，更名为煜。尊母钟氏为圣尊后，因后父名泰章，故不称太后。妃子周氏娥皇为皇后，徙叔父信王景逷为江王，七弟邓王从善为韩王，南都留守，其他官员也一一加官晋爵，并大赦天下，然后派人向宋朝告哀袭位。他就是历史上熠熠闪光的词人李后主。他亲自起草了给赵匡胤的表文，开头就说："臣本于诸子，实愧非才，自出胶庠，心疏利禄。"只因伯仲继没，次第推迁，不得已才登了大位。接着又表白："既嗣宗枋，敢忘负荷。唯坚臣节，上奉天朝。"既然嗣位，就会坚守臣子之节,不敢萌生异志,自取祸殃。但忧虑的是,"吴越国邻于敝土,近似深仇,犹恐辄向封疆,或生纷扰"。因国土与吴越毗邻,倘吴越寻衅,还请陛下明察秋毫,辨明是非。整个表文写得恺切诚恳,赵匡胤先有了好感。但他又蓦然想起客岁后周淮南节度使李重进反叛,赵匡胤亲自征讨,得悉重进曾向江南求援,便厉声诘问南唐使臣冯延鲁:尔国为何敢通我叛臣? 冯延鲁回答:陛下只知其事,而不知其详。重进使臣曾馆于臣家,国主令臣反问他:陛下刚即位时,人心未定,上党李筠叛乱,大兵倾巢北征,李重进若于此时反,成败尚未可知,今天下底定,四海一统,重进以一城之地抗万乘之师,江南能相助吗? 赵匡胤见他回答敏捷,甚为高兴。又故意问:诸将都劝朕渡江攻打江南,卿以为如何? 冯延鲁不慌不忙答道:江南乃蕞尔小国,固不能抗拒天威,但本国侍卫数万,皆先王亲兵,誓同死生,固无降理,大国必折损数万人性命才能成功。何况大江天堑,风急浪恶,倘陛下进未克城,退又乏粮,进退失据,臣未见其可也。赵匡胤大笑说,朕刚才所说,乃戏言,卿勿当真。于是派鞍辔库使梁义赴江南吊祭中主之死,又派枢密承旨王文来贺袭位。中主李璟虽表示臣服中原,但仅去帝号,其他犹用王者之礼,后主即位,始脱去黄袍,改穿紫袍,表示自己是大宋的臣子。江南与宋朝使轺往返,相安无事。

后主虽然生于深宫中,长于妇人之手,但在即位之初,颇有宵衣旰食,励精图治的新气象。他曾任命一个叫韩德霸的武将为都城烽火使,负责金陵的治安防卫。谁知此人恃势横暴,金陵百姓见其巡视街道,莫不望风奔避。一日,韩德霸在城中巡查,遇到了国子监教授卢郢,此人善吹铁笛,见了韩德霸,并不躲避,依然调笛如故。韩德霸命左右拘捕,卢郢奋臂一击,将十几名士兵打倒在地。韩德霸正欲动手,卢郢一个箭步冲上前去,将韩德霸拉下马来,饱以老拳,直打得他鼻青脸肿,方才住手。韩德霸愤而向后主泣诉,后主怒斥他说,国子监乃人才荟萃之地,是先帝教育贤才之所,孤也依靠他们共治天下,尔一介武夫,怎敢侮辱斯文,该打,该打! 自今日起,尔不必任职,回归田里去吧。韩德霸只得悻悻出朝,回家务农去了。沅州(今湖南黔阳西南黔城镇)人孟宾于曾被楚国王马殷任命为零陵(今湖南永州)县令,归附南唐后也任过县令,因渎职被囚于狱中。与他同年进士,现已在赵匡胤处任职的大臣李昉曾写诗为他惋惜:"幼携书剑别湘潭,金榜标名第十三。昔日声望喧洛下,近年诗价满江南。"诗句传到后主手里,马上下令释放孟宾于,官复原职。江宁府句容县尉张泌提出10条建议:"一曰举简大以行君道,二曰略繁小以责臣职,三曰明赏罚以彰劝善惩恶,四曰慎名器以杜作威擅权,五曰询言行以择忠良,六曰均赋役以恤黎庶,七曰纳谏诤以容正直,八曰究毁誉以远谗佞,九曰节用以行克俭,十曰克己以固旧好。"这十条建议言简意赅,切中时弊,后主大加赞赏。白衣郭昭庆献《经国治民论》10余篇,陈述池州、采石等军事重镇如何防御,以及东海海隅可以开拓之方略。后主大喜,授以著作郎之职。儒士江为才学过人,在江南屡试不第,困顿场屋,打算逃往吴越,被人捉拿,送给后主发落。后主问他有何作品,江为随即朗诵了一首《隋堤柳》:"锦缆龙舟万里来,醉乡繁盛忽尘埃。空余两岸千株柳,雨叶风花作恨媒。"后主评骘说,此诗格调不高,但也不失为一首好诗,只是未到炉火纯青之境,不必去吴越了,就在江南做官吧。江为大喜过望,千恩万谢,方才下朝而去。泉州人康仁杰云游江淮,以诗谒池阳(今安徽泾阳北云阳镇)守令,其中有"红旗渡江霞蘸水,青蛇出箧雪侵衣"之句,守令勉励他出仕,他便去了金陵,献给后主的诗有"云散便凝千里望,日斜长占半城阴"之句,后主大喜,授为县令。大臣陆昭符奉命入宋，应对得体，不辱使命；徐锴主持贡举，守正不阿，为国拔擢英才；永新制置使李元清治境累年，边陲宴安，后主特对此3人提出旌表。朝野见后主政治清明，赏罚得当，莫不心悦诚服。

后主与韩熙载的关系，值得提上一笔。熙载系潍州北海（今山东青州）人，其父在后唐为官被杀，熙载惧祸南逃至吴，与李昪相善。但在李昪、李璟当政时，均未受重用。后主即位，任命他为中书舍人。因连年用兵，加上向宋朝进贡，弄得财政拮据。南唐用铜铸钱，李璟在位时，铜荒严重，钟谟献策，铸以一当十的大钱，名为"永通泉宝"；又铸小钱，以二当一，名为"唐国通宝"，两者通用，极受百姓欢迎。但流行未久，不逞之徒便开始盗铸，私钱又轻又薄，外观粗糙，即使扔入水中都不会沉没。货币贬值，物价大涨，导致社会秩序动荡，于是韩熙载提出改铸铁钱。他所铸铁钱大小一如"开元通宝"，文亦相同，上面的篆字出自徐铉的手笔。有人提出铁没有铜经久耐用，流通久了就会朽烂，百姓不会乐意使用，还会有人盗铸，如此一来，社会秩序岂不大乱？韩熙载则说，只要国主下令施行铁钱，百姓不会拒绝；铁币在市场上流通，今日在我手，明日又在你手，循序往复，不会朽烂；以国家财力铸钱，必然质地精良，偷铸之钱根本无法与之相比，再说盗铸要冒坐牢、杀头之险，谁还敢以身试法？后主决定铁钱、铜钱杂用，每发行10钱，以铁钱6搭配铜钱4流通，既而不用铜钱，但以铁钱贸易。后主派人到市场查看，但见秩序井然，买卖兴旺，甚为高兴，擢升他为兵部尚书。

从铸铁钱一事看出韩熙载才学过人，后主又命他知贡举。韩熙载共录取9人，头名舒雅，第二名王崇古。那些落选举子中有人诬告韩熙载徇私舞弊，科场不公，并说9名新科进士中有5名

三千里地家国

203

与韩熙载关系非同寻常。后主命徐铉复试,但舒雅等5名新科进士拒绝复试。后主无奈,便亲自复试,舒雅等5人只得参加。由于后主心存芥蒂,5人全被黜落。韩熙载经此打击,心情抑郁,蓄妓40余人,帷薄不修,纵妓卖春,物议哄然。后主不想直斥其过,派画师顾闳中潜至其家,将韩熙载与诸妓女樽俎灯烛间寻欢作乐之景记于心,归来后再仔细揣摩,然后绘成长卷,果然惟妙惟肖,形神酷似,这就是擅誉千古的《韩熙载夜宴图》。图中的服饰用具都有根据,韩熙载所戴帽子,名为"韩君轻格",人多仿效之。后主把图送给他,希望他能翻然悔悟,但熙载仍然如故。后主无奈,只得贬他为太子右庶子,分司南都洪州,熙载这才悉数遣散诸妓。后主见韩熙载已有悔过之心,便既往不咎,任命为秘书监,留朝供职,不久又恢复了他的兵部尚书之职,熙载也尽心辅政。两个月之后,后主正准备命他为相,被熙载遣散的那些歌妓又都回到了金陵,后主只得作罢。他死后,后主赐衾被作为殓葬之用。又对侍臣说:"吾竟不得相熙载,欲赠平章事,古有是否?"于是赠右仆射、同平章事,废朝3日,谥文靖,命葬于梅岭岗谢安墓侧,徐铉为他写墓志铭,真可算得上深仁厚泽了。

后主才气纵横,无论是诗词、绘画,还是书法,都有过人之处。他聪慧过人,当藩王时便醉心书画,即位后时时练习,果能曲尽其妙。他画的山水、人物、花鸟都堪称一绝。他熟悉画家的作品,如顾恺之的《女史箴图》、展子虔的《游春图》、阎立本的《步辇图》、韩滉的《五牛图》,他都如数家珍,从中汲取营养,又有所创新,被誉为江南绝笔的"铁钩锁"画法,便是他的独创。比如画竹,从根到梢,细细勾勒,即使是细微之处也用双勾,用此技法画出的墨竹,枝叶斑驳,独具神韵。后主身边也聚集了一批画师。顾闳中所画《韩熙载夜宴图》名满江南,自不必说,他如江夏(今湖北武昌)人梅行思画人物牛马妙绝,而最工于鸡,号称"梅家鸡",后主用为待诏;常州人董羽善画龙水海鱼,后主任他为翰林待诏。他画的海水与李萧远草书、中宗的八分书号称三绝。他画的《后主香花阁图》甚为后主欣赏;后主时任后苑副使的董源善画山、水、龙,又工人物。一日,后主坐碧落宫召冯延巳论事,延巳至宫门,逡巡不敢进,后主派人催促,延巳说:"有宫娥著青红锦袍,当门而立,未敢竟进。"后主派人仔细观看,乃是董源在八尺琉璃屏上所画的夷光像,夷光就是西施。京兆(今陕西西安)人卫贤,后主时为内供奉,擅长画楼观殿宇盘车水磨,他画的《盘车水磨图》上,有后主作的《渔父词》两阕:

> 阆苑有情千里雪,桃李无言一队春。一壶酒,一竿身,快活如侬有几人? 一棹春风一叶舟,一纶茧缕一轻钩。花满渚,酒盈瓯,万顷波中得自由。

天台(今属浙江)人钟隐善画鸷鸟榛棘,曾画鹞于壁间,翩翩欲飞,他画的《柘条鹭鹊图》《柘条山鹊图》《柘条霜禽图》等被后主藏之秘府,从不示人,并盖上他的印记。句容(今属江苏)人周文矩任翰林待诏,擅画道释人物、山林泉石,后主曾命他画《南庄图》,他一挥而就,后主览之,叹服不已,藏于内府,不时观看,后来降宋时带到了汴京。

后主的字也别具一格。他写的小字常作颤笔樛曲之状,笔锋遒劲如寒松霜竹,号称金错刀。写大字不用笔,卷帛沾墨书写,挥洒涂抹,皆随人意,后世称为撮襟书。他书写时,用澄心堂纸、李廷珪墨、龙尾石砚,均为天下之冠。蜀中产好纸,名为"玉屑笺",但纸脆且易变色,后主命人在江南境内考察水源,最后于扬州设造纸务,所产之纸洁白如雪,光滑如冰,柔软似锦,折叠无痕,后主命名为澄心堂纸。北宋灭亡数十年后,澄心堂纸才出现在汴京,一时洛阳纸贵。刘贡父有诗赞之:"当年百金售一幅,澄心堂上千万轴。后人闻名宁复得,就令得之当不识。"欧阳修也说:"君不见曼卿子美真奇才,久矣零落埋黄尘。君家虽有澄心纸,不敢下笔知谁哉!"后主所用之墨号李廷珪墨,是因墨工李廷珪得名。廷珪原姓奚,与其父奚超自家乡易水(今河北易县)来江南,定居歙州(今安徽歙县),见这里盛产松树,水又清冽香甜,便在此处制墨,书写起来光洁流利,号称廷珪墨。此墨与澄心堂纸、龙尾砚合称江南文房三宝。相传有一士人误遗廷珪墨一锭于池中,打捞半天,未见踪影,遂弃之而去。一月之后,临池饮酒,偶坠一金器于水中,便招募善泅水者打捞,结果连那锭墨一并捞出,墨光色不变,表里如新,于是廷珪墨身价百倍,被人视为稀世之珍。后主于是赐廷珪姓李。后主所用之砚产于歙州,号称歙砚,在歙州设立砚务,遴选工人专门造砚。砚工曾得一灵璧天然奇石,雕成砚台献给后主。此砚长约1尺,上有36座小山峰,砚池每遇天阴欲雨之时,便自然湿润,滴水少许于池内便经旬不竭,后主视若拱璧。

后主本非治国平天下之君,刚即位时还朝乾夕惕,思有为于天下,但天下太平,方隅无事,治国之心便懈怠下来,成了纵情享乐的国主。他有两大嗜好,一是佞佛,二是弈棋。江南酷好浮屠,始于先主李昪时期。但李昪只是对佛有好感而已,尚未迷信到神魂颠倒的程度。中主也喜欢结交僧人,和尚元寂博通经藏,后主命他讲《法华经》,中主授他左街僧录内供奉,赐紫,元寂多次违犯法律,都被赦免。还有一个叫王应之的僧人,因屡试不第,皈依佛门,他书法极好,文章亦佳,凡是有关佛事的章疏,皆出其手。后主佞佛超过了父祖,他即位后,便召元寂讲《华严经》,赏赐甚多。元寂从此有恃无恐，酗酒吃肉，成了酒肉和尚。每次大醉之后，元寂便吟俚诗："酒秃酒秃，何荣何辱，但见衣冠成古丘，不见江河变陵谷。"有人告发，后主纵而不问。还有一个叫小长老的僧人，善讲六根、四谛、天堂、地狱，因果报应，后主称之为一佛出世。他出入宫禁，身披红罗绡金衣，后主责备他说，僧人应披袈裟，不该穿华丽衣服。小长老说，不读《华严经》，不知佛家富贵，乘机劝说后主广施梵刹，营造佛像。后主沉溺其中，从此更加佞佛，命大臣徐游专管斋祠事宜。

为弘扬佛法，后主下诏在金陵城南牛头山造佛寺千余间，宫禁中捐资巨万，甚至宫苑中也建起了静德僧寺。上有好者，下必甚焉。短短时间内，金陵城内僧徒多达万人，又募道士为僧，凡道人愿转而为僧者，每人赏银 2 两。一时金陵城内大街小巷尽是僧人。这些僧人不耕不织，坐糜钱粮，帑藏告罄，便去朘剥百姓，弄得民怨沸腾。后主每日退朝，便与皇后头戴僧伽帽，身披袈裟，研读佛经，拜跪顿颡，致使颡生赘瘤。僧尼犯奸淫之戒者，礼佛百次，便可赦免；凡判死刑之人，行刑前在佛像前燃灯祈祷，天亮前如灯熄灭，便被处死，天亮后熄灭则可免死。罪人往往贿赂官员，夜半无人时续添灯油，那灯自然不灭，犯人也可免死了。久而久之，朝野皆知此事，惟独后主一人蒙在鼓中。

后主佞佛导致国事日非，进士出身的徽州人汪焕上书谏净说：

> 昔梁武事佛，刺血写佛书，舍身为佛奴，曲膝为僧礼，散发俾僧践，及其终也，饿死台城。今陛下事佛，未见刺血践发，舍身曲膝，臣恐他日犹不得如梁武也。

后主览书,夸奖汪焕说:"此敢死士也",擢升他为校书郎,但不纳其言,佞佛如故。

后主弈棋成癖,有时甚至废寝忘食。一次大理卿萧俨求见,后主棋兴正浓,不予理会。萧俨怒气冲冲闯入宫掖,冷不防扯起棋盘掷于地上,后主大骇,诘问他说:"汝欲效魏徵耶?"萧俨回答:"臣非魏徵,则陛下亦非太宗矣!"后主自知理亏,只得罢弈而去。

微服出游,平康狎妓,也是后主的一大癖好。金陵为六朝繁华之地,佳丽如云,粉黛遍地,加上秦楼楚馆,所在多有,为风流蕴藉的后主寻花问柳,宿娼嫖妓提供了方便。《南唐拾遗记》一书说,后主一次微行娼家,见一家妓院内搭了一个席棚,席棚下坐着一位和尚,穿着一袭黄色袈裟,兀自在那里吹笛调笙,吹累了便喝几口酒。后主信步而入,那和尚"见煜明俊蕴藉,契合相爱重。煜乘醉大书石壁曰:'浅斟低唱,偎红倚翠,太师鸳鸯寺主传持风流教法。'久之,僧拥妓之屏帷,煜徐步而去。僧妓竟不知是煜。煜尝密语于徐铉,铉言于所亲焉"。此事本不为人知,但后主却泄漏给了徐铉,徐铉再传布于亲近之人,于是后主狎妓之事便传得满城风雨了。

既喜欢嫖妓,便多接近优伶,主管优伶的教坊使也颇受后主青睐。后主打算把户部侍郎孟拱辰的住宅赐予教坊使袁承进。朝野大为惊骇,但无人敢于谏止。监察御史张宪挺身而出,上了一道谏疏,直指后主之失:

国主即位,大展教坊,广开宅第,下条制则教人廉隅,处宫苑则多方奇巧。道路皆言以户部侍郎孟拱辰宅与教坊使袁承进。昔高祖欲拜舞工故安、叱奴为散骑侍郎,举朝皆笑。

今虽不拜承进为侍郎，而赐以侍郎居宅，事亦相类矣。

这一篇谏疏言简意赅，击中了后主的痛处，后主当即决定取消赐予袁承进宅第的承诺，赐张宪绢帛 30 匹，以旌其忠直。但这只是权宜之计，后主仍然游乐不辍。

就在后主玩物丧志，沉湎酒色之中时，大宋刚即位的天子赵匡胤已经秣马厉兵，虎视眈眈地进攻江南了。一方是江河日下，国事日非，一边是锐气方涨，弯弓待发，不待蓍龟，便可知道后主逃脱不了牵羊系颈、衔璧出降的厄运了。

三千里地家国

花开并蒂竞风流：大周后与小周后

> 玉树后庭前，瑶草妆镜边。去年花不老，今年月又圆。莫教偏，和月和花，天教长少年。

> ——李煜《后庭花破子》

后主的皇后大周后、小周后系嫡亲姐妹，均为司徒周宗之女。周宗字君太，广陵人，仕先主李昪，任同平章政事，迁侍中，颇受重用，后徙宣州节度使。中主即位，周宗朝觐时，中主亲为他折幞头角，以示殊荣。任东都留守时，因年老请求致仕，中主封他为司徒，致仕后居住金陵。大周后乃周宗长女，小字娥皇。她不但生得国色天香，冰肌玉骨，而且兼通书史，善歌舞，甚至采戏、弈棋，靡不妙绝，著有《击蒙小叶子格》1卷。她最擅长的是弹奏琵琶。有一年中主寿诞，在长秋宫举行宴会，她的琵琶独奏婉转悠扬，如乳燕呼晴，流莺唱晚，一曲终了，赢得满堂喝彩。中主大喜，赐以烧槽琵琶。相传这种琵琶乃东汉蔡邕所制，做工精良，制作不易，因而传世极少。

后主当时还是一名藩王，也参加了父皇的寿宴，娥皇天生丽质，加上美轮美奂的琵琶独奏，给他留下了深刻印象。曲终人散，他还想一睹芳容，而娥皇已不知所踪。回到府第，辗转反侧，不成梦寐，于是搦管擘笺，写成一首《长相思》词：

云一緺,玉一梭,澹澹衫儿薄薄罗,轻颦双黛螺。

秋风多,雨相合,帘外芭蕉三两窠,夜长人奈何!

第二天见面,后主便大献殷勤,娥皇见后主风流倜傥,平易近人,也不觉怦然心动。攀谈多时,看着娥皇分花拂柳,冉冉而去,后主又脱口吟出一首《南歌子》:

云鬓裁新绿,霞衣曳晓红。待歌凝立翠筵中,一朵彩云何事下巫峰。

趁拍鸾飞镜,回身燕颭空。莫翻红袖过帘栊,怕被杨花勾引嫁东风。

从此以后,两人关系急遽升温。周宗虽已致仕,仍不时被中主召入宫中垂询军国大事。中主与钟皇后对周宗本有好感,更兼娥皇性格贤淑,很快便同意了这门亲事。南唐保大十二年(954),也即后周显德元年,19岁的娥皇与18岁的后主结为连理,两人举案齐眉,伉俪情笃。

后主即位,册娥皇为国后,即人们常说的大周后。周后所居寝宫用丁香、沉香、檀香、麝香各1两,甲香3两捣成粉末,加上10枚鹅梨,研磨成汁,然后放入银器内蒸干,屋内馥郁之气,可经旬不散。周后又创高髻纤裳及首翘鬓朵之装,此装一出,国人争相效仿。周后最喜欢的是舞蹈。一日大雪初霁,后主开筵赏雪,迨至夜晚,酒酣耳热之际,周后请后主起舞。后主说:“汝能创为新声,则可矣。”周后说,这有何难,当即命笺缀谱,喉无滞音,笔无停思,顷刻之间,新谱已成,后主命为“邀醉破舞”。还有“恨来迟破”,也是周后所制。唐朝全盛时,《霓裳羽衣曲》为最大乐曲,传说唐玄宗与方士遨游月宫,忽听琴韵悠扬,传来仙乐之声,便默记于心,归来后按谱记之,取名《霓裳羽衣曲》。事实上玄宗幼年与太常乐人为伴,慢慢精通了音律。即位后乐此不疲,造诣遂深。一次他登三乡驿女几山,见那里烟雾缭绕,林壑优美,如同置身于虚无缥缈的仙境,顿生灵感,写成《霓裳羽衣曲》的散序部分。不久,西凉节度使杨敬述送来印度的《婆罗门曲》,玄宗略为加工,将此曲融入散序中,成为《霓裳羽衣曲》的后半部分。曲成之后,常在宫廷中演奏,玄宗打羯鼓,杨贵妃弹琵琶,李龟年吹觱篥,贺怀智拍板,谢阿蛮跳舞。不久,"渔阳鼙鼓动地来,惊破《霓裳羽衣曲》",安禄山叛乱,玄宗仓皇出逃,杨贵妃缢死于马嵬坡,《霓裳羽衣曲》曲谱毁于兵燹,后来虽有人找到,已经残破不全,不是完璧了。后主与周后找来有关资料,切磋研讨,根据唐朝宫廷曲谱,反复查证,仔细推敲,勘校音律,精心补缀,终于补齐了遗失的曲谱,于是开元、天宝之遗音,复传于世。

为验证曲谱是否有大唐遗韵,后主夫妇举行了一场别开生面的歌舞晚会。内侍舍人徐铉颇知乐理,他问参与整理曲谱的曹生:盛唐的《霓裳羽衣曲》结尾处舒缓轻柔,渐渐隐去,如今曲子结尾处却是急管繁弦,这是何故?曹生回答说,旧谱煞尾时的确是轻缓舒徐,但这一段曲谱残缺太多,王妃补缀时无所参稽,便改作了急调。徐铉有一首题为《听霓裳羽衣曲》的七绝,其中两句是"此是开元太平曲,莫教偏作别离声"。后主观看演奏后,回到藩邸,也写出了一首《玉楼春》以志其事:

> 晚妆初了明肌雪,春殿嫔娥鱼贯列。笙箫吹断水云间,
> 重按《霓裳》歌遍彻。临春谁更飘香屑?醉拍阑干情味切。
> 归时休放烛花红,待踏马蹄清夜月。

方隅无事，天下太平，后主与周后歌舞升平，寻欢作乐，后主不禁手痒，又写了几首词。一首《一斛珠》是写女子向所喜欢的情人撒娇神态的：

晓妆初过，沈檀轻注些儿个，向人微露丁香颗。一曲清歌，暂引樱桃破。罗袖裛残殷色可，杯深旋被香醪涴。绣床斜凭娇无那，烂嚼红茸，笑向檀郎唾。

一首《子夜歌》是写要及时行采的：

寻春须是先秦早，看花莫待花枝老。缥色玉柔擎，醅浮盏面清。何妨频笑粲，禁苑春归晚。同醉与闲评，诗随羯鼓成。

还有一首描写萧鼓齐名，宫人寻欢作乐的《浣溪沙》：

红日已高三丈透，金炉次第添香兽，红锦地衣随步皱。佳人舞点金钗溜，酒恶时拈花蕊嗅，别殿遥闻箫鼓奏。

宫人庆奴善歌舞，她曾拿出一把黄罗扇请后主题诗，后主不加思索，便在上面题了一首《柳枝词》：

风情渐老见春羞，到处芳魂感旧游。多谢长条似相识，强垂烟穗拂人头。

这把扇子在南唐灭亡后流落到汴京,几经易手,庋藏于戚畹贵族之家。张邦基的《墨庄漫录》一书说:"江南李后主尝于黄罗扇上书赐宫人庆奴云……"足见后主的一首小令,一幅墨宝也被后人视为珍宝。

乐极生悲,甘尽苦来。乾德二年(964)八月,29岁的周后忽然染疾,柳憔花悴,卧床不起。后主朝暮视食,药非亲尝不进,衣不解体者数日。也是福无双至,祸不单行,正值周后之疾有加无瘳之际,偏偏次子仲宣又不幸短命夭亡。周后生有二子,长子仲寓字叔章,被封为清源郡公;次子仲宣小字瑞保,被封为宣城郡公。此子聪颖过人,3岁便能背诵《孝经》及古文,后主夫妇特别钟爱。4岁那年秋天,仲宣在佛像前嬉戏,突然有一黑猫误将佛像前的一盏大琉璃灯触碎,仲宣受了惊吓,从此得疾。虽经多方诊治,均不奏效,不幸魂归泉台。后主悲伤欲绝,挥笔写诗一首:

> 永念难消释,孤怀痛自嗟。雨深秋寂寞,愁引病增加。
> 咽绝风前思,昏濛眼上花。空王应念我,穷子正迷家。

空王是佛家语,乃佛之尊称,据说世界一切皆空,故称空王。周后见后主神情凄怆,追问之下,方知宣儿已亡,不啻五雷轰顶,痛彻肝肺,迨至十一月便香消玉殒了。弥留之际,对后主说:"婢子多幸,托质君门,窃冒华宠十载矣。女子之荣,莫过于此。所不足者,子殇身殂,无以报德。"后主把她生前钟爱的金屑檀琵琶纳入棺中,葬于懿陵,谥号昭惠皇后。又自制诔文,镌刻于园陵石碑上,署名"鳏夫煜"。在这长达数千字的诔文中,他抒发了自己形单影只,孤苦无依的心情,其中一段云:

我思姝子，永念犹初。爱而不见，我心毁如。寒暑斯疚，我宁御诸。呜呼哀哉！万物无心，风烟若故，唯日唯月，以阴以雨，事则依然，人乎何所？悄悄房栊，孰堪其处？呜呼哀哉！佳名镇在，望月伤蛾，双眸永隔，见镜无波。皇皇望绝，伤如之何！暮树苍苍，哀摧无际。历历前欢，多多遗致。丝竹声悄，绮罗香杳。想涣乎忉怛，恍越乎憔悴。呜呼哀哉！岁云暮兮，无相见期；情瞀乱兮，谁将因依？维昔之时兮亦如此，维今之心兮不如斯。呜呼哀哉！神之不仁兮，敛怨为德，既取我子兮，又毁我室。镜重轮兮何年，兰袭香兮何日？呜呼哀哉！

写完诔文，意犹未尽，再写《梅花诗》两首：

其一　七律

殷勤移植地，曲槛小栏边。共约重芳日，还忧不盛妍。
阻风开步障，乘月溉寒泉。谁料花前后，蛾眉却不全。

其二　七绝

失却烟花主，东君自不知。清香更何用，犹发去年枝。

岁月匆匆，回黄转绿，又是一年春季来临。春雨淅沥，落红狼藉，后主又想起了周后，再写《感怀诗》两首：

其一

又见桐花发旧枝，一缕烟雨暮凄凄。凭栏惆怅人谁会？不觉潸然泪眼低。

其二

层城无复见娇姿，佳节缠哀不自持。空有当年旧烟月，
芙蓉池上哭蛾眉。

悼念周后，又想起了次子仲宣，再写两首五律悼念周后母子：

其一

珠碎眼前珍，花凋世外春。未销心里恨，又失掌中身。
玉笥犹残药，香奁已染尘。前哀将后感，无泪可沾巾。

其二

艳质同芳树，浮危道略同。正悲春落实，又苦雨伤丛。
秾丽今何在？飘零事已空。沉沉无问处，千载谢东风。

周后魂归离恨天，正当后主郁悒不乐之际，小周后的出现，给
了后主莫大的慰藉，终于再续前缘，结为连理。小周后系周后之
妹，比乃姊小 14 岁，娥皇入宫那年，她只有 5 岁。周宗致仕后原
居住金陵，自娥皇嫁入宫廷，周宗怕别人说他倚恃皇亲国戚恣行
不法，便把家搬到了扬州。周后染疾，小周后自扬州赶来探望，与
后主在宫中不期而遇。此时小周后已长大成人，出落得丰姿靡
曼，顾影无俦，弱质葳蕤，体态轻盈，恰如玉树临风；顾盼生辉，跌
宕风流，一似嫦娥下凡。小周后见后主服侍皇后，连日劳累，便为
他调筝奏乐，惹得后主心猿意马，不能自持，写出了一首《菩萨
蛮》：

铜簧韵脆锵寒竹，新声慢奏移纤玉。眼色暗相钩，秋波横欲流。雨云深绣户，未便谐衷素。宴罢又成空，魂迷春梦中！

情愫互通，接触便多，后主把小周后安置在画堂憩息，那里离后主居住的长秋宫近在咫尺，两人经常在那里幽会，后主又写了首《菩萨蛮》：

蓬莱院闭天台女，画堂昼寝人无语。抛枕翠云光，绣衣闻异香。潜来珠锁动，惊觉银屏梦。脸慢笑盈盈，相看无限情！

流传最广的是后主与小周后偷情的一首《菩萨蛮》：

花明月暗笼轻雾，今宵好向郎边去。刬袜步香阶，手提金缕鞋。画堂南畔见，一向偎人颤。奴为出来难，教郎恣意怜！

词中描绘了一个年轻女子，在花明月暗，轻雾迷蒙之夜，一手提鞋，双袜着地，和情郎幽会的场面，尤其"奴为出来难，教郎恣意怜"两句，非常大胆直率。李调元的《雨村词话》说，"此南唐李后主词为小周后而作也"，吴任臣的《十国春秋》说，后主的词"有'刬袜金缕鞋'之句，辞甚狎昵，颇传于外。至纳后，乃成礼而已"。小周后进宫时年龄不大，尚不知避嫌疑，与后主频繁往来，为乃姊发觉，加重了病情，才遽然殒逝的。

周后姐逝，中宫久虚，本应早立小周后为后，适逢后主之母钟太后亡故,服丧期间,不便婚娶,事情便耽搁下来。时光荏苒,转眼到了开宝元年(968),后主为母服丧期满,周后薨逝也已4年,册立皇后的事便提到了日程上来。后主命太常博士陈致雍考证婚礼古今沿革,制定条文,又命中书舍人徐铉和知制诰潘佑参与讨论。婚礼如何举行,徐铉与潘佑发生了分歧。徐铉认为婚礼古不用乐,潘佑则说,古是古,今是今,没有沿袭关系,应该用乐。徐铉认为,即使用乐,也不可用钟鼓,潘佑反驳说,若说婚礼不该用鼓乐,《诗经》上说"窈窕淑女,钟鼓乐之",又该如何解释?可见房中乐宜有钟鼓。皇后与君王交拜之礼,徐铉与潘佑也有分歧。《后魏书》中有"后先拜后起,帝后拜先起"的记载,徐铉主张君王与皇后成婚,乃夫妇之礼,皇后拜后,君王应当答拜;潘佑则认为君王的婚礼与庶人不同,君王不必答拜。双方争执不下,议久不决。后主命文安郡公徐游评判,徐游同意潘佑的意见,这正中后主下怀,大婚的议程便定了下来。

婚事既定,便须纳采,即男方向女方送雁,故又称委禽。后主纳采时正值冬季,无处觅雁,便以白鹅代雁,由使者专程送往扬州。除了纳采,还有问名(男方询问女方名字,出生年月)、纳吉(男方据女方生辰八字卜得吉兆,备礼通知女家,婚礼从此敲定)、纳征(女方接送男方聘礼,正式定亲)、请期(确定婚期)、亲迎(男方至女方家迎娶)等繁文缛节。后主乃一国之主,自与庶民不同,不须亲迎,而是派使者到扬州迎娶。

合卺之日,鼓乐喧天,金陵城内万人空巷,人头攒动,都想一睹皇后风采,爬树者有之,登屋者有之,引领翘望者有之,甚至有坠瓦毙命者。后主头戴皇冠,身穿衮龙袍,显得英姿飒爽;小周后凤冠霞帔,真个是态度则杨柳晚风,容华若芙蕖晓日,小周后的车驾在长街上缓缓行进,赢得了一片喝彩声。

小周后温柔贤淑,善解人意,后主宠幸过于其姊。后主居住在长秋宫,小周后则居住在柔仪殿。宫中设主香宫女,仅焚香之器便有把子莲、三云凤、折腰狮子、容华鼎等20多种,皆以金玉铸成。每至夜晚,宫中香气氤氲,飘溢街衢。宫中陈设华丽,壁上悬挂销金红罗,窗棂用绿钿水刷就,进得宫来,只见一派雍容华贵气象。室外栽种奇花异草,每至春色烂漫之时,梁栋、窗壁、柱栱、阶砌之间,均设插筒,插入各种花卉,后主亲书"铜洞天"3字于上。即使远方名贵之花,只要后主看中,也不惜工本,移植于此。庐山僧舍有麝囊花一丛,馥郁沁人,号为"紫风流",后主差人移植于移风殿,赐名为"蓬莱紫"。每至百花盛开之时,姹紫嫣红,美不胜收,后主与小周后寻芳探胜,流连忘返。如此游乐,后主仍觉不能尽兴,又于群花丛中修建一亭,房顶覆以红罗,文采斑斓,雕镂华丽,但房屋甚小,仅容两人。后主每每屏去随从宫人,只与小周后两人酣饮其间。小周后未听过《霓裳羽衣曲》,请求一饱耳福,后主也因母后、皇后相继殂逝,未再作过歌舞会,遂慨然允诺,选择某日夜晚在长秋宫举行。到了那天晚上,皓月当空,月华如水,宝珠乍悬,光彻掖廷。后主夫妇并肩而坐,只见一对宫娥鱼贯而出。晚妆初竟,明艳欲绝,珠翠缤纷,裙裾翩翩。一霎时竹肉相发,笙箫齐奏。乐曲声中,几十个宫女轻舒广袖,翩翩起舞,令人有置身蓬莱仙境之感。直至更深夜阑,方才散场,众宫女始踏月归去。

南唐覆亡,小周后随后主迁来汴京,被封为郑国夫人。按照惯例,她多次随同命妇进入宫掖,参加燕乐活动。不料宋太宗赵光义垂涎小周后绰约多姿,恃势强迫她侍寝,因此小周后每进宫必数日才出,归家后必詈骂后主不能保护妻子,后主只得婉转避之。此事当时传得沸沸扬扬,举国皆知,有好事者画有《熙陵幸小周后图》，流传甚广。熙陵即宋太宗，他死后葬于永熙陵。明人沈德符在其所著《万历野获编》中叙述甚详。

太平兴国二年（977），后主被宋太宗鸩死，小周后悲不自胜，怏怏成疾，未几便不治身亡，一缕芳魂到泉台寻找李后主去了。

后主宫中还有几位女性，也值得一提。保仪黄氏，江夏人，因兵乱随父亲流徙湖湘，边镐攻入长沙，得到黄氏，她当时只有几岁，却生得俊秀姣好，边镐把她送入了掖庭。及长成人，出落得黄手纤纤，宫腰搦搦，荷粉露垂，杏花烟润，容态冠绝一时。后主即位，喜欢她倾国倾城的容貌，选为保仪。黄氏又工书札，后主命她专掌宫中书籍。中主学元欣，后主学柳公权，皆能做到形神俱似。宫中图籍万卷，尤多钟繇，王羲之墨帖，也由黄氏保管。金陵城垂破之时，后主交待黄氏：这些墨帖皆是先帝珍爱之物，城若不守，汝当全部焚毁，不要落入宋军之手。及城陷，黄氏将图书墨帖扫数付之一炬，她自己也随后主北迁，卒于汴京。

流珠是后主嫔御，聪慧机敏，工于琵琶。后主自制乐曲《念家山破》，周后制《邀醉舞》《恨来迟》两种曲调，流传既久，乐籍中却失载不传。周后既死，后主怀念不已，想整理其旧曲，但左右无知者，流珠独能追记曲谱，丝毫不差。国亡后不知所终。

乔氏是后主宫人，善书法，常出家奉佛，后主亲书金字《心经》赐之。南唐灭亡，乔氏携《心经》随后主入宋。后主薨逝，乔氏将《心经》舍入相国寺，为后主荐冥福，并在经卷后题字云："故李国主宫嫔乔氏，伏遇国主百日，谨舍昔时赐妾所书《般若心经》在相国寺塔院。伏愿弥勒尊前持一花而见佛。"字体娟秀整洁，词则怆恍欲绝。后来有一江南僧人将经文及乔氏墨宝赎出，持归金陵，放在天禧寺塔相轮（塔上槃盖）中，见者莫不为后主的遭遇悲伤。

还有秋水、窅娘两宫人。秋水喜欢头插异花，芳香拂鬓，引来蝴蝶飞绕，扑之不去。窅娘则纤丽善舞，后主曾制作金莲，高6尺，饰以宝物细带，莲中缀以璎珞，命窅娘以帛缠足，将脚弯成新月状，素袜舞于莲中，回旋有凌波之态，国中人皆效之。时人有诗云："莲中花更好，云里月长新"，即是为窅娘所作。

　　后主还有一宠婢，姓名已不可考，入宋后每逢夜晚宫中燃灯时辄闭目，自云在江南时每至夜晚，宫中便悬大宝珠，光照一室，如同白昼。由此可见后主在南唐时的奢靡。

一江春水向东流：南唐之亡与后主之死

　　春花秋月何时了？往事知多少！小楼昨夜又东风，故国不堪回首月明中！雕栏玉砌应犹在，只是朱颜改。问君能有几多愁，恰似一江春水向东流。

——李煜《虞美人》

　　开宝四年(971)宋朝灭亡南汉，后主甚为惶惧，上表赵匡胤，请求改唐国主为江南国主，唐国印为江南国印，改中书门下省为左右内史府，其他机构也作了相应改变，表示是宋朝的藩属。又降封诸王为国公，以示不敢与宋朝并驾齐驱。这年十一月，后主又派同母弟从善赴京师朝贡。他知道赵普在朝中是一言九鼎的人物，秘密给他送了5万两白银，希望赵普在天子面前口角春风。赵普不敢自专，请赵匡胤发落。赵匡胤略一沉思，便命赵普照单收下。他自然清楚李后主此时给赵普送白银的用意何在，宋朝是大邦，自当存大邦之体，让江南莫测高深。如何安置从善，赵匡胤也煞费苦心。当年他禅代后周时，从善曾作为南唐使臣前来朝贺，赵匡胤隆重接待，并派翰林学士王著送他回国。当时家邦肇造，百废待举，赵匡胤必须笼络南唐，免得节外生枝，因此对从善谦恭有加。如今宋朝国力强盛，正要一统天下，对从善的态度就有了变化。

　　从善奉后主之命，带来了许多价值连城的稀世珍玩，这些珍宝都是占城(今越南中南部)送给后主的,后主一件也未留下,悉数送入了京师,其中有犀角、乳香、沉香、白龙脑、苍龙脑、煎香、石亭脂、龙脑、豆蔻、槟榔鸡丝产品等。赵匡胤对此不感兴趣,奢靡足以亡国,他不能玩物丧志,因此略翻了一下贡品清单,便退给了从善。等从善完成了使命,提出要回朝复明时,赵匡胤却故作惊讶之态说,朕与卿是故旧之交,还未及彻夜长谈,何遽然言归? 朕已命人替卿洒扫下榻之处,再赐白银5万两作为用度,卿尽可安心居住。从善没有料到自己会被扣作人质,一时惊讶得说不出话来。赵匡胤似乎看出了他的心事,温和地宽慰他说,卿来京师,既非俘虏,也非人质,席丰履厚,衣食无虞,何须恐惧! 从善无奈,只得遵命。赵匡胤封从善为泰宁军节度使,赐第汴阳坊,留居京师,同时把后主给赵普的5万两白银转赐给从善。赵匡胤的目的很清楚,就是用从善牵制后主,让他早日皈依,不再大动干戈。几天之后,赵匡胤命从善给后主写信,督促他入朝觐见天子。从善哪敢违拗,只得含泪劝兄长北上,后主恐怕此行是羊落虎口,有去无回,不肯答应,只写了一封措辞恳切的信,请求赵匡胤网开一面,放从善回国,赵匡胤自然是置之不理。后主虽表示南唐只是宋朝的藩属,但在暗地里却一直缮甲募兵,以防不虞。

尽管赵匡胤使出了浑身解数,后主仍不肯就范,他从不离建康城半步。赵匡胤只得考虑用武力讨平。他历数南唐将帅,忽然想起了南都留守林仁肇。此人出身行伍,虽任将帅,但与士卒同甘苦,颇受部下拥戴。兼之文韬武略均出类拔萃,如果宋朝用兵,此人肯定是个劲敌,不除掉他,要平定南唐,就得费更大周折。赵匡胤又想起了他刚刚平定李重进时的往事。宋兵主力集中于扬州,淮南诸郡守御薄弱,林仁肇向后主提出,趁宋兵师旅疲敝之机,臣领兵数万,从寿春(今安徽寿县)出发,渡过淝水、淮河,进据正阳（今属河南），"因其思旧之民，累年之粟，复取淮甸，势如转丸"。为了不连累后主，他提出起兵之日，即以反叛告知宋朝。可惜后主未纳其言。赵匡胤后来得知也惊恐不已，如果林仁肇的计划成功，宋与南唐恐怕得划淮而治了。但如何才能除掉林仁肇，赵匡胤苦思冥想半天，决定使用反间计。他先派人乔装打扮，潜入南都，贿赂林仁肇的侍从，偷出来林仁肇的画像，悬挂在一所空房内，然后召来羁留京师的从善观看。赵匡胤指着画像说，林将军久欲皈依，但时机未至，先使人揣来此像作为信物。又指着一处空旷宅院说，这是专门为林将军修建的府第，一应设备俱已齐全，等候林将军居住。从善是诚悫之人，见赵匡胤说得如此庄重，不由得信以为真，悄悄把这一消息告知了后主，后主不察究竟，派人鸩杀了林仁肇。可怜他忠而被谤，信而见疑，没有马革裹尸，捐躯沙场，而是死在了后主的猜疑之下！

开宝七年（974）九月，赵匡胤决定对南唐用兵。至于遴选谁为帅，他想起了老成持重的曹彬。他与曹彬是老相识，同在世宗驾前为臣，曹彬为世宗柴荣掌茶酒，赵匡胤有一次求他给点酒喝，曹彬说这是官酒，靳而不与，如此忠于王事，肯定不负使命。于是一纸诏书把时任宣徽南院使，正在荆湖视察战舰与水师训练的曹彬召回京师，委任他为西南路行营都部署，全面负责征讨事宜。同时任命山南东道节度使潘美为监军、颖州团练使曹翰为先锋。其余将佐还有李汉琼、田钦祚等，共有大军10万人，旌旗南指，待命出征。

要讨伐南唐，须得有借口，否则师出无名，人心不服。而南唐对宋朝一向恭顺，从无贰志，骤然加兵，不甚稳妥，赵匡胤便派知制诰李穆前往江南，晓谕后主入朝。如果后主不从，便以违旨论处，讨伐不廷之臣便成了冠冕堂皇的理由。后主知宋朝势力强大，难以抗拒，便打算跟随李穆入朝。不料门下侍郎陈乔拦住后主说，臣与国主俱受元宗（即中主李璟）顾命，保存江南社稷，今若入宋，必被扣留，大好河山岂不落入别人之手！臣即使死于国事，又有何面目见元宗于九泉之下！内史舍人张洎也劝后主不要入朝。其时陈乔、张洎二人掌管江南军政要务，后主本无主见，听两人一说，便推辞说身有疾病，不能入朝，又说江南对大朝如此恭顺，是为了延续国祚，今日大朝风刀霜剑，如此相逼，李煜有死而已。李穆并不动怒，只缓缓地说，入朝与否，国主自己裁决，但是朝廷甲兵精锐，物力雄富，江南即使出动倾国之兵，恐也难挡朝廷兵锋。国主应深思熟虑，勿贻后悔。李穆回朝不久，后主再遣一介之使，要求赵匡胤给予封册，意即用诏书形式确认南唐是宋朝藩属，永远不动刀兵。赵匡胤当然不答应，再派梁迥为使，催促后主入朝。后主装聋作哑，不予回答。双方谈判不成，就只剩兵戎相见一途了。

这年十月，赵匡胤驾幸迎春苑，登上汴河大堤，亲自部署战舰东下。元帅曹彬、副将潘美前来辞行，赵匡胤告诫曹彬说，江南之事，全部委托卿去办理，切勿暴掠百姓，务必广树我朝威信。昔年王全斌平蜀，烧杀抢掠，激成民变，今日思之，犹使人愤然，卿勿重蹈覆辙。江南之地，让他们自愿归顺，切勿急躁。金陵城下之日，慎无杀戮，即使南唐君臣作困兽之斗，也不可加害李煜一门。曹彬等唯唯听命。稍停，他从御案上拿起一把宝剑，赐给曹彬说，赐卿此剑，如朕亲临，副将以下，有不用命者可先斩后奏。潘美、曹翰等皆震栗失色。赵匡胤又徐徐从怀中取出一个信封说，如何行军打仗，尽在此信封内，卿等参照执行，不须奏禀。

几天之后，曹彬等自荆南（今湖北江陵）乘战舰东下，直趋金陵。为了稳操胜券，赵匡胤又命吴越王钱俶为升州（今江苏南京)东南面行营招抚制置使,并赐战马200匹。同时以客省使丁德裕率禁兵步骑千余人作为钱俶的先锋,实际上是监视钱俶,赵匡胤对这一归附之王并不完全放心。尽管不完全放心,还是让他配合曹彬之师攻打南唐。

曹彬所率大军过了黄州(今湖北黄冈),进驻蕲阳(今湖北蕲春),从此往东南,经过武穴,便是南唐管辖的江州。大江东去,至此一分为九,故江州亦名九江。九江之险不在于九江,而在于溢水入口处的溢口。溢口即溢水入江之口,在江州西北。溢口是江南重要门户,派有重兵把守。溢口属池州管辖,池州守将戈彦派牙将王仁震、王宴、钱兴3人在此把守。曹彬派10名士兵装扮成溢口城的百姓,用金银贿赂把守溢口的钱兴,混入寨中,然后点火为号,宋军水陆并进,抵达溢浦港。守军知大势已去,便不再作困兽之斗,相率投降,王仁震、钱兴、王宴均成了阶下囚。此役杀守卒800人,生擒270人。宋兵直趋池州,守将戈彦弃城而走。赵匡胤以曹彬为昇州西南面行营马步军战櫂都部署。昇州设于唐朝乾元年间,五代时杨行密改为金陵府,南唐初年改为江宁府,赵匡胤恢复昇州之名,表示一定把这块土地收入大宋版图。

宋兵还未出师时,南唐池州(今安徽贵池)人樊若水举进士不第,打算投奔宋朝,便渔钓于采石江上,乘坐小船用丝绳测量江面的宽窄,往返十数次,得到了确切数据,然后渡江北上,到京师上书,具言江南可取之状,请建造浮梁,让士兵从上经过。所谓浮梁,即联舟而为桥者。赵匡胤当即派人往荆湖造黄黑龙船数千艘,于采石矶跨江为浮梁,潘美率兵通过,如履平地。既克池州,即以樊若水为知州,以旌其功。攻破采石矶,获战马300余匹,仔细一看,皆有宋朝印记。原来南唐没有战马,宋朝每年都赐予百匹,南唐就用这些战马抗拒宋兵了。

宋朝建造浮梁的消息传入江南,后主告诉了大臣张洎。张洎说,自有史籍以来,从未见过造浮梁济大江的记载,宋朝异想天开,自作聪明,必然不会成功。后主也说,宋朝此举,不过是儿戏而已。于是派镇海节度使、同平章事郑彦华率水军万人,天德都虞侯杜真领步军万人迎战宋兵。临行,后主又嘱咐说,两军水陆相济,必能克敌制胜。那郑彦华踌躇满志,率舰队溯江而上,一路上旌旗招展,遮天蔽日,他急于建功立业,不等杜真配合,便向宋军冲去。宋将田钦祚早已得知消息,在长江岸边的枯草丛里埋伏了5000多名弓箭手,等郑彦华的船只到达,万箭齐发,矢如雨下,郑彦华的船尚未靠岸,便被射得千疮百孔,只得落荒而逃。当杜真率步军赶到时,又中了宋将李汉琼的埋伏,被杀得七零八落,杜真也顾不得别人,独自拍马逃命去了。

江南连连败绩,后主愤恨不已,当即决定不再向宋朝称臣,废除开宝年号,因开宝七年是甲戌年,便命公私记载俱称这年是甲戌岁。又募民为兵,下令国中凡献财、献粟者,皆给予官爵。守城之事,委名将皇甫晖之子皇甫继勋担任。皇甫晖在清流关尽节而死,名标青史,想必其子也娴于韬略,各地勤王之师,通统交由他统率。为了寻求奥援,又在张洎的建议下,给吴越王钱俶写了一封书信,吁请他返旆归国,不再帮助宋朝:

> 今日无我,明日岂有君! 明天子一旦易地酬勋,王亦大梁一布衣耳。

钱俶略看一过,便派人将信交转给了赵匡胤。钱俶清楚自己的处境,自己全力助宋,尚且受到猜疑,此时再出一点纰漏,吴越便会成为宋朝进攻的下一个目标,他不能不谨慎行事。

宋军自渡长江,一路长驱直进,如入无人之境,轻取金陵西南方的新林港、白鹭洲,获战舰数十艘,俘南唐兵数千人。时值隆冬,作战不便,士兵需要休整,筹集粮秣也需时日,再说南唐覆亡已成定局,因此曹彬不急于进攻,屯兵不动,稍作休整。这样,后主才安然度过了开宝七年冬天。

开宝八年(975)春,曹彬率兵从白鹭洲向金陵进发,田钦祚率东路军攻取秣陵关(今江苏江宁)后继续东进,与已经攻占常州的吴越军队会合,一起进攻润州,然后东西两路合势包围金陵。曹彬、潘美、李汉琼统率的队伍一路上几乎没有遇到抵抗,而田钦祚在途经溧水(今属江苏)时则遇到江南统军使李雄的顽强抵抗,他率领7个儿子拼死抵抗,田钦祚用狮子搏兔之力,才打败了李雄父子,夺取了溧水。

曹彬统率的大军迤逦来至金陵城南的秦淮河畔,江南设有水军防守,宋军舟楫未准备齐全,面对滔滔河水,宋军只能徒叹奈何,潘美率先纵马跳入河中,士兵们也跟着泅水而渡,尽管南唐兵拼命抵抗,宋兵还是登上了河岸。李汉琼渡过秦淮河后,找来一条大船,装满了芦苇、火种,直抵城南水寨,顺风纵火,江南士兵争相逃命,城南水寨悉数落入宋军之手。江南见宋军正忙着渡秦淮河,便派了一支舰队溯江而上,想夺取采石矶浮桥,断宋军后路,潘美当即将其击退。经过这样一阵厮杀,金陵城外已不见江南士兵身影了。

曹彬终于来到了六朝古都金陵。从开宝七年十月出师,至开宝八年二月抵达金陵城下,历时4个月。其时后主尚不知金陵已成了一座孤城。他轻信了陈乔、张洎的话,只要坚壁清野,宋军师老兵疲,自然会退,于是引僧人、道士在后苑诵经讲《易》,高谈阔论,不恤政事。军书告急,非徐元瑀等奏闻,无人告知后主,因此宋军在城下驻扎数月，后主犹不知情。当时金陵防守之事都交给了皇甫继勋，他并不效忠南唐，只想早降宋朝。到处散布北兵强劲，谁能抵御的言论，闻兵败便说，我早就知道不能取胜。偏裨将士有欲夜出邀战者，继勋必杖其背，拘囚之。一日，后主登上城墙巡视，只见城外宋兵旌旗满野，砦栅连营，知为左右所蒙蔽，便拘捕继勋处死，派人召洪州（今江西南昌）节度使朱令赟率师勤王。这时大臣徐铉又提出，自己愿入宋游说，凭三寸不烂之舌劝宋退兵。后主虽不相信他有如此化腐朽为神奇的本领，但此时别无他法，只得应允。徐铉同时还提议，写一封蜡丸书，差人浮海送至契丹求救。后主也照办不误，隔了一天，徐铉正欲启程时，忽报朱令赟已离洪州，刻下已至湖口（今江西鄱阳湖入长江之口）。后主以为今方求和而又搬取救兵，自相矛盾，打算止徐铉不行。徐铉表示应以社稷为重，自己的安危可置之度外。后主方才无话。

赵匡胤自然知道徐铉的来意。宋朝的文武大臣提醒天子，徐铉是江南名臣，博学有辨，口若悬河，幸勿受其蒙蔽。赵匡胤胸有成竹，特意安排了一名武将为馆伴，使他没有炫耀口舌的机会。过了两天，才在便殿召见。徐铉先是说后主为人忠厚，御下有恩，又博学多才，尤其诗文冠绝天下，无人能望其项背。赵匡胤让他背诵后主的诗，徐铉脱口背出了"月寒秋竹冷，风切夜窗声"两句。赵匡胤说，此两句柔弱不武，没有金石铿锵之音，是寒士之语。因自言年轻时浪迹天涯，途经华山，醉卧道旁，已而皓月当空，脱口吟出"未离海底千山黑，才到中天万国明"两句诗。徐铉也很佩服这两句诗大气磅礴，气吞山河。话锋一转，徐铉说出了此行的真正用意，他用恳求的语气说，李煜无罪，陛下师出无名。赵匡胤并不动怒，示意他继续说下去。徐铉说，李煜以小事大，如子事父，未有过失，奈何见伐？赵匡胤只淡淡地说，卿口口声声说

三千里地家国

江南以小事大,如子事父,既然是父子,就应成一家,为何要南北对峙,分为两家?徐铉无话可说,只得怏怏返回金陵。

再说朱令赟率15万大军来到湖口,因宋军守御薄弱,江南军队一鼓作气,打败宋军,夺回了湖口。令赟本想调南都留守刘克贞守御湖口,自己好抽身东下,只得与战櫂都虞侯王晖乘流而前。他自浔阳编木为大筏,长百余丈,大舰可容千人,直向采石矶驶来。宋军缺少战舰,赵匡胤令守御采石矶浮桥的王明砍截数丈长的巨木,密布于洲渚之间,若帆樯之状,以为疑兵。朱令赟疑有伏兵,果然逗留不进。当时已是深秋,长江水涸,不利于巨舰行驶,而采石矶江岸狭窄,水位甚低,令赟的船只来到距采石矶只有10里之遥的虎蹲洲,再也无法前进,只得就地停泊。这时宋军的小船和岸上的步骑团团围住了他。令赟离开湖口时,预先造了几艘大船,舱中填满了芦苇,以膏油浸润,名曰火油机,此时都点着了火,宛若一条条火龙,向宋军的小船冲去,宋军损失惨重。朱令赟正要乘胜追击,不料风向逆转,北风劲吹,大火尽向江南战舰扑来,眼看自己苦心经营多年的水师都化为灰烬,朱令赟心灰意冷,欲哭无泪,便蹈江身亡。这是南唐的最后一支劲旅,如今被歼,后主便再也没有和宋朝抗衡的资本了。

后主得知朱令赟全军覆没,外援已绝,惶急之中,只得再派徐铉前往宋朝,乞求缓师不攻。徐铉又请求大臣周惟简同行,以便有事时可以商量。但是这一次赵匡胤却不肯假以颜色,任凭徐铉喋喋不休,论辩不已,并不表态。当徐铉说出江南国主如此恭顺,天子还要讨伐,真乃寡恩薄情时,赵匡胤按剑大怒说。尔不须多言,江南亦有何罪,但天下一家,卧榻之旁岂容他人酣睡!徐铉不得要领,只得返程回朝,那周惟简却归隐终南山,与樵夫钓徒为伍去了。

曹彬一面攻城，一面托人给后主送去一封信，劝后主："事势如此，所惜者，一城生聚耳。若能归命，策之上也。某日城必破，宜早为之所。"但后主不予理会。宋军攻城正急之时，曹彬忽然称疾不起，诸将前来问疾时，曹彬才道出心事，要求诸将在城破之日，不妄杀一人，某之疾则不药自愈。诸将皆唯唯应命。金陵城垂破之时，陈乔、张洎相约同死社稷，而张洎却无意殉国。后主亲书降表，让陈乔携同后主之子仲寓向曹彬投降，陈乔又欲与后主一起殉国，后主又不答应，便自缢身亡。勤政殿学士钟倩穿着朝服坐于家中，宋兵临近家门时，举族自尽。宋兵潮水般涌入宫廷，后主只得换了白纱衫帽，让人擎着传国玉玺，率领徐铉、张洎等45 位大臣及小周后、保仪黄氏等，在宋军簇拥下，来到江边拜见曹彬、潘美等人，曹彬请后主上船饮茶叙话。那船与岸之间，只有一块狭长的木板连接，木板下激流飞湍，惊涛拍岸，后主不觉胆寒，神魂飞越，在两名宋兵的搀扶下，才进入舱中。曹彬与后主寒暄几句，便嘱咐说，归朝后俸禄有限，费用日广，如不加撙节，便会入不敷出。国主可于此时入宫，多携带些金银细软，以备不时之需。如果登记入册，一丝一毫都要入朝廷，国主要用也不可能了。治装完毕，明日相聚于此，共赴汴京。后主刚走，潘美、梁迥、田钦祚等人便责怪曹彬不该放后主回宫，倘若他在宫中自裁，天子追究起来，谁人能担当此责。曹彬笑笑说，如果李煜打算殉国，还能身穿缟素，开门迎降吗？刚才上船时，风浪稍大，他还战战兢兢，怎会自寻短见？诸将这才无话。

　　翌日上午，后主携小周后及大臣们如约来到江边。此时曹彬已分拨24 条大船，将掳获品一一按册装入船中，后主等分乘5 条大船，启碇北上。橹声欸乃，江水滔滔，后主忽然想起未别宗庙，不禁无限愧疚，脱口吟出了一首《破阵子》词：

三千里地家国

四十年来家国,三千里地山河,凤阁龙楼连霄汉,玉树琼枝作烟萝。几曾识干戈?

一旦归为臣虏,沈腰潘鬓销磨。最是仓皇辞庙日,教坊犹奏别离歌,垂泪对宫娥!

船到扬州,后主流着泪吟出了他离开江南的最后一首诗:

渡中江望石城

江南江北旧家乡,三十年来梦一场。

吴苑宫闱今冷落,广陵台殿已荒凉。

云笼远岫愁千片,雨打归舟泪万行。

兄弟四人三百口,不堪闲坐细思量。

开宝九年(976)正月,曹彬、后主一行抵达汴京。曹彬呈上《平江南露布》,此次覆亡南唐,共得19州、3郡、108县,655065户。赵匡胤登上明德门,令后主白衣纱帽在楼下待罪。赵匡胤下诏赦李煜之罪,赏赐冠带、器币,授他为检校太傅、右千牛卫上将军,封违命侯。这"违命侯"3字明显有侮辱意味,后主虽不情愿,但也不敢申辩。赵匡胤又责问张洎,金陵垂破之时,你替李煜写蜡丸书向契丹求救,如今蜡丸书已落入朕手中,你有何话说?张洎答称,蜡丸书实系臣所写,桀犬吠尧,各为其主,此只是一件,其他尚多,任凭陛下处置。赵匡胤又责问徐铉,徐铉说臣为江南大臣,国亡当死,陛下不该问其他。赵匡胤很欣赏二人为国尽忠的态度,赦免其罪,均封了官职。

其时天下已粗定,但太原的北汉尚未归命,北方的辽朝虎视眈眈,石敬瑭割让给辽朝的燕云十六州也未收入版图,江山尚未一统,稍有疏忽,社稷便可能毁于一旦。为了笼络人心,赵匡胤把已经稽首称臣的后蜀国主孟昶、南汉国主刘铱均安置在汴京,对李后主也不例外,不仅封了他和弟侄们官职,而且在汴京的利仁坊又各赐宅第一区,作为安身立命之所。只因他屡抗王师,不肯主动皈依,赵匡胤心存芥蒂,封他为违命侯。这年后主40岁,从此便心如止水,深居简出,开始了与世隔绝的隐居生涯。

虽然也是朝廷命官,虽然也有俸禄收入,但李后主的处境与亡国前相比,不啻有霄壤之别。后主生于帝王之家,长于绮罗丛中,过惯了仆从如云、钟鸣鼎食的奢侈生活,如今靠微薄的薪俸度日,难免左支右绌,倍感拮据。那些汲汲于仕进的江南旧臣早已恩断义绝,视他如陌路了。人情冷暖,世态炎凉,只有此时才能体味得最清楚。"往事依稀浑如梦,都随风雨到心头。"每当月白风清之夜,后主便辗转不眠,怀念在江南的那些岁月,一阕阕婉转浏亮、音韵凄楚的词于是从他的笔下泻出:"四十年来家国,三千里地山河",但如今国在哪里?家在何处?"一旦归为臣虏,沈腰潘鬓销磨"。做了俘虏,俯仰由人,郁郁寡欢,自然难免两鬓添霜,腰肢瘦损了。千里江山系魂魄,别时容易见时难,他只有在梦中重温江南那段刻骨铭心的生活了:"多少恨,昨夜梦魂中;还似旧时游上苑,车如流水马如龙,花月正春风!"但是一觉醒来,梦中所见都成了镜花水月,不禁潸然泪下:"故国梦重归,觉来双泪垂!""往事已成空,还如一梦中。"尽管如此,他还是为此而满足:"梦里不知身是客,一晌贪欢!"

这年十月,刚刚50岁,一向身体健康的赵匡胤突然驾鹤西去。相传他的弟弟赵光义为了篡夺帝位,不惜骨肉相残,鸩杀了自己的兄长,这就是历史上的"烛影斧声"事件。赵光义自知弑君篡位,舆论纷纭,于是即位伊始,便小恩小惠,笼络人心,下诏废除了后主违命侯之号,改封为陇西郡公。这在太宗赵光义不过是举手之劳,却使困境中的后主看到了希望,他试着给天子上书,诉说自己生活贫窭,箪瓢屡空,赵光义爽快地"诏增给月俸,仍赐钱三百万"。一次,赵光义去崇文院观书,特意召后主前往,让他随意翻阅,并关照他:"闻卿在江南好读书,此简册多卿之旧物,归朝来颇读书否?"后主天真地以为,天子圣明,皇恩浩荡,自己可以安然无恙度过余生了。

可惜的是乐极生悲,好梦难圆。当李后主还沉浸在喜悦当中时,厄运又一次降临。自诩视妻妾似脱屣的宋太宗赵光义,其实是个好色之徒,后主之妻小周后风流靡曼,绰约多姿,赵光义垂涎已久,恃势将她奸污。痛苦、悲愤、惶恐,却又无可奈何,无怪乎后主在给金陵旧宫人的信中说"此中日夕,只以眼泪洗面"了。"洒尽满襟泪,短歌聊一书。"百无聊赖,心力交瘁,他只能在诗词中排遣满腔愁绪:"胭脂泪,留人醉,几时重? 自是人生长恨水长东!""世事漫随流水,算来一梦浮生,醉乡路稳宜频到,此外不堪行。"这真是"别有一番滋味在心头!"

后主那些怀念故国的诗词固然使赵光义不快,而导致其杀身之祸的则是他在府第为自己祝寿和那一首荡气回肠的《虞美人》词。太平兴国三年(978)七月七日是后主42岁初度,也是天上牛郎织女相会,人间穿针乞巧的日子,"后主在赐第,因七夕命故妓作乐,声闻于外,太宗闻之大怒"。而后主又触景生情,悲从中来,写出了"小楼昨夜又东风,故国不堪回首月明中,雕栏玉砌应犹在,只是朱颜改。问君能有几多愁,恰似一江春水向东流"的诗句。诗词传入禁中,赵光义更是怒火中烧,他本是忮刻褊狭之人,为了传位于子,连弟侄都要赶尽杀绝,自然也不能容忍后主怀念故国。尽管那些伤春悲秋的词对宋朝没有任何威胁，更何况后主手无寸铁，但赵光义还是不肯放过他。当时后主一举手一投足都在监视之下，就在祝寿这一天，赵光义派南唐旧臣徐铉去探听消息，而后主不合时宜地说出了"当时悔杀了潘佑、李平"（《南唐拾遗记》）的话，惹得赵光义杀心陡起，决意要置后主于死地。原来潘、李二人是南唐大臣，只因直言谏诤，触怒后主，被投入狱中，李平悬梁毙命，潘佑自刎身亡。从此忠良缄口，宵小横行，南唐局势急转直下，终于覆亡。正当祝寿宴会觥筹交错，丝竹迭奏之际，赵光义派秦王延美送来牵机药。"牵机药者，服之前却数十回，头足相就，如牵机状也。"（《默记》卷上）后主毫不怀疑天子送来的是美味佳酿，接过来便一饮而尽，可怜一代词人顷刻之间手足抽搐，赍恨长逝，他留下的那些诗篇也成了千古绝唱！

山河含悲，草木殒涕，后主死后，"南人闻之，巷哭设斋"。赵光义假惺惺地赠以太师衔，追封吴王，以厚礼葬于洛阳北邙山。后主在政治上昏庸无能，但在文学艺术上却是当之无愧的巨匠！

一剑霜寒十四州

英雄崛起草莱间：钱镠称王

贵逼人来不自由，龙骧凤翥势难收。

满堂花醉三千客，一剑霜寒十四州。

鼓角揭天嘉气冷，风涛动地海山秋。

东南永作金天柱，谁羡当时万户侯。

——贯休《献钱尚父》

吴越是五代十国中的一国，创建人是钱镠。据钱镠之孙钱俨所著《吴越备史》称，钱镠乃唐高祖李渊武德年间陪葬功臣潭州大都督巢国公钱九陇之孙。九陇原系家奴，隋朝末年跟随李渊起兵，以军功擢升为将军，大臣许敬宗贪图其财，与之联姻，撰文虚夸其门阀，凭空杜撰了钱九陇许多功绩。其实钱镠出身寒微，并非簪缨世家，他与钱九陇并无关系。钱镠是杭州临安（今浙江临安市）人，唐大中六年（852）二月诞生于临安临水里。这一年临安大旱，县令命道士东方生请来龙王降雨，东方生说茅山前池中有龙起，必有异常情况出现。次年邑中又旱，东方生又来祈雨，他指着钱镠所居之处说，茅山前池中龙已生此家，其时钱镠刚降生数日。钱镠诞生那天，他的父亲钱宽有事外出，邻居奔来相告说，刚才路过君家后院,听见人喊马嘶,声势甚大。钱宽急驰而归,钱镠已呱呱坠地,见有红光满室。钱宽认为这是凶兆,要将钱镠抛于井中。幸亏钱镠的祖母阻拦,钱镠才未被扔入井中,因此他的小字叫"婆留",而那口井也因此显名。这只是好事之徒对钱镠的吹捧,不足凭信。

钱镠居住的村子里有一棵大树,枝柯扶疏,浓荫匝地,钱镠幼小时常与群儿嬉戏树下,钱镠坐在一块巨石上,指麾群儿做战争游戏,分合进退,颇有章法,群儿皆敬惮之。不久,钱镠祖父病逝,就在埋葬的头天晚上,狂风骤起,飞沙走石,将一棵大树连根拔起。次日平明,一位风水先生对钱镠之父说,这个拔树之穴是老天赐与的,应当葬于此地。又拍着钱镠的脊背说,乃祖葬此,当贵其孙。稍长,游径山,多次在偏僻之地与一个叫洪湮的道人不期而遇,钱镠觉得奇怪,洪湮却说,君非常人,我预知你要走这条路,特意迎迓的。当然,这也是无稽之谈。

及长成人,钱镠不事生产,成为市井无赖,以贩盐为业,转而为盗。他善射箭,弓箭响处,常一矢中的,又好使槊,骁勇绝伦,并略通图谶诸书,可算是草莽中的一个人物。唐僖宗乾符二年(875)浙西镇遏使王郢起兵反叛,驻守石镜镇(今浙江临安市石镜镇)的唐将董昌招募乡兵讨贼,钱镠弃商从戎,被董昌任命为偏将,率军击败王郢,那年他24岁。乾符六年(879)黄巢进攻浙东,兵锋直指石镜镇,而镇上的守兵只有300人。钱镠认为,彼众我寡,应出奇兵制胜,遂率劲卒20人埋伏于草莽中。因为山路崎岖,黄巢的士兵只能单人独骑通过,钱镠的伏兵用弓箭射杀一将,巢兵大乱,钱镠率兵冲出山谷,斩首数百人,巢军猝不及防,仓皇遁逃。钱镠对众人说,此计只可一用,若敌军源源而至,岂能抵抗得住?于是引兵退入八百里,八百里乃地名。钱镠故意告诉道旁老媪说,若有人相问,你就说临安兵已屯驻八百里了,不久,黄巢大军果然至此,闻听老媪之言,不知八百里是地名,惊讶地说,钱镠之兵十余骑已杀得我人仰马翻,何况八百里乎?遂不敢犯临安,匆匆离去。都统高骈得知黄巢不敢攻打临安,甚为器重钱镠,把他与董昌俱召至广陵(今江苏扬州)。但高骈拥兵自重,无意讨伐黄巢,董昌、钱镠只得离去。

当时天下大乱,揭竿而起者甚多,大者攻打州郡,小者剽掠乡里。杭州下辖八县,朝廷在每县招募千人为一都,人称"杭州八都",以此来遏制黄巢。董昌团结八都之兵,以钱镠为都指挥使。有刘汉宏其人者,聚众占据越州(今浙江绍兴),自称节度使,攻劫临近州郡。润州(今江苏镇江)牙将薛朗逐走节度使周宝,自称留后,朝廷不能制。刘汉宏与董昌有宿怨,欲发兵相攻,适唐僖宗在蜀,诏董昌讨伐刘汉宏等人,董昌命钱镠前往。钱镠率八都之兵大败刘汉宏,汉宏兵败,改换服装,手持屠刀而逃,追兵及之,刘汉宏谎称自己是屠夫,并举刀示之,才得以逃脱。僖宗下诏双方罢兵和解,但董昌、刘汉宏均不奉诏。兵端再启,刘汉宏派施坚等率舟师屯兵望海(今浙江镇海),钱镠出兵平水(今浙江绍兴东南),夜率奇兵破敌于曹娥埭(今浙江上虞西南曹娥村),进屯丰山(今浙江余姚西北),施坚腹背受敌,自知不能取胜,遂举兵投降。丰山乃越州西侧门户,丰山既下,越州无险可守,刘汉宏弃城逃往台州(今浙江临海)。台州刺史一条绳索绑了刘汉宏送给钱镠,被斩于会稽(今浙江绍兴),诛灭三族。钱镠回戈又攻破润州,擒获薛朗,江、浙平定。僖宗命董昌为浙东节度使、越州刺史,钱镠为杭州刺史。

钱镠既得杭州,便以此为根据地,惨淡经营,发展自己势力。景福年间,朝廷以李铤为浙江西道镇海军节度使。当时地方割据势力杨行密、孙儒争夺淮南,淮海烟尘数千里,钱镠率兵与二人周旋于苏州、常州之间。不久,杨行密杀孙儒,占据淮南,奄有润州,钱镠也乘机占领苏、常二州,由是声名大振。李锽虽为节度使,但未到职,昭宗遂以钱镠为镇海军节度使,又在越州立威胜军,以董昌为节度使。钱镠本是董昌部将,如今功名、地位都和董昌相埒了。昭宗似乎特别倚重钱镠,加衔为同中书门下平章事,赐他私门立戟。唐制:侍中、中书令为宰相,凡加同中书门下者官为三品,至肃宗至德年间,凡为宰相者必称同中书门下平章事。又,唐制,凡三品以上官员必门口立戟以示荣耀。昭宗既加钱镠为同中书门下平章事,又允许他门前立戟,真是殊荣!

或许是钱镠地位的迅速擢升刺激了董昌,董昌决定反叛朝廷。他略识之无,浅薄窳陋,虽身居高位,却不能决事,百姓有诉讼者,以掷骰子决之,胜者便能打赢官司,不问是非曲直。又喜欢杀人,睚眦之怨便遭诛杀,越州白楼门外为行刑之地,那里冤魂甚多,骸骨遍地。凡军中制度,他悉数改易,属中军者穿黄衣,属外军者穿白衣,背上印有"威仪"二字,与朝廷其他士兵绝然不同。在所辖之地大建生祠,受人香火。有王守贞其人者,人称王百艺,别出心裁,找匠人把所有将吏都雕刻为木偶,用长钉钉其足,说是二三百年内都无颠踬之苦。妖人应智、王温,巫婆韩媪等以妖言惑众,有人献谣谚说:"欲识圣人姓,千里草青青。欲知天子名,日从日上生。"暗指董昌是圣人、天子。又有道士谎称天符夜降,绿纸红字,人不可识,大意是天命在董氏。牙将倪德儒献媚说,昔日谣言说有罗平鸟主越人祸福,民间多画其像祈祷,像与大王相似,遂出图示之。董昌大喜,遂决意谋反,自称皇帝,国号罗平,改元顺天,署城楼为天册之楼,命部下称己为圣人,凡劝说董昌保持臣节者皆杀之。为了笼络钱镠,也封他为两浙都指挥使,希望钱镠为自己效力。

钱镠知道董昌有勇无谋,不可能成大器,当然不能跟着他谋反。自己羽翼未丰,也不可能割地称王,最重要的是唐室虽衰,但天命未改,打着朝廷的旗号积蓄势力,才是明智之举。他写了一封信劝董昌:"与其闭门作天子,与九族百姓俱陷涂炭,岂若开门作节度使,终身富贵?"董昌不听,钱镠这才上书昭宗,称董昌反叛。昭宗随即命钱镠讨伐董昌。钱镠认为董昌有恩于他,不可遽伐,先派幕客晓谕他,让他幡然悔悟。董昌见钱镠势大,以二百万钱犒军,又把应智等送往军前,自请待罪。钱镠杀死应智,返旆而还。其实董昌请罪乃权宜之计,无心皈依,一旦钱镠撤军,他又竖起了反叛大旗,钱镠只得再次起兵讨伐董昌。董昌求援于盘踞淮南的杨行密,钱镠精心擘画,从容指挥,打败叛军。董昌势穷力蹙,越州陷落,董昌被钱镠擒获,送往杭州。他自知此去凶多吉少,行至西小江,回顾左右说:"吾与钱公俱起乡里,吾常为大将,今何面复见之乎?"于是投水而死。

董昌谋反是昭宗的心腹之患,董昌既平,昭宗论功行赏,授钱镠检校太尉兼中书令,成了朝廷中最显赫的官员。昭宗原打算让宰相王溥镇越州,钱镠却指使两浙吏民上表,请求让自己兼领杭、越两镇。昭宗于是改越州威胜军为镇东军,以钱镠为镇海、镇东等军节度使,他成了东南地区势力最大的军阀。似乎如此还不足以酬其功,昭宗又赐他铁券,券文中说他擒灭董昌,功绩煊赫,堪比东汉大破匈奴,勒石燕然山的窦宪。为使钱镠一家长袭宠荣,克保富贵,昭宗在券文中宣布:"卿恕九死,子孙三死。或犯常刑,有司不得加责",并且宣付史馆,颁示天下。犯 9 次死罪可以不死,子孙免死 3 次,犯一般的罪,有司不得责问,这真是旷古恩典!钱镠既兼两镇,有精兵 3 万,淮南的杨行密兴兵攻打苏、湖、润等州,打算并吞两浙,均为钱镠所败。钱镠实力鼎盛时拥有杭(今浙江杭州)、越(今浙江绍兴)、湖(今浙江吴兴)、苏(今江苏苏州)、秀(今浙江嘉兴)、婺(今浙江金华)、睦(今浙江建德)、衢(今浙江衢州)、台(今浙江临海)、处(今浙江缙云)、温(今属浙江)、明(今浙江宁波)、福(今属福建)等13州之地。那里经济繁荣,百姓生活安定,是当时干戈纷扰中的一片乐土。

钱镠出身寒微,如今手握节钺,大富大贵,便在临安故里大起宅第,穷极壮丽,改诞生之地为广义乡勋贵里,所居之地为衣锦营。昭宗得知后,下诏画钱镠之像于凌烟阁,升衣锦营为衣锦城,封石镜山为衣锦山,大官山为功臣山。钱镠肥马轻裘巡视衣锦城,大会故老宾客,山林树木皆覆以锦绣,甚至他昔年贩盐的担子,也用锦绣包裹,封他幼年时曾做游戏的大树为"衣锦将军"。钱镠之父钱宽乃一憨厚农夫,看不惯儿子的行径,每逢钱镠至家,即避而不见。钱镠便徒步寻觅,叩问其故。钱宽说,我家世代以耕田捕鱼为业,从未有富贵如你者,你今为十三州之主,三面受敌,与人争利,恐怕有灾祸降临,殃及我家,因此不忍心见你。钱镠拜泣受命,但依然故我,丝毫没有收敛。

好事多磨,乐极生悲。天复二年(902)昭宗封钱镠为越王,钱镠兴高采烈,又回故乡临安县巡视衣锦城,部下将领徐绾、徐再思乘杭州空虚之际举兵叛乱,焚掠城郭,进攻内城,城内驻兵不多,钱镠之子传瑛及部将马绰、陈为仓猝间闭门拒之。钱镠闻讯,急从临安县赶回杭州,被拒于北郭门外,不能入城。赖牙将潘长与徐绾激战,斩首200余级,徐绾退屯龙兴寺,钱镠更换衣服至德胜门,城中守兵以小舟迎接,钱镠沿钱塘江行至内城东北,才逾城而入,人无知者。喘息稍定,便布置守城事宜。那徐绾本系孙儒部将,孙儒为杨行密所并,徐绾穷途末路来降,并非诚心归顺,因此稍有风吹草动,便会兴兵作乱。他自知凭一己之力攻打钱镠,未必能稳操胜券,便极力拉拢杨行密部下的宁国军(今安徽宣城)节度使田頵。田頵久已垂涎杭州的富庶,两人一拍即合。田頵引兵与徐绾合势,派人劝说钱镠退保会稽(今浙江绍兴),钱镠当然不从。田頵攻杭州北门被击退,又乘夜晚架云梯攻城,城中矢石如雨,田頵只得拔营而退,但围城益急。钱镠被困孤城之中,腹背受敌,欲撤往越州,部将顾全武认为,撤退并不能解除危难,应当向淮南的杨行密求救,让他命令田頵退师。钱镠命第六子传璙微服,扮作顾全武的仆人,秘密抵达广陵。传璙侃侃而谈,指陈辅车相依之理,吴王杨行密为之动容,大加赞赏说:"此龙种也。生子当如钱郎,吾子真豚犬耳。"当即将女儿嫁与他,并下令田頵撤军,如不撤,将命人代他镇守宣州。田頵不敢违拗,便率徐绾、许再思返回宣州,但提出输钱200万缟犒军,还须送子为质。钱镠遍询诸子,谁愿前往,诸子知道那里是龙潭虎穴,此一去凶多吉少,皆沉默不语。独有第七子传瓘表示,舍身以纾国家之难,虽死不恨,遂与数人缒城而出,径投田頵军营。田頵每每战败归来,便欲杀死传瓘,赖田頵之母庇护,常常死里逃生,化险为夷。后来田頵兵败被杀,传瓘才得以安然无恙归来。钱镠见诸子中只有传瓘在国家危难时挺身而出,便有意传位于他。

钱镠善于观察形势,见风使舵。他知道自己偏处东南一隅,不可能一统天下,便借钟馗打鬼,打着拥护唐王朝的旗号清除对手,先后将刘汉宏、薛朗、董昌等吞并。他又知道唐朝已经式微,因此又要挟昭宗封他为吴越王,昭宗不允,梁王朱全忠却为他说项,被封为吴王。钱镠在府门之西建功臣堂,立碑记功,列宾佐将校姓名于碑上者凡500人。并升衣锦营为安国衣锦军。他并非真的忠于唐朝,关心的只是如何巩固自己的地盘,如此而已。

天祐四年（907）四月，朱全忠攘夺唐朝江山，自立为帝，国号梁，改元开平。他就是五代时期后梁的皇帝朱温。当时中原逐鹿，鹿死谁手，尚在未定之天，朱温亟须传檄而定东南，于是在即位的次月即差人封钱镠为吴越国王兼淮南节度使，赐号启圣匡运同德功臣。钱镠的门客劝他拒绝接受僭伪之君的任命，应该效忠唐朝。钱镠笑笑说，我既无力与朱温争雄中原，何妨接受他的册封，当一回孙仲谋呢！朱全忠曾问吴越派来的使臣：钱镠平生喜欢什么？回答说喜欢玉带、名马，朱全忠抚髯大笑说，真是英雄！于是以玉带一匣、打毬御马10匹赐之。钱镠欣喜如狂，再次回临安故里祭奠先茔，看望袍泽故旧。有一邻居老媪，年已90岁，携壶浆、角黍迎于道上，钱镠下车躬身拜揖，老媪抚其背说，钱婆留，喜汝长成，宁馨富贵。钱镠大喜，设宴款待父老，凡男女80岁以上者用金樽饮酒，百岁以上者用玉樽饮酒。酒酣耳热之际，钱镠举杯为众人祝春，自唱《还乡曲》以博乡亲欢笑：

> 三节还乡兮挂锦衣，碧天朗朗兮爱日晖。功臣道上兮列旌旗，父老远来兮相追随。家山乡眷兮会时稀，今朝设宴兮觥散飞。斗牛无字兮民无欺，吴越一王兮驷马归。

那些赴宴的白发翁媪，多是耕田狩猎，引车卖浆者流，目不识丁，只听钱镠口中咿咿呀呀，却完全听不懂歌词含意，怔怔地坐在那里。钱镠见状，便改用吴侬软语唱道：

> 你辈见侬底欢喜，别是一般滋味子，永在我侬心子里。

一阕既竟，举座赓和，叫笑振席，欢感闾里，若干年后杭州父老还有能唱此歌者。

唐朝诗人贯休也赠钱镠诗一首：

> 贵逼人来不自由，龙骧凤翥势难收。
> 满堂花醉三千客，一剑霜寒十四州。
> 鼓角揭天嘉气冷，风涛动地海山秋。
> 东南永作金天柱，谁羡当时万户侯。

后梁对钱镠恩宠有加，朱温即位的第二年，钱镠开元帅府，大置官属。几年之后，又建吴越国，仪卫名称如天子之制，所居之处称宫殿，府署称朝廷，所下命令称制敕，将吏奏事皆称表疏，对外称吴越国，设百官，有丞相、侍郎、侍中、员外郎、客省使等，俨然一个独立国家了。钱镠名义上虽向后梁称臣，但梁末帝朱友贞被晋王李存勖打得焦头烂额，自顾不暇，对钱镠只能听之任之。

后梁龙德三年（923）四月，晋王李存勖即位于魏州（今河北大名东北），后梁灭亡，后唐建国，改元同光，是为庄宗。李存勖即位伊始，便差人赏赐钱镠名马、玉带、香药，以示笼络。钱镠审时度势，无力与后唐抗衡，况且只要自己实力无损，谁人入主中原，似乎与他无干，因此，接到后唐庄宗的赏赐，便爽快地奉表称臣，并不吝金帛，向后唐进贡方物，计有银器、越绫、吴绫、龙凤衣、万寿节金器、盘龙凤锦织成红罗縠袍袄衫段等，同时又要求赐予金印、玉册，赐诏时不书写姓名，只称国王。庄宗李存勖将他的请求交给群臣讨论。群臣都说，玉册金字，只有天子一人能用，钱镠是陛下驾前大臣，不可僭越。至于国王之号，本朝除四夷远藩，羁縻册拜时才封国王，九州之内不可再有国王之号。朝中掌权的大臣郭崇韬对钱镠要求玉册一事尤其反对。而枢密承旨段徊收受了钱镠的贿赂,凭三寸不烂之舌游说郭崇韬,郭崇韬不熟悉典礼掌故,点头答应,上奏庄宗,授钱镠为天下兵马都元帅、尚父、尚书令衔,封吴越国王,赐玉册、金印,真是"贵盛富强,虽古之封建诸侯,礼优夹辅,不加于此"。钱镠在衣锦军建玉册、金券、诏书三座楼,夸耀乡里。

后唐明宗李亶即位之初,大臣安重海执掌政枋,钱镠自恃位尊爵显,在给安重海的信中自称"吴越国王谨致书于某官执事",不叙寒暄,安重海怒其傲慢无礼,想伺机报复。适逢供奉官乌昭遇出使两浙,安重海派亲信韩玫为副供奉官。乌昭遇每见钱镠,辄拜舞称臣,称钱镠为殿下,并将朝中机密泄露给钱镠。韩玫本与乌昭遇不睦,还朝之后,在安重海面前进谗,说乌昭遇降贵纡尊,讨好钱镠,有失体统。安重海大怒,不由分说便赐乌昭遇自尽,下诏钱镠以太师致仕,元帅、尚父、国王之号一并削夺。又逢淮南的吴王杨行密进攻荆南,明宗怀疑钱镠从中插手,与杨行密同恶相济,下诏诘问。钱镠令子传瓘上表讼冤,但明宗不予理睬。一年之后,安重海因独断朝纲,臧否升陟,皆出自己之手,引起群臣不满,告他广树心腹,私存兵杖,欲图谋不轨,明宗也嫌他专权自恣,遂遣人杀之。钱镠才又恢复了天下兵马都元帅、尚父、尚书令、吴越国王等一应官爵。

长治三年(932)已经81岁的钱镠一病不起。弥留之际,念念不忘的是传位于子。他对将吏说,我已届耄耋之年,此次染疾,绝无痊愈之期,诸子愚钝懦弱,不足托付后事。我死之后,公等可遴选吴越国王。众将知道这一番话言不由衷,是想让众将拥戴其子传瓘,于是齐声说,大令公有军功,多贤行仁孝,已领两镇,孰不爱戴。钱镠这才将印绶悉数交给传瓘说,"诸将许尔矣"。又说,子子孙孙善事中原王朝,切勿因中原皇帝改姓而废事大之礼。原来钱镠工于心计,他有子38人,进入桑榆晚景之后,立谁为嗣,犹豫不定,便把诸子召集一起,让他们各陈功劳。诸子异口同声,皆请传位于传瓘,永无异议,钱镠这才确立传瓘为嗣。他逝世后,后唐谥为武肃王,以王礼安葬于安国县(今浙江杭州临安区)衣锦乡茅山之原,也算是备极哀荣了。

钱镠在位41年,境内大治。钱塘江往日海潮每每浸逼州城,城池有冲毁之虞,每当海潮来时,城中居民便惊恐万状。钱镠鸠工庀匠,凿石填江,沿江周围广起台榭,城郭长30里,人烟辐辏,店铺罗列,杭州富庶甲于东南。钱镠又拓展州城,修筑子城,役使工夫甚多,有人夜署其府门说:"没了期,没了期,修城才了又开池。"钱镠见了并不生气,把俚诗改为,"没了期,没了期,春衣才罢又冬衣"。百姓这才明白,修城浚池虽然花费了人力财力,但可一劳永逸,为子孙后代造福,怨嗟之声顿时息止。

钱镠年轻时浪迹天涯,谋生艰难,因此颇知民间疾苦,知道如何收拾人心。董昌在岳州贪吝日甚,聚敛财富,克扣士兵粮钱,城破之时仓库还有粮食300万斛。钱镠入城之后,"散金帛以赏将士,开仓以赈贫乏"。他虽贵为王侯,但平日甚为节俭,衣衾不用绸缎,多是粗布制成;膳食所用餐具,不过是一般瓷器而已。他使用的寝帐年深日久,已经敝坏,儿媳马氏打算以青绢帐代之,他执意不肯,说:我厉行节俭,犹恐流入奢靡之途,一旦换了青绢帐,后代儿孙可能要用锦绣寝帐了。此帐虽旧,犹可避风。每逢除夕,阖家团聚,儿孙绕膝,常常金鼓喧阗,管弦并作,但只弹数曲,便被钱镠制止,他说:外人闻之,会误认为我家要作长夜之饮,长此以往,便会失去人心,不可不慎啊!他从戎之后兢兢业业未尝安枕,每欲憩息,必先整理衣甲,再漱洗而后就枕。又以圆木小枕系上大铃,稍微一动便铃声大作,睡意立刻消除,名曰警枕。卧室内设有粉盘,每天无论发生何事,均书写于盘中,以备他日查询。在府内每晚派侍女按更点值勤,外边如有事禀报,马上震动铃声,向有关部门报告,他们再上报给钱镠,钱镠不论早晚闲忙,会立刻处理。守卫轮番当值,钱镠恐怕他们不恪尽职守,当班睡觉,常弹丸于墙楼之外,使其无法偷懒,免得误事。时人称他为"南方不睡龙"。他执法严明,不徇私情,信赏必罚。一天晚上他穿上便衣沿城信步而行,不觉来至北城门,叩关欲从此入城,门吏不肯启关,说,没有任何凭证,即使大王来此,我也不会打开城门。钱镠无奈,只得由便门入城,次日,召守城人厚赏之。侍妾郑氏之父犯法当死,左右因郑氏之故,向执法者求情,钱镠得知后大怒说:岂能因一妇人而乱我大法,当即将犯人正法。

钱镠崛起于草莱之中时,天子闇弱,中原不靖,割据称王者甚多,如西川王氏称蜀,广陵杨氏称吴,南海刘氏称汉,长溪王氏称闽,皆窃大号,或称王称帝,他们又一致劝钱镠称帝。钱镠笑笑说,此辈鼠目寸光,但知称帝痛快,不知已坐于火炉之上,又想让我也坐于火炉上,岂有此理!当年孙权劝曹操称帝,曹操说,他是想把我放在炉子上烤,拒不称帝,前车之鉴,岂可不慎!诸国主也无不以父兄事之。戎马之暇,钱镠喜欢讽诵诗赋,或召子孙一道吟哦,或将自作之诗赏赐臣下。他能书法,也能画竹,但从不耽搁政务。他年轻时血气方刚,喜欢意气用事,在董昌部下为将时,有一儒士拜谒董昌,名片已经投进,等待召见,见钱镠时稍有怠慢,钱镠竟将他沉于江中,及至董昌要召见那人时,钱镠谎称那人等不及,已拂袖而去。他为帅之后,有士人献诗说:"一条江水槛前流",钱镠认为槛、流2字暗指钱镠,江水在槛前流,明明有讥讽之意,不由分说,便将士人斩首。到了晚年,一改积习,知人善任,礼贤下士,名所居之殿为握发殿,取周公吐哺握发之意。又派画工数十人居住淞江,号称鸢手校尉,凡有北方移民途经此地者,便把其人相貌画于图上进呈,钱镠择其相貌清秀有福相者用之。有一叫胡岳的士人,画工图其容貌上奏,钱镠称是奇士,当即召见。此类事例甚多。幕客罗隐与他关系契合,竟将钱镠微贱时事写入诗中,钱镠一笑置之,并不动怒。他初次谒见钱镠时,恐怕不被接纳,特地写了一首诗,其中有"一个祢衡容不得,思量黄祖漫英雄"的句子,钱镠览诗大笑,立即加以殊遇。那祢衡是东汉末人,与孔融是莫逆之交,恃才傲物。孔融荐之于曹操,曹操不用,送与刘表,刘表又送与黄祖,后为黄祖所杀。罗隐是怕蹈祢衡覆辙,才写上这两句,钱镠自然知道他用意何在,因而爽快地收留了他。为报知遇之恩,罗隐也展经纶、施抱负,报效钱镠。当时杭州西湖渔民每人每日都须纳鱼数斤,号使宅鱼,渔民虽不情愿,也得忍痛交纳。罗隐得知后,想要进谏,又苦于没有合适机会。适逢有人献给钱镠一幅《磻溪垂钓图》,钱镠异常高兴,让罗隐题诗。罗隐借诗寓意,诗曰:

> 吕望当年展庙谟,直钩钓国更何如?
> 若教生在西湖上,也是须供使宅鱼。

钱镠读罢,下令不再让渔民纳鱼。又有一次,罗隐偶然染恙,辗转床褥,钱镠亲临慰问,并在墙壁上题了两句诗:"黄河信有澄清日,后代应难继此才。"罗隐痊愈后,用红纱罩于字上,以志恩宠。另一名士皮光业,系唐末诗人皮日休之子,10岁时便文采斐然,钱镠甚为倚重,后来官至宰相。善于用人是钱镠成功的重要因素。

朱全忠建立后梁,两浙吏民上书,请求给钱镠建立生祠,梁太祖没有犹豫，命翰林学士李祺撰生祠堂碑赐之，至其子孙碑碣犹存。《旧五代史》的作者薛居正说钱镠："斯亦近代之名王也。"还是很有见地的。

无可奈何花落去：钱俶归宋

一曲新词酒一杯，去年天气旧亭台，夕阳西下几时回。

无可奈何花落去，似曾相识燕归来，小园香径独徘徊。

——晏殊《浣溪沙》

钱镠生前已指定第七子传瓘（按：《归五代史》说是第五子）继位，朝野没有异议。他嗣位后改名元瓘，兄弟凡名字中有传字者皆改为元。他即位后的第一件事便是废除钱镠时所用的天子礼仪，表示吴越只是中原天子的一个藩镇，仍袭用后唐明宗的年号，称长兴三年（932）。他当藩王时已知百姓赋役沉重，即位后下令百姓田亩有荒绝者可蠲免租税。所谓荒绝之田，是指有主而未耕之田为荒，户绝而无主之田为绝。以处州刺史曹仲达权知政事。仲达豁达大度，胸无城府，其妻乃钱镠之妹，为元瓘的姑父，自然会忠心报国，元瓘甚为倚重他，每呼丞相而不名。为遴选人才，元瓘设立了择能院，以浙西营田副使沈崧主持其事。沈崧雅好儒学，王府的书檄表奏皆出其手。沈崧主政择能院后，录用了吴越不少士人，后来官至丞相。元瓘即位之初，颇重用指挥使刘仁杞与陆仁章。仁章性情刚直，议论每与人不合，而刘仁杞则喜欢臧否人物，揭人之短，朝中大臣对此二人甚为不满。一日，诸将齐聚王府门前，要求诛杀此二人。元瓘派侄子晓谕说，此二人事先王甚久，立有大功，我方倚为长城，尔等怀私怨杀之，可以吗？

尔等若尊我为国主,当禀我命而行。不然,我当辞去王位以避贤路。众人诺诺连声而退。元瓘知道此二人已不适合在朝为官,下令以仁章为衢州刺史,以仁杞为湖州刺史,一场风波才算平息。刚执政柄便把一些棘手之事处理得游刃有余,元瓘得到了百姓好评。

元瓘志量恢廓,识度宏远,早年即投身军旅,但在戎马倥偬之中,仍然手不释卷,尤喜儒学。钱镠军务丛脞,元瓘随时侍从左右,从不懈怠。钱镠性格严急,只要召唤,须马上前往,元瓘恐怕误事,特制宽裤大鞋,以便招之即往。钱镠晚年精力不济,政事悉数委托元瓘处理,簿书填积,文牍盈案,元瓘皆一一批署,手脚甚至磨出了老茧,他也仿效乃父,在卧榻上设置粉盘,就寝后忽然想起某事未办,便写于粉盘上,以备次日处理。钱镠立法甚严,凡有重大盗窃及犯欺诈、诽谤法者,犯人必死,元瓘必竭力救护,不少人获得宽宥。那些人都表示洗心革面,不会再有作奸犯科之事了。一次他跟随父亲北征,行至平望(今江苏吴江市南平望镇),当时正值盛夏,溽暑难耐,蚊蚋甚多,不能安枕,随从打算给他撑起帷帐,他摇摇头说,三军皆在此地,我岂能独支帷帐;元瓘手足情笃,钱镠病重时,拿出5条玉带分赐诸子,命元瓘先去挑选,元瓘快步上前,拣取其中最狭最小的一条。钱镠大加称赞说,我有此子,虽死瞑目无恨矣!嗣位之后,宽厚治国,人情翕然。凡朝中大臣因有宿怨而上疏互相攻讦者,元瓘皆留中不发,一一销毁,也不评判其中的是非曲直,于是朝中告讦之风顿息。舅父陈某乃元瓘生母昭懿夫人陈氏亲弟,从戎多年,只当了戎遏使之类的低级武官,元瓘每加赏赐,但没有升迁舅父官职,陈氏家族中没有高官显宦。如此不徇私情,颇为朝野称道。他的王后恭懿夫人马氏之弟马充,仗着自己是皇亲国戚,请求免除应该负担的差役。元瓘大怒,召至宫廷责问,并将他下于狱中,不久又把他贬谪出朝,至剡溪(今浙江曹娥江上游剡溪)闲居去了。

元瓘当国期间,政局稳定,少有兵革,中原王朝也极尽笼络羁縻之能事。后唐明宗时恢复元瓘一应官爵,末帝清泰年间封吴王,再封越王。石敬瑭建立后晋、赐元瓘金印,封吴越国王,授天下兵马大元帅。天福六年(941)夏染疾,正在延医调治之时,丽春院又发生了回禄之灾,火势炽烈,延烧至内城,宫室、府库焚毁殆尽,元瓘避于他处,大火也跟踪而至,遂惊惧而成狂疾,一病不起,终年55岁,在位10年。石敬瑭谥为文穆,命宰相撰神道碑。碑文中说他"德盛功崇,文经武纬。述之莫穷,言之无愧"。文经武纬4字显系溢美,他是守成之君。《十国春秋》一书说他"恪遵治命,保慎名器,足守一代之霸业焉"。《归五代史》则说他"幼聪敏,长于抚驭,临戎十五年,决事神速,为军民所附,然奢僭营造,甚于其父,故有回禄之灾焉"。奢侈便会引来火灾,显系无稽之谈。

吴越的第三任国主弘佐是元瓘的第六子。钱镠在世时,严禁朝中大臣及戚畹贵族蓄纳声伎,因此元瓘年逾30岁尚无子嗣,其妻马氏向钱镠求情,才被准许纳姬,元瓘共有子14人,长子弘僎早卒,立第五子弘尊为世子,16岁时又一病不起。元瓘有养子弘侑者,他的乳母是内牙指挥使戴恽的葭莩之亲,在元瓘发丧之时,阴谋立弘侑为王。另一内牙指挥使章德安得知此事,秘不发丧,埋伏甲士于宫门附近,次日戴恽入府时,乘其不备,执而杀之,废弘侑为庶人,恢复其原来的孙姓,囚禁于明州(今浙江宁波),弘佐这才在腥风血雨中继位。原来元瓘在病重时曾嘱托亲信章德安:弘佐年少,恐不足以服众,应择宗族中年长者立之。章德安回答说,弘佐虽年少,但朝野都认为他英明睿智,大王大可放心。元瓘这才欣慰地说,尔等好好辅佐他,我无忧虑。说完,便瞑目而逝。朝野既无异议,吴越局势便稳定了下来。

弘佐即位时只有 14 岁,但处理政务颇为老练,发奸擿伏,奸佞宵小不敢为所欲为。大臣钱丞德家失火,大火熊熊,很快便蔓延到了内城。内城人口密集,店铺鳞次栉比,如不及时扑灭,整个杭州城将化为灰烬,弘佐命亲军救火,自己也亲临现场观察,见有人趁机攘窃财物,发不义之财,即刻斩首。众人同心协力,终于将大火扑灭。一个 14 岁的少年指挥有方,保住了满城生灵,朝野无不啧啧称赞。有一年秋收季节,百姓有献嘉禾者,预示这一年将五谷丰登,弘佐高兴地问管理仓库的官吏,仓库中积蓄有多少粮食,官吏回答说,存粮够全国百姓 10 年之用。弘佐点点头说,如此则军食足矣,不必再征税粮了,于是下令境内农田免租税 3 年。他在位时百姓富庶,家给人足,可说是守成之君。

政事之暇,弘佐也喜欢读书,诸子百家,靡不浏览,尤喜吟哦诗词,最擅长的是五七言诗。每逢大雪初霁,新月如钩之时,弘佐便逸兴遄飞,设宴邀臣下吟诗,并不吝赏赐,由此士人归心,莘莘士子慕名来投者络绎不绝。吴越临海,海上贸易获利不少,弘佐并未享用,悉数贡献给了中原王朝,每年岁贡都在百万以上。中原王朝来的使者亦有厚赠,使者回朝,自然为弘佐口角春风,因此后晋对吴越的宠遇,明显在其他藩国之上。开运四年(947)刚到弱冠之年的弘佐染疾不起,在位 7 年,后晋谥为忠献。

弘佐薨逝时,其子年方 5 岁,不能承继大统,遗令以弟、丞相弘倧继位。其时已至后汉时期,后汉统治者刘知远以弘倧为东南兵马都元帅,镇海、镇东节度使兼中书令,吴越王。不幸的是,他即位不到 1 年便被废黜,失去了王位。原来弘倧之父元瓘当藩王时,曾在宣州当过人质,亲信胡进思、戴恽随他前往,受尽了白眼冷遇,吃的是残杯冷炙。元瓘即位后,胡进思等自然都成了心腹,用为大将。弘佐继位,进思等自恃元勋宿将,骄恣不法,弘佐也不与计较。及弘倧当了吴越国王,认为进思等只是赳赳武夫,每每于大庭广众中训斥,进思愤愤不平。这年冬天,弘倧在碧波亭阅兵,然后犒赏将士。正在行赏之时,进思进谏说赏赐太厚,浪费帑藏,弘倧大怒,掷笔于地说,以国家钱财赏赐军士,并未入于宫廷,何须卿来干预?进思大惧。弘倧不欲进思在朝,授他为一州刺史,但进思拒不离朝。将近除夕时,有画工献给弘倧一幅《钟馗击鬼图》,弘倧题诗于上,进思反复品味,以为弘倧将加害于己,更是怒不可遏。弘倧对进思厌恶之极,与大臣水丘昭券、何承训谋划,欲将进思逐出朝中,何承训胆小怕事,却将此事告诉给了进思。凑巧当天夜晚弘倧在王府宴请朝中大臣,进思得知,以为是密谋加害于己,便率内牙亲兵,自己戎装披挂闯了进去。弘倧叱之不退,进思却步步进逼,弘倧仓猝间退入另一所宫院。进思将门反锁,矫诏传弘倧之命,播告中外说:孤骤得风疾(癫痫病),不能视朝,即日起传位于弟弘俶。群臣见他兵权在手,都噤若寒蝉,听他摆布。进思率将士迎弘俶于私第而立之,并通知了丞相元德昭。元德昭匆匆而至,立于帘下,不肯下拜,说愿见新君。进思急忙搴帘,德昭见了弘俶,才躬身下拜。进思同丞相称弘倧有令,授弘俶镇海、镇东节度使兼侍中。弘俶当然知道,乃兄被废黜是因为得罪了权臣胡进思,如果自己即位,乃兄可能性命不保,于是提出,能保全兄长性命,方可承命,不然,请另择高明。进思自己既不敢篡位,除了弘俶又无合适人选,沉思片刻,只得答应了弘俶的条件,弘俶这才即位。进思马上杀害了水丘昭券以泄愤。又日日进谗,请求杀弘倧,弘俶不予理会,暗中派都头薛温保护乃兄。胡进思派人暗杀弘倧,都被薛温击毙。进思这才有所收敛,不敢再来戕害弘倧性命了。

后周广顺年间,弘倧迁徙入东府越州,他的居处离卧龙山近在咫尺,弘俶特地为乃兄在山上修建了园亭,栽上了花木,成为游憩之所。每逢良辰美景,弘倧便披上道服,携美姬登临。迨到暮色苍茫之际,山谷中便挂满了灯笼,一似繁星闪烁。每逢七夕之夜,在山巅结彩楼,微风吹拂,彩带翩翩,煞是好看。弘倧又喜欢在山亭击鼓,鼓鼙声声,闻于远近,加上山谷应声,仿佛是一曲雄浑的大合唱。有好事者报告给弘俶,弘俶笑说,吾兄有此闲情逸致,没有鼓乐就不开怀,于是命人装金鱼水鼓缭绕于山的四周助兴。弘倧又善于咏诗,每每触景生情,便挥毫濡墨,写成诗词,亭榭之上,到处都有他的题诗。弘倧在越州度过了将近 20 年优游岁月,44 岁时薨逝,死后葬于会稽秦望山之原。后汉谥为忠逊,人称让王。

钱俶系元瓘第九子,钱镠之孙,也是吴越国最后一位国王。他与乃祖、乃父一样,不论中原王朝何人为帝,他都奉表称臣,恪守藩臣之职。他知道,钱氏祖孙三代之所以能安然享有东南一隅,一是干戈纷扰,中原王朝无力他顾,吴越才能在夹缝中求得生存;二是钱氏从钱镠开始便一直轻徭薄赋,不过度剥削百姓,百姓安分守己,钱氏才无社稷倾覆之忧。因此钱弘俶在即位之后,便招募百姓垦殖境内荒田。凡垦田者,皆不纳租税,农民竞相垦荒,因此境内无荒田。有人向他提出,现在人丁繁殖,无户籍者不少,请将遗漏者列入户籍,以增加赋税。钱弘俶大怒,将献此策的官员拉到城门口施以杖刑,以为不恤民瘼者戒。又设置营田士兵数千人,专门开垦钱塘江沿岸的荒田。同时兴修水利,疏浚沟渠,以便灌溉。经过多年的惨淡经营,吴越境内五谷丰登,家给人足,米一石才数十文钱。

　　由于弘俶对中原王朝恭顺有加,后汉循例封他为吴越国王。后周取代后汉,郭威封他为天下兵马元帅,世宗柴荣嗣位,授他为天下兵马都元帅,弘俶都不动声色,安然受之。柴荣率军攻打南唐,下诏吴越出兵配合,弘俶便奉命出兵,柴荣甚为满意。显德四年(957)八月,弘俶32岁初度时,柴荣派人取道登州(今山东蓬莱)、莱州(今山东莱州市)由海路入浙,为他祝贺生日,并晓谕他:"朕此行决平江北,卿等还当陆来也。"表示要与他晤面,其时后周与南唐的战事正酣,柴荣御驾亲征,南唐江北之地还未尽入后周版图,戎马倥偬之际,柴荣还记挂着钱弘俶的生日,使弘俶有受宠若惊之感。

　　天不假年,柴荣在39岁,统一大业尚未完成之时,便赍志长逝,由儿子柴宗训继位。周朝殿前都点检赵匡胤欺柴家孤儿寡母,发动陈桥兵变,黄袍加身,建立宋朝,改元建隆。他即位伊始,便派人宣谕吴越,自己已禅代了后周,并下令各郡县凡犯御名庙讳者一律改名。钱弘俶因犯赵匡胤之父弘殷名讳,遂去弘字,单名俶,从此钱弘俶便改名为钱俶了。宋朝也授他为天下兵马大元帅,世子惟浚也授为金紫光禄大夫、检校太保,充本军节度使,不久又改授为邕州建武军节度使,另一子惟治为容州宁远军节度使。作为回报,吴越也加大了朝贡力度,仅乾德元年(963)一次便进贡白金万两、价值连城的犀牙10株、香药15万斤、金银、珍珠、玳瑁等物件,远比进贡后唐、后晋、后汉、后周的多得多。赵匡胤连年用兵,四处征讨不廷之臣,自然不希望吴越从中掣肘,因此也曲意笼络,两下相安无事。当然,宋朝的封赠对钱镠没有任何意义。虽说是天下兵马大元帅,但他指挥不动宋朝的一兵一卒,所谓天下兵马大元帅,不过是个象征性的虚衔而已。还有赵匡胤封他食邑1000户,实封500户,对于统治着偌大一片土地,有几百万人口的钱俶来说,也引不起他任何兴趣。尽管如处,钱俶仍然表示高兴。他知道吴越的实力不足与宋朝抗衡,与其兵临下而后皈依,何如及早归命,这才叫识时务者为俊杰!

光阴荏苒,转眼已是开宝五年(972)。这年秋天,钱俶派人向朝廷进贡,赵匡胤对使者说,你回去转告元帅,江南倔强,不肯入朝,朕将发师讨伐,元帅应当操练兵甲,助我一臂之力,切勿被他人唇亡齿寒之言所迷惑。元帅应当知道皮之不存,毛将焉附的含意。朕已命有司在熏风门外建造宽敞府第,连亘数坊,栋宇宏丽,一应生活用品齐备,只等皈依之主入住。赵匡胤半是拉拢,半是恫吓,目的是逼吴越王钱俶就范,不要节外生枝。目前当务之急是攻打南唐,如果钱俶与李煜合势,能否讨平江南便成了未知数,即使能平定江南,也必然要稽迟时日,因此分化瓦解工作必不可少。又召见钱俶派来的进奉使钱文赟,对他说,朕数年前令学士承旨陶谷草诏,近来于城南建筑离宫,如今赐名为"礼贤宅",等待李煜及尔家国主,先来朝见者赐之,并让文赟看了诏书,以示不欺,让他转告钱俶,切勿错失良机。当然,这又是赵匡胤的攻心战,这种战术很快便收到了效果。隔了不久,钱俶便派行军司马孙承祐入贡,以表示自己对宋朝的虔诚。赵匡胤知道孙承祐乃是钱俶淑妃之兄,本是伶人出身,因妹妹贵为王妃,他也平步青云,成了吴越国的大臣,朝政大事无所不预,国中人称他为孙总监,对他要刻意笼络。因此在他辞行时,赵匡胤不但赏赐器币甚多,而且秘密告诉他宋朝出师日期,让吴越预作准备。

这年七月,宋军攻伐江南,赵匡胤在曹彬率军从荆南出发的次日,便给钱俶下了一道诏书,委他为昇州东南行营招抚制置使。诏书说:

禁卫出军,云台选将,克期攻取,直抵昇州。卿任重统戎,心专荡寇。早者会披章奏,具述事宜,今验奸凶,果符陈请,开兹讨伐,必罄忠勤。

这道诏书写得甚为巧妙,先是吹嘘宋军气势浩大,能够"克期攻取,直抵昇州",以秋风扫落叶之势,直抵金陵城下,这是警告钱俶要正视现实,任何与宋军对垒的行动都会一败涂地,万劫不复。又要求钱俶既然重任在肩,就要"心专荡寇",不要三心二意。最后又勉励他"开兹讨伐,必罄忠勤",即必然能效忠宋朝。钱俶果然规规矩矩应命,表示要率5万人马进攻南唐所辖的常州。为了做到万无一失,赵匡胤又派丁德裕为行营兵马都监,率兵千余人辅佐钱俶进攻常州。其实钱俶也明白,丁德裕辅佐自己是假,监视自己是真,但事已至此,就算自己是赵匡胤刀砧上的鱼肉,也只能听天由命了。所幸的是,钱俶运气不错,江南的精锐之师俱已迎战宋军,阻挡吴越之兵的率多疲软之卒,因此钱俶兵围常州,俘获江南士兵250人、马80匹,隔了两天,又击败江南兵万余人于常州北境上,最终一鼓作气攻克了常州,南唐知常州军州事禹万诚命人纳款于军门。李后主得知失了常州又惊又惧,连忙派人给钱俶写了一封措辞恳切的信,希望念在唇亡齿寒、辅车相依之谊,止戈不攻,联袂抗宋,但这无异于痴人说梦,钱俶果断地把信送给了赵匡胤。

赵匡胤知道钱俶拿下了常州,又转来了李煜的信,这才相信钱俶对宋朝忠贞不贰。忙加官晋爵,授他为守太师、尚书令,加食邑六千户,实封九百户,赏赐袭衣、玉带、金器、银器等甚厚,让他回归杭州,由宋将丁德裕权知常州。并对吴越的使者说,元帅(指钱俶)攻克毗陵(即江苏常州),立有大功,俟平定江南,可暂来与朕相见,以慰延想之意,即当遣还,不久留也。说到这里,又信誓旦旦地表白说,朕三执圭币以祷告上帝,与元帅以诚相见,决不食言。赵匡胤是担心传达了错误信息,怕钱俶认为入朝是个圈套,从此羁留不返,因此才说出了三执圭币以祷告上帝的话。赵匡胤为人诚悫,不会出尔反尔,而当时宋朝建国伊始,须以诚信治理国家,他不能言而无信,贻笑天下,钱俶的大臣崔仁冀规劝他说,赵匡胤是英武之君,所向无敌,如今天下大势已定,与宋朝离心离德,乃是自寻死路。对吴越而言,保住钱氏家族,使境内百姓没有刀兵之苦,这才是上策。钱俶认为这番言论颇有道理,在平定江南后,上表称贺,并请求在长春节即赵匡胤生日时朝觐见天子。赵匡胤自然答应。

开宝九年(976)正月,钱俶自杭州启程赴汴京觐见天子,赵匡胤命人自瓜州(今江苏扬州市南)至润州(今江苏镇江市)江口开古河一道,好使钱俶的舟楫通过。钱俶的船只经过宝应(今属江苏)、泗州(今江苏盱眙县西北淮水西岸)时,均有宋朝官员迎接并赐给汤药。接近京畿时,赵匡胤又派儿子德昭至睢阳(今属河南)迎接,以示优渥。钱俶进入京师,赵匡胤赐宴于迎春苑,下诏让他居住在礼贤宅,在入住之前,赵匡胤又亲自到礼贤宅查看设施是否齐备。钱俶在宋朝受到了高规格的接待,赵匡胤赏赐之优厚、宴请次数之多超过了任何藩王。他命钱俶可以带剑上殿,下诏书只提官衔,不写姓名,并封钱俶之妻孙氏为吴越国王妃。当宰相提出异姓诸侯王之妻无封妃之典的异议时,赵匡胤说,如果没有,当自钱俶始。赵匡胤曾召钱俶及其子惟浚饮宴、射猎于后苑中。只有亲王在座,钱俶拜谢不已,赵匡胤命内侍扶起,亲自端酒赐给钱俶。这真是皇恩浩荡,钱俶感激涕零,伏地不起说,臣子子孙孙,一定尽忠尽孝。赵匡胤摆摆手说,岁月悠长,未可预卜,卿只尽我一世可也,至于后世子孙,亦非卿所能预测也。一日,又召钱俶在宫中赐宴,朝中大臣无一人参加,只有晋王赵光义、秦王赵廷美在座。赵匡胤命钱俶与光义、廷美叙兄弟之礼。钱俶惶恐不已,自己怎敢与天子的亲弟弟称兄道弟,叩头固辞乃止。赵匡胤又时常在宫中召钱俶宴饮,命宫中乐工弹琵琶,铮铮,音韵悠扬,钱俶离席献词说:"金凤欲飞遭掣搦,情脉脉。"这分明是说有朝一日,自己会遭不测之祸。说完无限感伤。赵匡胤动情地拍拍钱俶的脊背说,卿只管放心,誓不杀钱王,赵匡胤因事欲至西京洛阳,钱俶请求扈从,赵匡胤不许,只留其长子惟浚侍随,安排钱俶返回杭州。临行之时,赵匡胤赏赐衣带、玉鞍勒马、金银采缎、银装兵器等,对他说,南北风土不同,汴京渐至酷热溽暑,卿宜及早出发。钱俶提出愿三岁一朝,赵匡胤说山川辽远,往返不便,候有诏时再来京师可也。临行时,赵匡胤亲赐黄色包袱一个,四周封缄甚固,戒他到途中方可开视。原来包袱中都是群臣请求扣留钱俶而派兵取其地的章疏,赵匡胤没有听从,把奏章都交给了钱俶。钱俶感愧不已,发誓不再对宋朝萌生异志。

　　宋太宗赵光义继位,钱俶斥资巨万派儿子惟演入朝称贺,太宗仍封他为尚书令兼中书令,天下兵马大元帅。太平兴国三年(978)钱俶至京师,赵光义赐宴于长春殿,南汉国主刘鋹、南唐国主李煜作为降王,已定居汴京,太宗特命二人陪坐。二人均因拒命被宋朝覆亡了社稷,钱俶则是进京觐见天子,赵光义将3人安排在一起,钱俶心中不禁有不祥之感。又隔了几天,赵光义在崇德殿宴请钱俶,一天之后,又在后苑宴请。凑巧的是,宴会正高潮时,有人上奏太宗,盘踞福建的陈洪进纳土输诚,钱俶大惧,请求撤销自己吴越国王及天下兵马大元帅的职务,以后凡有诏令,只称呼姓名。赵光义一笑置之,不予理会。钱俶忐忑不安地回到杭州,丞相崔仁冀即劝他纳土皈依,不然就将招来大祸。彷徨徙倚,无计可施的钱俶清楚自己目前的处境已是四面楚歌,与其兵败被擒,何如纳款输诚?他在上赵光义的表疏中,先是表白吴越"禀号令于阙庭,保封疆于边徼,家世承袭,已及百年"。吴越奉中原王朝正朔,世代相承,已有百年,忠贞之心,惟天可表。又吹捧赵光义扫穴犁庭,"削平诸夏,凡在率滨之内,悉归舆地之图"。凡割据之地,皆已荡平,归入版图。"独臣一邦,僻介江表,职贡虽陈于外府,版籍未归于有司。"虽然已向宋朝称臣,但版图未入宋朝的州郡,宋朝自然要拔刀相向了。因此臣愿以所部 13 州、1 军、86 县之地,户 550680、士兵 115036 人之众献于朝廷。赵光义甚为高兴,下诏赞扬他"自朕篡临以来,独持短表,自献封疆,将三千里锦绣山川,十三郡鱼盐世界,皆归皇宋,尽属有司"。凡吴越境内监狱内有在押囚犯者,一律释放出狱;钱氏家庭从高曾祖至曾玄孙以下,若不慎用杖、刃致人死命一至七人者放其回家,伤七人以上者上奏处理。这是其他降王没有的待遇。

　　吴越既入宋朝版图,宋朝改扬州为淮海国,改封钱俶为淮海国王,他的儿子也都分别被封为节度使、团练使、刺史等职。不过,吴越国既不存在,钱俶便没有必要再留居杭州,赵光义把他迁到了汴京,并将礼贤宅赏赐给他。钱俶的缌麻(五服)以上亲属及吴越境内官吏也悉数送往京师,动用船只竟达 1044 艘。杭州地方官送钱俶伶人 81 人,太宗命其中的 36 人返回杭州,45 人赐给钱俶,供他旦夕宴乐之用。钱俶进入汴京的第一个中元节(七月十五日),汴京到处张灯结彩,太宗赵光义特别命人在钱俶住宅前设灯山、陈声乐,以示优宠,还多次在崇德殿、长春殿、御苑中宴请他。尽管如此,钱俶仍然是战战兢兢,如临深渊,如履薄冰。他知道,不管自己受到多少礼遇,却仍是一名势穷力蹙来归的降王,不能和宋朝的大臣同日而语,不可能受到信任,朝廷的表面优渥,不过是虚与委蛇而已。因此,他小心谨慎,从不敢懈怠。每天上朝前都要赶到宫门等候。一日夜晚,刚刚打过四更,宫门前才清道放行,忽然风雨大作,寒气逼人,朝中大臣还无一人前来,太宗偶至宫门,见钱俶与儿子惟浚伫立风雨中,赞叹不已。太宗生性褊狭忮刻,对钱俶虽优宠有加,内心却仍存芥蒂。端拱元年(988)钱俶生日时,太宗派人赐他礼物,钱俶与使者宴饮甚欢,但使者刚走,钱俶便遽然殒逝,显然是被鸩死的。葬于洛阳县贤相里陶公原。

从钱镠为镇海、镇东节度使兼有两浙至钱俶归宋,共三世五王,历时84年。吴越之所以能延续近一个世纪之久,是因为向中原王朝贡献了大量财物。欧阳修在《新五代史》中说:"当五代时,常贡奉中国不绝,及世宗平淮南,宋兴,荆、楚诸国相次归命,俶势益孤,始倾其国以事贡献。"吴任臣的《十国春秋》说,吴越"竭十三州之物力以贡大国,务得中朝心,国以是而渐贫,民亦以是而得安"。这些看法还是切当的。

文采风流出钱氏：钱氏文脉

城上风光莺语乱，城下烟波春拍岸。绿杨芳草几时休，泪眼愁肠先已断。

情怀渐变成衰晚，鸾镜朱颜惊暗换。昔年多病厌芳樽，今日芳樽唯恐浅。

——钱惟演《玉楼春》

钱镠祖孙久居西浙，方隅无事，兵革不兴，于是讲经读史，吟哦诗词之风大盛，钱氏子弟中颇不乏满腹经纶之人。钱镠戎马一生，无暇读书，只"略通图纬诸书"，留下的作品不多，但他为舒州（今安徽潜山）天柱山下的天柱观撰写的《天柱观记》、为越州（今浙江绍兴）撰写的《镇东军城隍神庙记》等文也粲然可观。他衣锦还乡时所写的《还乡歌》，可与刘邦写的"大风起兮云飞扬"相媲美。元瓘之子弘倧被废黜后居住东府越州，其弟钱俶为他造园亭，他在亭榭上写读皆满。钱俶读书甚多，雅好占哗，有诗数百首，集成一帙，名曰《政本集》，但今皆不传。元瓘第十一子弘仪工草书，善弈棋，晓音律，尤工琵琶。钱俶常宴请弟兄，想听弘仪弹琵琶，但又不好意思命令他，便另设一榻，把琵琶放在榻上，再盖上黄锦，故意让弘仪看见。酒酣耳热之际，弘仪果然对钱俶说，这里有现成的琵琶，我愿弹奏一曲为王上寿。当时钱俶的叔父元玼也在座，颇知晓音律，钱俶命他两人合作，一时"嘈嘈切切错杂

一剑霜寒十四州

弹,大珠小珠落玉盘",令人心旷神怡。元瓘的第十二子弘偓"工为诗,多警句";第十三子弘仰通儒术,尤精书法,喜欢收藏书籍;第十四子弘俨知识渊博,文辞富赡。当时吴越境内以文章知名者首推罗隐、崔仁冀,只有弘俨能与此二人比肩,因此声名远被。宋太宗朝,弘俨献所著《皇猷录》,真宗时又献《光圣录》。另著有《吴越备史》、《遗事》、《忠懿王勋业志》、《钱氏戊申英政录》若干卷、《贵溪叟自序传》一卷。

钱弘佐之子钱昱善于骑射,诗文书法亦佳。赵匡胤登基,钱昱奉命入汴京朝贡,与南唐使臣一起被安排在后苑饮酒射箭,南唐使者先射中的,钱昱继射,也应弦而中,赵匡胤大喜,赐以玉带。后随钱俶归宋,太宗时献《太平兴国录》1卷,同时献上钟繇、王羲之墨迹8卷,天子下诏褒美。太宗得知钱昱擅长书法,命他进呈,太宗甚为欣赏,赏赐御书金花扇两个、《急就篇》1篇、墨宝30轴、朝野荣之。昱与叔父弘俨俱以文章知名,吴越国内把他们比作唐朝的陆机、陆云。钱昱兴趣广泛,琴棋书画,无所不通。平日好学,尤喜收藏浏览图书,每有感慨,辄吟为诗词,与朝中卿大夫酬唱甚多。一日与和尚赞宁谈论画竹之事,随手录下百余条,成《竹谱》3卷。另有《贰卿文稿》20卷,但未传留于世。弘佐的侄子中有个叫仁熙的,以画水牛知名,牛多画于纨扇上。钱弘倧之子钱昆擅长诗词、书法,尤善草隶,有文集10卷。弘倧的另一个儿子钱易随钱俶归宋,钱俶的部下多数授予了官职,只有钱易、钱昆兄弟未予录用,钱易遂刻苦读书,17岁时便得中进士,殿试崇政殿,须考试3篇,钱易文不加点,一挥而就,未到中午时便已写就,其他人尚在苦思冥想之中。有人说他浮躁轻狂,潦草应付,遭到罢黜,但他却以才思敏捷闻名天下。宋太宗曾与大臣苏易简谈论唐代文人,喟叹当今之世无人有李白之才。苏易简回答说,陛下言重了,进士钱易所写诗词,堪与李白媲美。太宗大喜说,卿所言如果属实,朕当从布衣中拔擢他入翰林院。不巧的是,适逢剑南发生叛乱,太宗忙着调兵选将镇压,召钱易入翰林院之事遂搁置不议。钱易只得再入考场,在开封府获第二名,钱易认为自己应当夺魁,取置第二是考官不公,便写了一篇《朽索之驭六马赋》呈给真宗,语句中暗涉讥讽,真宗甚为不快,降为第三名,只给了个低级官员。景德年间应举贤良方正科,所写策论被选中,任信州(今江西上饶)通判。真宗知钱易才学横溢,封禅泰山、祭祀汾阴、幸亳州太清宫(今河南鹿邑太清宫镇)老子故里,皆命他伴驾,让他修撰《车驾所过图经》。几经升降沉浮,钱易终于成为人人艳羡的翰林学士。他著作等身,有《金闺》《瀛州》《西垣制集》150卷,《青云总录》《清云新录》《南部新书》《洞微志》130卷,他还擅长大书行草,喜读佛书,曾校《道藏经》等。

当然,最负盛名的还是钱俶之子钱惟治、钱惟演兄弟。

惟治本是弘倧长子,因自幼聪颖,甚得钱俶喜爱,遂养为己子。幼好读书,学问大进。钱俶几次入宋朝觐,都以惟治权摄国事。一次钱俶入朝,惟治摄国事时,突然马厩起火,惟治率兵救火,令亲信十多人仗剑申令,敢有怠惰不力者斩,众人齐心协力,大火很快便被扑灭。他御下甚严,有一亲属恃势犯法,他不徇私情,命人拉至府门杖背,亲属中皆不敢为非作歹了。入宋后政务之暇,喜欢书法,尤善草隶,笔走龙蛇,力透纸背,驰名遐迩。他最喜欢的是王羲之、王献之父子的书法。他说:"心能御手,手能御笔,则法在其中矣。"又把钟繇、王羲之、唐玄宗的墨迹共7轴,装潢后献给同样喜好书法的太宗皇帝。太宗常与翰林学士贺丕显评论钱惟治的书法,作出评骘说:钱氏诸人练书法者皆仿效浙江僧人亚栖之体,故笔下柔弱无骨,只有惟治的书法功底最深。庋藏图书亦是惟治的一大乐趣,家中法帖图书有万余卷之多,且多是不同版本,有些善本价值连城。生平倾慕唐代诗人皮日休、西晋文学家陆机的诗,写诗多仿效之,有文集10卷,可惜均未流传下来。

惟演是钱俶次子,自幼折节读书,博学能文。归宋后召试学士院,他在笏板上写文章,顷刻而就,真宗称赞不已。曾奉命预修《册府元龟》,真宗下诏让他与杨亿分别写序。惟演出身于世代簪缨之家,于书无所不读,家藏图书可与宫廷藏书媲美。他为文文辞清丽,可与名家杨亿、刘筠相颉颃。尤喜奖掖后进。真宗崩逝,朝廷谥号称"文",惟演上书说,真宗驾至澶渊(今河南濮阳市)抵御契丹,宋辽签订了"澶渊之盟",应兼谥"武"。仁宗下大臣商议,乃加谥"武定"。天圣年间,惟演任枢密使,其堂兄钱易为学士,兄弟二人都曾为天子起草过诏诰。朝野传为盛事。著有《金坡遗事》《飞白书叙录》等。

钱惟演晚年以使相的身份留守西京洛阳。按宋朝制度,凡是亲王、枢密使、节度使兼侍中、留守、中书令、同平章政事者均称使相。惟演任过枢密使、留守,故称使相。使相只是荣誉性职务,不参与政事,因此惟演品阶虽高,却无政务可做,这就给了他以文会友、刻苦读书的机会。他在洛阳曾对僚属说,平生的最大嗜好是读书,坐则读经史,卧则读小说,上厕所则读诗词。洛阳多文人墨客,如通判谢绛、掌书记尹洙、留守推官欧阳修皆一时之秀。惟演与他们诗文唱酬,游宴往还,相处甚得。有个叫郭延卿的人居住洛水之南,年轻时与张方平、吕蒙正等交游,可算是莫逆之交。惟演知他学问甚好,即率僚属往访。距郭延卿居处约1里地时,便屏退随从,徒步相访。延卿身穿道服迎迓,二人相谈甚为投机,但不知惟演是何等人,惟演也未自报家门。惟演称赞延卿精神矍铄,性格爽朗,延卿莞尔一笑说,老夫所居只是陋室,离城郭僻远,来访者不多。今日老夫心情甚好,愿与君小酌对饮。惟演也不推辞。虽然酒具是陶樽,酒薄菜少,惟演仍很高兴,不知不觉已到了申时(下午3—5点钟),惟演的随从都排列在庭院里等候。延卿问惟演是何官,随从竟有如此之多,尹洙指着惟演说,是留守相公,延卿惊讶地说,老夫不料宰相还肯纡尊降贵,看望山野之人。直到落日熔金,暮色合璧时分,惟演才登车而去。

谢绛、欧阳修在洛阳为官时,曾同游嵩山,自颍阳(今河南登封颍阳镇)返回洛阳,暮色苍茫时分才抵达龙门香山。其时彤云密布、大雪纷飞,两人登上一座石楼,遥望东都洛阳,于烟霭明灭之中见有策马渡伊水来者,影影绰绰看不清楚。迨至近前,才知是惟演差遣来的厨师和歌妓。小史传言说,山路纤曲,行走劳苦,使相有话,请两位大人在龙门稍作逗留,欣赏雪景。洛阳府公务不多,不必急于返回。这一段故事在文坛上传为佳话。后来宰相王曾代为西京留守,御下甚严,部下都不敢出游。一次他责问下属说,公等自比寇莱公(寇准)如何? 他是宰相,只因奢侈骄纵,被贬谪雷州(今属广东),宰相尚且如此,何况位居其下者! 谢绛不敢答话,只有欧阳修争辩说,在我看来,寇莱公之祸不在于饮酒,是因为他年纪老迈又不肯致仕,才落下这样的结局! 王曾这才无话说。

钱惟演文采风流,著述宏富,但在政治上却不甚得意。他喜欢攀附权贵,把妹妹嫁给了刘美,而刘美是真宗刘皇后之兄。那刘美本名龚美,原是一名银匠,是他把刘皇后携入京师,真宗即位,刘皇后被选为美人,因无宗族,便以龚美为兄弟,改姓名为刘美。郭皇后薨逝,刘美人进位德妃,又被立为皇后。为了扩大势力,又为其子钱暧娶真宗郭皇后之妹为妻(按:《东坡志林》则说钱暧娶奸相丁谓之女为妻），还想与真宗李宸妃家族缔姻，为朝野所不齿。靠着这层关系，惟演当上了翰林学士、工部尚书、兵部尚书、枢密使。当时宰相丁谓权势熏灼，惟演趋炎附势，丁谓排挤寇准，惟演推波助澜，及丁谓失势，他又落井下石，以示自己清白。宰相冯拯恶其为人，上书说，惟演以妹妻刘美，乃是太后姻亲，不可掌控朝廷大政，当出朝为官，朝廷把他调往河阳（今河南孟州）任职。几年之后，他上书说祖宗坟茔俱在洛阳，愿守先茔，仁宗命他判河南府，于是以使相身份留居洛阳。真宗皇后逝世，惟演上疏请以刘皇太后、李宸妃并配真宗庙室，御史中丞范讽弹劾惟演擅议宗庙，且与皇后家通婚，被贬往汉东（今湖北随县西北）。惟演本欲借这次上疏返回京师，不料却被贬往外地，圣命难违，只得怏怏登程。谢绛等送至彭婆镇（今河南伊川县彭婆镇），惟演拿出一篇事先写好的词，命歌妓演唱：

城上风光莺语乱，城下烟波春拍岸。绿杨芳草几时休，泪眼愁肠先已断。

情怀渐变成衰晚，鸾镜朱颜惊暗换。昔年多病厌芳樽，今日芳樽唯恐浅。

每歌一阕，惟演便垂涕不已，不久便悒郁死于随州。在他身后还经历了一场风波。按惟演的官阶，他应有一个谥号。大臣张瑰提出，按照谥法，敏而好学曰"文"，贪而败官曰"墨"，请谥为"文墨"。惟演的家属倾诉于朝，对谥为"文墨"表示不满。仁宗让群臣复议，经多方查证，未发现惟演有贪黩行为，而晚年砥砺名节，有惶惧可怜之意，乃改谥"文思"。仁宗庆历年间，刘太后、李宸妃均配真宗庙室，一如惟演生前建议。惟演之子钱暧再诉于朝廷,仁宗乃改谥为"文僖"。也算是备极哀荣了。

　　钱弘俶之孙、钱易之子彦远、明逸相继以贤良方正应诏。"宋兴以来,父子兄弟制策登科者,钱氏一家而已。"原来,宋承唐制,由天子下诏考试才能优异之士,量才擢用,这一政策被视为士林莫大的荣誉。明逸之侄钱藻进士及第之后,又中贤良方正科,历官同修起居注、知制诰、加枢密直学士、知开封府。"居官独立守绳墨,为政简静有条理,不肯徇私取显。"钱彦远之子钱勰5岁时便能日诵千言。知开封府时断案如神,案无积牍,苏东坡评论说:"电扫庭讼,响答诗筒,近所未见也。"哲宗时翰林院缺一学士,宰相章惇3次推荐林希,而哲宗靳而不予,以钱勰为翰林学士,仍兼侍读,荣誉无比。《宋史》说:"钱惟演敏思清才,著称当时……钱氏三世制科,易、明逸皆掌书命,时人荣之。"

覆巢之下无完卵

梦魂犹是在青城：王建、王衍父子

先朝神武力开边，画断封疆四五千。

前望陇山屯剑戟，后凭巫峡锁烽烟。

轩皇尚自亲平寇，嬴政徒劳爱学仙。

想到隗宫寻胜处，正应莺语暮春天。

——李衍《过白卫岭和韩昭》

前蜀的创建者王建字光图，许州舞阳（今属河南漯河市）人（按：《旧五代史》说是陈州项城人），生于一个贫窭之家。王建青少年时期穷困潦倒，衣食不给，以屠牛、盗驴、贩私盐为业，是市井无赖，远近村民皆称之为"贱王八"。他因犯罪被逮系许昌狱中，狱吏可怜他父母双亡，孤苦无依，偷偷纵之出狱。王建无颜回归故里，亡匿武当山中。僧人处洪说他命当大贵，若能从军，当不难发迹变泰。王建于是投入忠武军（今河南许昌），成为一名士兵。因作战骁勇，节度使杜审权甚为赏识他，拔擢他为低级军官。唐末农民起义军黄巢攻破长安，唐僖宗播迁成都，忠武军将领鹿晏宏以兵8000人隶属监军杨复光麾下，攻打黄巢。黄巢兵败，杨复光将士兵分为8都，每都1000人，王建与鹿晏宏都成了都头。不久,杨复光忽然染疾而死,鹿晏弘成为八都兵的首领。他率八都兵西迎僖宗于蜀,士兵荡无纪律,所过打家劫舍,剽掠百姓。行至兴元(今陕西汉中),逐节度使牛丛,自称留后。如此目无朝廷,擅自驱逐封疆大吏,本应受到惩处,但僖宗对手握节钺的军阀畏之如虎,不敢谴责鹿晏弘半句,反而封他为兴元节度使,鹿晏弘则任命王建等8都头为各州刺史。鹿晏弘勤王是假,扩充私人势力是真,他当了几个月的节度使,不去迎接僖宗,却勒兵东归,攻陷了陈(今河南淮阳)、许(今河南许昌)二州。王建见鹿晏弘一味剽掠,知他成不了气候,便未跟他东归,而是与其他4位都头率军赶赴行在,僖宗大喜过望,称王建等5人为"随驾五都",交给十军观军容使田令孜统率,令孜以王建为养子。僖宗回到长安,王建又当上了神策军宿卫,从此他成了接近天子的官员,这是王建政治生涯中很关键的一步。

僖宗回到长安喘息未定,又发生了盘踞在河中(今山西西南部一带)的军阀王重荣与田令孜争夺盐池的事件。原来盐州(今陕西定边)有盐池,谁垄断了盐池,就等于拥有了丰厚的财富,田令孜与王重荣都把盐池视为禁脔,不准别人染指,双方各不相让,就只能兵戎相见。王重荣一怒之下,率兵进攻京师长安,唐僖宗只得再次播迁凤翔(今属陕西)。但凤翔并不安全,僖宗又欲出奔兴元(今陕西汉中),以王建为清道使,身背玉玺随行。行至当涂驿,栈道已被人毁坏,道路千疮百孔,王建控御着僖宗所骑之马,小心翼翼地在烟焰中走过,晚上无驿馆可住,就露宿在山坡上,僖宗困乏已极,枕着王建的膝盖睡觉。醒来之后,见王建如此忠诚,不觉涕零,脱下御衣赐之。至兴元后,僖宗命王建遥领壁州(今四川通江县)刺史。按唐朝惯例,领兵将帅无遥领州郡者,王建是遥领州郡刺史的第一位将领,可说是荣耀无比。

田令孜知道,是自己与王重荣争夺盐池才导致僖宗如釜底游魂,四处播迁,倘僖宗因此怪罪,自己可能性命不保,便想离朝而去。西川节度使陈敬瑄乃令孜异父同母之弟,令孜请求任西川监军,推荐杨复恭代已为军容使,僖宗也讨厌他在朝,爽快也答应了他的请求。那杨复恭与田令孜貌合神离,田令孜刚一离朝,杨复恭便排斥田令孜之党,以王建为利州(今四川广元)刺史。镇守兴元的山南西道节度使杨守亮猜忌王建骁勇难制,几次招王建前往,王建知他有意图己,索性召集亡命及溪洞彝人,有众8000人,沿嘉陵江东下攻打阆州(今四川阆中),逐走刺史杨茂实,自称防御使。杨守亮眼睁睁看着王建坐大,却无法钤束。东川节度使顾彦朗与王建是莫逆之交,陈敬瑄猜忌他与王建合势来攻,求教于田令孜。令孜说,这有何难,王建乃我义子,只需遣一介之使召之。便可成为你麾下大将。于是以书信相召,晓以利害,王建也欣然同意。他把家属托付给顾彦朗,挑选精兵2000人,与义子宗弼、宗侃等,风驰电掣,奔往成都。不料行至鹿头关(今四川德阳县东北鹿头山上),陈敬瑄忽然变卦,恐怕引狼入室,于己不利,一面派人阻止王建前来,一面增修守备。王建一怒之下,攻陷了汉川(今四川广汉)顾彦朗也派兵助战,王建乘胜又攻取了德阳(今四川江油东北)。陈敬瑄无奈,只得请田令孜解围。田令孜百般慰谕,王建只说,今既无家可归,只得落草做贼。顾彦朗之弟彦晖时任汉州刺史,也派兵助王建攻成都,陈敬瑄不敢懈怠,悉心防御,王建未能得手,只得退回汉州。陈敬瑄向朝廷告急,僖宗派人和解,但陈敬瑄与王建皆不听命。王建率兵转而攻打彭州(今四川彭州市)。陈敬瑄发兵往救,双方互有胜负,王建未能得手,便解围而还,大掠西川十二州之地,迨至昭宗即位,双方仍未息兵,导致道路不通,贡赋中绝。王建部将献策说,要想扩大势力,必须借助天子声威,否则众将会离心离德。王建于是上书天子,请求讨伐陈敬瑄以赎己之罪,同时要求治理邛州(今四川邛崃),顾彦朗也上书请昭宗赦王建之罪,遴选大臣镇蜀,陈敬瑄应移往他处,以靖西川,王建应给予旌节,以酬他拥戴朝廷之功。昭宗刚刚即位,正愤恨藩镇跋扈不臣,读完王建、顾延朗的奏疏,便立即以宰相韦昭度为西川节度使,以邛、蜀(今四川崇庆)、黎(今四川汉源北)、雅(今四川雅安)4 州之地为永平军,拜王建为节度使,陈敬瑄则改任龙武统军,调离蜀地。

但是,老奸巨猾的陈敬瑄不肯离开成都,尽管韦昭度已在城下,陈敬瑄却闭门不纳。昭宗大怒,命韦昭素率顾延朗等讨伐,以王建为行营诸军都指挥使,同时削去敬瑄官爵,敬瑄自然不肯束手就擒,发兵抗命。双方互有胜负,战争进行了三年,未见分晓,朝廷聚诸道之兵 10 余万人,旷日持久,馈运不继,昭宗打算息兵,恢复陈敬瑄官爵,王建与顾彦朗各率众归镇,王建想让韦昭度还朝,自己独取成都,徐图日后发展。他对韦昭度说,公以数万之众,困两川之人,如今 3 年未克成都,兵疲师老,罪责谁人承担?况且现在唐室多灾多难,东方诸镇,尾大不掉,他们虎视眈眈,盯着京畿,局势严重,公当于此时返朝辅佐天子,澄清中原,以固根本。此处乃蛮夷之邦,不足以留公于此。陈敬瑄不过是疥癣之疾,我自能应付。韦昭度迟疑未决,王建马上露出了流氓无赖本色,派遣士兵捉拿昭度的亲吏 2 人于军门,乱刀砍死,然后分而食之。王建入告昭度说,士兵饥饿难忍,须寻觅食物,此乃不得已而为之,相国勿恐。韦昭度见状,恐慌不已,马上将调兵的符节交给王建,即日束装东还。王建装作恋恋不舍状,一直送至新都(今属四川),匍匐马前捧酒献上,然后泣拜而别。

韦昭度刚刚离去,王建便派兵扼守剑门。剑门乃入蜀通道,

覆巢之下无完卵

四周皆崇山峻岭,一夫当关,万夫莫开,剑门既不通,中原入蜀之路遂绝。王建布置妥当,便引兵还攻成都,环城烽堠绵亘50里,军容甚盛。又派人诈称得罪逃入城中,见陈敬瑄、田令孜,谎称王建兵疲粮尽,行将遁归;又对百姓士兵称王建英勇无敌,成都陷落是迟早的事。由是陈敬瑄等懈于守备,百姓则是人心惶惶,一夕数惊。王建攻城甚急,田令孜只得登城求饶说,老夫与八哥相厚,交情已非一日,有何嫌隙,如此围困我?王建回答说,我与军容使(按:田令孜曾任观军容使)情同父子,大恩大德,何日敢忘?但我今奉天子之命,讨伐不肯受代者,敢不尽力!太师(按:指陈敬瑄)如果翻然悔悟,我当即日收兵。田令孜无奈,只好于当天夜里把节度观察印牌交给王建。次日,陈敬瑄大开城门迎接王建,把蜀帅的位置让给他,王建于是自称留后,入城安抚百姓。

王建虽是赳赳武夫,却工于心计,知道如何收揽人心。进入成都之前,他对部下说,成都号称锦花城。一旦攻克,玉帛妇女任尔等掠取,保尔等快活!但进入成都后,马上召来诸将告诫说,我与尔等连年征战,出生入死,恩同骨肉,亲如一家。既已入城,尔等只管富贵,但不能恃势掳掠。我已差人为斩斫马步使,维持全城秩序,尔等不得作奸犯科。若犯到我面前,尚可宽恕,若被他当下斩首,即我也不能相救。诸将闻诫,皆不敢恣事,城中市肆不移,秩序井然。但对于田令孜、陈敬瑄则是必欲置之死地而后快。田、陈二人解除兵柄后,王建佯装不计嫌隙,向朝廷推荐敬瑄之子陈陶为雅州(今四川雅安)刺史,敬瑄随子赴任。行至中途,被王建派人杀死。田令孜仍旧监军事,数月后,又说他与凤翔的叛将有来往,下于狱中,活活饿死。

王建虽控制了成都,但东川之地不在掌握之中,使他耿耿于怀。而统治东川的顾彦朗和他不但情同管鲍,而且有葭莩之亲,

不便下手。不久,彦朗病逝,其弟彦晖继任东川帅,双方交情稍
息。盘踞凤翔的军阀李茂贞拉拢顾彦晖,共同对付王建。王建大
怒,出兵攻打彦晖,李茂贞出兵救援,王建撤兵而去,自此双方交
恶者数年。王建倾巢而出,大败李茂贞、顾彦晖之兵于利州,彦晖
大惧,表示不再与李茂贞结盟,请求媾和,王建遂退兵而去。唐昭
宗景福年间,李茂贞攻打东川,彦晖无力抵御,只得求救于王建,
王建慨然答应,亲自率兵解围,大败李茂贞,顾彦晖感激不已。其
实,王建出兵并非真的是救顾彦晖,而是觊觎东川之地。回师之
际,他乘虚袭击梓州(今四川三台),彦晖猝不及防,被王建擒获,
将他囚禁于成都,东川之地遂入王建囊中。王建从此兼有两川之
地,势力益强。

　　李茂贞、韩全晦把昭宗劫持到凤翔,朱全忠以救驾为名,率兵
围攻凤翔。韩全晦要求王建出兵相援,朱全忠也来乞师。王建明
着修好于朱全忠,公开声讨李茂贞劫驾之罪,暗中又派人劝茂贞
坚守,答应出手救援。正当李茂贞、朱全忠都盼王建援己之时,王
建却出兵夺取了李茂贞的老巢兴元。等到朱全忠解围而去,唐昭
宗回到长安,李茂贞所辖山南诸州已悉数落入王建之手。朱全忠
把昭宗劫往洛阳,王建又与李茂贞合势攻打朱全忠。有人劝王建
乘李茂贞兵力衰微之际攻取凤翔。王建却认为李茂贞虽是庸才,
却有强悍之名,与朱全忠一争高低力量不足,但画疆自守却兵力
有余。凤翔乃蜀之屏障,有事则乘机而动,无事则务农训兵,何必
非要占据凤翔?于是与茂贞结好,并以女妻茂贞之侄。双方相安
无事。朱全忠灭唐称帝建国,是为后梁,王建也于成都称帝,国号
大蜀,改元永平,时为天祐四年(907)。他在位12年,卒年72岁。

　　王建出身寒微,以屠牛盗驴为业,是引车卖浆者之流。他投
身行伍,崛起于草莱之间,纵横捭阖,左右逢源,割据一方,称王称

帝,也算得上有才之人。蜀中物产富饶,王建朘剥无度,仓廪粮食布帛充足,王建仍聚敛不已。成都每年三月有蚕市,王建登楼见买卖桑树者甚多,便对左右说,桑树如此之多,倘若课税,必获厚利。此言传于民间,百姓惊恐不已,纷纷砍伐桑树。他将死之前对左右说:朕见百姓无数,齐列床前诟骂,说我重赋厚敛,以至伤害而死,今已上诉于天帝矣。朕实不知情,如何补救?他晚年猜忌之心甚盛,功臣宿将,多被杀戮,给儿子王衍留下的只是残破江山,无怪乎后唐之兵入蜀,王衍根本无力抵御,只得衔璧出降了。

继王建即位的,是他的第十一子也是最小的儿子王衍。王衍之立也是一波三折。王建长子宗仁幼年残疾,不能立为太子。于是立次子元膺为太子。元膺为人残忍猜忌,但颇多才艺。他与父王嬖臣唐道袭关系不睦。唐道袭诬告元膺欲谋反夺位,元膺无以自明,便率伶人等起兵自卫。结果兵败被杀。王建第三子宗辂行事类己,有武将之风。第八子宗杰明敏有才,王建欲在两人中挑选一人立之,但究竟选谁,则犹豫不定。王衍之母徐氏因貌美而有宠,她与宦官唐文扆勾结,唆使会看相貌的术士上书,说王衍相貌在诸子中最有贵人之相,又秘密送给宰相张格黄金百镒(20两为一镒),让他在王建面前口角春风,替王衍说好话。张格既收了徐妃的厚礼,自然为王衍说项。其时王建老年昏聩,见这么多人说王衍好话,未再犹豫,便立他为太子。王衍聪慧过人,幼年即能写一手好文章,尤其酷爱靡丽之辞,写有艳体诗200首,集成一帙,名曰《烟花集》。

王衍即位后,改元乾德,尊其母徐氏为皇太后,皇太后之妹徐淑妃为皇太妃。两人为亲生姊妹,淑妃为王衍之姨。蜀地太平已久,百姓不识刀兵,王衍即位之后,不理政事,沉溺于声色狗马之中,是一个荒淫无道之君。王衍既不问朝政,钜鹿王宗弼趁机揽权。那王宗弼本姓魏,名宏夫,王建养为义子,更名王宗弼。朝内官员升降黜陟皆由宗弼定夺,弄得贿赂公行,人人怨嗟。教坊使严旭本是伶人,王衍命他为蓬州刺史,严旭强取民女纳入宫中,甚得王衍欢心,因此得以不次升擢。吏部侍郎韩昭受贿徇私,卖官鬻爵,百姓编俚语讽刺说:嘉、眉、邛、蜀,侍郎骨肉;导江、清城,侍郎自留;巴、蓬、集、壁,侍郎不惜。嘉、眉、邛、蜀4州乃两川最为富庶繁华之地,韩昭让自己的亲属去做官;导江、清城稍差,留给自己的熟人、朋友;巴、蓬、集、壁4州最差,荒凉贫困,有些是尚未开发的不毛之地,这才让那些与自己毫无关系的士人当官。王衍把韩昭召来,询问百姓为何有此俚语,韩昭说,这些事属实,但这些人均是太后、太妃、国舅的亲属,非臣之亲属,王衍遂不再追问。那韩昭能言善辩,巧舌如簧,再加上风度翩翩,又经常出入宫掖,徐太妃不惜降尊纡贵,与之私通,闹得满城风雨,尽人皆知。韩昭不以为耻、反以为荣,恃太妃恩宠,暴戾恣睢,胡作非为。

　　王衍有两大癖好,一是好色,二是喜欢游观。尽管他后宫三千,佳丽如云,仍不惬意,往往微服私行,宿于娼家,饮于酒楼。怕识破行藏,常在酒楼上题"王一来"3字,又令民间皆戴大帽。郡民何康有女色美,正在谈婚论嫁,王衍得知,硬抢入宫,赏给其夫家粗布百匹,该男子一恸而卒。王衍曾至官员王承纲家,见他女儿绰约多姿,欲纳入宫中,承纲说罗敷有夫,行将于归,王衍不听,强行纳入宫中。有个叫潘昭的人,与承纲不睦,进谗言说承纲有怨言。王衍不察究竟,便把承纲流放茂州(今四川茂汶)。承纲之女欲剪发以赎父罪,王衍仍不肯宽宥,承纲之女自缢身亡。天雄军(今甘肃天水)节度使王承休请王衍巡幸秦州(今甘肃天水)。其时后唐欲派兵攻蜀,正调兵遣将,大有黑云压城之势。群臣皆上疏谏诤,请罢此行,筹划保蜀之策。但承休之妻严氏生得天姿国色,丰韵娉婷,害得王衍魂牵梦萦,念念不忘,因此决意东行,即使太后涕泣不食,王衍仍然不肯收回成命。元妃韦氏乃王衍母亲徐太后娘家侄女,生得绮年玉貌,堪称绝代名媛。王衍至外祖父家,见而悦之,欲纳之宫中,太后拗不过他,只得依从。但王衍娶母亲侄女为妃,有悖于纲常伦理,故改其姓为韦氏。如此荒唐行径,不一而足。

四处游览巡幸是王衍的又一癖好。他即位后的次年八月托名北巡,实际上是游山玩水。王衍从成都出发,身披金甲,头戴珠帽,执戈挟矢而行。随行者旌旗戈甲,连亘百余里不绝,成都百姓倾巢出动观看,但见玉衍坐于马上,粉雕玉琢,犹如灌口二郎神一般。后妃齐聚于升仙桥上饯行,衣袂飘飘,望之灿若云霞。宴毕以宫女20人随王衍北上。行至汉州(今四川广汉),驻跸西湖中,与宫人泛舟湖上,鼓乐齐鸣,笙笛迭奏,水陆杂陈,肴馔丰盛,王衍一连欢宴数日,才启程而去。行至利州(今四川广元),阆州(今四川阆中)地方官请求前往,王衍于是浮江而下,龙舟画舸,舳舻相衔,破浪前行,好不威风!所过之处,强迫百姓供应所需之物,弄得百姓家产净尽,不堪负荷。到了阆州,船工皆穿锦绣之衣,色彩斑斓,百姓则衣衫褴褛,二者形成了鲜明对照。王衍自制《水调银汉曲》,命乐工歌唱,恣意行乐,全不管民有菜色,野有饿莩。

王衍在各地周游了数月之后,才于乾德三年(921)春天回到成都。他别出心裁,创制出20轮的车,号为"流星辇"。又喜欢蹴鞠。蹴鞠是古代军中的一种习武游戏,类似今日之踢足球。每逢蹴鞠,四周以锦帛围绕,王衍击毬其中,即使在街市上,也无人知晓。好点燃名香,昼夜相继,每当燃香时,香气氤氲,沁人肺腑。久而久之,王衍讨厌此种气味,又点燃皂角以乱其气。把缯帛结扎为采山,山上再用缯帛装饰成宫殿楼观,山前再竖立两个采亭,采亭前陈列金银制成的炊具,令御厨在那里烹饪菜肴,王衍在采楼上观看,称之为"当面厨"。采山被风雨所蚀破坏时,则另结新的采山。仅此一项,便挥霍掉无数锦缎。采山前挖凿沟渠,直通宫禁,王衍每每乘船夜归,令宫女秉烛千余枝,水面照耀,如同白昼。如此玩乐,王衍犹嫌不足,在成都城内又建宣华苑,苑内亭台楼阁,曲槛回廊,绵延长达10里,土木之功,穷极奢巧,王衍多次在其中作长夜之饮,与狎客、妇人嬉戏。一次他召嘉王宗寿赴宴,宗寿也是王建养子,他持杯进谏说,社稷危若累卵,大王长此以往,恐怕有一天江山将为他人所有了。说到动情处,不觉呜咽涕泣。奸臣韩昭等人笑他庸人自扰,自讨没趣。王衍即席作宫词说:"辉辉赤赤浮五云,宣华池上月华新。月华如水浸宫殿,有酒不醉真痴人。"一次王衍游览浣花溪,龙舟采舫,绵亘10里。自百花潭至万里桥,游人士女,珠翠夹岸。他挑选大臣韩昭等数人为狎客,陪侍王衍游览饮宴,或者以艳诗相唱和,多是淫词媟语。在宫中建造村坊中市肆,令宫嫔皆穿百姓所穿之青衫,悬一布帘,鬻卖食物,男女混杂,交易而退。王衍与后妃在一旁观看取乐。一次在怡神亭设宴,王衍命妃嫔头戴金莲花冠,穿道士服装,酒酣耳热之际,妃嫔皆脱掉帽子,露出蓬松头发。更为可笑的是,妃嫔们满脸都涂上朱粉,一片红色,王衍称之为"醉妆"。王衍还陪母亲徐太后及徐太妃去青城山祈祷,宫人皆穿云霞之衣,王衍自制《甘州曲》,令宫人演唱。其辞曰:

画罗裙,能结束,称腰身,柳眉桃脸不胜春。薄媚足精神,可怜沦落在风尘。

又撰《醉妆词》:

者边走,那边走,只是寻花柳。那边走,者边走,莫厌金杯酒。

活脱脱的一副流氓无赖嘴脸!

"渔阳鼙鼓动地来,惊破霓裳羽衣曲。"正当王衍宴安逸豫,寻花问柳之时,后唐庄宗李存勖已经发兵伐蜀了。原来李存勖灭后梁建立后唐,便派大臣李严入蜀报聘,王衍陪同李严朝拜上清宫,李严见成都士庶富足,楼房鳞次栉比,户户帘帷珠翠,夹道不绝,遂萌生灭蜀之念。李严入蜀时,想购买蜀地的珍玩锦绣,但前蜀有令,禁止锦绮珍奇不得进入中原,只挑选其中的粗劣者,才可与中原交易,蜀人称之为"入草物"。李严无物购买,只得空手而归,唐庄宗李存勖得知后大怒说,王衍莫非想当"入草人"吗?李俨又献策说,王衍纵乐无度,宠幸宵小,朝中掌权者王宗弼、宋光嗣等专横跋扈,贪得无厌,百姓怨声载道,只要陛下出兵攻伐,蜀地土崩瓦解,可翘足而待。李存勖遂于同光三年(925)九月下诏伐蜀,以魏王李继岌为都统,枢密使郭崇韬为行营都招讨,率军从洛阳出发。此时王衍还在巡游途中,正从秦州至梓橦(今属四川),由梓橦而绵谷(今四川广元),风尘未洗,便传来了后唐之兵入境的消息。后唐之兵以摧枯拉朽之势横扫两川,所过州郡皆望风迎降。王衍留王宗弼守卫绵谷,派王宗勋、王宗俨等抵御后唐兵马,而王宗勋还未与后唐之兵交锋,便遁逃而去。王衍命王宗弼诛杀王宗勋,不料宗弼反与宗勋合谋降唐。王衍匆忙返回成都,百官及后宫在七里亭迎接,君臣相对涕泣,但无一人献策解社稷之忧。几天之后,宗弼自前线返回成都,宫掖中全是士兵。王衍与母后慰劳士兵,宗弼傲慢,无人臣之礼。当晚便劫持王衍、太后、后宫诸王于天启宫，搜走了王衍的玺绶，又杀死成都尹韩昭、宦官宋光嗣等人，将人头送给李继岌。宗弼被王建、王衍父子倚为干城，如今他反戈降后唐，前蜀的江山便岌岌可危了。

后唐军队的统帅李继岌刚到绵州(今四川绵阳市东)，王衍便命翰林学士李昊起草降表。李昊不愧为翰林学士，降表写得委婉得体，先是吹捧了一通李存勖英明睿智，接着便表白王衍的忠心：

> 玉帛既乖于正朔，苞茅是阙于荐羞。殊不知唐德维新，元功再造，致王师之远辱，劳雄武以遐临。太阳出而冰雪自消，睿泽敷而黔黎尽泰。臣自知罪衅，不敢逭逃，命戎士以倒戈，携壶浆而塞路。遂即舁棺麾下，束手马前，向丹阙以驰魂，掩黄沙而听命……

这段文字写得颇为动听：后唐取代了后梁，我蜀国既没有奉王朔，又没有去朝贡，不知后唐开辟了一个新纪元，不知陛下立下了再造天下的功劳，致使王师远征。太阳出而冰雪自然消融，恩泽广被而百姓安宁。臣自知罪大，不敢遁逃，命士兵放下刀戈，携壶浆迎接王师。臣王衍愿抬着棺材投往陛下马前。心向丹阙而魂魂飞驰，即使身埋黄沙之中，也要听从陛下号令……王衍还恐怕唐庄宗不肯受降，又命宰相王楷再起草降书。和李昊起草的降表一样，开头先是吹捧李存勖赓续了唐尧虞舜之业，兴商汤、周武王之师平定中原，征讨不廷之臣。接着便请求李存勖保全自己的身家性命：

> 今则委千里封疆，尽归王土，冀万家臣妾，咸沐皇恩。舆榇有归，负荆请罪，望播日月之照，特宽斧钺之诛，颐仁德音，用安反侧。

"望播日月之照，特宽斧钺之诛"，只要能够保全性命，其他的就都不在考虑之列了。

李继岌到达德阳(今四川江油东北)，宗弼派人送上一信说，蜀主王衍已迁出府第，我暂称西川兵马留后，专等王师到来。又派儿子王承班载着美貌宫女及珍宝献给李继岌和郭崇韬，要求当西川节度使。李继岌说，这些本来属我家之物，何须来献，求官之事不许。后唐兵至成都，王衍身穿白色衣服，衔璧牵羊，草绳缠头，迎降于七仙桥。后唐凡举兵 70 日，得节度 10、州 64、县 249、士兵 3 万人，铠仗、钱粮、金银、锦缎等以千万计。兵革才定，郭崇韬厌恶王宗弼卖国求荣、卑鄙无耻，将他和儿子承班等人杀死，蜀中之人无不拍手称快。李存勖得知蜀地平定，下诏慰劳王衍说："固当裂土而王，必不薄人于险。三辰在上，一言不欺。"王衍捧诏大喜说，我不失为安乐公了。

但是，王衍一行刚到长安，正欲向洛阳进发，李存勖却又突然变卦，不让他前往。个中原因是，李继岌尚未回朝，王衍君臣及族党有数千人之多，倘若生变，为害不小。李存勖于是下诏："王衍一行，并从杀戮。"多亏枢密使张居翰不肯滥杀无辜，把"行"字改为"家"字，由是百官及王氏仆役获免者有千余人之多。王衍死时 28 岁，后来明宗以诸侯礼葬于长安南的三赵村。王衍父子享国凡 35 年。蜀地一个僧人有诗悼王建、王衍父子说：

乐极悲来数有涯，歌声才歇便兴嗟。

牵羊废主寻倾国，指鹿奸臣尽丧家。

丹禁夜凉空锁月，后庭春老漫开花。

两朝帝业都成梦，陵树苍苍噪暮鸦。

十四万人齐解甲：孟知祥、孟昶父子

君王城上竖降旗，妾在深宫那得知？
十四万人齐解甲，宁无一个是男儿？

——花蕊夫人《述国亡诗》

前蜀为后唐所灭，庄宗李存勖派孟知祥去统治那里偌大一片土地，不料却圆了孟知祥的帝王梦，又建立了一个蜀国，历史上称为后蜀。

孟知祥字保胤，邢州龙冈（今河北邢台）人。他的叔父孟迁，在唐朝末年兵荒马乱时乘机起事，割据邢（今河北邢台）、洺（今河北永年东南）、磁（今河北磁县）3州之地。当时朱全忠、李克用逐鹿中原，孟迁所据3州亦是兵家必争之地。孟迁既不附和朱全忠，也不肯皈依李克用，结果招致双方的讨伐。孟迁在一次战争中为李克用所掳，李克用没有杀他，让他守御泽（今山西晋城）、潞（今山西长治）两州。朱全忠攻打李克用时，孟迁抵御不住，以泽、潞两州投降朱全忠。其时知祥之父孟道却未随兄长见风转舵，依旧忠于李克用。孟知祥也随父在军中，及至壮年，李克用把弟弟克让的女儿配他为妻，并提拔他为下级军官。李存勖继位为晋王，以知祥为中门使。因帝王喜怒无常，中门使常因小过被诛，知祥心存畏惧，不肯就任此职，要求改调他职。李存勖也不难为他，让他荐人自代，知祥于是推荐了郭崇韬。郭崇韬正在落魄之

覆巢之下无完卵

际,见孟知祥如此帮助他,心中无限感激。李存勖称帝,是为后唐庄宗,改太原为北京,以孟知祥为太原尹、北京留守。

后唐伐蜀,郭崇韬任招讨使,成为魏王李继岌的副手。大军即将出发之际,郭崇韬向李存勖献策说,臣等平蜀,可望马到成功,但要择帅戍守西川,无如孟知祥者。显然他是投挑报李,报答孟知祥当年的提携之恩。及至蜀地平定,李存勖即命孟知祥为成都尹、剑南西川节度副大使。孟知祥从太原回到洛阳,李存勖设盛宴款待,颇有感慨地对孟知祥说,先帝(指李克用)弃世时,疆土狭小,仅保一隅,谁料到今日奄有天下,九州四海之珍奇异产,堆积府库,让我一生享用不尽。蜀土之富,不减中原,以卿才干超群,故以蜀中之地相托。孟知祥表示,此次入蜀,定不辱使命。此时的孟知祥羽翼未丰,尚不敢奢望称王称帝,故对李存勖不敢怀有贰志。

但是事态的发展出乎意料的顺利。孟知祥到达成都,郭崇韬已死,不久,庄宗李存勖、魏王李继岌也相继撒手而去,明宗李亶继立。老成凋丧,天子年幼,孟知祥便萌生了称王蜀中的念头。他招募士兵 7 万余人,加以训练,分为义胜军、定远军、骁锐军等,交给心腹将领统率。前蜀王建修建宫殿时,主持修建的工匠名叫孟德,每座宫殿上都题有孟德姓名。德与得同音,孟知祥来成都,看到"孟德二字",便想到了"孟得",孟得不就是我孟知祥要得到蜀地吗?李继岌率兵伐蜀,住在王建的宫邸,孟知祥入蜀后则驻在前蜀大臣徐延琼的府第。王衍继王建即位后,常来徐延琼家,喜欢在他家墙壁上涂鸦,书写工匠孟备的名字,却只写"孟"字,省去"德"字,孟知祥见了,又是浮想联翩,连王衍都未卜先知,蜀地是我孟知祥的天下了。李继岌、郭崇韬攻灭前蜀后,曾强迫蜀中富民及王衍的臣子捐献犒赏钱 500 万缗,昼夜督责,人不堪命,有自杀者。收来的 500 万缗除供应士兵外,尚余下 200 万缗。跟随李继岌入蜀的任圜调入朝中任宰相,并兼判三司事务。他禀明明宗,派一个叫赵季良的官员任三川都制置转运使,负责把余下的 200 万缗钱输送京师洛阳。孟知祥拒不奉诏,他说:府库钱财是他人所聚,可以输送朝廷,这 200 万缗是州县所缴租税,用以支付蜀中 10 万大军的粮秣,决不可输送他处。他与赵季良是故旧之交,把赵季良留在蜀中不肯遣还,公然抗拒朝廷命令,表明孟知祥已不把后唐天子放在眼里了。

后唐枢密使安重诲怀疑孟知祥与东川节度使董璋据险拥兵,且孟知祥与后唐庄宗又是姻亲,倘若发动兵变,将难以制服,不如及早除之。原来知祥初至蜀时,庄宗李存勖以宦官焦彦宾为监军,明宗李嗣源即位后,罢诸道监军,而安重诲却以曾经使蜀的李严为监军,明明是要监视孟知祥的一举一动。孟知祥大怒说,诸道皆已取消监军,只有蜀中仍设监军,莫非李严还想重复上次灭蜀立功之事吗?诸将皆请拒李严于蜀境以外,知祥却率重兵陈于境上,希望李严惧而不来,而李严却神色自若。李严至成都,孟知祥设宴款待,当时焦彦宾虽已罢职,但仍在蜀中,李严于怀中掏出诏书出示知祥,要他诛杀焦彦宾。孟知祥不听,责问李严说,如今诸方镇均已不设监军,公来意欲何为? 你以前奉使王衍处,回朝后便请求伐蜀,导致东、西两川俱至破灭,川中之人,怨恨甚深,今既复来,蜀中之人已怒不可遏了。李严看到孟知祥声色俱厉,不禁惶惧不已,正打算哀求他手下留情,孟知祥已令人将他拽于阶下,手起刀落,李严当即毙命。后唐庄宗虽知孟知祥擅杀使臣,但无力制裁,只得听之任之。从此之后,朝廷每次任命蜀中地方官,皆命提兵前往,或千或百,分守郡城,以防不测。

孟知祥任西川节度使时,任东川节度使的是董璋。董璋经营

覆巢之下无完卵

东川已有数年,也想以此为根据地,兴王霸之业。朝廷为控制两川,派夏鲁奇镇守遂州(今四川遂宁)、李仁矩镇守阆州(今四川阆中),各领兵数千人赴镇,并奉有密旨,防止两川图谋不轨。阆州本为东川节度使辖地,却突然被割走,引起董璋不快,而李仁矩又与董璋有宿怨,更增加了董璋的疑虑。担任绵州刺史的武虔裕与安重诲是表兄弟,也使孟知祥疑窦丛生,以为朝廷有意攻打两州。董璋与孟知祥本不通音问,如今大敌当前,倘不联手对敌,便会被各个击破,于是董璋派人向孟知祥求婚。孟知祥虽对董璋没有好感,但出于合作拒唐的需要,还是将女儿嫁给了董璋的儿子。孟知祥考虑到,如果后唐之兵骤然而至,与遂州、阆州之兵合势,局面便不可收拾,遂与董璋合谋,让他率军攻取阆州,自己派人夺取遂州。果然后唐的军队在长兴二年(931)进攻蜀地,很快便夺取了剑门关。但是军队长途跋涉,粮饷无以为继,自潼关以西,百姓转运粮草,花费一石还不能运输一斗,农事既废,百姓又不得休息,弄得怨声载道。而遂、阆二州又皆陷落,眼看无取胜希望,后唐军队只得班师回朝。明宗甚为忧虑,责备安重诲不该轻启边衅。安重诲自请出师讨伐,还未成行,便因有人进谗言,被赐自尽。明宗认为孟知祥之反是由安重诲失策造成,今重诲既死,孟知祥对朝廷的恩怨便可了结,于是派人安抚。孟知祥欲与董璋一同赴朝谢罪,董璋却怀疑孟知祥出卖了自己,发兵攻破了孟知祥辖下的汉州(今四川广汉)。孟知祥恼羞成怒,也出兵相攻。董璋兵败自杀,其子光嗣自缢,东川之地遂入孟知祥之手,他自领东、西两川节度使,整个四川都在他掌控中了。实力强大,便有了要挟朝廷的资本,孟知祥上书明宗,请求封自己为蜀王,明宗无奈,只得允如所请,自节度使,刺史以下官职,孟知祥可自行除授。此时的孟知祥,已俨然是一个独立国王,只是名义上还是奉后唐正朔而已。

明宗李嗣源崩逝，由他的第三子从厚继位，是为闵帝。他封已经是剑南东、西两川节度使、检校太尉、兼中书令、蜀王的孟知祥为检校太傅，孟知祥知道天子闇弱，且明宗已死，遂不受检校太傅之命，自称皇帝，国号蜀。因王建已建立过蜀国，历史上称孟知祥所建之国为后蜀。但他即位还不到1年，便染病而逝，终年61岁。王建虽戎马一生，只是略通文韬武略，并无特别才能，只因他是李克用的葭莩之亲，被庄宗李存勖派往蜀中，遂因利乘便，成就了他在两川的霸业，可说是时势造英雄的典型人物。当然，他的老谋深算，军队训练有素，也是促使他成功的因素之一。《十国春秋》说他："若乃叱斩李严，不动声色，驱除董璋，举无遗算，克定东川，奄有山南，倘亦所谓天授威武者欤？"可谓切中肯綮的评价。

接替孟知祥继位的孟昶，是孟知祥的第三子，生于太原，即位时才16岁，史称后蜀后主。不少史书都说孟昶是骄奢淫逸，不恤国事之君，这话虽有一定道理，但并不完全准确。孟昶在刚即位时可以说是一位励精图治的君王。他即位不久，就颁布了《劝农桑诏》以示对农桑的重视：

> 刺史县令，其务出入阡陌，劳来三农，望杏敦耕，瞻蒲劝穑。春鹍始啭，便具笼筐，蟋蟀载吟，即鸣机杼。

这是命令刺史、县令等地方官员，务必要出入于田野之间，慰劳在田间劳作的农夫。望见杏花开了，要督促农夫耕田；看见蒲草绿了，就要准备插秧；听见黄鹂鸟（鸧鹒）叫了，便开始准备笼筐等农具；蟋蟀叫了，要修理好机杼，准备织布。你看，这是多么细致入微的劝百姓稼穑的诏书啊！时隔8年之后的广政四年

(941)，孟昶又写了一篇《官箴》，颁布郡县，这段文字因精辟透彻、意味隽永而流传至今：

> 朕念赤子，旰食宵衣，托之令长，抚养安绥。政在三异，道在七丝。驱鸡为理，留犊为规。宽猛得所，风俗可移，无令侵削，无使疮痏。下民易虐，上天难欺，赋舆是切，军国是资。朕之爵赏，固不逾时，尔俸尔禄，民膏民脂。为人父母，罔不仁慈。勉尔为戒，体朕深思。

这一段话说得何等好啊！官员的俸禄都是民脂民膏，治理百姓应该仁慈，不要使他们有疮痏之苦，须知对老百姓可以粗暴，但上天是欺骗不了的。赵匡胤建立宋朝后，摘取其中的"尔俸尔禄，民膏民脂，下民易虐，上天难欺"4句为戒右铭，令郡县刻石放在官员的公案前，提醒他们要为官请廉，不可虐待百姓，真可谓意味深长！除了劝农戒贪，孟昶也颇留意镂刻经典，供莘莘学子阅读。五代十国时期，干戈遍地，烽烟四起，百姓饱受战乱之苦，辗转沟壑，颠沛流离，学舍颓圮，无人读书，而两川之地远离兵燹，生活相对安定，孟昶于是有了镂刻经籍于石的计划。他命秘书郎张绍文写《诗经》《仪礼》《礼记》，秘书省校书郎孙朋右写《周礼》，国子博士孙逢吉写《周易》，校书郎周德政写《尚书》，县令张德昭写《尔雅》，于是成都石本诸经皆立于学宫。从此两川之地文教大兴，弦歌不辍。

后主在生活上也颇为简朴。他初即位时卧室内用的是极普通的紫罗帐、碧绫帷，被褥上没有锦绣之饰，至于盥洗器具，也是白金杂以黑漆木器，比起其他帝王来要寒酸得多。每月初一日必素食，不食鱼肉，喜吃薯药，也即白薯，于是称白薯为"月一盘"。

他喜欢骑马，有一次马失前蹄，孟昶差点摔下马来，受到皇太后训戒，停止了一段时期。中年后身体肥胖，御厩里只有一匹打毬用的马，出入宫掖只乘宫人拉的步辇，车门用重帘遮蔽，车的四角结上香囊，顿时香闻数里，而人不知车内坐者为谁。如在宫廷内巡行，只乘坐铜装朱漆的小车，从不炫耀皇家的雍容华贵。有人上书说台谏官员必须选择品行端正的清流人物充当，孟昶说，上书人应当直言谁人可任谏官，不必绕圈子，他身边的亲信马上请求责问上书人。孟昶制止说，朕读史书，见唐太宗初即位时，有狱吏孙伏伽上书言事，唐太宗皆一一听从，尔等为何劝我拒谏？左右才不敢再说。由于蜀地久无兵革，轻徭薄赋，百姓努力耕耘，因而年年五谷丰登，斗米只卖3钱，城中人不识稻麦之苗，以为竹笋、芋头都生长于树上。村落闾巷之间，弦管歌颂，不绝于耳，一片太平盛世景象。每年三四月间，成都百姓闲暇无事，多在城中游览，处处笙歌，女子们珠围翠绕，一个个顾盼生辉，贵门公子则华轩彩舫，一个个气宇轩昂，共游百花潭上。百花潭内凤轩月榭，水馆云楼，危桥曲槛，奇花异草，风景宜人。至于诸王、功臣之家，则各自设置园林亭榭，异果名花充溢其中。成都城内到处种满了荷花，每逢秋季盛开，灿若锦绣。孟昶高兴地对群臣说，自古以来称成都为锦城，今日观之，是名副其实的锦城了。蜀地连年丰收，府库充盈，布帛粮食无一丝一粒于入中原，因此蜀中富庶远非别处可比。正因为如此，孟昶降宋赴阙，从成都到眉州（今四川眉山），万民拥道，痛哭流涕以至一恸而绝者竟有数百人，孟昶亦掩面而泣。《十国春秋》一书说："藉非慈惠素著，亦何以深入人心如此哉！"这个评价并非虚妄之语！

可惜的是，孟昶恤农、节俭、稽古右文之风并没有持续多久，便流入了奢靡一途。中年以后，他喜欢与方士探讨房中术，多次挑选民间女子美貌者进入宫掖。有一年他下诏蜀中各地,凡年龄13岁以上,20岁以下的女子都在挑选之列,弄得州县骚然,民间有女者不论是否匹配,立刻嫁出,谓之"惊婚"。新津(今属四川)县令陈及之上书极谏,孟昶夸奖他敢于直言,赏赐白金百两,但采择仍不停止。后宫美女充牣,孟昶把后宫位号列为14品,有昭仪、昭容、昭华、保芳、保香、保衣、安宸、安跸、安情、修容、修媛、修娟等,各有俸禄,如同公卿大夫一样。尽管如此,遇到绮年玉貌的女子,孟昶仍不放过。一次上元节,孟昶在露台观灯,见一舞女名李艳娘者,舞姿翩跹,风情万种,真个是态度则杨柳晓风,容华若芙蕖晓日,马上将她召入宫中,赐其家钱10万。孟昶喜欢标新立异,他命织女一梭织成锦被,宽3幅,上面刻意镂刻成两个穴,名曰鸳衾。又以荷花染缯帛,织成帐幔,因荷花又名芙蓉,故把帐幔命名为"芙蓉帐"。甚至奢侈到溺器上都镶有7颗珠宝。他降宋后,赵匡胤见到如此华丽的溺器,立刻打得粉碎,训斥孟昶说,你的溺器上都镶嵌上7颗宝石,当以何器贮藏食物?所为如此,怎不亡国!孟昶怔怔地站在那里,悔恨不已。每逢腊日(古代岁终祭祀百神之日,十二月八日为腊日),宫廷内的官员各献罗体圈金花树,这种花树用黄金做成花朵,费用昂贵,只因孟昶高兴,官员们也就乐此不疲。一个好端端的国家,经孟昶这样折腾,不上几年便江河日下,衰落下去了。

孟昶即位时,还是后唐时期。后唐自明宗辞世,便国力不竞,眼睁睁看着后蜀坐大。后晋、后汉立国时间皆短,且中原多故,无暇旁骛,因此后蜀与后晋,后汉虽有龃龉,但都是小冲突,未酿成大规模的战争。但与后周的交战中,后蜀连连败北,秦(今甘肃天水)、成(今甘肃成县)、阶(今甘肃武都东南)、凤(今陕西凤县东北凤州镇)4州之地入于后周版图。周世宗柴荣颇会收拾人心,凡4州被俘将士愿皈依后周的俸赐从优，愿归还后蜀的发给川资，一时两川人心浮动，惊慌不已。孟昶无奈，只得致书柴荣请和。但又不肯降尊纡贵，开头一句便是"大蜀皇帝谨致书于大周皇帝阁下"，柴荣大怒，将书信抛于一旁，继续派兵进攻。可惜的是，显德六年(959)六月，39岁的柴荣染疾不瘳，撒手而去，葬于庆陵(今河南新郑城北18公里的郭店村西北)，他的统一大业暂告搁浅，孟昶算是躲过一劫。

赵匡胤禅代后周，牧平了荆南、湖南，便急于寻找下一个猎物了。他把目光投向了后蜀。孟昶此时本该改弦更张，励精图治，他却仍沉湎于声色狗马之中，以不娴军旅的王昭远、赵崇韬分掌机要，总统军政。孟昶之母李氏本是后唐庄宗嫔御，赏赐给孟知祥，她虽是女流，却是知书达理，明于料事。他告诫孟昶说，我亲见唐庄宗和你父亲灭梁定蜀，部下都是立了大功方能授官，因此人心畏服。如今王昭远等素不知兵，仅仅是出生于世代簪缨之家，便让他掌兵，一旦有战事，要他何用！但是言者谆谆，听者藐藐，孟昶根本不听。及至宋朝平了荆南、湖南，后蜀宰相李昊献言说，臣观宋朝天子英明睿智，能力超过了后汉、后周，一统海内，必能成功。大王若想保全富贵，只有输诚纳款一途，别无选择。孟昶怦然心动，欲派使臣赴宋，王昭远却竭力阻止，并率兵屯结峡路(今四川三台县)，同时增设水军以抵御宋军。

赵匡胤也关注着后蜀形势。他先是命张晖为凤州(今陕西凤县东北凤州镇)团练使，凤州与后蜀之地毗邻，张晖多次派人潜入其境探听虚实，那里的山川险易、兵力部署都打探得一清二楚，上奏给朝廷，赵匡胤甚为高兴。一次有个谍报人员自后蜀归来，赵匡胤问他有何新消息，那人说，臣在成都时，满城都在背诵朱长山的《苦热诗》："烦暑郁蒸无处避，凉风清冷几时来？"赵匡胤略一沉吟说，此两句诗并非说的气候，是蜀中百姓苦于苛政，盼望王师来伐啊！其时宋师虽已连下荆、湖，但孟昶恪守藩臣之职，并无过错，赵匡胤出师无名，只得秣马厉兵，等待时机。

不久，赵匡胤就找到了讨伐后蜀的口实。后蜀山南节度判官张廷伟劝说王昭远，你从未立过功勋，如今官居枢密使之职，不乘时建功立业，何以塞众人之口？不如趁机通好北汉主刘钧，让他自并州（今山西太原）发兵南下，我朝自黄花川（今陕西凤县东北）、子午谷（今陕西西安市子午镇）出兵相迎，使宋朝腹背受敌，这样一来，关东之地何愁不落入我手？王昭远本是无主见之人，马上让孟昶派人持蜡书约北汉同时举兵。谁知下书人并未去并州，而是去了开封，把蜡书交给了赵匡胤。赵匡胤捋髯大笑说，朕正愁师出无名，惹人议论，今有证据在手，可以名正言顺地讨伐孟昶了。于是在乾德二年（964）十一月以王全斌为西川行营都部署，刘光义、崔彦进为副，王仁赡、曹彬为都监，率步兵骑兵6万人，分道伐蜀。一路由凤州（今陕西宝鸡西南）进，一路由归州（今湖北秭归）进。出师之时，赵匡胤又命人在汴水之涯为孟昶建造府第。房屋盖了500多间，一应器具俱全。他毫不怀疑宋军能马到成功，覆亡后蜀，将孟昶捉拿归案，因此，特地在京城为他准备了居住之处。

水来土遁，兵来将挡。孟昶当然不甘于束手就擒，他命王昭远为都统，赵崇韬为都监，韩保正为招讨使，李进为副，率师拒宋。出师之日，孟昶命左仆射李昊于东郊外设宴饯行。王昭远是个胸无点墨的纨绔子弟，虽掌兵柄，但对文韬武略一窍不通，而他却自恃才高，以为只要自己挂帅出征，宋兵便会不战自溃。酒酣耳热之际，他攘臂大言说，我此次出师，不只是克敌制胜，战败宋师，而是要澄清中原，入我版图，摧枯拉朽，易如反掌。他手执铁如意指挥军事,自比诸葛亮。

乾德二年十二月,王全斌攻克万仞砦(今陕西略阳县西北长峰之北)、燕子砦,占领兴州(今陕西略阳),又连拔二十余砦,缴获粮草40万斛。双方再战于三泉砦(今陕西宁强县西北阳平关),后蜀大败,韩保正、李进被宋兵俘获,损失粮秣30万斛。蜀兵且战且退,依长江天险列阵以待。宋兵见桥上守备薄弱,一鼓而歼守兵,宋兵大队人马如潮水般涌过桥来,蜀兵只恨爷娘少生了两条腿,退守大漫天砦(今四川广元县东北漫天砦)。这里地形险要,易守难攻,宋兵分三路进攻,后蜀兵派遣精锐迎战,企图扭转战局,但大败而归。王昭远整军再战,三战皆北,只得领着残兵败将渡过桔柏渡(今四川广元西南嘉陵江、白龙江合流处),焚毁桥梁,退保剑门关(今四川剑阁县东北),再也不敢夸海口与宋军一决雄雌了。

再说刘光义、曹彬一路由归州乘船西上,未遇到多少抵抗,便逶迤来到了夔州(今重庆奉节)。那夔州濒临大江,江上有浮桥,桥上设有敌棚三重,用以观察两岸敌情,沿江两岸设置炮具,将长江封锁得严严实实。宋军进入夔州境,距浮桥还有30里时,舍船步进,先夺了浮桥,再乘船溯流而上攻城。后蜀将领高彦俦出城迎战,大败输亏,身被十余创,奔归府第,整整衣冠,向西北方再拜,然后投火自焚而死。主将既亡,士兵作鸟兽散,宋军从容入城,占领了夔州。

乾德三年(965)正月,王全斌进军益光(今四川广元西南昭化镇),从降兵口中得知,益光以东是大江,越过数重大山,有一条小路,名叫来苏。蜀人在大江以西设栅,由此可渡往东岸。从来苏绕剑门南20里至青强,即与官道汇合,剑门之险便不足恃了。王全斌于是派一支精锐之师沿着来苏小径,到了大江东岸,架浮桥渡江。蜀兵见宋兵渡过长江天堑,以为神兵从天而降,弃寨而逃,宋兵轻而易举地占领了青强。王昭远得知消息,留偏将守剑门,自率大军退屯汉源坡(今四川剑阁县东),打算在这里与宋军决一死战。谁料还未走到汉源坡,剑门关已被宋兵攻破,王昭远吓得战栗不已,失了常态。赵崇韬慌忙布阵出战,王昭远已吓得瘫痪在床,不能行动了。宋兵奋勇冲杀,大破蜀兵,斩首万余级。王昭远如惊弓之鸟,慌不择路,逃往东川(今属四川),藏匿一仓舍中,泪流满面,双目尽瞠。谁知他惊魂甫定,宋兵已经追至,他与赵崇韬双双做了阶下囚。

那孟昶闻知昭远兵败,惊恐不已,便拿出府库的全部金帛募兵,以太子元喆为统帅,李廷珪、张惠安为副,率兵趋剑门抵御宋兵。元喆素不习武,廷珪、惠安皆懦弱无能,他们3人携带姬妾、伶人、乐器,自离成都之后,便日夜嬉戏,不恤军政,似乎覆国的威胁并不存在。当他们行至绵州(今四川绵阳)时,得知剑门已失,料知自己不是宋军对手,便拨转马头,逃回东川去了,一路上焚烧庐舍、仓廪,弄得万民嗟怨。赵匡胤听说元喆遁逃而归,对身边大臣说,孟昶没有了股肱爪牙,离灭亡不远了。孟昶则惊骇得不知所措,忙问计于左右,老将石赟建议深沟高垒,聚兵坚守,待宋兵粮尽师老,自然退兵。孟昶大恸说,我父子以锦衣美食养士四十年,今遇敌兵,不能向东发一矢,即使打算设垒固守,还有何人为我效命!说话之间,王全斌统率的宋兵已至魏城(今四川绵阳东),孟昶无奈,只得命李昊写降表。前蜀之亡,就是李昊修的降表,这次仍由他捉刀代笔,有人夜书其门曰:世修降表李家,可谓讽刺得入木三分。降表中孟昶自称生于并州(今山西太原),长于蜀地,赖先君之庇佑,幼年得以登基,只知春夏秋冬四季之变换,不识日月星三光之更替。陛下声教被于遐荒,庆泽流于中夏,臣缺以小事大之礼。如今圣朝见责,干戈所指而无前,鼙鼓才临而自溃。山河郡县,半入于提封;府库所藏,尽归于图籍,最后恳求赵匡胤给他一门二百余口一条生路:

窃念刘禅(即三国时蜀后主阿斗)有安乐之封,叔宝(即南朝陈后主)有长城之号,背恩归款,得获生全。愿眇昧之余魂,得保全而为幸,庶使先君寝庙,不为樵采之场;老母庭除,且有问安之便。见今保全府库,巡遍军城,不使毁伤,终期临照。车书混其文轨,正朔奉于灵台。敢布腹心,恭听赦宥。

这真是鸟之将死,其鸣也哀,国之将亡,其言也悲。王全斌接受了降表,先派人至成都见孟昶,晓谕他封闭府库,安抚吏民。三日之后,全斌率大军至成都,孟昶具礼纳降。宋朝自出兵至灭蜀,凡两月有余,计66日,得州45,府1,县198,户534309。

王久,王全斌的副手刘光义也到了成都,孟昶又派弟弟仁贽至宋朝京城上表,再次请求赵匡胤保全孟氏家族:

臣今月十九日,已领亲男诸弟,纳降礼于军门,至于老母诸孙,延余喘于私第。陛下至仁广覆,大德好生,顾臣假息于数年,所望全躯于今日。今蒙元戎慰恤,监获抚安,若非天地之垂慈,岂见军民之受赐!谨遣亲弟仁贽奉表待罪。

孟昶知道,亡国之俘,生死难卜,他已不敢奢望自己像刘禅在洛阳被魏国封为安乐公,南朝陈后主在长安被隋朝封为长城公,只企求赵匡胤"至仁广覆,大德好生",自己能苟全性命,安度余生。赵匡胤对孟昶举兵抗命虽甚为恼火,但对他战败后封存府库以待王师之举又颇有好感,因此明确表示:"追咎改图,将自求于多福;匿瑕含垢,当尽涤于前非。朕不食言,尔无他虑。"明确表示不会戕害孟昶性命。

孟昶捧着圣旨,眼睛盯着"朕不食言,尔无他虑"8个字,犹如得了一道赦书,喜极而泣。他这才与太后、妃嫔、官属等从成都出发,沿峡江而下。行至江陵(今属湖北),赵匡胤派皇城使窦思俨前往迎迓。乾德三年五月,孟昶一行来至京城近郊,赵匡胤又命弟弟赵光义(即后来的宋太宗)迎接。五月十六日,赵匡胤在崇元殿接见孟昶及其弟仁贽、太子元喆、宰相李昊等32人。孟昶自玉津园乘马至明德门,白冠素服,伏地请罪,同时献上金器800两,玉腰带2条,银链10000两。赵匡胤在大殿赐宴时,又献上金酒器1副、通龙凤犀腰带1条,这些珍玩器物均价值连城,宝贵无比。赵匡胤异常高兴,也回赐孟昶袭衣、玉带、黄金鞍勒马、金器千两、银器万两、锦绮千段、绢万匹。孟昶之母李氏及其子弟部属等亦各有赏赐。又让孟昶搬入早已为他准备的府第中,封他为开府仪同三司、检校太师兼中书令、秦国公,给上镇节度使俸禄,孟昶之弟仁贽、仁操、仁裕,太子玄喆,次子玄珏,宰相李昊等也都封了官职,营建了府第。平心而论,赵匡胤待后蜀君臣不薄。当时南唐、南汉、吴越、北汉等尚未归命,鹿死谁手尚未可知,因此赵匡胤必须做出样子,使人感到他礼贤下士,不念旧恶,才能心悦诚服,翩然来归,于是孟昶一行受到了高规格的礼遇。

天有不测风云,人有旦夕祸福。孟昶归宋只有7日,便一病不起,撒手人寰,享年47岁。是谋杀?抑或是自然死亡,这桩千秋疑案已难以稽考了。若说是自然死亡,孟昶正值盛年,未入老境,怎会遽然殒逝?若说是谋杀,史书及笔记小说中又未见有蛛丝马迹记载,既不像李后主被宋太宗毒死一案铁证如山,也不像赵匡胤是否被弟弟宋太宗害死一案众说纷纭。倒是他留下的一篇遗表颇耐人寻味，表中除称倾赵匡胤圣明外，其中一段说：

> 仍赐官勋，方图朝谢，不谓偶萦疾疹，遽觉沉微。乃蒙陛下轸睿，念以殊深，降国医而荐至，比冀稍闻瘳损，何期渐见弥留，将别圣朝，即归幽壤。绝拜章于双阙，一息虽存；命易簣于病躬，五神已耗。

正要感谢皇恩浩荡，不料偶染疾病，马上觉得沉重。蒙天子挂念殊深，多次派国医诊治。希望疾病好转，日渐痊愈，谁知每况愈下，已至弥留状态，将要诀别圣朝，归于九泉。趁着我一息尚存，写最后一章遗表；上天注定我要死于疾病，五神已经耗散。弥留之际还能写出如此令人扼腕欷歔的文字，可证是别人提刀代笔。宋朝官方炮制出这般欲盖弥彰的文字，正好说明他们害死孟昶，做贼心虚。

孟昶死后数日，其母李太后也驾鹤西去。李太后跟随孟昶至京师时，赵匡胤命人用肩舆抬着她进宫，安慰她说，请国母善自珍摄，不必戚戚怀念乡土，他日当送母归。李氏问：陛下打算将妾身送往何处？赵匡胤说，自然是归蜀了。李氏摇摇头说，妾家本在太原，倘得归老于并州（即太原）土地上，是妾之愿也。其时北汉未灭，赵匡胤闻言大喜说，一俟平定刘钧，即如国母所愿。于是厚加赏赐。及孟昶卒，李氏不哭，以酒酹地说，你不能死于社稷，贪生怕死，才有了今日这个结局。我之所以忍辱偷生，是因为你还在世上，如今你已死，我活着还有什么意思，于是绝食数日而死。如此看来，李氏也算是深明大义的女子了。

那孟昶在蜀也称后主，同南唐李氏一样，博学多才，善于诗歌。他写的一首避暑诗云：

冰肌玉骨清无汗，水殿风来暗香满。

绣帘一点月窥人，敧枕钗横云鬓乱。

起来琼户启无声，时见疏星渡河汉。

屈指西风几时来，只恐流年暗中换。

　　他撰写的"新年纳余庆，嘉节号长春"的春联，据说是中国历史上最早的春联，至今还为人津津乐道。

婕妤生长帝王家：先后花蕊夫人

婕妤生长帝王家，常近龙颜逐翠华。

杨柳岸长春日暮，傍池行困倚桃花。

——花蕊夫人《宫词》

前后蜀时期，女性中最著名的人物，当数两个花蕊夫人及黄崇嘏了。两个花蕊夫人是后妃，黄崇嘏则是一介平民女子，但她的事迹则颇有些传奇色彩。

前蜀花蕊夫人徐氏乃唐朝眉州（今四川眉山）刺史徐耕之女。徐耕为人谦和平恕，很少与人结怨。当田令孜，陈敬瑄镇守成都时，徐耕任内外都指挥使，掌管刑罚，官员百姓犯法，罪轻者每每豁免，罪重者视情况轻判，由于他笔下留情，两川之地受他恩泽而全活者达数千人之多。田令孜责怪他说，你掌生杀大权而不杀一人，莫非是笼络人心，怀有异志吗？徐耕不得已，只得从死囚中挑选几个杀死复命。徐耕有两个女儿，都生得绰约多姿、容华妍秀，有相面者对徐耕说，你不久当大富大贵。徐耕半信半疑，又叫出来两个女儿让相面先生卜算，相面先生大惊说，青城山（在成都境内）王气彻天，不出 10 年便有真人在蜀称帝，你的两个女儿贵不可言，有后妃之命，你也会跟着发迹变泰。术士之言往往是信口开河，当不得真，徐耕一笑置之。谁知术士之言一语成谶，果然应验，两个女儿都嫁给了王建。王建称帝于蜀。以长女为贤

覆巢之下无完卵

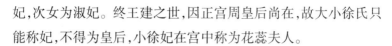

妃,次女为淑妃。终王建之世,因正宫周皇后尚在,故大小徐氏只能称妃,不得为皇后,小徐妃在宫中称为花蕊夫人。

大小徐妃虽非皇后,但因生得天姿国色,颇得王建宠爱,可说是"后宫佳丽三千人,三千宠爱在一身"。姐妹两人既然得宠,便不甘寂寞,交结宦官唐文扆等干预朝政。原来王建晚年精力不济,神情昏聩,而唐文扆掌管禁兵,参与机密,朝廷之事无论巨细,皆取决于他,因此大小徐妃也倚他为心腹。太子元膺死,王建以第三子宗辂相貌类己,第八子宗杰于诸子贤而有才,想于两人中择一人立之。正犹豫未定之时,大小徐妃勾结唐文扆,鼓动如簧之舌,说服王建,立大徐妃所生之子王衍为帝。王衍既立,母以子贵,大徐妃顺理成章升为顺圣皇太后,小徐妃是王衍姨母,升为太妃,大小徐妃之父徐耕也升官为骠骑大将军,一家人皆大欢喜。一朝权在手,便把令来行。儿子既是皇帝,太后、太妃便倚仗权势卖官鬻爵,自刺史以下,每有职位出缺,必有数人相争,谁出钱多,便能把官位争到手。苞苴公行,贿赂成风,朝廷成了买卖官员的市场,而太后、太妃成了腰缠万贯的巨富,至于百姓的死活,她们却不闻不问。

除了卖官鬻爵,太后、太妃的另一个嗜好是游览。王建也陪着母后、太妃游宴于戚畹贵族之家,或游览近郡名胜,去得最多的地方是成都近郊的青城山,还有丈人观、玄都观、丹景山金华宫、至德寺、天苴驿等地。远处到过彭州(今四川彭州市)的阳平化与汉州(今四川广汉)的三学山。大小徐妃都会吟诗,每至一处,她们都有诗文酬答。如《玄都观》:

千寻绿嶂夹流溪,登眺因知海岳低。瀑布迸春青石碎,轮囷横剪翠峰齐。

步黏苔藓龙桥滑，日闭烟罗鸟径迷。莫道穹天无路到，此山便是碧云梯。

——皇太后徐氏

登寻丹壑到玄都，接日红霞照座隅。即向周回岩下看，似看曾进画图无。

——皇太妃徐氏（花蕊夫人）

《金华宫》

碧烟红雾漾人衣，宿雾苍苔石径危。风巧解吹松上曲，蝶娇频采脸边脂。

同寻僻境思携手，暗指遥山学画眉。好把身心清净处，角冠霞帔事希夷。

——皇太后徐氏

丹景山头宿梵宫，玉轮金辂驻遥空。军持无水注寒碧，兰若有花开晚红。

武士尽排青嶂下，内人皆在讲筵中。我家帝子传王业，积善终期四海同。

——皇太妃徐氏（花蕊夫人）

虔祷游魂境，元妃凤志同。玉香焚静夜，银烛炫辽空。泉漱云根月，钟敲桧杪风。印金标圣迹，飞石显神功。满望天涯极，平临日脚红。猿来斋石上，僧集讲筵中。顿作超三界，浑疑证六通。愿成修偃化，社稷保延洪。

——皇太后徐氏

圣灯千万炬，旋向碧空生。细雨湿不暗，好风吹更明。

磬敲金地响，僧唱梵天声。若说无心法，此光如有情。

————皇太妃徐氏（花蕊夫人）

《全唐诗》共收录了徐太后、花蕊夫人16首诗，这里只摘录6首。从写作技巧看，还是花蕊夫人略高一筹。姐妹两人跟着王衍一起降表，行到长安附近的秦川驿，被后唐庄宗李存勖派人杀死。徐太后临刑时大呼说，我儿以一国迎降，反被屠戮，如此不讲信义，尔国国祚岂能长久！前蜀之亡，徐太后姐妹也应该承担一定干系。

前蜀还有一个值得一提的女性黄崇嘏。崇嘏籍贯不详，平日喜欢着男子装，游历两川。一个叫周庠的人知邛州（今四川邛崃）时，临邛县送来一个因疏忽大意酿成火灾的人，就是黄崇嘏。周庠吩咐系于狱中，择日审理。崇嘏于狱中上诗给周庠说：

偶离幽隐住临邛，行止坚贞比涧松。何事政清如水镜，

绊他野鹤在深笼。

此诗说，她只是偶来临邛小住，行止光明磊落，绝非放火之人，州官既然清如水、明如镜，怎能将我羁押于牢狱中？周庠仔细览诗，知她是喊冤，便召来询问。来人自称乡贡进士，面目清秀，年龄约30许，应对如流。周庠暗暗称奇，随即当堂释放。数日之后，黄崇嘏又献来长歌1首，挥洒如意，文采飞扬。周庠更加惊奇，把她送入州学，与自己的子侄等人钻研学问。崇嘏才思敏捷，琴棋书画，靡不精通。周庠甚为器重她，推荐她为摄理司户参军。

司户参军也称户曹参军,掌管户籍、赋税、仓库。崇嘏办事干练,案无积牍,同僚们大为佩服。周庠见崇嘏既才学满腹,又风度翩翩,欲招她为乘龙快婿。崇嘏欲待推辞,恐忤了周庠的好意,欲待应允,身为女子又不能娶妻,只得献上诗歌一章,表达自己心意:

> 一辞拾翠碧江湄,贫守蓬茅但赋诗。
> 自服蓝衫居郡掾,永抛鸾镜画蛾眉。
> 立身卓尔青松操,挺志铿然白璧姿。
> 幕府若容为坦腹,愿天速变作男儿。

周庠读到"幕府若容为坦腹,愿天速变作男儿"两句,不禁惊讶不已,相处数年,今日始知崇嘏是女儿身。连忙召来询问,才知崇嘏是故人黄使君之女。崇嘏早年父母双亡,幼失怙持,只与一老妪同居,如今年龄已30有余,尚待字闺中,并未许人。周庠对她的贞洁敬佩不已。黄崇嘏既已被人识破行藏,不便再居住邛州,请求回归临邛,周庠只得答应。崇嘏自离开邛州后,便杳如黄鹤,不知所终了。

后蜀的花蕊夫人徐氏,青城人,幼年时便色艺双全,其父国璋不甘心女儿嫁与寻常百姓之家,便把女儿送入掖庭,献给了后主孟昶,甚得他嬖幸。先是拜为贵妃,别号花蕊夫人,后来又升号为慧妃。她曾与后主登楼,用龙脑末涂于扇上,扇子坠地,为别人拾去,蜀人争相仿效,名之曰"雪香扇"。后蜀覆亡,她随孟昶及昶母李氏入宋,途经葭萌(今四川广元西),在驿壁上题诗云:

> 初离蜀道心将碎,离恨绵绵。春日如年,马上时时闻杜鹃。

后半阕还未及写完，便被押解的士兵催促登程，有好事之徒提笔续写道：

> 三千宫女皆花貌，妾最婵娟。此去朝天，只恐君王宠爱偏。

后来的事实证明，这位好事之徒猜得不错。到了汴京，赵匡胤在崇元殿接见孟昶君臣，赏赉甚厚。花蕊夫人匍匐殿角，愁眉泪睫，宛如雨打梨花，显得分外妖娆。赵匡胤不禁心旌摇荡，不能自持。他问花蕊夫人，后蜀何以失国，花蕊夫人随口答道：

> 君王城上竖降旗，妾在深宫那得知？
> 十四万人齐解甲，宁无一个是男儿？

赵匡胤既喜她才思敏捷，又爱她倾国倾城之貌，当下便把她纳入后宫，宠幸无比。花蕊夫人心未忘蜀，孟昶死后，在屋中悬挂其像，每逢节序，便要焚香祭祀。赵匡胤问她所挂何人之像，花蕊夫人说这是神人之像，虔诚祭祀能够保佑妾身怀孕生男，赵匡胤遂不再追问。晋王赵光义也看上了花蕊夫人才貌双全，多次在无人时调戏，无奈花蕊夫人艳如桃李，却冷冰冰霜，赵光义未能得手。更何况她已是乃兄赵匡胤的禁脔，赵光义不敢造次。又恐乃兄因色废政，数次谏诤，赵匡胤都如春风拂耳，不予理会。一日，花蕊夫人随赵匡胤在御花苑中猎兔，不期晋王赵光义也倏然而至。他弯弓搭箭，装作射兔之状，忽然转过身来，对准花蕊夫人射去，花蕊夫人猝不及防，应弦而倒，可怜一代名媛当即毙命，正应了《长恨歌》中"君王掩面救不得,回看血泪相和流"那两句诗!花蕊夫人一缕芳魂赴泉台寻觅孟昶去了。

以上所述只是稗史小说家言,《十国春秋》则说:"若花蕊夫人者,有言宋平蜀,别将护夫人入汴京,中道作败节语,后竟为晋邸(指晋王赵光义,即宋太宗)射死;又言以蜀俘输织室,赐自尽,俱非也。"花蕊夫人到底因何而死,她入宋的际遇如何,恐怕已无人能说清楚了。能够说清楚的,是她写的宫词,《全唐诗》录有100首之多。内容全是描述宫殿巍峨与宫廷内游乐活动的,虽非字字珠玑,篇篇锦绣,但清新流丽,的确不同凡响,现录若干首于后:

五云楼阁凤城间,花木长新日月闲。三十六宫连内苑,太平天子住昆山。

龙池九曲远相通,杨柳丝牵两岸风。长似江南好春景,画船来往碧波中。

东内斜将紫禁通,龙池凤苑夹城中。晓钟声断严妆罢,院院纱窗海日红。

厨船进食簇时新,侍宴无非列近臣。日午殿头宣索鲙,隔花催唤打鱼人。

才人出入每参随,笔砚将行绕曲池。能向彩笺书大字,忽防御制写新诗。

春风一面晓妆成,偷折花枝傍水行。却被内监遥觑见,故将红豆打黄莺。

梨园弟子簇池头,小乐携来候宴游。旋炙银笙先按拍,海棠花下合《梁州》。

殿前宫女总纤腰,初学乘骑怯又娇。上得马来才欲走,几回抛鞚把鞍桥。

内人追逐采莲时，惊起沙鸥两岸飞。兰棹把来齐拍水，并船相斗湿罗衣。

月头支给买花钱，满殿宫人近数千。遇着唱名多不语，含羞走过御床前。

婕好生长帝王家，常近龙颜逐翠华。杨柳岸长春日暮，傍池行困倚桃花。

天下江山归一统

兄弟阋墙失社稷：楚国春秋

湖南城郭好长街，竟栽柳树不栽槐。

百姓奔窜无一事，只是椎芒织草鞋。

——佚名《湖南童谣》

　　楚国的建立者马殷，字霸图，许昌鄢陵（今属河南。按：《三楚新录》说是上蔡人，《资治通鉴》则说是扶沟人），自称汉代伏波将军马援之后。少年时家庭贫窭，马殷学会了木工，从此云游四方，以此为生。唐末政局动荡，僖宗中和年间，大将孙儒、刘建锋戍守蔡州（今河南汝南）抵御黄巢，马殷生活拮据，遂弃木工而从戎，应募入伍，以骁勇著称。秦宗权据蔡州叛乱，孙儒、刘建锋也跟着附和。秦宗权派孙儒、刘建锋率兵万人归其弟宗衡指挥，略地淮南，马殷是孙儒帐下的一名偏将。

　　秦宗衡攻杨行密于扬州，双方胜负未分之际，后梁的朱温（朱全忠）派兵攻打秦宗权，宗权兵力单薄，抵御不住，急召孙儒还兵解围，但此时的孙儒不想回师。秦宗衡恐怕兄长着急，屡屡催促孙儒返旆北上，孙儒大怒，竟将宗衡杀死，自己率兵夺取高邮（今属江苏），杨行密兵败，逃往宣州（今安徽宣城），孙儒又包围了宣州。但这次久攻不下，双方陷入了胶着状态。因军中无粮，孙儒命马殷与刘建锋到别县掠夺粮食。及至两人归来，孙儒已战败身亡，剩下 7000 余名战士如绕树三匝的小鸟，无枝可栖，于是众人推刘建锋为帅，马殷为先锋指挥使，转攻豫章（今江西南昌）、旁掠虔（今江西赣州）、吉（今江西吉安）等州，兵力发展到 10 万人，成为一支不可小觑的地方武装。

唐末天子闇弱，独霸一方的军阀甚多，实力强者称王，实力弱者为寇。刘建锋、马殷既有 10 万人马，便于乾宁元年（894）挥兵进入湖南醴陵，想在那里打出一片新天地，好称王称霸。盘踞湖南的武安节度使邓处讷见刘建锋等欲进入湖南，便发邵阳（今属湖南）之兵把守龙回关（今湖南隆回县西北），阻止他进境。建锋等兵至，把守龙回关的蒋勋见其势大，料是无法抑御，便开关迎降。刘建锋命令士兵换上降兵的服装，打着降兵的旗帜，向东北进发，没有受到任何阻挡，直趋潭州（今湖南长沙）城下。行至东门，守城者以为是龙回关的戍守士兵归来，开门纳之，建锋直闯府门，杀死邓处讷，自称留后。唐昭宗只得承认既成事实，封刘建锋为武安军节度使，马殷为内外马步都挥使。迎降的蒋勋要求当邵州刺史，刘建锋靳而不与，蒋勋一怒之下攻打湘乡（今属湖南），建锋派马殷前往平叛，狙击蒋勋于邵州。

刘建锋本平庸之人，骤然得志，便忘乎所以，经常酗酒而忘却政事，与部下狎饮欢呼，甚至通宵达旦不停手中之杯。他又好色，军卒陈瞻之妻生得眉欺新月，脸醉春风，建锋金屋藏娇，不放其妻归家。此事传得沸沸扬扬，弄得陈瞻颜面尽失。陈瞻由羞生忿，由忿生怒，以铁树（马鞭子）击杀建锋，断其咽喉。军中推军师张佶为帅，张佶推辞说，马殷勇而有谋，宽厚乐善，才能在我之上，可立他为帅。众人于是共杀陈瞻，迎马殷为帅。唐昭宗依照旧例，封马殷为潭州刺史。不久,又升为武安军节度使。其时湖南境内所辖7州、马殷只占有潭、邵两州,衡(今湖南衡阳)、永(今属湖南)、道(今湖南道县)、连(今属广东)、郴(今属湖南)5州皆在别人之手,马殷征战连年,终于将此5州之地敉平。桂管观察使(治广西桂林)刘士政见马殷势力强大,甚为疑惧,恐怕率兵来侵,遂派大将陈可璠等扼守全义岭(一名越城岭、越岭,为五岭之一,位于广西全州、资源县之间),阻其入桂之路。马殷派人行聘于刘士政,使者至境上,陈可璠拒而不纳,马殷大怒,派大将秦彦晖率兵7000人攻之。兵至全义岭,刘士政也派指挥使王建武屯兵秦城(今广西兴安县西南),与陈可璠结成掎角之势。全义岭地势险要,一夫当关,万夫莫开,马殷之兵虽然骁勇,也无计可施。凑巧陈可璠劫掠当地百姓耕牛犒军,百姓怨恨不已,愿助秦彦晖攻打陈可璠。秦彦晖挑选精干士兵,简装轻骑,由一条不为人知的崎岖小路直奔秦城,夜半时分抵达城下,逾垣而入,王建武尚在睡梦之中便被擒获,一条铁链锁了,送往陈可璠营垒示众。陈可璠疑信参半之际,秦彦晖将王建武首级投入守军营垒中。守军大恐,望风奔溃,秦城以南20余所兵营数日之间便土崩瓦解。秦彦晖长驱直入,包围了桂林,刘士政无路可逃,只得束手就擒,他所辖的桂、宜(今广西宜山)、严(今广西来宾市西南)、柳(今属广西)、象(今广西象州县)5州之地尽入马殷版图。不久,岳州(今湖南岳阳)、朗州(今湖南常德)也被马殷攻占,他成了割据一方,炙手可热的大军阀。

不过,马殷清楚,自己势力再强,也不能与中原王朝势力相匹敌,在自己辖区内可以自尊自大,对中原王朝必须尽臣子之节,即使是名义上的也罢。梁王朱全忠即位称帝,马殷遣使修贡,并上劝进表,朱全忠已改名朱晃,封马殷为楚王。马殷虽然向后梁朝

天下江山归一统

贡,但贡品只是茶叶。马殷征得朱全忠同意,在汴、荆(今湖北江陵)、襄(今湖北襄樊)、唐(今河南唐河)、郢(今湖北钟祥)、复(今湖北沔阳)等州设置回图务贩卖茶叶。先将江南茶叶运往大河南北,卖掉后再买北方的布帛、战马,获利 10 倍。又令百姓自己造茶卖给商旅,官方但收赋税,不问其他,仅此一项收入,每年达数十万两银子。湖南盛产铅铁,马殷采纳都军判官高郁之策,先铸铅钱,以 10 文当铜钱 1 文。不久又铸铁钱,名叫"乾封泉宝",以 9 文为一贯,以一当铅钱 10。所铸铅钱,只流行于长沙城中,城外仍用铜钱。商贾进城卖物,得到的是铅钱,但出城便不能使用,只得改买其他货物,因而楚国能以本土所余之物,换取天下百货,因此国家富饶。

李存勖灭后梁建立后唐是为庄宗,定都开封,改元同光。马殷派儿子马希范入朝觐见,李存勖问洞庭湖有多大,希范说,陛下车驾如果南巡,洞庭湖只可饮马,臣国土狭小,因而洞庭湖也不大,李存勖对此回答甚为满意。后唐灭前蜀,马殷惊惧不已,上疏请求致仕,归隐林泉,疏中说:"臣已营衡麓之间,爰为菟裘之地。"意思是说我已在衡山之麓建造了房屋,随时准备隐居,与烟波钓徒为伍。菟裘乃是地名,在今山东泗水县境内,春秋时属鲁国辖区,是鲁国官员告老退隐之处。庄宗无心讨伐,便下诏抚慰。明宗李嗣源继位,后唐国力已经式微,命马殷给中原之兵馈送粮草,马殷拒不奉诏,明宗也无可奈何。不久,明宗封马殷为楚国王,准许他开国立台,自辟官员,可享受天子仪仗之半。于是马殷始开国,以潭州为长沙府,立宫殿,设置百官,皆如天子之制,只是稍微更换了一下名称,如翰林学士称文苑学士,替天子起草诏诰的知制诰称知辞制,掌管军队的枢密院称左右机要司,大臣称马殷为殿下,诏令称教。马殷安安稳稳地当起了国王。长兴元年

(930)，79 岁的马殷卒于长沙，葬于衡阳的上潇水侧。因他官爵俱高，无以为赠，后唐明宗谥他为武穆。

　　马殷临死时留下遗言，让诸子兄弟相继，并悬宝剑于祠堂说，"违吾命者戮之"。他有子数十人，嫡长子希振贤而有才，工诗句，喜吟咏，乃父生前已官至武顺节度使。其次是希声、希范，两人同日生，希声之母是袁德妃，希范之母是陈夫人。德妃色美，一笑倾人城，再笑倾人国，马殷百般宠爱，希声因此得以继位。而希声不是守成之君，是荒淫无道的君王。马殷在世时，以希声管理全国军事，盘踞荆南的高季昌得知楚国所以富强，是因为采纳了大臣高郁的计策，荆南与楚国毗邻，倘若楚国继续强大，终有一天荆南会成为楚国刀俎上的鱼肉，便使了离间计，说高郁打算谋反，马殷自然不信，置之不理。及至希声掌兵权，高季昌又派间谍来说，听说楚国重用高郁，荆南举国皆喜，将来灭亡马氏的必定是高郁。希声愚昧，不辨真伪，信以为真，便削了高郁官职，贬为行军司马。高郁大怒说，我在君王麾下已久，应该归隐林泉，颐养天年了，但未料到犬子长大，能够咬人了。希声暴跳如雷，假传马殷之命将高郁杀死，布告中外，诬他谋反，并杀死他的亲属。其时马殷年事已高，很少过问政事，不知高郁已死，当后来得知高郁死讯时，拊膺大恸说，我已是风烛残年，未过问高郁之事，使勋旧大臣横遭冤狱，我也不久于人世了。果然 1 年之后，马殷便辞世而去。那马希声全无心肝，他听说梁太祖朱全忠喜欢吃鸡，甚为羡慕，每日烹 50 只鸡以供膳。马殷下葬之日，希声面无戚容，吃了几大盘鸡肉才去送葬。礼部侍郎潘起讥讽他说，昔日阮籍居母丧期间还吃蒸猪肉，他不也是竹林七贤之一吗？希声不知是嘲笑他，还沾沾自喜呢。长兴三年(932)希声一病不起，撒手尘寰。仅 2 年时间，希声已把楚国弄得一塌糊涂了。

接替希声继位的是马殷第四子希范。他自幼也是一个纨绔子弟，即位后仍不改旧习。其时石敬瑭已取代后唐建立后晋，希范给他贡上御辇一乘，造价极其昂贵，车厢用上好的柏木，涂上黑漆，再镂刻金花，车首用银装真珠，车盖是红丝网囊，真是金碧辉煌，美轮美奂。同时又进贡有黄金、白银、土绢、吉贝布等土特产。石敬瑭甚为高兴，加封希范为天策上将军，赐给印绶，开府置官属。希范于是大兴土木，在长沙城西北建天策府，修盖天策、光政等16座楼房，天策、勤政等5堂，栏槛皆用金玉装饰，涂墙都用丹砂，仅此一项就用去丹砂数十万斤。雕阑曲槛，雾阁云窗，疏竹倚墙，幽兰盈砌，殿阁峥嵘，楼台掩映，真个称得上是阆苑仙葩。

刚刚建造完天策府，希范又别出心裁，设置银枪都8000人。楚国土地肥沃，出产金、银、茶、谷，由于连年五谷丰登，家给人足，希范又造长枪大槊、枪，槊头上都是白金镶嵌，招募民间子弟为枪、槊手。他又建造九龙殿，用极名贵的沉香雕刻8条龙，用金宝装饰，各长百尺，抱柱相向，作众星捧月之势，自己站在8龙之间，说自己也是一条龙。他平日所戴的幞头（古代的一种头巾）脚长丈许，比作龙角。每天清晨升朝之前，先在龙腹中焚香，缕缕轻烟从龙腹中泄出，香气氤氲，令人心醉。如此奢侈豪华，希范仍不惬意，又建了会春园、嘉宴堂、金华殿，每一殿建成都耗资巨万。他不时携子弟僚属在会春园游乐宴饮，同学士们赋诗唱酬。用度不足，便横征暴敛，诛求无已。希范每派使者查看田亩，便千方百计增加亩数，然后再按亩数加赋，老百姓付不起赋税，只好弃田逃走，希范却说，只要田在，何愁无谷！百姓逃亡，荒田甚多，希范再招募他乡百姓耕殖，他乡百姓舍故从新，仅能果腹，全国农夫自西至东，各失其业，弄得国中人人怨嗟，个个愤恨。

希范用人不问才干，只看纳钱多寡，纳钱多者任高官，纳钱少者任小官,因此那些腰缠万贯的富商大贾往往成为高官。做地方官的如欲调回朝中任职,得看向朝廷贡献银钱多少,献钱多者迅速调回朝中,献钱少者调入朝中的概率就少,不献钱者只能终老于山水迢递的他乡了。百姓如果犯罪,富有者送钱给官府便可免灾,身体强壮者当兵抵罪,只有那些既穷身体又弱的人才受那牢狱之灾和皮肉之苦。又在公署悬挂一木箱,鼓励人投匿名信互相告发,弄得人心惶惶,一夕数惊。为搜刮民财,希范下令除常规赋税外,大县贡米3000斛,中县1000斛,小县700斛,无米者输布帛抵米,这些负担都出在老百姓身上,这正应了"任你深山更深处,也应无计避征徭"两句诗。

好色是希范的另一特色。父亲马殷的姜妃,希范奸淫殆遍,她们一个个忍气吞声,不敢不从。希范又命僧人尼姑云游四方,打探士庶之家女子,凡是姿容秀曼,丰韵娉婷者,不论是大家闺秀,还是小家碧玉,也不论是名花有主,还是待字闺中,通统纳入宫中,前后有数百人之多。希范犹不满足,他说轩辕黄帝御女500人得以升天,我和他还有距离呢!有一商人妻美而艳,希范杀其夫而夺其妻,那女子性格刚烈,誓不受辱,入宫后自经身亡。此类事例甚多。他的王后彭氏虽其貌不扬,但治家有方,希范颇畏惮。她殁后,希范始纵情声色,为长夜之饮。君昏于上,臣嬉于下,楚国于是衰落下去了。

希范喜欢读书,擅长诗歌,颇优礼文士,但喜怒无常,刚愎自用。一个叫石文德的人,工于诗词,但相貌丑陋,屡次献诗,而希范不肯延纳,石文德穷愁潦倒。希范的众弟兄中有人知文德有才,延纳门下,后为希范所知,打算驱逐文德。但还未行动,适逢王后彭氏薨逝,希范命有才能者各撰挽词,文德也应召献词10余篇,其中一联云:"月沉湘浦冷,花谢汉宫秋"。希范连连赞叹说,文德有此才学,我因他丑陋而拒之门外,惭愧之极,于是授他以官职,后来官至融州(今广西融水)刺史。僧人洪道人品学识俱佳,颇为时人敬重,居住在衡州石羊镇山谷中。希范即位后,任命他为报慈寺住持,洪道过惯了闲云野鹤生活,不肯应命,希范则督责州县,务必敦请他出山。州县计无所出,只得派数十人前往劝请,洪道则率徒弟辗转迁入深山一块岩石下躲避。因有上万只飞鸟鸣叫而随之,搜寻的人轻易地找到了洪道,但他仍不肯出山。众人哀求说,大王敬重你,要与你相见,你不应召而逃入山林,我们无法交差必受责罚,和尚可否怜悯我们一次?洪道无奈,只得入朝,希范大喜,以国师之礼待之。不久,又坚乞归山,希范百般慰留,洪道坚辞,只得放他归山,后来不知所终。石文德和僧人洪道算是幸运者,但并非所有士人都有这种幸运。一个叫戴偃的人写一手好诗,但喜欢讽谏。希范劳民伤财,构筑宫殿苑囿,戴偃甚不以为然,写《渔父歌》百篇献上,寓讥讽之意,其中有"才把咽喉吞世界,盖因奢侈致危亡"。"若须抛却便抛却,莫待风高更水深"的句子。希范览诗不悦,问左右戴偃是何等人,众人以为希范欲重用此人,便替他美言说,此人有才,但很贫困,大王如果怜悯他,给他一个薄尉之类的官职就可以了。希范莫测高深地说,此人数日前献诗,想见其为人,大概是要垂钓以自娱,宜赐给碧湘湖以满足其愿望,这也是礼贤下士之道吧,于是即日便把戴偃迁居湖上。其实这是希范设置的圈套,把戴偃迁入湖中后,便禁止所有人与他的交往,戴偃饮食断绝,饥肠辘辘,无奈何对妻子说,与你结缡,已生有一子一女,今若不逃走,不但有饿死沟壑之忧,而且头颅恐怕也难以保全。为今之计,你我应分开逃遁,庶几可以保全,戴偃妻子表示同意。于是戴偃携带女儿,其妻携带儿子,在一个月色朦胧的夜晚,乘坐一条小打鱼船离开了碧湘湖,上岸后两人洒泪而别。戴偓携女直奔岭南,逃到永州(今属湖南),传来了希范病逝的消息,戴偓才结束了逃亡生活。希范部下有一个叫丁思瑾的武将,契丹灭晋,进入汴京,改开运年号为大辽会同。辽太宗耶律德光为笼络人心,册封希范为尚父,希范高兴不已。丁思瑾进谏说,先王以卒伍起家,经过血战才得到湖南之地,朝廷倚为干城以制强敌,如今传国三世,有地数千里,有兵10万人。如今天子被囚(指后晋少帝石敬重贵),中国无主,真是男儿建立霸业之时。大王如能出兵荆、襄,趋往京师,倡义于天下,此齐桓公、晋文公之业也,奈何耗用国库帑藏大兴土木,为酒色之乐呢!自古忠言逆耳,希范削了他的官职,思瑾愤愤不平,扼喉而死。希范不恤人言,凡进谏者皆不得善终,于是群臣三缄其口,噤若寒蝉,希范成了真正的孤家寡人。

希范49岁时便撒手而去,留下的是一个千疮百痍的江山。希范死后,马殷诸子中以希萼最长,本应由他嗣位,但是大臣刘彦瑶、学士李宏皋、邓懿文、小门使杨涤等与希范的同母弟希广相友善,怂恿希广继位,而此时希萼不在朝中,希广在群臣的拥立下登上了王位。此时希范的同母弟希萼正任朗州(今湖南常德)节度使,按照兄终弟及的故事,王位非他莫属,他是眼望捷旌旗,耳听好消息,不料斜刺里杀出一个希广来,他的王位梦一下子成了泡影,心中愤懑不平。他的同母弟在朝任天策左司马的希崇又给希萼暗中捎去一信,说刘彦瑶违背先王遗训,废长立少,是可忍孰不可忍。希萼果然大怒,以奔丧为名,带兵从朗州向长沙进发。希广自然明白希萼意图何在,派人在中途阻止希萼前进,如果欲入朝,请命将士释甲兵而后入朝。希萼愤然离去,再图他策。

其时中原正是后汉隐帝刘承佑当国,此人是刘知远次子。希萼向隐帝哭诉,请求与希广一样,各自朝贡,封为王爵,开设府第,

天下江山归一统

成为藩属。希广得知后,用金银贿赂后汉执政大臣,不允希萼所请,后汉隐帝只下了一道诏书,敦劝他们兄弟辑睦和好,希萼悻悻然却又无可如何。适逢南汉国主向希广求婚,希广拒而不允,南汉国主一怒之下,发兵攻陷了楚国的贺州(今广西贺州市东南)、昭州(今广西平乐西南)。希萼趁机向南汉献银器1500两,希冀南汉能助自己一臂之力。南汉国主在慰谕一番之后,嘱咐他"今后凡有进献,可与希广商量"。希萼自然不从。尽管四处碰壁,希萼还是孤注一掷,与希广一决雌雄。他征募朗州的所有丁壮为乡兵,号称静江军,打算进攻长沙。希广认为兄弟阋墙,贻笑天下,愿举国相让,刘彦韬、李皋等皆不赞同,发兵相拒,希萼大败,几被追及,希广下令"勿伤吾兄",追兵犹豫之际,希萼得以脱身逃走。他自然不肯就此偃旗息鼓,引诱辰(今湖南沅陵)、溆(今湖南溆浦)二州的少数民族进攻益阳(今属湖南)。少数民族僻居山坳,地瘠民贫,听说长沙富庶,争相出兵赴战。这些少数民族之兵骁勇善战,希广连连败北。希萼乘胜又向后汉隐帝请求在京师设进奏务,倘若汉隐帝允许,他和希广就可旗鼓相当,成为匹敌之国了。后汉隐帝仍然不允所请,下诏解和。希萼认为隐帝偏袒希广,愤而向南唐称臣。南唐大喜过望,当即派兵援助。希萼坐镇朗州,派兵会同蛮兵以及南唐之兵南下,希广派刘彦瑫率水军北上应战。两军于中途相遇,刘彦瑫乘风纵火,欲焚毁敌方战船,不料风势逆转,火反向自己烧来,士卒死伤及溺水而死者数千人,彦瑫大败输亏。希广惶急之中向后汉隐帝求救。隐帝正欲发兵,但朝中发生了枢密使杨邠、侍卫都指挥使史弘肇、三司使王章被诛事件,不能出师。希萼留其子光赞守朗州,自率水师逆江而上进攻岳州(今湖南岳阳),但岳州守将坚守不战,希萼只得绕城而过,下湘阴(今属湖南),迤逦来至长沙城下。希广指望率领步兵的彭师高与率领水师的许可琼水陆夹击希萼之兵,不料许可琼却暗中通敌,在双方激战正酣之时,率军倒戈,希广之兵一败涂地,长沙陷入希萼之手。希广夫妇惊慌失措,藏匿于慈堂之中,但第二天就被搜出。希萼之兵及辰、溆二州的少数民族军队在长沙大掠3日,杀吏民,焚庐舍,马殷父子多年来聚敛的金银财宝悉数落入他们之手,又将那些美轮美奂的宫殿苑圃付之一炬,长沙城内到处都是颓垣断壁,一片瓦砾。希萼以胜利者的身份进入楚王府,希广的那些股肱之臣自然难免一死。希萼诘问希广:都是承父兄之业,弟兄之间难道不分长幼吗?希广回答说,长幼应该有序,但是将吏拥戴,朝廷任命,并非我要强行夺取兄长的王位。希萼恻然对左右说,希广是愚钝之人,哪里懂得争夺王位,今日刀兵相见,他不过是受了部下的蛊惑而已。我欲赦免其罪,如何?左右皆不肯回答。其中一个叫朱进忠的人,因受过希广的笞打,撺掇希萼说,大王血战3年,才得到长沙,一国不容二主,今日纵虎归山,必贻他日之患。希萼遂下令赐希广死。希广临刑之时,犹诵读佛书。他的王后也被杖死于市曹。希广即位之前,长沙城内夹道多植槐树,希广即位后去槐栽柳,槐树消失殆尽。长沙城中居民多以织草鞋为副业,大多是夜间编织,织草鞋所用的芒是生长在山坳间的草本植物,秋天茎顶生穗,编织时须把穗捶掉,当地人称为捶芒。当地有童谣说:"湖南城郭好长街,竞栽柳树不栽槐。百姓奔窜无一事,只是捶芒织草鞋。"有人解释说,长街者通内外之路也;槐者,怀也,怀者,思念也。不栽槐是说兄弟不睦,以至亡国,失去了兄弟互相怀念的情谊。草鞋者,远行所用也;捶芒织草鞋,是说百姓流离失所,奔窜四方,不能安居。这种解释虽然牵强附会,但马氏兄弟阋墙,导致国家衰落,则是不争的事实。

希萼自立为王不久,后汉隐帝为臣下所杀,中原大乱,希萼又

天下江山归一统

向南唐中主李璟称臣,后唐封他为楚王。他在刀枪锋镝中夺得江山,得意忘形,日日与僚属饮酒,不问政事,朝中大事都交给弟弟希崇处理。希崇见到乃兄堂上一呼,阶下百诺,文武百官匍匐殿角山呼万岁的情景,不禁动了彼可取而代之的念头,他在寻觅机会,而希萼却浑然不知。有个叫谢廷择的小吏,本是马氏家僮,因相貌姣好甚得希萼宠爱,甚至与妃嫔杂坐。王府举行宴会时,他本应执戟把守宫门,希萼却让他位列诸将之上,诸将心不能平。长沙宫室焚毁之后,希萼命部下王逵、周行逢率朗州之兵修缮宫室,士兵们辛苦劳作却无犒赏,王逵、周行逢一怒之下率众逃回朗州,推举辰州刺史刘言为首,称藩于后周。希萼得知王逵等反叛,派大将徐威等防范朗州之兵,但又不加抚恤,士卒甚有怨气。希萼在端阳门设宴款待群臣,徐威、希崇等推辞不至,借机发难,率兵突入府垣,拘捕了希萼和谢廷择。希崇自立为武安节度使留后,把希萼幽禁于衡山县(今湖南衡阳),谢廷择则被用乱刀砍死。盘踞朗州的刘言得知希崇自立,派兵开往潭州,声言要讨伐篡逆,希崇则遣使请和。刘言的部下献策说,希萼旧日将佐犹在,若希崇加以笼络,朗州就无法与之抗衡,不如让希广把他们杀死,湖南就归我们所有了。刘言言听计从,要希广结束那些人的性命。希广本与那些人不和,不知此举乃刘言借刀杀人之计,又畏惧刘言势力强大,竟将希萼的归部10余人杀死,把首级送往朗州。希崇自以为得计,殊不知弄得朝中大臣离心离德,没人和他同心同德了。

马希崇自以为囚禁了希萼,又和朗州方面和解,从此可以高枕无忧,安享帝王生活,于是骄奢淫逸,比起希广、希萼来毫不逊色,朝野一片责难之声,而他却怡然自得,不以为意。被囚在衡山县的马希萼在亲信拥戴下自称衡山王,断江为栅,编竹为战舰,图谋东山再起,卷土重来,并派人求救于后周,数日之间,队伍已达万人。而帮助希崇夺得王位的徐威,见希崇并非励精图治的国王,而是成事不足,败事有余的角色,又惧怕朗州、衡山之兵合伙相逼,便想杀掉希崇与他们和解。希崇得知消息,惊慌失措,忙向南唐求援。原来希萼在位时曾派大臣刘光辅向南唐朝贡,刘光辅到达金陵(今江苏南京)后向元宗李璟献计说,湖南境内君王昏庸,民心不附,如若出兵攻取,准可将湖南之地收入囊中。李璟随即派大将边镐为信州(今江西上饶)刺史,屯兵袁州(今江西宜春),等待时机,今见希崇请兵,正中李璟下怀,忙令边镐自袁州率兵挺进长沙。希崇以为来的是救兵,谁知边镐进入长沙后,却将希崇囚禁在了浏阳城门楼。当时湖南发生了饥荒,百姓嗷嗷待哺,边镐开仓放粮,百姓甚为感戴,称他为边菩萨。待城中秩序稳定后,边镐便催促希崇等赴金陵朝见元宗。希崇等聚族相泣,欲贿赂边镐,请求留在长沙。边镐不屑地说,江南世与楚为仇敌,不敢窥伺楚国已60年矣,如今你兄弟阋墙,你走投无路才归降于我,若留你在长沙,岂不是养痈遗患!希崇家族及降臣降将千余人只得悲怆登船。边镐又派兵至衡山,押解希萼等入朝,楚国灭亡。从马殷于唐乾宁三年(896)自立于湘南,至南唐保大九年(951)覆亡,共享国56年之久。

烽火无惊称乐土：闽国兴衰

龙舟摇曳东复东，采莲湖上红更红。波淡淡，水溶溶，奴隔荷花路不通。

西湖南湖斗彩舟，青蒲紫蓼满中洲。波渺渺，水悠悠，长奉君王万岁游。

——闽后陈氏《乐游曲》

五代十国中的闽国虽然僻在一隅，与中原相距悬远，但自王审知入闽后，兵革不兴，烽火无惊，他又轻徭薄赋，关心民瘼，大兴文教，使得福建成了一片乐土。可惜的是，王审知的子孙不肖，争权夺位，自戕国本，江山终于落入了别人手里。

王审知是跟着哥哥王潮入闽并发迹变泰，建功立业的。

王潮字信臣，光州固始县人。父亲叫王恁，一介农夫，但家产富饶。唐朝末年黄巢起义军攻破长安，唐僖宗奔蜀，江、淮间盗贼蜂起。屠夫出身的王绪与妹夫刘行全乘机起事，聚众五百，占据寿州（今安徽寿县）。不久，队伍发展至万人，自称将军，攻陷固始县。当时王潮任县佐，"与弟审邦、审知以才气知名，邑人号曰三龙"。王绪任命王潮为军正，主管仓廪，士兵都说他公正。离固始不远的蔡州（今河南汝南）是军阀秦宗权的老巢，他正在招兵买马，扩充自己的势力，王绪以寿州、光州两州之地皈依秦宗权，秦宗权很是高兴，以王绪为光州刺史，命他带兵与自己会合攻打黄巢。王绪畏惧黄巢势大,逗留不行。秦宗权大怒,发兵攻打王绪,王绪抵挡不住,遂"率众渡江,所在剽掠,自南康(今江西星子县)转至闽中,入临汀(今福建长汀),自称刺史"。王绪南奔时,因粮秣不足,故日夜兼程,并号令军中,不得以老弱妇孺随军,违令者斩。当时王潮与弟审邽、审知带着老母亲从行,王绪斥责王潮,欲斩其母。王潮请求先母而死,众士兵也争相求情,王绪才放过了王潮的母亲。王绪多猜忌,部下有才干出己之上者,皆找借口诛之。有术士望军气,说军中当有暴兴者,王绪把身材魁梧的都一一翦除,连他的妹夫刘行全也被杀死。于是全军上下人心骚动,个个惊恐不安。

王绪一行来到南安(今属福建),王潮游说王绪的前锋将说,我等弃坟墓,别妻子而为盗者,非出本心,乃是受了王绪的胁迫。如今王绪猜疑不仁,将士有才者皆死军中,人人朝不保夕,岂能成大事!你既才能出众,又是美男子,我真不知道何处是你的葬身之地!前锋将恍然大悟。与王潮挑选壮士数十人埋伏在竹丛里,等王绪经过时,众士兵一跃而出,把王绪擒于马下,一军皆呼万岁。王绪被处死后,众士兵推举王潮为帅。王潮正打算进军巴蜀勤王,适逢泉州人张延鲁等苦于刺史廖彦若贪暴,听说王潮治军有方,便率领着老乡亲带着牛、酒等礼物进入军中,请求王潮留在这里,为百姓除暴安良。王潮便于光启元年(885)八月引兵包围了泉州,第二年八月攻克泉州,为时一年整。廖彦若被杀,王潮遂据有其地。不久,又平"狼山贼"帅薛蕴,兵锋日盛。光启二年(886),福建观察使陈岩上表推荐王潮为泉州刺史,很快得到朝廷批准。"潮既得泉州,招怀离散,均赋缮兵,吏民悦之。"

唐昭宗大顺二年(891),福建观察使陈岩病重,派人持书信召王潮,打算授以军政,但书信尚未送到,陈岩便一病不起。陈岩

天下江山归一统

的妻弟范晖示意将士推选自己为留后,但陈岩的部属都想跟随王潮,并献计说可以消灭范晖。王潮于是以族弟彦复为都统、弟审知为副攻打福州。范晖向威胜节度使董昌求援,董昌与陈岩是姻亲,便发温、台、婺3州之兵5000人援救。彦复见状便请求班师,王潮不允。彦复又请,王潮亲临前线,下令说,兵尽添兵,将尽添将,兵将都尽时,我自己冲锋陷阵。彦复等拼命攻城,景福二年(893)五月,范晖抵御不住,弃城而走,后为乱军所杀,福州落入王潮手中,王潮自称留后。为安抚人心,王潮素服埋葬陈岩,把女儿嫁给陈岩之子延晦为妻,并抚恤陈岩的家属。建州(今福建建瓯)人徐归范、汀州(今福建长汀)刺史钟全慕都俯首听命,岭海间"群盗"二十余起纷纷归降,于是王潮尽有闽、岭五州之地。这年九月,唐昭宗任命王潮为福建观察使。乾宁年间,黄连洞蛮两万人围攻汀州,王潮派大将李承勋率兵万人反击,蛮兵解围而去,闽地平定。"潮乃创四门义学,还流亡,定租税,遣吏巡州县,劝课农桑,交好邻道,保境息民,人皆安焉。"乾宁三年(896),唐朝中央政府升福州为威武军,以王潮为节度使、福建管内观察使,审知为副。乾宁四年(897),王潮染疾不瘳,撒手人寰。他为福建的开发作出了贡献,是青史留名的人物。

接替王潮事业的是他的弟弟审知。审知字信通,生于唐懿宗咸通三年(862)。"为人状貌雄伟,隆准方口,常乘白马,军中号白马三郎。"他随兄长王潮投奔王绪,王潮作军正,审知为都监。王绪率军进入福建,审知也随军作战,转战汀州、漳州、南安、泉州、福州等地。他不仅作战勇敢,而且还能吟诗赋词。他进入汀、漳二州时,曾写有一首文采藻然、意味隽永的诗:

将略平生非所长,也提戎马入汀漳。

四方斜日旌旗远，一道春风鼓角扬。

勿以二师能出塞，深知充国善平羌。

疮痍到处从无补，翻忆山中旧草堂。

　　从这首诗可以看出他的抱负。"将略平生非所长"，显然是自谦之词。他以西汉宣帝时的平羌名将赵充国自许，宣帝时西羌起事，年已70余岁的赵充国驰骋疆场，击败敌寇，罢兵屯田，振旅西归。审知要借鉴赵充国平羌的经验荡平蛮兵。他看到满目疮痍的山河，想起了自己家乡山中的旧草堂，想起了和自己相处甚好的乡亲。这种民胞物与的襟抱，使人无限敬佩。

　　王潮病殁后，审知推让兄长审邽继立，审邽认为审知比自己功劳大，推辞不受，审知遂代立，自称福建留后。唐朝末年，任福建观察使，封琅琊郡王。后梁建国，朱温封审知为闽王。他称王后，为保境安民，采取了许多措施来发展经济文化，使贫瘠的福建逐渐富裕了起来。在他治理福建的29年时间里，是福建历史上少有的繁荣时期。《旧五代史》说他："审知起自陇亩，以至富贵，每以节俭自处，选任良吏，省刑惜费，轻徭薄敛，与民休息，三十年间，一境晏然。"《新五代史》说他："审知虽起盗贼，而为人俭约，好礼下士……又建学四门，以教闽士之秀者。招徕海中蛮夷商贾。"《十国春秋》说他："王虽据有一方，府舍卑陋，未尝茸居。恒常蹑麻屦，宽刑薄赋，公私富实，境内以安。"又说："太祖虽起盗贼，而为人俭约，常衣绅袴，败乃取酒库酢袋而补之。"大名赫赫的闽王，自然是富甲一方，但他只穿一般的绸缎衣服，衣服破了用酒库中装酒的袋子去补，这在历史上也不多见。有一次，他派出的使者从南方回来，献给他一个玻璃瓶，审知把玩良久，掷于地上，对左右说，好奇尚异，是奢侈之本，今日我这样做，是为了不使后代染上奢侈的风气。他的部下也注意节俭，不敢奢侈。

王审知关心民瘼，重视水利建设。他在今长乐市集合数千名民夫修筑海防大堤，设立了 10 个斗门，旱天蓄水，雨季泄水，堤旁皆成良田，这是我国历史上较早的围海造田的范例。连江县开辟了一个东湖，周围二十余里，能灌溉良田四万余顷。福州南湖经过疏浚，面积达四十平方里，特别是福州、泉州两个海港的开凿，为海外交通打开了出路。

他轻徭薄赋，发展农业生产。让农民耕种"公田"，其税"什一"，"敛不加暴"，而且"莫有出征之役"。这使农民生产积极性大为提高，出现了"夜半呼儿趋晓耕"的好景象。他又积极鼓励农民垦荒，使山区"草莱尽辟"，耕地面积扩大很多。他还鼓励农民因地制宜栽种茶树。审知留意人才，延揽四方士人，发展文化。当时随王氏兄弟入闽的中原人士，除军队之外，还有众多落难的政客、士子、文人等。而另一方面，中原朱晃后梁政权滥杀世家缙绅，士子、文人四处逃散，远离中原的福建便成了战乱中较为理想的避难场所。李洵、王涤、崔道融、韩偓、徐寅等中原著名文人，皆不远千里，投奔麾下，促进了福建文化事业的繁荣。正如清人陈衍所说："至唐末五代，中士诗人有流寓入闽者，诗教乃渐昌，至宋而日益盛。"

王审知还尊重佛教，礼遇高僧，把许多因战乱而遁入空门的士人延聘入闽，从中发现人才，加以擢用。王氏兄弟的作为给福建带来了深远影响，《十国春秋》的作者吴任臣非常感慨地说："太祖昆弟，英姿杰出，号称三龙。据有闽疆，宾贤礼士，衣冠怀之，抑亦可谓开国之雄欤？"这一称赞并非溢美之词！

王审知长子延翰好读书，通经史，后唐明宗天成元年（926），十月，他取司马迁的《史记·闽越王无诸传》对将士们说："闽自古王国也,吾今不王,何待之有?"于是军府将吏纷纷上书劝进。延翰"自称大闽国王,立宫殿,置百官,威仪文物皆拟天子制"。闽国自此始。但王延翰并不珍惜乃父从刀丛剑树中夺得的江山,即位后便一反父亲之道,骄淫奢侈,在福州城西西湖建筑宫殿亭榭,绵亘十余里,号称水晶宫。延翰每次携带妃嫔至水晶宫游宴,至更深夜阑时分,才从子城的复道中返回宫掖,他乐此不疲,弄得政事俱废。他与众兄弟之间关系紧张。即位刚一月,便把弟弟延钧从朝中贬为泉州刺史,而建州(今福建建瓯)刺史延禀乃王审知养子,两人素来不睦,很少往来。延翰掠取民间美色女子充实后宫,从无停止之时,弄得民怨沸腾,延钧上书谏止,彦翰心中不悦。而延禀在反对延翰搜刮民女时言辞激烈,延翰勃然大怒,打算罗织罪状,置他于死地。延禀与延钧决定先发制人,合兵袭击福州。延禀率水军沿闽江顺流而下,很快抵达福州城下。福州指挥使陈陶战败自杀,延禀率壮士百余人悄悄来至西门,乘着夜色昏暗,搭云梯进入城内,杀死守门士兵,打开城门,建州士兵蜂涌入城,先打开兵器库,夺得兵杖在手,然后直奔延翰寝宫。延翰慌乱中藏身他处,次日天明仍被搜出。延禀数其罪恶,将他与王妃崔氏斩于紫宸门外。

待福州秩序安定,延钧始自泉州奔至。延禀自知是养子,骤然即位,怕人心不服,遂推延钧为王。延禀返回建州时,延钧饯别于郊外,延禀戏谑地说,老弟务必继承先人遗志,休要麻烦我老兄再下福州!延钧虽然口中唯唯称是,而内心则悬恨不已。后唐明宗知闽地辽远,鞭长莫及,便采取羁縻之策,以延钧为本道节度使、守中书令,封琅琊王。后又封为闽王。但延钧并非治国之君,他酷信神仙之术,于福州城内建宝皇宫,以道士陈守元为宫主。陈守元假传宝皇之命,说如果君王能避位受箓,可当60年太平天子,延钧于是逊位入道,道名元锡,3个月之后才复位。陈守元又传宝皇的话说,当60年天子后转升大罗仙主。这本是一派胡言,延钧却信以为真,阴谋称帝,于是上表于后唐,请求自己与吴越的钱镠、楚国的马殷一样,封自己为尚书令。后唐不允,遂不再朝贡称臣,自封皇帝,国号大闽,更名为王璘,改元龙启,住宅改名为龙跃宫。又造东华宫,穷工极丽,役使工匠上万人,弄得他们耕稼俱废,人人怨嗟。他又喜欢僧人,一次便度2万百姓为僧,因此闽地多僧。又把田土分为三等,上等膏腴之田分给僧人、道士,中等之田分给当地土著,下等瘠薄之田分给流寓闽地之人,又引来不少人的唾骂。延钧还是好色之徒。他的王后陈金凤本是乃父王审知的才人,属于他母亲辈的人物,只因她绮年玉貌,惹得延钧魂萦梦系。审知刚刚魂归道山,他便把金凤娶入宫中,封为淑妃,后来又立为皇后。一人得道,鸡犬升天。金凤既立为后,她已死的养父陈岩被追封为威武军节度使,母亲陆氏被封为长乐郡夫人,甚至族人都封了官职。为讨金凤高兴,延钧专门为她修建了长春宫。他们常在长春宫作长夜之饮,每次饮宴时点燃数百只金龙烛环列左右,宫殿之内亮如白昼,然后由数十名宫中婢女擎着用金玉、玛瑙、琥珀、玻璃制成的杯盘依次递酒,不设几筵。酒足饭饱之后,延钧、金凤与诸宫女全身赤裸,追逐嬉戏。迨至夜阑更深,延钧拥着金凤与宫女们裸卧在早已准备好的长枕大床上,床前不远处立着延钧专门在日南郡(今越南广治省广治河与甘露河合流处的西卷县)制造的水晶屏风,他与金凤在床上交媾,让宫女们隔着屏风观看,真是不知人间有羞耻事。每年二月上巳(上旬巳日)延钧在水滨修禊事,金凤与后宫宫人穿锦绣之衣列坐水旁,沉麝之气,环佩之香,远近皆闻。归途中丝竹管弦,轮番迭奏,音韵悠扬,端的是"此曲只应天上有,人间哪得几回闻"。每年端午节，延钧造采船数十艘于福州西湖，每船载宫女20余人，皆穿短袖上衣，击楫中流，人人奋勇争光，延钧则乘大龙船观看。金凤作《乐游曲》，命宫女传唱：

> 龙舟摇曳东复东，采莲湖上红更红。波淡淡，水溶溶，奴隔荷花路不通。
>
> 西湖南湖斗彩舟，青蒲紫蓼满中洲。波渺渺，水悠悠，长奉君王万岁游。

西湖岸上人声嘈杂，万头攒动，争睹国王、王后风采。而陈金凤又是一个水性杨花的女子。延钧晚年中风，行走不便，耐不住寂寞的金凤便与延钧的嬖幸之臣归守明私通，百工院使李可殷与归守明是莫逆之交，归守明又引荐李可殷与金凤偷情，二人随便出入宫禁，归守明更是日日留宿宫内，丑声远播，国人皆知，以俚歌讥讽说："谁谓九龙帐，惟贮一归郎？"而金凤仍我行我素，毫不收敛。

延钧王位是由延禀拱手相让才得到的，却又与延禀不睦，延禀也想除掉延钧，自立为王。后唐明宗长兴二年（931），延禀听说延钧有疾，率军从建州杀奔福州，但这一次却打了败仗，被延钧擒获，斩于市曹。他因疾不能视朝，把大权交给长子继鹏，而继鹏得知父亲病重，却面露喜色，盼望父亲早日升天，自己好继承王位。他在寻找机会，机会终于来了。原来王后陈金凤的姘夫之一李可殷常在延钧面前说皇城使李仿的坏话，而王后的族人徐匡胜又屡次向继鹏挑衅，继鹏又与弟弟继韬不和，继鹏与李仿联手杀了李可殷。王后向延钧哭诉，延钧带病上朝诘问可殷死状。李仿大惧而出，索性一不做，二不休，与继鹏率兵鼓噪攻入宫中。延钧闻变,藏入九龙帐中,被乱兵刺中,血染床褥,呻吟嚎啕,宫人见他不胜痛苦,遂将他杀死。王后陈金凤及归守明、陈匡胜、继鹏之弟继韬等皆被处死。社稷落入继鹏手中。

王继鹏暴戾恣睢更甚于乃父延钧。李仿帮他夺得了王位,他又怕李仿故技重演,不利于己,派人把他杀死,然后以弑君、杀后之罪告谕中外。闽国宫殿本已不少,他又建紫微宫,全用水晶装饰,费用超过宝皇宫数倍。财政拮据,他公开受贿卖官,又命人以空名堂牒鬻官。凡是江湖、池塘能养鱼之处皆纳官钱,甚至果品、蔬菜、鸡豚等皆征重税。百姓则征身丁钱,凡15岁至60岁者皆不免。百姓呻吟在苛政之下,十室九空,野有饿莩。术士林兴传神人之言说宗室将发动叛乱,继鹏信以为真,命林兴率壮士杀叔父延武、延望及其5子。他常作长夜之饮,强迫群臣饮酒,堂弟继隆因酒醉失礼被杀。平章事延羲乃继鹏叔父,恐怕无辜被诛,避祸武夷山中,继鹏派人召还,囚禁于家。无论是官员或是百姓,都对继鹏怨恨不已,大有"时日曷丧,予及汝偕亡"的感慨。有一年秋初,北宫殿失火,房屋焚毁殆尽,继鹏怀疑有人纵火,命将领朱文进、连重进救火并寻找纵火之人。两人虽救灭了火,但未找到纵火之人,继鹏怀疑连重遇参与了纵火之谋,打算将他诛杀。在此之前,连重遇已多次受过继鹏的无端侮慢,心中早已怨气冲天,当有人告知他继鹏欲对他下手的消息后,便率军焚烧了长春宫,迎继鹏叔父、已遭禁锢的延羲即位,然后猛攻继鹏。继鹏兵败,逃至福州以北一个名叫梧桐岭的小村庄中,随从逃散,他只得束手就擒,不久就被缢杀,由延羲继位。

一蟹不如一蟹。延羲昏庸比继鹏更甚。他喜欢饮酒,每饮辄醉,酒醉之后便下令杀人,醒后又要召见被杀之人,弄得臣下无所适从。吏部侍郎李光准常在夜间陪宴,一次酒醉忤旨,延羲下令斩首,行刑的官吏怕延羲反悔,只将他系于狱中。果不其然,第二天延羲便下令官复原职。一日,延羲又宴请群臣,收翰林学士周维岳下狱,狱卒给他拂拭一榻歇息,次日延羲酒醒,下令释放。又过了两日,延羲再次宴请群臣,众人皆酒醉归去,只有维岳一人在座,延羲询问臣下:维岳身材甚小,为何能饮这么多酒?臣下回答说,酒都进入另外肠子里了,这和身材大小无关。延羲便命人捽维岳下殿,要剖开他的肠子看,里边到底装了多少酒。其中一人说,如果杀了维岳,便无人陪大王饮酒了,延羲这才饶维岳不死。延羲好为牛饮,毫无节制,他把银子碾成薄片,制为酒杯,灌满酒令臣下饮。银片酒杯柔软,因称之为冬瓜片,又称醉如泥。凡是斟满杯子的酒,臣下必须饮完,酒量小的人往往喝得烂醉如泥,因醉酒触怒延羲而被杀头者不计其数。他的侄子继柔因不胜酒力要求减酒被杀死。王氏家庭中稍微有才能者延羲都视为仇敌,必欲置之死地而后快,以免他日攘夺自己王位。胞弟延喜为汀州刺史,延羲将他投入囹圄;侄子继业、继严先后任泉州刺史,皆被杀,"宗族、勋旧相继被戮,自是人不自保"。他与乃弟延政不和,延政以建州为根据地,与他互相攻伐,后来延政索性称帝,国号殷。大将朱文进、连重遇为他夺得王位,他却怀疑两人有二心,借故杀了两人的朋友,又常在饮酒正酣之际吟咏白居易"惟有人心相对间,咫尺之情不能料"的诗句讥诮两人。两人流涕再拜说,臣子为君王进忠,怎敢萌生他志?延羲闭目不答,两人惊惧不已。适逢王后李氏忌妒贤妃有宠,欲杀延羲而立其子为王,派人拉拢朱文进、连重遇,两个自然答应。趁李王后之父有疾,延羲前去探望之际,两人预先在途中埋下伏兵,将他杀死。

追到延政继位,闽国经过多年的自相残杀,已是满目疮痍,处于风雨飘摇之中了。南唐派人责问兄弟之间为何阋墙不止?延政则反唇相讥,说李昪升夺了杨行密的江山,两国交恶,遂绝和好。延政还未及迁往福州,仍在建州主政,南唐已派大将边镐等前来讨伐了。而此时建州、福州两地又互相攻伐不已,弄得人心涣散,南唐之兵长驱直入,迤逦来至建州城下,延政只是略作抵抗,但抵挡不住南唐的凌厉攻势,建州很快陷落,延政只得衔璧出降。边镐尽迁王氏之族于金陵,闽国灭亡,从王审知至延政,闽国共传 7 主,凡 53 年。

小国寡民立国难：荆南始末

霮雨潺潺，风吼如虪。有叟有叟，暮投我宿。吁叹自语，云太守酷。如何如何，掠脂斡肉。吴姬唱一曲，等闲破红束。韩娥唱一曲，锦段鲜照屋。宁知一曲两曲歌，曾使千人万人哭。不惟哭，亦白其头，饥其族。所以祥风不来，和风不复，蝗兮螟兮，东西南北。

——贯休《酷吏词》

荆南又称南平，辖地只有荆州一带，是十国中最小的一个，弹丸之地，实际上不成其为国。荆南始立国者高季兴为陕州硖石（今河南三门峡市陕州区东南硖石镇）人，本名季昌，因避后唐李克用之父国昌讳，更名季兴。他少年时家庭贫窭，度日维艰，便在汴州（今河南开封）富人李让家当仆人糊口。后梁的创立者朱全忠（又名朱温、朱晃）任宣武节度使时，李让见他势力强大，可以倚为靠山，便趋炎附势，把家产悉数捐出，朱全忠大喜，收他为养子，更名为朱友让。季兴见主人发迹变泰，成为炙手可热的新贵，自是羡慕万分，便再次投入朱友让门下，朱友让把季兴引见给朱全忠。季兴浪迹江湖多年，能言善辩，且又善于察言观色，两人一番交谈，朱全忠发现季兴有过人之才，当即命朱友让收为养子，让他当下级军官。季兴为表示忠于朱全忠，遂改姓朱，从此开始了他的戎马生涯。

唐昭宗天复年间,朱全忠率兵攻打盘踞在凤翔(今属陕西)的军阀李茂贞,李茂贞自知不是对手,便深沟高垒,坚壁不出。朱全忠求战不得,粮秣殆尽,便打算返旆回程,去他的老巢河中府(今山西永济县西蒲州镇)。诸将皆无异议,唯独季兴献计说,天下豪杰欲夺取凤翔者已1年有余,但均未能得手。如今凤翔守兵已兵疲师老,城池指日可破,而大王所虑者是旷日持久,粮草难亦为继,为今之计,可以诱敌而歼之,凤翔不难落入我军之手。朱全忠大喜,便命季兴招募勇士,得到1个骁勇骑士马景,季兴授以奇计,引他去见全忠。马景慷慨激昂地说,此次攻打凤翔,我不可能生还,请大王照顾一下我的妻儿。朱全忠见他说得如此决绝,便打算放弃攻打凤翔,马景一再坚持,才得到允许。马景只带了几名骑兵叩打城门说,朱全忠之兵打算返旆东归,前锋已经出发了。凤翔守军信以为真,大开城门追赶汴梁之兵,汴梁之兵则随着马景趁虚而入,杀死凤翔之兵9000人,而马景也在此次战役中殒命。后来朱全忠与李茂贞讲和,季兴由此声名大震,朱全忠以他为颍州(今安徽阜阳)团练使,这时季兴恢复了高姓。初露锋芒的高季兴,此时已踌躇满志,打算成为独霸一方的诸侯了。

唐朝末年天下混乱,兵戈扰攘,盘踞襄州(今湖北襄樊)的军阀赵匡凝攻破荆南(今湖北江陵)的雷彦恭,以其弟匡明为留后。但席不暇暖,朱全忠之兵又攻破了襄州,匡凝、匡明兄弟相继逃走,而雷彦恭又借来朗州(今湖南常德)之兵攻打荆南,当时的留后贺瑰闭城自守,朱全忠认为他怯懦,不足成事,命季兴为荆南节度观察留后以代之。迨至朱全忠篡唐建立后梁,始正式任命高季兴为荆南节度使。荆南原来管辖10个州,物产丰饶,百姓殷实,但唐朝末年,藩镇混战,兵燹不断,荆南节度使所辖只剩下1座江陵城,其他城池已为别道藩镇攘夺而去。季兴到了江陵见到的是颓垣断壁，满目疮痍，井邑凋零，人烟稀少。他召集流亡，垦荒种田，百姓皆从四方奔至，江陵城算是焕发了生机。

朱全忠为子友珪所弑，友珪刚刚即位，又为友贞所杀，后梁大乱，国力急遽下降。盘踞荆南的高季兴始有独霸一方，称雄荆南之志，于是鸠工庀匠，修治城堑，添设楼橹，增筑江陵外城，建雄楚楼、望江楼以作捍御之用。为修缮城池，执畚锸的民工多达十几万人，无论是士庶官员皆得服役，无一能免。为扩大势力范围，高季兴派兵攻打归（今湖北秭归）、峡（今湖北宜昌）二州，为前蜀所败，再攻打襄州，也被击败，遂拒绝向后梁朝贡。梁末帝朱友贞雍容大度，不念旧恶，封他为渤海王，赐以衮冕剑珮，季兴这才又恢复了朝贡。羽翼既丰，季兴便不把朝廷放在眼里，聚敛钱财造战舰500艘，添置兵器，招聚亡命徒，与吴国杨行密、前蜀王衍等结成掎角之势，伺机发展势力，梁末帝无力制止，只能徒叹奈何！

后梁覆亡，后唐庄宗李存勖进入洛阳，无暇他顾，下诏慰谕季兴，大臣司空薰等皆劝季兴赴京师朝觐，以博得天子的好感。另一大臣梁震认为，梁、唐世为仇敌，自夹河之战以来，双方血战20余年，积怨甚深。今后唐刚刚灭后梁，而大王乃梁朝故臣，手握重兵，身居重镇，肯定要遭李存勖猜忌，如果只身入朝，岂不是自投罗网，成为他的阶下囚！季兴不听，留两个儿子守卫江陵，率骑士300人赴洛阳朝贡。后唐庄宗李存勖果然想扣留不遣，枢密使郭崇韬进谏说，唐朝新得天下，正以恩信昭示世人，如今四方诸侯相继入贡，不过是派遣子弟将吏，只有高季兴以身述职，为其他藩镇做出了表率，应该加以褒奖，才能敦劝其他人入朝，如今反而羁縻不遣，这不是明摆着要堵塞四方藩镇入贡之路吗？臣窃以为不可。李存勖以为说得有理，厚加赏赐，遣他归藩。临行之前，存勖问季兴：我已灭梁，下一步欲征伐吴、蜀，依你之见，先讨伐谁人？

季兴毫不迟疑地说,当然是蜀,陛下如果攻蜀,臣愿率本道之兵为先锋。这种恰到好处的阿谀奉承使庄宗大为高兴,赞同地同手拍拍他的肩膀,季兴命绣工绣庄宗李存勖的手迹于衣服上,逢人便到处炫耀,说自己如何得到中原天子的信任。

其实,高季兴刚刚离开洛阳,李存勖便后悔不已,此次纵虎归山,他日必将酿成心腹之患,于是秘密下诏给襄州的守将刘训,让他在高季兴路过时扣留。季兴行至襄州,已是暮色苍茫时分,正欲找刘训叙旧投宿,忽又怦然心动,不再停留,斩关夺隘而出。两个时辰以后,朝廷扣留季兴的诏书才到襄州,而高季兴早已快马加鞭,回到江陵了。他心有余悸地对梁震说,未采纳你的意见,几乎使我成为别人刀俎上的鱼肉。我此次赴洛阳有两个失误,去朝觐天子是一失,而天子放我回归也是一失,彼此均失。天子身经百战才夺得中原,对功臣矜夸手抄《春秋》,又说我于手指上得天下,得意之情,溢于言表。但天子又荒于游玩田猎,政事多废,无心兼并天下,荆南虽小,暂时无亡国之虞矣。从此缮城积粟,招纳后梁时失散的旧兵,以为战守之备。庄宗李存勖得知高季兴安然回到江陵,便做了个空头人情,封他为南平王。

后唐派魏王李继岌率兵攻打前蜀,高季兴自告奋勇,要求以本道兵夺取夔(今四川奉节东)、忠(今四川忠县)、万(今重庆万州)、归(今湖北秭归)、峡(今湖北宜昌)等州,庄宗于是以季兴为峡路东南面招讨使,让他尽快出兵,而高季兴嘴上说是出兵,实际上却按兵不动,观察形势。唐庄宗多次催促,才慢腾腾地进攻施州(今湖北恩施),不料被蜀兵打败,仓皇逃遁。魏王李继岌善于用兵,连下数城,王衍只得上表乞降。他"自兴师出洛至定蜀,计七十五日,走丸之势,前代所无"。继岌派部将韩洪押送蜀中珍宝金帛浮江而下,行至峡口(今湖北宜昌市西长江西陵峡口),突然传来了庄宗李存勖被弑的消息,李继岌行至渭南(今属陕西),得知父亲被杀,也自缢身亡。趁着天下混乱,中原无主的机会,高季兴埋下伏兵,杀死了韩珙,将珍宝金帛悉数掠走。迨至明宗李亶嗣位,诘问季兴杀人越货之事,季兴以无赖的口吻回答说,韩珙乘船浮江而下,一路急流险滩甚多,船覆人亡,亦是常事。陛下若欲知详情,请询问水神。明宗勃然大怒,削夺了他的官爵,派襄州刘训为招讨使攻打江陵,但江陵卑湿,又值淫雨连绵,将士染疾者甚多,刘训只得返旆而还,但后唐的另一支部队却攻克了夔、忠、万3州。高季兴一面向外救援,一面以荆、归、峡3州称藩于吴国。楚国马殷虽然也派兵进攻江陵,但楚国大将王环却说,江陵地理位置在中原、吴、楚之间,是四战之地,应该保存这一块地方,作为我们的屏蔽。楚王马殷认为此话有道理,没有再继续进攻,虽然后唐多次催促楚国攻打高季兴,马殷也是虚与委蛇,应付了事。因此,荆南虽小,却能在夹缝中生存下来。

高季兴虽是起起武夫,却谦恭下士,喜欢结交宾客,游士、缁流慕名来投者,无不倾怀结纳,诗僧贯休,齐己都揽入幕中。贯休本唐末婺州兰溪(今属浙江)人,后出家为僧。他在云游四方时,得罪了节度使成汭,被流放黔中,后来到了江陵,季兴久闻其名,被安置于龙兴寺中,并不时召见。当时来江陵游览并谒见高季兴者甚多,他们交谈时都说荆南政治腐败,官吏酷苛,贯休也按捺不住,写了一首《酷吏词》:

> 霰雨潇潇,风吼如劚。有叟有叟,暮投我宿。吁叹自语,云太守酷。如何如何,掠脂斡肉。吴姬唱一曲,等闲破红束。韩娥唱一曲,锦段鲜照屋。宁知一曲两曲歌,曾使千人万人哭。不惟哭,亦白其头,饥其族。所以祥风不来,和风不复,

蝗兮蟹兮,东西南北。

季兴览诗虽不高兴,但未治贯休的罪,也算得上是宽洪大量的君王了。季兴以弹丸之地,施展纵横捭阖之术,竟能在诸多强国中觅得一块安身立命之地,不能不说是一个有才能之人。《十国春秋》说他"以一方而抗衡诸国间,或和或战,戏中原于股掌之上,其亦深讲于纵横之术也哉!"洵非虚语!

高季兴戎马一生,于71岁时病逝,葬于江陵城西龙山乡。他有9子,长子高从诲继立。他为人明敏,多权计。他认为父亲与后唐绝交并非明智之举,倘遭讨伐,损失便多,于是请楚国马殷从中斡旋,自己也派人向明宗献赎罪银,求得谅解。明宗于是拜他为荆南节度使兼侍中。迨至后汉时,大将杜重威反叛,从诲趁机攻打襄州、郢州(今湖北钟祥),均大败而归,从此与中原王朝断绝关系。又怕后汉再来进攻,转而投靠南唐后蜀作附庸,以求得他们的庇护。荆南蕞尔之地,自与后汉绝交,北方商旅不至。荆南境内贫乏,物产不丰,日常用品大多靠境外舶来,如今商旅不通,货物不至,境内人倍感不便,怨嗟之声不绝。高从诲无奈,只得遣使谢罪,并进贡金银布帛等物品,后汉隐帝刘承佑才消释前嫌,下诏抚慰。后汉派国子祭酒田敏出使楚国,取道荆南,从诲殷勤款待,探问中原虚实。他认为契丹覆亡后晋,连年烽火,后汉刘知远在锋镝中建立国家,兵食皆尽,国家必然衰弱,言谈中大有讥诮田敏之意。田敏觉察出从诲有意轻慢,便侃侃而谈说,后晋时杜重威反叛,拥重兵降于契丹,契丹把降卒安置在镇州(今河北正定),并未出关北上,如今家邦肇造,后汉取代后晋,所有晋兵已全部皈依于汉,兵锋所指,所向无敌,谁说我朝软弱! 一席话说得从诲哑口无言。田敏又以印本《五经》送给从诲,从诲说,我孤陋寡闻,只知道《孝经》十八章。田敏说,提高道德修养的秘籍要诀,尽在此书中,于是诵读《诸侯》章说:"在上不骄,高而不危,制节谨度,满而不溢。"这4句本是书中之语,从海以为是讥讽他不学无术,骄奢淫逸,大为不快,但又对他无可如何,只得以大酒杯罚他喝酒。

荆南地狭兵弱,介于吴、楚之间,是十国中地盘最小者。自吴国杨行密僭号称帝,而南汉、闽、楚皆奉中原王朝正朔,每年朝贡都途经荆南,高季兴、高从海父子觊觎贡品,常常扣留使者,掠取财物。诸国若严词诘责,或派兵征伐,便放还使者,返回财物,却面无惭色。除中原王朝外,十国中不论何人称帝,高季兴父子都奉表称臣,为的是得到对方的赏赐。诸国皆鄙视之,称他们父子为"高无赖"或"高赖子",高氏父子安然受之,了无惭怍之色。到了后周显德年间,荆南掌权的是从海之子保融,他知道世宗柴荣是一代英主,且士马强悍,因此恪尽藩镇之职,除进贡金帛、土特产外,又派其弟保绅入朝为人质,柴荣甚为高兴,终后周之世,荆南没有受到干戈之扰。

赵匡胤禅代后周,在局势稳定之后,便于乾德元年(963)正月派大将慕容延钊,李处耘假道荆南,讨伐湖南。李处耘兵至襄州(今湖北襄阳),派人向荆南国主高继冲谕意。其时继冲年幼,刚嗣位不久,没有从政经验,宋军骤然压境,惊慌不知所措。大臣孙光宪进策说,中原自周世宗时已有混一天下之志,今宋朝天子气势远大,一统山河,志在必得,如若抗拒,必为齑粉。为今之计,不如以疆土归之,一则可以免祸,二则国主可不失富贵。继冲于是派叔父保寅携牛酒至荆门(今属湖北)犒师。慕容延钊一面虚与委蛇,热情款待,一面又令李处耘率轻骑数千星夜奔向江陵(今属湖北)。继冲得知消息,惶怖出迎,在江陵城北15里处与李处耘相遇。处耘命他在这里等待主帅慕容延钊,自己却率军进入江陵城了。等继冲回城,宋军已占据城内各要冲了。江陵是荆南的都城,此城既失,国家焉能不亡!继冲没奈何,只得将境内 3 州 17 县之地拱手送给宋朝。赵匡胤兵不血刃便灭亡了荆南,将偌大一片土地收入版图,好不惬意!他封高继冲为荆南节度使,其亲属也有封赠,但都不过是徒有虚名而已,真正掌权的是荆南都巡检使王仁赡。自高季兴据有荆州,又得归、峡二州,传袭 4 世 5 帅,享国 57 年。

自贻伊戚成楚囚：刘铢归宋

金锁重门荒苑静，绮窗愁对秋空。翠华一去寂无踪。玉楼歌吹，声断已随风。烟月不知人事改，夜阑还照深宫。藕花相向野塘中。暗伤亡国，清露泣香红。

——鹿虔扆《临江仙》

南汉的建立者刘隐祖籍上蔡（今属河南），祖父安仁，以经商为业，携妇将雏迁徙闽中。卜居于泉州（今属福建）马铺，死后葬在那里。安仁之子刘谦，初为广州牙将，唐末乾符年间，黄巢起义军攻破广州，转掠湖南、湖北，广州守将秉明朝廷，升刘谦为封州（今广东封开县东南封川镇）刺史、贺江镇遏使。刘谦颇有心计，他知道兵荒马乱之际，只有兵马强壮，才能割据一方，称王称霸，于是着意操练兵旅，7年时间便有兵万人，战舰百艘。刘谦死后，由其长子刘隐继任。岭南节度使刘崇龟病逝，唐昭宗以宗室薛王李知柔镇守南海。知柔行至湖南，广州牙将卢琚、谭弘玘发动叛乱，知柔不敢前进，滞留湖南。谭弘玘、卢琚得手后，卢琚留守广州，谭弘玘则出守端州（今广东肇庆）。他知道刘隐握有兵柄，倘能结成联盟，便可横行岭南，于是派人向刘隐示意，愿将女儿嫁他为妻。刘隐洞悉谭弘玘是鼠窃狗偷之辈，成不了气候，便假装答应，择吉日迎亲，暗中挑选精悍士兵埋伏舟中，顺流而下，在一个月黑风高之夜，悄悄抵达端州，破关斩隘而入，那卢弘玘尚在睡梦

天下江山归一统

之中便成了刀下鬼。主帅既死,士兵作鸟兽散,刘隐没费多大气力便得了端州。他一鼓作气,率领舟师继续东下,又攻破了广州,将卢琚杀死。待一切都安排妥当后,刘隐派人把李知柔接到了广州,知柔任命他为行军司马。几年之后,宰相徐彦若取代李知柔,擢升刘隐为节度副使,委以军旅之事。其时已是唐朝末年,彦若软弱无能,威令不振,军政大事皆取决于刘隐。彦若死时荐刘隐代己,昭宗不允,派兵部尚书崔远继任。崔远不愿涉足瘴疠之乡,行至江陵(今属湖北)便逗留不进,以刘隐为留后,授以节钺,刘隐已是岭南的实际统治者了。当时王室闇弱,朱全忠大权在握,独揽朝纲,刘隐贿赂全忠,全忠奏请封他为清海节度使。及朱全忠篡唐,刘隐又多次上书劝进,朱全忠建立后梁,刘隐以拥戴之功被封为南平王,后改南海王,他终于名正言顺地成了岭南的统治者。

唐末天下大乱,中原板荡,岭南距中原悬远,没有干戈之扰,被士庶视为"寻得桃源好避秦"的最佳去处而纷至沓来。唐代凡谪迁官员,也多贬于岭南,其子孙卜居于此者甚多,还有仕宦岭南因黄巢之乱不能返乡者,也客居不归,刘隐皆以礼招之,罗致幕下。在他们辅佐下,定制度,重农桑,讲礼乐,广州一片欣欣向荣景象,成了一方乐土。

刘隐享年不永,38岁时便撒手人寰,由他的弟弟刘龑继位。刘龑乃刘谦庶子,初名岩,更名陟,再改名龑。他袭封南海王后并不满足,向后梁提出要求加都统衔,不久又要求改封南越王,均被拒绝,于是与后梁断绝关系,转而结交邻国。他卑辞厚礼事吴越为兄。吴越自然没有异议,又要求娶楚王马殷之女为妻,马殷也爽快答应。看着别人称王称帝,刘龑未免眼馋,自己为何不能黄袍加身当一回真天子?贞明二年(917)八月,刘龑在番禺(今广东广州)即天子位,国号大越,改元乾亨,次年改国号为汉。后梁末帝大为恼怒,命吴越王钱镠兴兵讨伐,但钱镠早已收受了刘龑的贿赂,迟迟不肯出兵,南汉得以安然无恙。刘龑本是纨绔子弟,镇日想的是吃喝玩乐,全然不知治理国家,迨到政权稳定,便流入奢靡之途,他喜欢吹牛自夸,每对北方人说,家本咸阳秦国人氏,耻作南蛮之主,称中原天子为"洛州刺史",远没有自己出身高贵。他性格凶狠,动辄杀人,挖空心思制造酷刑,有灌鼻、割舌、肢解、剐剔、炮炙、烹蒸、锤锯、汤镬、铁床等,每一种刑法都使人在痛哭呻吟中死去。或聚集毒蛇于水中,以罪人投之,美其名曰水狱。把犯人下入汤镬后,马上捞出,再撒盐醋于身上,肌体即时腐烂,但还能站立,久之乃死。每当行刑之时,刀锯交替使用,犯人血肉横飞,冤痛之声响彻殿廷,刘龑必垂帘于便殿观看,看到犯人痛苦万状之际,便纵情拊掌大笑,比之唐朝的酷吏周兴、来俊臣有过之而无不及! 暴政之外,尤喜大兴土木,修建宫殿,昭阳、秀华两殿均穷极壮丽,美轮美奂。晚年建南薰殿,梁柱皆通体透雕刻镂,地面铺以白银、椹桷(方形椽子和圆形椽子)皆裹以银,殿下设水渠,放入真珠,炎炎盛夏时也凉爽无比。又把水晶、琥珀雕琢成日、月之状,分挂东西楼上。所有宫殿都用翠羽装饰,其华丽宝贵,不啻阆苑仙葩。岭南本就盛产珠玑,刘龑即位后又西通黔、蜀,搜集珍玩,供其享乐。岭北行商每至广州、刘龑便以珍宝示之,以夸其富。他认为士人居官多为子孙着想,不可靠,于是专任宦官,导致宦官把持朝政,把好端端的国家弄得一塌糊涂!

等到刘龑的第三子刘玢继位,荒淫无耻,比乃父一点也不逊色。刘龑殡埋期间,他毫无戚楚之容,却召伶人饮酒作乐,就在乃父灵柩前笙簧迭奏,竹肉并发。他设置东西教坊,伶人多达千人,他们可以昼夜出入宫中。内常侍吴怀恩其时守卫宫禁,屡屡谏止,但刘玢置若罔闻,刘玢令宫中男女裸体嬉戏,他常与妓女微服出入平民之家,身边大臣稍忤其意,马上赐死,由是朝野缄口,噤若寒蝉。只有其弟晋王弘熙善于奉迎,选送色艺双全的美女入宫,刘玢笑逐颜开,全部接收。但除了弘熙,刘玢怀疑诸弟有图己之意,每次宴集,便命宦官把守宫门,凡入宫者皆搜索后才命进入。弘熙知道乃兄喜欢作手搏之戏,便招募了 5 个大力士学习角抵之戏,然后献给兄长。刘玢召诸王宴于长春宫,让他们观看角抵之戏。乘刘玢酒醉不省人事之际,弘熙命大力士将他杀死,连他身边的嬖幸之人也一并诛戮,一时血肉横飞,惨不忍睹。刘玢死时年方 24 岁,被谥为殇帝。

弘熙杀死了乃兄,攘夺了帝位,改名为晟。他知道自己以下犯上,以臣弑君,国中必然人心不服,便严刑峻法,以钳制众人之口。他性格执拗,与诸弟不睦,即位之后,大开杀戒,将诸弟杀戮殆尽。越王弘昌贤而有才,甚得人心,刘龑曾打算传位于他,尤遭猜忌,刘晟第一个便拿他开刀。他也设汤镬、铁床、刳剔诸刑,号曰"生地狱"。一次他喝醉了酒,把 1 个西瓜放在伶人头上试剑,结果砍掉了伶人的脑袋。次日又召见那位伶人,方知已被杀死。南汉与楚国毗邻,马氏兄弟因争王位而攻战不已,刘晟趁机出兵攘夺了楚国岭南之地,于是志得意满,不恤政事,把精力都放在了玩乐上。为方便游猎,他建造离宫千余间,如南宫、大明、昌华、甘泉、玩华、秀华、玉清等。别出心裁建造的乾和殿,铸铁柱 120 个,每柱周长 7.5 尺,高 1.2 丈。每个殿侧均设望明窗,派宫人守候,等待日晓,称之为"候窗监"。每逢宴会,刘晟独处一殿,侍宴的群臣皆结彩亭列坐殿之两旁,酒酣耳热之际,有关官员推出关在笼子里的野兽缓缓行进,笼子的两边是手执戈戟的武士,以防止野兽破笼伤人。刘晟于此时手持弓箭下殿,有人把兽笼推到殿前,放出野兽,刘晟引弓射之,戈戟并下,野兽顷刻间便血肉模糊,死于戈戟之下了,刘晟每每以此为乐。朝中大臣皆被猜疑,只相信宦官、宫人。宫女卢琼仙、黄琼艺目不识丁,却被封为女侍中,身穿朝服升堂处理政事。卢琼仙等乘机弄权,指使巨舰指挥使暨彦赟率兵入海,抢劫商贾金帛,弄得中外骚然。后周世宗柴荣攻打南唐,连战连捷,刘晟这才忧形于色,有兔死狐悲之感,派人向后周朝贡,并加紧训练士兵,以防备他日受到讨伐。南唐虽然丢失大片疆土,但社稷暂时无虞,刘晟一颗悬着的心才又平静了下来,他对左右说,人生苦短,我此生得以免于刀兵之苦足矣,何暇考虑后世安危! 于是纵酒为长夜之饮。因纵欲过度,39 岁时便一命呜呼了。

南汉的最后一位国主是刘铱,他是刘晟长子,初名继兴,袭父位后,改名为铱,改元大宝。他早岁嗣位,不谙政事,怀疑群臣皆有家室,不会尽心朝廷,只有宦官忠诚可信,便将朝政交付宦官龚澄枢、陈延寿及才人卢琼仙。朝中虽设大臣,但不预机密,不过备位充数而已。陈延寿又引女巫樊胡子入宫,诡说玉皇大帝派遣樊胡册立刘铱为太子皇帝,于是在宫中布置帷幄,罗列珍玩其中,同时还设立玉皇大帝座位。樊胡装神弄鬼,头戴远游冠,身穿紫衣、紫霞裙,坐玉皇座上,代表玉帝宣布祸福,令刘铱再拜听命,呼刘铱为"太子皇帝"。樊胡又说琼仙、澄枢、延寿皆是玉皇大帝派遣来辅佐"太子皇帝"者,即使有过错,也不得治罪。刘铱笃信不疑,唯唯听命。

宠信宦官既是南汉小朝廷的一大特色,从刘龑至刘铱,宦官人数便有增无已。刘龑时有宦官 300 余人,到刘晟时增至千余人,到了刘铱时骤增至 7000 余人,有的宦官当上了三师、三公,但官衔前均加"内"字,官阶名称约有 200 种,女官也有师傅、令仆之号,称呼朝中百官为"门外人"。群臣小有过失及士人、和尚、道士稍有才能皆下蚕室受宫刑,然后可以任意出入宫廷。从此朝廷纲纪大坏。

刘铱的残酷奢侈超过了乃祖、乃父。他曾兴建一殿,名曰万政殿,仅装饰一根柱子,便花费白金3000锭。在所居的兴王府中凿湖500余丈,名之曰药州,聚集方士在此炼药。命有罪之人移太湖中的灵璧石及三江所产巨石、浮海运至药州中以赎罪。他驭下严酷,曾自出心裁制作烧、煮、剥、剔及刀山剑树之刑,小有过失,辄课以重刑。又命罪人徒手斗虎搏象,毙命于虎口象爪之下者不计其数。他听说深海产珍珠,便于合浦县设媚川郡,强迫小民入500尺之深海采珠。他所居宫殿,一律饰以珠贝和玳瑁,果然富丽堂皇,气象非凡。又造离宫数十处,刘铱不时率群臣游幸,往往月余不归。刘铱种种倒行逆施之举,弄得民不聊生,怨声载道。

刘铱又是好色之徒。他宠信一个绰号波斯女的宫人,那女子貌黑却光艳照人,性格又聪慧乖巧,善伺人意,刘铱每次召幸,她都能曲尽媚态,刘铱甚为宠幸,赐名"媚猪",携她将离宫游历殆遍,所至之处必居住一月方才回宫。因淫欲无度,刘铱不得不让方士觅求媚药。他又选恶少年数十人入宫,与宫女性交,号称"大体双",刘铱与其他女性前往观看取乐。他又与宫女戏狎,令宫妾观看,真不知人间有羞耻事。宦官李托有两个养女,皆美艳绝伦,刘铱广选宫嫔,二女皆入选宫中,姊妹均被宠幸,长女封为贵妃,次女封为美人,宫中以汉代的飞燕、合德称之。

赵匡胤建立宋朝,奋发淬励,宵旰忧勤、欲统一天下。南汉与宋国力悬殊,刘铱却不识进退,出兵攻宋。乾德二年(964)春天,南汉兵进攻潭州(今湖南长沙),被防御使潘美击败。这年九月,潘美、尹崇珂攻克了南汉的郴州（今属湖南）。在此之前，南汉内侍邵廷琄曾向刘鋹进言：南汉因唐末大乱，无暇他顾，才安然居岭南五十余年。所幸中原乃多事之秋，干戈不及于此，实为万幸。如今兵丁不识旗鼓，国主不知存亡之忧，令人焦虑。天下大势，乱久必治，请国主训练士卒，预作准备，并派一介之使，通好于宋。刘鋹以为他是危言耸听，不纳其言。迨至宋兵夺了郴州，刘鋹这才慌了手脚，以廷琄为招讨使，屯兵洸口（今广东英德附近）。他抚循士卒，招抚亡叛，缮治甲兵，南汉百姓这才得以安枕。不料木秀于林，风必摧之，同僚中忌妒他必受重用，向刘鋹上匿名书，诬陷邵廷琄将要反叛。刘鋹不察真伪，派人就军中赐廷琄死。刘鋹自折股肱，使廷琄部下悲愤不已，纷纷上诉廷琄赤心为国，并无反状，但刘鋹不纳。廷琄部下只得立庙洸口，让他血食一方。

宋兵既克郴州，掳获南汉内侍余延业。余延业人体瘦小，柔弱不武，赵匡胤问他在岭南官职，回答是扈驾弓箭手官，赵匡胤命人授以弓箭，余延业用尽吃奶之力，仍然拉不开弓弦。赵匡胤笑问刘鋹治国之状，延业如实上奏，具言其苛酷奢靡之状，赵匡胤惊骇说，我当救此一方之民。开宝三年（970）刘鋹发兵北上攻打道州（今湖南道县），其时道州已入宋版图，道州刺史王继勋上书赵匡胤，请求趁机南伐。赵匡胤欲收一石二鸟之效，命南唐后主李煜写信给刘鋹，劝他皈依宋朝，免得宋军攻南汉之时，他萌生异志，从中掣肘。赵匡胤明白，岭南距中原甚远，山长水阔，重岭阻隔，进军不便，而且宋军连年征伐，士卒疲惫，需要休整，只让李煜遣一介之使，劝说刘鋹奉宋正朔，的确不失为一项明智之举。当然，仅凭一纸书信就让刘鋹束手就范，那是痴人说梦，不过为了考验一下南唐对宋是否忠诚，赵匡胤还是派人给李煜送去了诏书。

至于让谁挂帅去攻打南汉,宋朝君臣意见不同。赵匡胤之弟、晋王赵光义认为,王全斌攻灭后蜀已积有经验,不妨仍让他领兵。赵匡胤则愤愤地说,王全斌平蜀时军队荡无纪律,掳掠烧杀,弄得两川骚然,民怨沸腾,全师雄才乘机作乱,费了很大周折,才将叛乱敉平,此等人决不可重用。赵光义等才无话可说。赵普建议起用潘美为将。一来他智勇双全,是周世宗时的宿将,二来他正担任潭州(今湖南长沙)防御使,其防地毗邻南汉,多次与南汉交锋,均大胜而归,熟悉敌情,可以稳操胜券。赵普说得入情入理。赵匡胤、赵光义均无异议,此事便定了下来。

再说李后主接到赵匡胤的诏书,丝毫不敢怠慢,当即命中书舍人潘佑起草书信,潘佑笔走龙蛇,很快拟就了一封措辞恳切的书信,后主派懂得粤语的给事中龚慎仪送去。正当龚慎仪准备登程时,潘佑却又进谏说,宋朝此举分明是个圈套,引诱江南上当。由宋朝直接晓喻刘铱,简捷方便,为何要绕山绕水,再假江南之手?况且宋朝要一统天下,今日灭了南汉,下一个就要轮到江南了,江南与南汉实在是休戚与共,唇亡齿寒,不可不虑。但李煜认为,江南事宋,犹如子之事父,一片悃诚,宋朝进攻江南没有借口。钢刀虽快,不斩无罪之人,宋朝岂能无情无义?当然后来的事实证明,李煜的想法不过是一厢情愿而已。

南汉与南唐素无交往。忽见南唐送来书信,刘铱不胜诧异,打开看时,只见上面写道:

> 煜与足下叨累世之睦,继祖考之盟,情若弟兄,义敦交契,忧戚之患,曷尝不同。每思会面而论此怀,抵掌而谈此事。交议其所短,各陈其所长,使中心释然,利害不惑,而相去万里,斯愿莫伸。

刘钑脸上露出一丝笑容，用手轻敲几案，喃喃自语：人言李煜才华盖世。看来并非虚妄之语。开头这几句如同围炉絮语，给人以亲切之感。他接着再读下去：

> 今则复遣人使罄伸鄙怀，又虑行人失辞，不尽深素，是以再寄翰墨，重布腹心，以代会面之谈与抵掌之议也。足下诚听其言如交友谏争之言，视其心如亲戚急难之心，然后三复其言，三思其心，则忠乎不忠，斯可见矣，从乎不从，斯可决矣。

刘钑读到这里，大惑不解，自己与李煜并非倾盖之交，李煜这一番云遮雾绕的话用意何在？为何此时急于进肺腑之言？读到最后，才知道他是劝南汉归附宋朝：

> 地莫险于剑阁，而蜀亡矣；兵莫强于上党，而李筠失守矣。窃意足下国中必有矜智好谋之臣，献尊主张国之策，以为五岭之险非可遽前，坚壁清野，绝其馈道，依山阻水，射以强弩，彼虽百万之兵，安能成功？不幸而败，则轻舟浮海，犹足自全，岂能以万乘之主而屈于人哉！此说士之常谈，可言而不可用。异时王师南伐，水陆并举，百道俱进，岂暇俱绝其馈道，尽保其壁垒？或用吴越舟师，自泉州航海，不数日至足下国都矣。人情汹汹，则舟中皆为敌国，忠义效死之士未易可见，虽有巨海，孰与足下俱行乎？敢布腹心，惟与大王熟计之。

读到这里，一股无名火在刘钑胸中升腾，李煜是在长宋朝志气,灭自己威风,南汉尚未与宋朝交兵,怎知南汉必败?又怎能预卜我会乘槎浮海逃命?真是一派胡言!刘𬬮越想越气,下令把龚慎仪投入牢中,另写了一封措辞刻薄的信给李煜。李煜即刻派人呈送赵匡胤,赵匡胤知道南汉不能传檄而定,遂决意南征。

开宝三年(970)九月,赵匡胤以潭州防御使潘美为贺州道行营兵马都部署,朗州(今湖南常德)团练使尹崇珂为副。道州(今湖南道县)刺史王继勋为行营马军都监,率军赴贺州城下。南汉将领多以谗言被杀,宗室有才干者已被翦灭殆尽,掌兵者多是不谙韬略的宦官之辈,城墙外的壕隍已辟为宫馆池沼,失去了拱卫城市的作用。由于士兵常年不习干戈,弓箭刀枪锈迹斑斑,已腐朽不可用。乍闻宋师来攻,内外震恐,贺州(今广西贺州市东南)刺史陈守忠忙派人向刘𬬮告急。刘𬬮命龚澄枢往贺州宣慰将士。贺州守卒戍边多年,一个个都贫窭不堪,以为澄枢此来必大加犒赏,莫不欢呼雀跃,谁知澄枢只是空诏抚谕,没有一钱之赏,士兵人心涣散,不肯尽力抵御,眼看着宋兵攻占了芳林渡(今广西贺州市南富川江南岸),离贺州只有咫尺之遥了。龚澄枢惶惧不已,乘轻舟遁归广州,宋兵随即包围了贺州。

刘𬬮闻知南汉兵败退,忙召集众大臣商议御敌之策。众人异口同声,都推荐潘崇彻率兵抵御,而潘崇彻却推辞说自己有目疾,无法掌兵。原来他率兵驻扎桂州(今广西桂林)时,有人诬告他心怀异志,刘𬬮派人查问,并交代说,如崇彻果有异志,可就军中斩首。那人回来说,崇长在军中领伶人百余,身穿锦绣,手拿长笛,且歌且舞,并罗列酒浆,作长夜之饮,不恤军政。其实这都是诬陷。刘𬬮也不察真伪,竟免了崇彻之职,崇彻快快不快,因此这次不肯应命。刘𬬮无法,只得改派伍彦柔领兵前往贺州。

潘美得知伍彦柔前来,埋伏奇兵于河岸边,单等南汉兵入瓮。

伍彦柔领兵至此，已是夜半时分，他没有派人查勘地形，便命令部队驻扎在河南岸，他乘坐的船也停泊在岸边。次日，晨光熹微时分，伍彦柔悠闲地挟着弹弓登岸，坐在胡床（一种可以折叠的轻便坐具）上指挥作战。宋朝伏兵突起，把南汉军队截成两段，此时的伍彦柔乱了方寸，指挥不灵，部队大乱，5万人马，死伤十之七八，伍彦柔也被宋军俘获，枭首示众，贺州落入了宋军手中。潘美乘着缴获的战舰，扬言要顺流而下，夺取广州。刘鋹忧惧不已，计无所出，窘急中以潘崇彻为都统，领兵3万，屯于贺江（今广东、广西之间西江支流贺江）。潘美却领兵径趋昭州（今广西平乐西北），连拔桂（今广西桂林）、连（今广东连州市）两州。刘鋹对身边大臣说，昭、桂、连、贺等州本属湖南，非我南汉领土，如今已被宋兵夺去，大概他们已心满意足，不会再南下了。

　　但是这只是刘鋹的一厢情愿，宋兵继续挥戈南下，刘鋹无法，只得任命李承渥为都统，领兵十余万，列阵于韶州（今广东韶关）的莲花峰下。李承渥统领的是象兵，每只象乘坐士兵十余人，各执兵刃坐在象背上。凡遇作战，必先驱大象在军阵前示威，以震慑对方。潘美集中劲弩，命士兵射象，大象忍不住疼痛，四散奔窜，乘象的士兵被颠于象下，自相践踏，死者无数。北汉兵大败，李承渥仅以身免，宋兵未觉多大力气，便占领了韶州。刘鋹惊得魂飞天外，命令在广州东门挖掘城壕。顾环诸将中已无将可派，宫中老媪推荐她的养子郭崇岳可以为将，刘鋹便任命他为招讨使，与大将植廷晓统军6万屯于离广州只有数十里之遥的马迳，树立栅栏，抵御宋军。潘美屯兵休整，未再进攻。

　　开宝四年（971）正月，潘美等破英（今广东英德）、雄（今广东南雄）二州，南汉都统潘崇彻率兵来降，潘美乘胜进军泷头。刘鋹遣使请和，并请缓师不攻。潘美进兵马迳，在离广州只有10里的双女山下驻扎。刘𬬻闻知宋朝已兵临城下，忙搜集了船舶十余艘，满载金银珠宝，打算浮海而逃。谁知还未及登船，船只已被宦官乐范盗走。刘𬬻无奈，只得命左仆射萧漼到潘美军门投降，潘美随即派人将萧漼送往汴京，自己屯兵广州城外。刘𬬻又派其弟保兴率百官迎降，为郭崇岳所阻，重新派保兴率兵抵御，作困兽之斗。植廷晓知道领兵抵抗，徒劳无益，但又不能违拗命令，只得领前军据水而阵，令郭崇岳殿后。潘美挥军前进，如汤沃雪，南汉兵大败输亏，又纵火焚烧南汉兵木栅，一时万炬俱发，烟尘张天，植廷晓、郭崇岳皆死于乱兵。龚澄枢、李托等以为宋朝攻打南汉，是为了抢掠南汉珠宝，如悉数焚毁，只留空城，宋兵必不能久驻。于是刘𬬻下令放火，可怜府库宫殿，一夕之间俱化作了灰烬。次日，刘𬬻衔璧出降，潘美率军入城，俘南汉宗室、官属，悉送汴京。有宦官百余人盛服请见，潘美认为南汉社稷就断送在这帮宦官手里，全部处斩。宋军此次平南汉，共得州 60，县 214，户 17 万。

刘𬬻一行被送往汴京，居住在玉津园。赵匡胤派参知政事吕余庆责问他反复无常及焚烧府库之罪，刘𬬻归罪于龚澄枢、李托。次日，刘𬬻一行颈项上系着白绸被牵至太庙、太社，作献俘之礼。然后，赵匡胤登上明德门，命刑部尚书卢多逊宣读诏书，再次责备刘𬬻。刘𬬻辩称，臣即位时才 16 岁，龚澄枢等乃是先朝旧人，臣每事不得自专，在南汉时臣是臣下，龚澄枢是国主。龚澄枢犹喋喋不休争辩不已，先期降宋的南汉大臣王珪手批澄枢之颊，直唾其面，历数其罪，澄枢才承认自己有罪，结果他和李托被杀。赵匡胤释刘𬬻之罪，赐以冠带、器币、鞍马，授检校太保、右千牛卫大将军，封恩赦侯。

刘𬬻虽以腐败亡国，但身材魁梧，有口辩，能诙谐，善于编织奇巧之器。入宋以后，闲居无聊，曾用珍珠编织成鞍鞯之状，联结起来像一条游龙，极其精妙，编织好后，献给赵匡胤。赵匡胤传示后宫，皆叹其精巧，无人能比。赵匡胤一面命人给钱以偿其值，一面教育臣下说，刘铱算得上能工巧匠，且乐此不疲，如果能把这种功夫用在治理国家上，岂能这么快亡国，你们可要汲取这个教训啊！

　　一次，赵匡胤在讲武池宴请文武百官，他乘着肩舆，带着数十个随从先至，其他官员未到，刘铱却早早赶来了。赵匡胤那天甚为高兴，命人赐刘铱一杯酒，刘铱以为是毒酒，惊骇得泪流满面，伏地叩头说，臣承父祖基业，拒绝过陛下的招抚，导致王师讨伐，罪该万死。蒙陛下不杀之恩，今日幸见太平，当一名大梁布衣足矣。臣愿苟延残喘，以全陛下之恩，实不敢饮此酒。赵匡胤朗声大笑，取酒自饮，另赐刘铱它酒。刘铱惭愧得顿首相谢。至太宗朝，刘铱去世，葬于韶州城北 6 里的王山。

城头变幻大王旗：北汉覆亡

圣明神武尚营边，我是何人不控弦。

身着貂裘随十万。心思白社隔三千。

云沉古戍初寒日，雁下平陵欲雪天。

却为恩深归未得，许随车骑勒燕然。

——张祐《冬日并州道中寄荆门舍》

北汉是五代十国中最后覆亡的王朝。他的建立者刘崇（一名刘旻）是后汉建立者刘知远（一名刘暠）之弟。其先祖为沙陀人。刘崇年少时是一个流氓无赖，酗酒成性，日日赌博，不务正业。刘知远任后晋的河东节度使时，署刘崇为马步都指挥使。知远篡后晋即位为帝，命刘崇镇守太原，为太原尹。后汉隐帝刘承祐继位，以叔父刘崇为河东节度使，累加兼中书令，倚他为长城。

承祐即位时刚刚 19 岁，还不到弱冠之年，骤登大宝，不娴政事，朝廷大权操在枢密使郭威手中。郭威有功于社稷，但与刘崇不睦，二人不相往来。刘崇见郭威权势日隆，不由得由妒生忿，由忿生怒，在太原招募亡命之徒，缮完兵甲，朝廷命令，从不执行，在辖区内横征暴敛，弄得百姓怨声载道，而刘崇却充耳不闻，我行我素。

乾祐三年(950)，20 岁的刘承祐遇弑身亡，刘崇闻讯，打算从太原起兵争夺帝位，而足智多谋的郭威却放出风声说，自己绝无称帝之意，一定拥立刘崇之子刘赟为帝。其实，朝中大臣皆知郭威所说并非肺腑之言，但刘崇却笃信不疑，对部下说，我儿既立为帝，我还有何求，于是撤兵而去。郭威少时贫贱，曾在脖子上刺了一只麻雀，因此人称郭雀儿。他指着脖子对刘崇的使者说，自古至今岂有雕青天子？请转告明公，天子之位非明公之子莫属，我一定拥戴他即位。刘崇闻言，更加沾沾自喜。当局者迷，旁观者清，太原少尹李骧劝刘崇勿听信郭威之言，应率兵直下太行山，控制孟津要隘，观察朝中局势。刘崇暴跳如雷，大骂李骧离间父子关系，立刻将其斩首，他的妻儿也一并死于非命。郭威在澶州（今河南濮阳）发动兵变，黄袍加身，刘知远皇后李氏只得含泪答应他禅代后汉，她无可奈何地说："老身未终残年，属兹多难，惟以衰朽，托于始终。"凄婉之情，溢于言表。郭威既即帝位，是为周太祖，刘赟被降为湘阴公。刘崇知儿子凶多吉少，忙请求郭威放刘赟回太原，郭威当然不肯纵虎归山，不久便不明不白地死去。刘崇痛哭流涕，为李骧立祠，四时祭祀。

　　既与郭威反目，刘崇索性自立为帝，定国名为汉，以子承钧为太原尹，判官郑珙，赵华为宰相。他自知势力单薄，不足与后周抗衡，便派人至契丹寻求庇护，辽世宗兀欲与刘崇结为父子关系，册封他为大汉神武皇帝，册其妻为皇后。迨至周太祖郭威病逝，由养子柴荣继位，是为世宗。刘崇见柴荣新立，主少国疑，必不能出兵，此乃灭亡后周的大好机会，于是向契丹乞师，其时辽国主政的是辽穆宗耶律璟，他派大将杨衮率骑兵万人会合奚兵五六万人，号称10万，刘崇自率兵3万，双方会师于晋阳（今山西太原），然后直扑潞州（今山西长治）。兵来将挡，水来土遁。柴荣对宰相冯道说，刘崇以为我年少新立，且国有大丧，必不能出兵，但善用兵者出其不意，以我兵力之强，必能克敌制胜。冯道却喋喋不休，以为不可御驾亲征。世宗说,唐太宗平天下,无论敌人大小,皆亲征。冯道摇摇头说,陛下比不得唐太宗。世宗又说,刘崇所率乃乌合之众,如遇我师,必如山压卵,溃不成军。冯道又阻挠说,陛下能作得山否?世宗大怒,拂袖而起,决意亲征。柴荣率军迤逦来至高平(今属山西),与北汉、契丹的军队遭遇。一番恶战,刘崇大败输亏,全军覆没,他惨淡经营多年,积聚起来的辎重、器甲、乘舆皆落入周军之手。刘崇只得更换服装,穿一袭褐色衣服,头戴斗笠,装扮成农夫模样,骑着契丹所赠的黄骝马,率领着百余人的残兵败将,没命狂奔。眼看到了落日熔金,暮云合璧时分,刘崇一行在山谷中迷了路,左盘右旋,找不到路径,急忙在荒山僻野中觅得一农夫作为向导,但那位农夫却误把刘崇带到了晋州(今山西临汾)境内,行走百余里,方才发觉。刘崇一怒之下杀死向导,昼夜兼程向太原进发。一路上狼狈万状,有时刚刚举筷吃饭,忽传周兵将至,便仓皇逃窜。刘崇年老力衰,连日奔波,疲惫不堪,费尽了千辛万苦,才回到太原。萧萧马鸣,悠悠旆旌,周世宗柴荣不慌不忙来到太原城下,将城围得水泄不通,刘崇深沟高垒,不敢迎战,一月之后,柴荣才撤军而去。从此,刘崇忧惧交并,恹恹成疾,显德二年(955)便一病不起,终年60岁。由他的次子刘承钧继位,后来更名为刘钧。

建隆元年(960)四月,赵匡胤刚刚即位,潞州的李筠反叛,刘钧率兵帮助李筠,但李筠很快被宋朝平定,刘钧只得引兵而归,北汉宰相卫融逃跑稍迟,被宋兵俘获。赵匡胤诘问卫融,为何教唆刘钧举兵助李筠反叛,卫融从容回答说,犬各吠非其主,臣家四十余口,皆依靠刘钧生活,诚不忍相负。陛下宜速杀臣,臣必不为陛下所用。纵不杀臣,臣也会逃往河东。赵匡胤大怒,命人以铁树击其首,卫融登时血流满面,他并不畏惧,仰天大呼:臣得死所矣,快哉,快哉! 赵匡胤见他是个硬汉子,称赞他是忠臣,倘若收入麾下,必定会为宋朝效力。于是下诏松绑敷药,并让他给刘钧写信,劝其皈依宋朝。刘钧不予理会。赵匡胤知道,仅凭一纸书信,刘钧不可能率并(今山西太原)、汾(今山西汾阳)、忻(今山西忻县)、代(今山西代县)、岚(今山西岚县)、宪(今山西静乐)、隆(今山西祁县东南)、沁(今山西沁源)、辽(今山西左权)、麟(今陕西神木北)、石(今山西离石)等 11 州之地来降,他之所以如此,不过是想制造声势,借以涣散瓦解北汉人心而已。

赵匡胤打算用兵北汉,但又举棋不定,遂秘密至大将张永德处征询意见。张永德久历兵戎,老成持重,他认为太原兵虽少,但很强悍,加上结契丹为奥援,仓猝之间恐未易攻取。为今之计,应每岁多派游兵,骚扰其农事活动,使其寝食不安,再想法离间契丹与北汉的关系,若契丹不再援助北汉,我朝就可放心大胆对北汉用兵了。赵匡胤又想起了"雪夜访普"时赵普先南后北那一番话。原来赵匡胤即位后喜欢微服出游,借以了解风俗人情,曾多次造访功臣阀阅之家,都是不期而至。他去赵普家最多,因此,赵普在退朝回家之后,也不敢马上脱掉朝服。一日天降大雪,漫天皆白,暮色苍茫之际,赵普正欲就餐,便听见有急切的敲门声,慌忙开门看时,只见赵匡胤已立于门外风雪之中多时了。赵普连连谢罪说,微臣不知圣驾来临,接驾来迟,还乞恕罪。赵匡胤莞尔一笑说,朕与爱卿君臣契合,何必有这么多繁文缛节? 朕已约晋王(即宋太宗赵光义)一起来卿家了。话还未完,赵光义已踏着积雪,如约而至。赵匡胤兄弟一进入赵家,只见堂上重茵铺地,炭火烧得正旺。赵普之妻见天子到来,便亲自下厨烫酒炙肉。赵匡胤与其家人早已稔熟,便称赵普之妻为嫂,赵普之妻受宠若惊,连忙答应。片刻工夫,桌上便摆满了美酒佳肴。君臣席地而坐,开怀畅饮,赵普小心翼翼地问:雪虐风饕,陛下为何于此时降临寒舍?赵匡胤呷了一口酒说,天下之大,一榻之外,皆属他人所有,朕每夜都不能安枕,故而才来卿家讨教啊!赵普谦恭地说,陛下言重了,微臣不敢当。赖陛下神威,王师连克荆南、后蜀,如果此时扫穴犁庭,南征北伐,此其时也,不知陛下打算先攻哪家?赵匡胤故作踌躇不决之状,有顷才说,北汉主刘钧勾结契丹,多次骚扰边境,北方边陲几无宁日,朕意欲先拿他开刀。赵普沉吟半晌说,陛下所言,自然不错,但揆情度理,微臣不敢苟同,想来晋王也未必首肯。赵匡胤赞许地说,卿试言其详,朕愿闻谠言高论。赵普摊开双手,侃侃而谈:这个道理并不深奥,陛下应当明白。太原挡着北方的契丹和其他敌人,是我朝北方边陲的天然屏障,如果此时灭了北汉,西北方的边患就只有我们去抵挡了,为什么不等到削平群雄之后,再来收拾太原呢?到那时我朝可以游刃有余,稳操胜券,太原只是弹丸黑子之地,还怕他插翅逃脱不成?赵匡胤惬意地纵情大笑说,朕意与卿不谋而合,正所谓英雄所见略同,适才不过是聊以相戏耳!宋朝先南后北统一全国的策略即出于此。

既然赵普、张永信都认为此时不能马上进攻北汉,便采纳张永德的建议,先派小股部队骚扰北汉。这年九月,宋昭义节度使李继勋率师入北汉边界,烧平遥县(今属山西),掳掠其众,俘北汉百姓数百人,赵匡胤为安抚人心,下令悉数放还。但1个月之后,晋州钤辖荆罕儒在进攻北汉时却遭遇了灭顶之灾。原来荆罕儒恃勇轻敌,常孤军深入北汉境内,北汉守将畏其威,多闭垒不出,罕儒卤获甚多。他见北汉兵一味退避,便率领千余骑兵直抵汾州城下,一把火烧了汾州的市廛,才返旆而还。这天晚上驻扎在京土原,疏于防备,刘钧派大将郝贵超率万人来袭。次日晨光熹微时,荆罕儒才发现了敌兵,忙派副使阎彦进抵御,自己顶盔贯甲正吃早饭,听说彦进退却,便挥戈冲入敌阵,北汉兵攒戈击之,罕儒被击中坠落马下,犹格斗不已,杀北汉兵十余人,被乱兵杀死。荆罕儒是宋朝骁将,赵匡胤悲痛不已,将阎彦进贬官,斩其部下不用命者29人。

四郊多垒,边陲不宁,北汉主刘钧本应励精图治,他却浑浑噩噩,迫害忠良。他有个宠姬郭氏,乃是医僧之女,僧人与一孀妇暗通而生郭氏,生得天姿国色,艳冶无匹,刘钧欲立为妃,枢密使段常认为郭氏出身微贱,不可母仪天下,刘钧才未册立。郭氏的昆弟姻亲也多抑而不用,他们对段常恨之入骨。刘钧的宿卫官员谋反被杀,硬说段常也参与了谋反。刘钧不问究竟,先是贬段常为汾州刺史,然后又将他处死。段常死非其罪,国人都替他喊冤。从此人心涣散,都不肯为刘钧效力了。宋军王全斌所部趁机攻取北汉乐平(今山西昔阳),更名为平晋军,以降卒为效顺军,赐给钱帛,于是,静阳寨等18寨相继降宋。北汉不甘心失地,与契丹兵合势夺取平晋军。赵匡胤命洺州(今河北永年东南)防御使郭进、濮州防御使张彦进、客省使曹彬、赵州(今河北赵县)刺史等领步骑万余人救之。郭进军纪严明,有功必赏,有过必惩,因此士卒用命,每入北汉境打仗,往往得胜。赵匡胤每派遣戍卒,必告诫说,你等当谨慎奉法,勿触犯律条,朕可以赦你等之罪,要是犯到郭进手里,就必死无疑了。有一次赵匡胤选派御马直30人到郭进帐下压阵,适逢与北汉军作战,这些人贪生怕死,往往临阵退缩,郭进立斩十余人,剩下的人自恃是天子身边派来的,便向赵匡胤告了御状。赵匡胤正在便殿观看军事操练,见了奏章,厉声训斥说,御马直千百人中才挑选出一至二人,你们不听郭进节度,郭进应该诛杀。你们尚且如此,从乡村中遴选的士兵就更不足恃了。于是暗中派人晓谕郭进说,宿卫之士仗着亲近天子,骄倨不听命令,你杀得对。郭进感动得泪流满面。有一个低级军官跑到京城告御状,说了郭进许多不法之事。赵匡胤并不相信,对身边大臣说,此人所诉之事多非事实,郭进对下属要求甚严,此人必定犯了过错畏惧惩罚,因此才恶人先告状,诬陷郭进的。便命人把此人押回郭进处,让他诛杀之。郭进对那人说,你敢去京城告我,还算有胆量。我今日不治你的罪,如能打败贼寇,我便荐你于朝,授你官职,如果打了败仗,可往彼投降,不要再来找我了。那名军校踊跃听命,果然奋勇杀敌,立下了功劳。郭进当即奏明天子,擢升他的官职。

刘钧自知不是宋朝对手,恐怕宋军来攻,遂以赵文度为宰相,又召抱腹山人郭无为与五台山僧人继颙参与国事,想通过这一举措振兴北汉。但赵文度与郭无为往往意见相左,无法同朝共事,刘钧把文度贬谪汾州,由郭无为独自把持朝政。契丹责备刘钧不禀命擅改年号,私自帮助宋朝叛臣李筠,杀忠臣段常 3 宗大罪,两国关系疏远,契丹不再派遣使臣,而北汉派往契丹的使臣则往往被扣留不遣。赵匡胤趁机派曹彬、李继勋等骚扰北汉边境,攻入辽州、石州,北汉辽城刺史杜延韬率部下士兵 3000 人降宋,不久,北汉又夺回辽州,双方形成了胶着态势。

开宝元年(968)七月,刘钧一病不起,由养子继恩嗣位。赵匡胤曾命人给刘钧捎信:君家与后周是世仇,因此不向后周屈服,朕理解这一点。但我朝与你朝并无恩怨,只为统一中国,才使这里一方人困顿不堪。你朝若有志于统一中国,应该东下太行山决一胜负!刘钧也派人回话说,河东土地、甲兵不能与中原匹敌,也无意与宋朝抗衡。但我家并非叛乱者,守此区区有限之土,是害怕祖先传下来的基业毁在我手里,还请大朝天子鉴谅!赵匡胤听了,顿生恻隐之心,对传话人说,烦你转告刘钧,朕给他开一条生路。因此,终刘钧之世,宋朝只派兵骚扰边境,没有大举进攻。如今刘钧已死,赵匡胤又派李继勋攻北汉,宋军一路攻杀,夺取了汾河桥,直逼太原城下,焚毁了延夏门。此时北汉发生了内乱,刚刚继位的刘继恩知道郭无为跋扈不臣,打算将他逐出朝廷。郭无为则怂恿供奉官侯霸荣杀死刘继恩,再派人杀死侯霸荣以灭口,然后立继恩之弟继元为君。继元甫即位,便派人向契丹求援,契丹派大将挞烈来救。赵匡胤则劝谕刘继元投降,答应授予平卢节度使之职。又暗中晓谕郭无为,如肯皈依,授以邢州节度使之职,郭无为怦然心动,劝刘继元纳款,刘继元不从。赵匡胤又派间谍惠璘假称殿前指挥使,因获罪逃奔北汉,郭无为知是宋朝来的奸细,封他为供奉官。及至宋兵入境,惠璘欲迎宋军,行至岚谷(今山西苛岚县),被北汉兵发觉,一条绳子缚了送回太原,刘继元令郭无为审问,郭无为释而不问。有个叫李超的官员,打听到了惠璘的底细,上告给刘继元,郭无为则杀死李超以灭口。李继勋得知契丹兵援助北汉,引兵而归,北汉兵大掠晋(今山西临汾)、绛(今山西新绛)二州。

　　李继勋劳而无功,赵匡胤很不甘心,打算亲征太原。大臣魏仁浦认为欲速则不达,应慎重考虑。赵匡胤不听,派李继勋率兵先赴太原,以弟弟赵光义为东京留守,自己御驾亲征。开宝二年(969)二月,赵匡胤从京城出发,途经滑州(今河南滑县)、相州(今河南安阳)、磁州(今河北磁县),到达潞州(今山西长治)。因淫雨连绵,无法行进,赵匡胤只得在此小驻。当时诸州供应士兵的粮草均集中于城中,车辆辐辏,阻塞道路。赵匡胤归咎于转运使,宰相赵普认为如果转运使获罪,敌人必然会认为粮草不足,就不惧怕天子之威了,只需更换个行政能力强的地方官即可。赵匡胤采纳了这个意见,道路果然就畅通无阻了。赵匡胤在潞州停留

天下江山归一统

了半个多月,俘获了北汉的间谍,问他太原情况,那人说,城中百姓苦于苛政久矣,日夜盼王师拯民于水火,唯恨其迟。赵匡胤大笑,发给衣服,放他回去。

三月间,赵匡胤兵至太原城下,命士兵修筑长连城,团团围住太原,并于城的四面立砦。各派大将把守。北汉骁将刘继业(此人即北宋著名将领杨业)乘着黑夜攻打东、西两寨,均被宋兵打败,继业差点被俘。有人提议增兵攻城,大将陈承昭给天子建议,陛下自有数千万精兵在左右,为何不用?赵匡胤困惑不解,承昭以马鞭指指汾水,赵匡胤会意地笑了笑,命人放汾水、晋水灌城,太原城中恐慌不已,适逢城中有积草漂出,阻塞了水道,太原城才得以安然无恙。郭无为趁机劝刘继元投降,刘继元恃辽兵援助,不肯投降。一日,刘继元大宴群臣,郭无为在大庭广众中痛哭说,奈何以数万之众抗百万之师?拔佩刀欲自刎。其实他这是装模作样,目的是蛊惑人心。刘继元未识破他的阴谋,降阶执其手,把他按到座位上。

赵匡胤料到契丹必援助北汉,而且必经镇(今河北正定)、定(今河北定县)二州以救太原,于是派韩重赟抄近路堵截。又得知契丹兵一支由石岭关(今山西阳曲东北)进入,命大将何继筠迎战,并对他说,明日中午,朕等候卿的捷报。结果两支宋军都打了胜仗,赵匡胤将所获契丹战俘传示城下,城中为之丧气,宪州、岚州的北汉官员开门降宋。但契丹救兵很快来到,北汉兵又稳住了阵脚,双方交战互有胜负。一天夜里,谍报忽传刘继元投降,已来至赵匡胤大帐以外,其实这是北汉使用的诡计,想制造一场混乱,以动摇宋朝军心。幸亏被八作使赵璲识破,赵匡胤才未中计。

太原久攻不下,大将李怀忠攻城时中流矢,几乎丧命。另一将领赵廷翰愿登城决一死战,赵匡胤知城中守御坚固,只凭匹夫之勇无法破城,便勉励士兵说,你等皆朕一手训练,能够以一当百,朕要与尔等同休戚共命运,以备肘腋之患,朕宁可不得太原,也不忍驱赶尔等冒锋镝之险,蹈必死之地!众人皆感泣再拜。当时大军屯驻甘草地中,适逢酷暑,淫雨连绵,士兵多患痢疾,战斗力减弱,而契丹兵又来援,没有必胜把握。太常博士李光赞请求班师回朝,留一部分军队屯驻上党(今山西长治),骚扰北汉边境,夏季取其麦为粮饷,秋季取其禾为刍草,我国百姓无力役之扰,这就是荡平北汉的上上之策了。赵匡胤又问赵普,赵普也以为然。北汉降人薛化光献言说,凡伐树必先去其枝叶,然后再取根干。今河东外有契丹援助,内有人户输赋,窃恐短期内未必能下,应该在今太原北石岭及河北、山东静阳村、乐平镇、黄泽关、百井社等处各建城寨,控拒契丹兵入援之路。再迁徙北汉人户于西京(今河南洛阳)、襄(今湖北襄樊)、邓(今河南邓州)、唐(今河南唐河)、汝(今河南汝州)等处,拨给荒闲田土,使之自种自食,断绝北汉的供馈。这样,用不了几年,北汉便可平定了。这一分析甚有见地,马上被赵匡胤采纳,下令撤军,并徙太原城周围的民户万余家于山东、河南,分给口粮,派禁军护送到目的地。

宋军撤退,北汉得到了宋军所遗弃的军储得粮食30万斛,茶叶、绢各数万斤匹,丧败之余得以少解粮秣殆尽之苦。宋军撤得匆忙,灌城之水刚刚退去,太原城墙有些段落已经坍塌。此时尚留在北汉的大将韩知璠叹息说,宋军引水浸城只知其一,不知其二,如果引水先浸泡城墙,然后把水引走,太原城墙便会全面塌陷,宋军不费力气便可攻入城内,可惜宋军失去了机会!赵匡胤只需晚撤十天半月,刘继元便会成为阶下囚,北汉11州土地也就会为宋朝所有了。

赵匡胤御驾亲征,仍未使北汉稽首皈依,心中甚为不快,但因

天下江山归一统

四郊多垒,王事鞅掌,一直未暇他顾,只得隐忍不发。迨到开宝九年(976),南唐覆亡,李煜寓居汴京,江南之事告一段落,攻打北汉的念头又浮上了他的心头。而北汉内部也发生了一些变化。先是宰相郭无为久欲降宋,但一直没有机会,后因反状暴露被杀。刘继元用僧人继颙为太师兼中书令。继颙并非忠心谋国之人,乃是利欲熏心之徒。他不顾国家正在多难之秋,于团柏谷(今山西祁县东南团柏村)设置银场,募民凿山,官府收利十分之四,其余的都落入了继颙腰包。他知道刘继元喜好女色,后宫妃妾成群,便献上首饰数百副,继元对他甚为宠信,言听计从。继颙大权在握,把北汉搞得乌烟瘴气。刘继元又忮刻残忍,稍不如意便诛杀大臣,株连九族。他的弟弟继钦与他一母同胞,因受乃兄猜忌,赋闲在家,继元还不放过他,将他贬往交城(今属山西),又派人将他杀死。其他如大将张崇训、郑进,故相张昭敏、枢密使高仲曦等均因谗被杀。北汉朝廷上一片萧条景象。

看看时机成熟,赵匡胤在这年八月派党进、潘美、杨光美、牛思进、米文义等分5路进攻北汉,又派郭进等分攻忻、代、汾、沁、辽、石等州。诸将所至克捷,在太原城北大败北汉兵。刘继元无奈,只得请求契丹援助,契丹派南府宰相耶律沙来援。当契丹兵还在途中时,党进乘胜俘获北汉兵马千余,掠走山北民众三万七千人。几天之后,宋师又在太原境内烧毁四十余砦,卤掠牛羊数千只。郭进攻克寿阳(今属山西),掠走百姓九千人,穆彦超入太原境,掠走百姓二千人,都被宋朝安置于内地去了。正当宋军摧枯拉朽,节节胜利之际,突然传来了赵匡胤崩逝,晋王赵光义即位的消息。刚刚即位并改元太平兴国的宋太宗赵光义下诏让宋兵回朝,宋军只得撤围而去。赵匡胤接连三次攻打北汉,第二次是御驾亲征,但都没有得手,在他身后留下了几许遗憾。

太平兴国四年(979)正月,已即位4年的宋太宗赵光义又动了攻打北汉的念头。宰相薛居正等人以为不可,他说昔年周世宗举兵,北汉倚恃契丹之援,坚壁不战,以至兵疲师老,无功而归。我朝太祖皇帝破契丹军于雁门关南,尽驱北汉百姓分布于河、洛之间,被徙之地,空无人烟,虽巢穴尚存,但房屋多倾圮坍塌,不宜居住。那些荒凉不毛之地,得之不足以辟土,舍之不足以为患,还是不攻为好,请陛下三思! 赵光义摇摇头说,爱卿只知其一,不知其二。今日之事与往日虽同,但形势已大为不同。昔日邦国肇造,百废待举,故国力不强,今日彼弱我强,为何不能以顺伐逆? 当年先王破契丹,徙其民而空其地,正为今日扫穴犁庭提供便利,岂能半途而废? 大将曹彬也说,以国家兵甲精锐,翦灭太原之孤垒,如摧枯拉朽耳。术士陈抟也说河东可取。赵光义当即以潘美为北路都招讨,率兵围攻汾、沁、岚诸州,又以郭进为太原石岭关都部署,阻断契丹援兵。契丹得知宋朝兴师,责问为何攻打北汉,赵光义回答说,河东不听朝廷号令,应当问罪。若北朝不援,和约如故,不然则战。契丹使臣不得要领,悻悻而去。

这年二月,赵光义从汴京出发,御驾亲征,令其弟齐王廷美扈从。行至澶州(今河南濮阳),一名叫宋捷的官员迎拜道旁,赵光义看见宋捷2字,不觉喜形于色,对左右说,宋捷、宋捷,朕此行定然是胜利而归了。刘继元眼看宋师压境,忙向契丹求援。契丹派南府宰相耶律沙为都统,冀王敌烈为监军,援助北汉,又命南院大王耶律斜轸督战。契丹兵与宋兵相遇于白马岭,契丹兵为一道大涧所阻,耶律沙与诸将打算等后军到后再开战,而监军则认为应马上出击,耶律沙只得同意。但契丹兵渡涧还不到一半,宋兵以逸待劳,半渡而击,契丹兵顷刻之间便一败涂地,连损5员大将,士卒不是死于乱箭之下,就是成了水底冤魂。幸亏耶律斜轸及时赶到，契丹兵才没有全军覆没，耶律沙领着残兵败将狼狈撤退。宋军勇气百倍，攻克岚州、隆州，赵光义迤逦来至太原城下。大将潘美在太原城外又筑一圈土城，高与太原城平，然后向城中放箭，矢石如雨，昼夜不息，太原城几无完堞。刘继元被困城中，外援不至，粮草将尽，人心汹汹，一夕数惊。赵光义又到城西、城南督战，刘继元的亲信多缒城降宋，弄得他忧心忡忡。赵光义趁机招降，命人晓谕刘继元说，识时务者为俊杰，越王钱俶、南汉刘铱献地归朝，或授以大藩，或列为上将，臣僚子弟皆为朝廷命官，何等荣耀！你应速速来降，当不失荣华富贵！刘继元知道孤城难守，束手就擒，心有不甘，继续抵抗，则凶多吉少，因此犹豫不决。已经致仕，卧病在家的枢密使马峯，让家人抬着见刘继元说，天命攸归，北汉气数已尽，而宋朝正如日中天，抵抗无益，何苦作困兽之斗！刘继元见他说得有理，便派大臣李勋奉表请降。赵光义甚为高兴，赏赐李勋袭衣金带、银器锦采甚多。

马到成功，所向奏捷，赵光义连夜来到太原城北城台，设宴款待群臣。铁板铜琶，丝竹迭奏，好不热闹！次日平明，刘继元率领文武百官，白衣纱帽，待罪台下。赵光义雍容大度，赦他之罪，封检校太师，右卫上将军、彭城郡公，自然这些都是没有实际意义的虚衔。刘继元献官伎百余人，赵光义都赏赐给了将校。此次平北汉，得10州、1军、41县，百姓135220户，士兵3万。改太原为平晋县，榆次县为并州，徙太原民居之。赵光义又命宦官刘仁宝护刘继元亲属百余人赴汴京，赐京城甲第一区。从此刘继元在那里度过了14年悠长岁月，于淳化四年(993)悄然死去。自乾祐四年(952)刘崇称帝，至刘继元降宋，共历29年。赵光义心地褊狭，李煜、刘铱、钱俶等降王皆不得善终，而刘继元却能安然老死于户牖之下，这不能不说是一个奇迹了。